LE SANG DES 7 ROIS

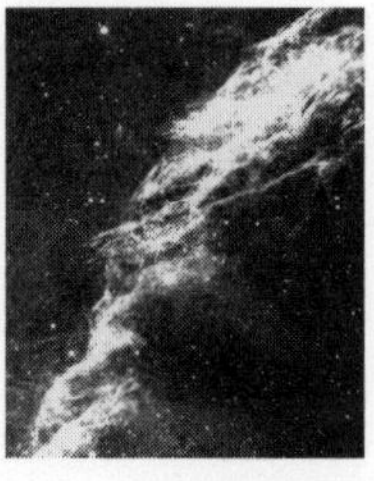

LA DENTELLE DU CYGNE

Régis Goddyn

Le Sang des 7 Rois

LIVRE II

L'ATALANTE
Nantes

Couverture de Yann Tisseron

ISBN 978-2-84172-643-1

Librairie L'Atalante, 15, rue des Vieilles-Douves, 44000 Nantes
www.l-atalante.com

Océan
Extérieur
Nord
Sixième
Royaume
Septième
Royaume
Océan
Extérieur
Ouest
Mer Intérieure
Océan
Extérieur
Est
Cinquième
Royaume
La Crête de l'Ouest
Arcédia
Gradlyn
Hautterre
Vallade
Voie des Cols
Le Goulet
La Crête de l'Est
Premier
Royaume
Plateau du Jourd
Quatrième
Royaume
Deuxième
Royaume
Troisième
Royaume
Océan
Extérieur
Sud

RÉSUMÉ DU PREMIER LIVRE

Dans les contreforts de l'inaccessible chaîne de montagnes des Crêtes, un fait divers bouleverse la vie d'un soldat. Deux adolescents ont été enlevés par un commando. Ils ne semblent pas présenter d'intérêt particulier, mais les moyens pour mettre au point ce rapt sont considérables.

Le sergent Orville reçoit du vicomte de Hautterre l'ordre de suivre le commando. Il se voit attribuer un rang des plus élevés dans la hiérarchie du premier royaume et a pour consigne de reporter dans un livre ses constats et impressions sur le mode de vie et l'itinéraire des fuyards. Il ne doit à aucun prix chercher à rattraper les adolescents ni à les capturer.

Orville part vers la crête avec une patrouille et emprunte, à la suite du commando, des chemins oubliés de tous depuis des générations. Au cours de son voyage, il trouve au milieu de la montagne des constructions en ruine démontrant que, des siècles plus tôt, ces contrées ont été habitées.

La nouvelle de l'enlèvement parvient au roi Hartrold IV. On découvre alors les rouages du pouvoir entre le roi, le clergé, dirigé par Archos, premier théocrate, et les mystérieux Gardiens dont le visage reste cagoulé. Ces soldats de l'ombre veillent sur un secret qui les place à l'écart de la vie mais dans les coulisses du pouvoir.

La patrouille d'Orville est attaquée de nuit, attaque dont il reste étrangement le seul survivant. Dans les semaines qui suivent, au cours de combats où il tente de sauver sa vie, Orville se découvre un sens proche de la vision, qui lui permet de sentir ce qui l'entoure.

Les fugitifs parvenus sur le rivage de la mer intérieure embarquent sur un navire. Alors que la quête d'Orville semble se terminer, Théod, le théocrate de la vicomté de Hautterre, qu'on croit parti pour rendre compte de l'enlèvement auprès de sa hiérarchie, reparaît et lui révèle le sens de sa mission.

Il y a deux espèces d'hommes sur la planète : les hommes ordinaires et les hommes au sang bleu, qu'on appelle les résurgents. Les légendes connues de tous parlent des sept rois au sang bleu qui conquirent le monde, vécurent mille ans et eurent pour descendance la noblesse et l'armée. Théod explique que les légendes qui donnent une légitimité à la noblesse au nom du sang bleu sont exactes, et que les rois engendrèrent également une descendance roturière qu'on assassine au nom du culte du Suprême. Ce culte fut inventé pour permettre à la hiérarchie féodale de ne pas être remise en question. Le sang bleu confère, à des degrés divers, des avantages par rapport aux hommes, comme une grande longévité, une force et une rapidité hors du commun, ainsi que, dans de très rares cas, des pouvoirs sensoriels et d'action sur le réel.

Orville se rend auprès du marquis de Vallade pour réquisitionner un navire et poursuivre sa quête, mais celui-ci le trahit et l'enferme dans une oubliette avant de le transférer sur l'île du Goulet, un lieu désolé et battu par les vents qui ferme la passe entre l'océan extérieur et la mer intérieure. Épris de la jeune femme du marquis, qu'il n'a pourtant qu'entraperçue du fond de son cachot, Orville trouve des compagnons sur l'île, exilés comme lui, et des Gardiens dont il est difficile de deviner le rôle. Tous les hommes de l'île ont un peu la même histoire que la sienne. Ils ont été mis accidentellement au courant d'une partie du secret et ont été déposés sur ce rocher. Les compagnons d'Orville le désignent comme roi, et il entreprend de développer l'économie de l'île.

Mais après avoir arraché le plus grand secret des Gardiens, une substance qui se développe dans les souterrains de l'île et qui sublime leurs pouvoirs, Orville doit fuir l'archipel du Goulet devant un complot conjugué des Gardiens et du marquis de Vallade.

Pendant ce temps, les Gardiens, héritiers des sept rois, ont engagé la reconquête du pouvoir, fortifiant la crête et planifiant, dans le secret, la reconstitution de la race pure au sang bleu, alors que les théocrates luttent de leur côté pour la faire disparaître.

Rosa est une jeune fille au sang rouge. Sa mère avait été purifiée sur un bûcher du fait de son sang devenu bleu, et on ignore qui est son père. Le théocrate qui fit brûler sa mère décide de fuir avec elle à l'approche de l'inquisition. Ils se réfugient dans un couvent récemment abandonné. Rosa se révèle, malgré son sang rouge, dotée d'étranges pouvoirs propres à favoriser les fuyards.

CHAPITRE PREMIER

SYLVAN

Les Gardiens s'étaient regroupés dans leurs appartements pour tenir conseil. L'improbable s'était produit.

Le matin même, ne voyant pas sortir les prisonniers de leurs cellules pour partir aux champs, Sylvan était monté jusqu'aux appartements du capitaine du fort. Les prisonniers étaient enfermés, réveillés pour la plupart d'entre eux. À la vue du Gardien, ils s'étaient levés et s'étaient apprêtés dans le calme à sortir de leur cellule. Sylvan reconnaissait chez eux la marque de la raison. Des malfrats se seraient mis à hurler pour réclamer leur pitance ou, brisés par le fouet et les privations, seraient restés prostrés dans un angle du cachot, n'espérant que l'oubli et la fuite. Peu leur importait qu'ils fussent libres ou prisonniers, le travail devait être fait. Ces gens s'étaient donc regroupés comme s'ils partaient labourer leur propre champ, sans chaînes ni menaces.

Sylvan avait arpenté le bureau circulaire. Ses appels restant sans réponse, il avait alors tenté de pousser la porte de la minuscule chambre, mais elle était verrouillée de l'intérieur. Le Gardien frappait vigoureusement le battant quand Tarman était entré dans la pièce. Il faisait partie des capitaines-ambassadeurs récemment arrivés. Les cicatrices de son visage de guerrier, une certaine gravité dans son regard disaient que cet homme ne s'était pas caché au long de ses sept cents ans d'existence, et qu'il avait payé le prix pour sa contribution. Un homme qu'on respectait. Tarman avait compris au regard de Sylvan la nature du problème. Il avait rejoint le bureau de l'aide de camp pour se saisir d'un banc. Les deux Gardiens avaient fait sauter la porte de quelques coups de ce bélier improvisé.

La chambre était plongée dans l'obscurité, mais l'odeur de la mort et du sang flottait dans l'air, se mêlant à celles de poussière et d'humidité qui imprégnaient l'ensemble du bâtiment. La main sur la poignée de son arme, Sylvan avait ouvert le minuscule volet alors que Tarman s'était approché de la forme inerte qui gisait sur le lit. Une dague au pommeau bleu au milieu du front, Gralden semblait avoir été saisi dans son sommeil. Nulle trace de lutte ne dérangeait les couvertures qu'il avait minutieusement enroulées autour de lui pour se préserver du froid. Inutile précaution pour un suaire. Il n'avait donc pas bougé d'un pouce quand on l'avait tué. Ses yeux s'étant habitués à la pénombre, Sylvan avait distingué un petit parchemin maintenu par la propre dague de Gralden. Il avait arraché l'arme dans un désagréable bruit de succion. La plaie était nette, et il n'en coulait pas plus de sang que celui qui avait séché et collé le message à la peau. Le corps était froid et raide, il n'y avait rien eu d'autre à faire que de prévenir ses pairs. Sylvan avait alors décollé le petit parchemin, était sorti de la chambre et s'était approché du balcon pour lire le texte à la lumière du jour. Il avait reconnu immédiatement la petite écriture serrée d'Orville.

Les Gardiens ont profané la terre des mages, saigné ses murs et bu son sang.

Mais de quoi parlait-il ? Qu'est-ce que signifiait cette histoire de mages et de sang ? Il se rappelait bien lui avoir parlé des pouvoirs mythiques des mages, mais… pris d'une soudaine angoisse, il avait replongé à la hâte dans le texte.

Ambassadeurs qui avez trahi vos serments, jamais cette maison ne vous offrira la sécurité car vous n'êtes plus ambassadeurs de rien. Fuyez tant qu'il en est encore temps, car tôt ou tard la justice des mages s'appliquera, où que vous soyez, quels que soient votre force et votre nombre.

Des menaces maintenant ! Orville ne semblait pas avoir pris la mesure de la situation.

Le sang bleu a trahi les hommes. Chaque brutalité faite aux hommes, chaque brutalité faite aux femmes vous sera rendue au centuple et votre trahison vous rend comptables de leur mauvaise fortune.

Ce n'était qu'un rappel aux lois qu'il avait édictées avant de disparaître. Au moins Orville avait-il compris que les Gardiens avaient trahi. Ça ne changeait rien, mais il ne se précipiterait pas dans le piège qui lui avait été tendu.

Les hommes sont des enfants devant les Gardiens, les Gardiens ne sont rien devant les mages. Les enfants obtenus par la force ne sont déjà plus les vôtres. Les mages vous renverront dans le néant que jamais vous n'auriez dû quitter.

Sylvan s'était frappé la tête du plat de la main. Orville était-il devenu fou ? Il tuait un Gardien, puis se faisait passer pour un mage avant de signer son crime ! Comprenait-il au moins la moitié de ce qu'il avait écrit ? Ce message trônerait en bonne place dans le cabinet des secrets de la bibliothèque du fort de la Garde. Tout ça pour un crétin de sergent monté en grade qui avait voulu faire l'important dans un moment d'humeur. Sylvan n'avait pas même eu la possibilité de détruire discrètement ce billet maladroit. Il l'avait communiqué à regret à Tarman qui tendait la main pour le parcourir. Le vieux Gardien avait froncé les sourcils à la lecture, puis avait regardé son frère d'armes, des questions posées sur le visage. Sylvan n'avait su que dire, il avait fermé la chambre tandis que Tarman appelait un sergent pour mener les prisonniers sur leurs lieux de travail. Moins il y aurait de témoins, mieux ce serait.

Une fois le fort vidé de ses occupants, Sylvan avait réuni les Gardiens pour évoquer la situation.

— Mes frères, voici les faits : un intrus s'est faufilé dans la chambre de Gralden au milieu de la nuit. Il l'a tué d'un coup de dague au milieu du front après avoir intercalé un parchemin. Le message en question est sans queue ni tête et nous menace au nom des mages. L'auteur du billet se présente comme étant Orville, souverain de ce royaume. Nous ignorons où il se trouve actuellement. Il n'y a pas de certitude concernant l'identité de l'auteur qui pourrait se faire passer pour le roi.

Franken se leva.

— Pouvons-nous prendre connaissance de ce message ?

Sylvan hésita un imperceptible instant, ce qui n'échappa à personne dans l'assemblée. Il n'avait aucune sympathie pour Franken.

— Mais certainement !

Il en donna lecture à voix haute avant de faire prestement circuler le parchemin, peut-être pour dissiper les malentendus que son faux pas aurait pu susciter. Hybold, un Gardien de haute taille, paraissait soucieux.

— Je ne trouve pas que ce message soit dénué de sens, Sylvan. Bien au contraire. Il me semble clair et tout à fait à propos. Par ailleurs, comme chacun d'entre nous, je suis allé sur les lieux pour me recueillir. Gralden était un guerrier redoutable, cela n'aurait pas dû pouvoir se produire. Pour réussir le coup il a fallu que cet Orville trouve un moyen d'entrer sans que notre ami l'entende, ce qui est hautement improbable, sachant son expérience et sa prudence ; puis que le meurtrier pose son petit mot sur Gralden et qu'il dégaine la dague de ce dernier pour la lui enfoncer dans le front. Je vous rappelle que nos os sont d'une solidité extrême. Ils ne sont pas incassables, bien entendu, mais avez-vous examiné la plaie comme moi ? Elle se limite à la section de la lame de la dague, comme si le trou avait toujours existé et qu'on y avait rengainé une arme forgée à ses mesures. Avez-vous déjà troué un crâne sans abîmer l'os autour de l'impact ?

Il tenait en main le parchemin qui était parvenu jusqu'à lui.

— Voyons les mots maintenant… Orville commence son message en nous accusant d'avoir profané la terre des mages, d'avoir saigné ses murs et bu son sang. Mes frères, est-ce exact ?

Les Gardiens opinèrent à cette question. Même Sylvan ne put que s'incliner.

— Nous avons également trahi nos serments, et nous le savons tous. Nous les avons trahis envers les mages. Si on compte Kradath parmi eux, et les quatre autres rois qui avaient des pouvoirs substantiels, certes. Aucun d'entre nous n'était né, et nous ne sommes pas entièrement tenus par les serments de nos aînés, mais, si on considère que le mot *vous* s'adresse aux Gardiens, ce n'est pas faux. Sur la question de la trahison envers les hommes, je ne vois pas de quoi il parle, car nous ne leur devons rien. Quant à la brutalité, elle fait partie du monde. Puis il nous menace, nous rappelle notre faiblesse, ce qu'il nous prouve en assassinant Gralden avec une aussi grande facilité.

Sylvan se leva.

— Mes frères, ne concluons pas trop rapidement. J'ai combattu contre lui lors de son initiation, et son sang est rouge. Il n'est pas mauvais combattant, bien que sa technique soit abâtardie, mais il n'a que la vitesse des humains ordinaires. Je le connais bien, c'est un homme pragmatique qui se sert de ce qu'il a en main, un guerrier logique et sans l'imagination qui fait les grands généraux. Tout en tactique et sans aucune stratégie. Il a mis bout à bout ce qu'il a appris de ma bouche lors de l'initiation et l'a replacé dans un contexte de menace. C'est tout.

La voix de Tarman sortit du coin sombre de la pièce où il s'était fait oublier pendant la discussion.

— Alors comment est-il sorti de la chambre ?

Tous se tournèrent vers lui. C'était un proche de Lothar, le général de la Garde, et même si la Garde n'était pas hiérarchisée, il faisait, de ce fait, figure de chef dans cette délégation. Sylvan se rassit, vaincu.

— Je ne sais pas comment cela a pu se produire, mes frères, mais la seule possibilité est qu'il ait, d'une manière ou d'une autre, eu vent des souterrains… Il y a un passage entre cette alcôve et le couloir circulaire.

Un silence pesant tomba dans les appartements de la Garde. Sylvan posa les mains à plat sur l'épais plateau de la table et poursuivit.

— Il a connaissance des souterrains, et il connaît le passage secret qui leur donne accès depuis son ancienne chambre, une issue ignorée de la plupart des Gardiens eux-mêmes. Il n'y a aucune autre solution envisageable. La porte était verrouillée et la fenêtre trop étroite pour qu'Orville l'emprunte. Je n'ai jamais entendu parler de quiconque pouvant traverser des murs, il ne reste donc que cette solution.

Franken regarda Sylvan, le dédain dans les yeux.

— Comment a-t-il pu le découvrir ? Comment a-t-on pu laisser ouvert un passage vers les souterrains ?

Sylvan secoua la tête.

— Il l'a découvert par hasard, je suppose… Il est d'un naturel curieux et obstiné, et ne laisse rien au hasard. Peut-être en fouillant, vu que c'était son ancienne chambre. Encore que ça me semble difficile. Le dispositif du panneau était parfaitement dissimulé et n'avait probablement jamais été ouvert. Mais les faits sont là… Quant à l'existence de ce passage, il était très important pour deux raisons. L'arghot est très sensible aux changements de la qualité de l'air, et nous n'avons voulu courir aucun risque en modifiant quoi que ce soit. Par ailleurs, c'est la seule issue de secours, à ma connaissance, pour s'échapper en cas de problème de ce côté du fort.

Tarman reprit de la même voix grave accordée à l'ombre où il était réfugié.

— Et comment est-il entré sans que Gralden l'entende, comment a-t-il écrit, posé et fixé son message de la manière que l'on sait ? Comment tout cela a-t-il été possible ? Où est-il en ce moment ? Nous sommes sur une île avec un homme au fait du plus grand de nos secrets, qui semble pratiquer la magie la plus noire et qui connaît notre histoire mieux que nous-mêmes. Il doit être le seul au monde depuis des centaines d'années à ne pas nous craindre comme la mort elle-même. Que préconises-tu, Sylvan ?

— À dire vrai, je suis partagé. Je ne crois pas à cette histoire de mage. Il était sergent au service du vicomte de Hautterre, puis il a pris la route à la demande du roi Hartrold du fait du Pacte. Il a suivi les rebelles qui ont enlevé deux enfants, et s'est montré héroïque et fidèle au cours de sa mission. C'est le hasard qui l'a mené ici. Depuis son arrivée il règne plus en sergent qu'en monarque. Un homme intéressant mais, pour autant, tout à fait ordinaire. Je reconnais toutefois qu'il y a des questions que j'aimerais lui poser.

Tarman avança dans la lumière d'une lampe à huile.

— La seule chose à faire est de le tuer.

Sylvan se retourna vivement, des éclairs dans les yeux.

— Il n'en est pas question. Il est le monarque de ce royaume et nous lui devons le respect. Il n'a fait que se défendre d'une trahison de la Garde sur laquelle vous n'avez pas encore fait la lumière, mes frères. Il s'y est pris en guerrier, d'une manière efficace. Maladroite, je le concède, et il utilise des arguments dont il ne maîtrise pas l'importance. Il n'a pas eu le temps d'en comprendre les enjeux.

Tarman reprit le contrôle de la discussion d'un ton qui ne souffrait aucune réplique.

— Nous parlerons plus tard de ce que nous faisons ici, Sylvan. L'île du Goulet est bien loin de Gradlyn et je comprends que tu te poses des questions. En attendant, nous avons un problème à régler. Orville, tout roi qu'il soit, est peut-être un mage, il connaît le secret de cette île et a tué l'un des nôtres. Trois raisons majeures pour qu'il ne puisse vivre. Il nous faudra le traquer sans relâche. Je pense qu'il est dans les souterrains qui sont immenses, et nous ne pouvons compter que sur nous-mêmes pour lui donner la chasse. Existe-t-il un plan du réseau ?

— Non, Tarman, nous ne disposons pas d'un tel plan. Tout se ressemble sous terre et il y a plusieurs étages. Nous ne descendons que pour la récolte de l'arghot et n'allons jamais plus loin que nécessaire. J'en suis presque à supposer qu'Orville est celui qui connaît le mieux les grottes, si tant est qu'il s'y trouve. Certains passages sont effondrés, ils s'effondrent encore et nous découvrons parfois des salles oubliées au gré du temps et des mouvements de la roche. Il nous faudra du temps et d'innombrables torches.

— Eh bien, nous tenterons de le retrouver dès aujourd'hui. Un homme qui se cache laisse des traces. Des traces de repas, de déjections, des traces de pas ou de feux… Nous ne pouvons attendre qu'il nous élimine un par un en passant par des passages dérobés inconnus, ou qu'il nous fasse je ne sais quelle autre désagréable surprise. Cet homme est dangereux, et la fin peu naturelle du capitaine du marquis de Vallade sur l'île au Bois accrédite la thèse de la magie. Tout ce que tu peux nous dire, Sylvan, ne suffit pas à lever mes doutes. En attendant, tu occuperas le logis du capitaine du fort, puisque tu tiens tant à la vie de ces larbins, et ce tant que nous n'aurons pas mis la main sur Orville.

Sylvan chassa l'argument d'un revers de main.

— Il n'est pas tant question de leur vie que de ma parole, Tarman. Il ne sera fait aucun mal aux exilés tant que la mort ne m'aura pas relevé de mes serments (Sylvan parcourut l'assemblée d'un regard menaçant), et je tuerai quiconque s'en prendra à eux. J'ai déjà sorti ma lame pour prendre leur défense contre l'un d'entre vous, il reste donc au moins un Gardien ici qui respecte ses serments. Et, de toute façon, nous avons besoin d'eux.

*

Sylvan arpentait les galeries depuis des heures avec Tarman. Chaque groupe de deux Gardiens s'était engagé dans le réseau avec des vivres, une corne, des torches et de la peinture pour marquer son chemin. La structure du souterrain était complexe, les couloirs creusés dans la roche montaient et descendaient en permanence, conduisant de salle en salle sans logique apparente. La plupart d'entre elles présentaient plusieurs issues et souvent une galerie effondrée avait imposé aux deux Gardiens de rebrousser chemin pour tenter leur chance dans une autre voie. Le sol dur et humide ne conservait aucune trace.

Gagnés par la fatigue, les deux hommes s'assirent sur un amas de roches tombé du plafond d'une salle. L'effondrement avait laissé une irrégulière voûte en berceau évoquant plus ou moins celle d'un temple. En haut de la cavité, on pouvait apercevoir l'ouverture d'un boyau éventré qui débouchait dans le vide, ainsi que son prolongement sur le mur d'en face. La torche projetait une clarté mouvante qui ne permettait qu'à grand-peine de deviner les dimensions de la salle, d'où des couloirs semblaient partir en tous sens comme les pattes d'une araignée. Tarman se tourna vers Sylvan et lui tendit une outre de vin.

— Orville ne sera pas facile à trouver, Sylvan, bien moins que je ne l'aurais cru.

— Que ne m'avez-vous écouté, tous. Je suis ici depuis trois siècles et je me suis perdu dans ces grottes si souvent. On peut y survivre assez longtemps, du fait de la fraîcheur qui protège de la déshydratation et de l'arghot qui en tapisse les murs. Bien sûr, il n'y en a pas partout. Sa répartition reste un mystère pour moi. On en trouve dans certaines parties de galeries, puis cela cesse d'un pas à l'autre de se développer. Il suffit parfois que la nature de la roche change. Il y en a beaucoup du côté du fort, ailleurs elle se raréfie pour disparaître totalement. C'est une substance qui se régénère rapidement, mais elle dépérit au moindre changement. C'est pourquoi j'ai construit le sas muni de deux portes depuis l'appartement des Gardiens.

— Trois siècles… c'est long, Sylvan. Ton entêtement demeure un mystère pour nous tous. Personne ne reste plus de cinquante ou soixante ans…

— Vous connaissez parfaitement la raison pour laquelle je suis revenu ici, Tarman, et vous connaissez la raison qui m'y fait demeurer.

Tarman but une gorgée de vin.

— Sans doute, Sylvan, mais nous avons tous eu des faiblesses de ce type. En général, nous portons le deuil quelques années et nous revenons à la vie, une génération tout au plus nous guérit de tout cela.

— Cyniques ! Ceux qui font en sorte d'oublier deviennent cyniques, cruels et indifférents comme ces frères avec lesquels tu voyages. Je pense qu'ils se protègent ainsi. Je suis né d'humains, Tarman, comme nous tous, et je pense qu'au fond de moi il reste quelque chose de ce que j'aurais dû devenir. Si j'avais été un homme, je serais mort il y a bien longtemps, certes. Ça aurait mieux valu… peut-être. Et il y a d'autres raisons.

Tarman s'allongea sur le tas de cailloux, les mains derrière la nuque, étendant ses jambes fourbues. Quand le temps reprend ses droits, l'âge gomme peu à peu les qualités des Gardiens et leur crépuscule ressemble plus ou moins à celui des hommes.

— Pour ma part, j'ai accueilli le sang bleu comme une bénédiction. J'ai grandi au couvent du Jourd, puis je suis venu ici, comme la plupart d'entre nous, pour ma première vie. Quand j'en suis sorti, tous ceux que j'avais connus auparavant s'étaient dilués dans l'écoulement du temps et la vie pouvait commencer.

Je ne me suis jamais attaché à une femme. Ou pas de la même façon que toi. À quoi bon ? Les Nonnes bleues n'étaient pas des cœurs à prendre, et les autres femmes perdent leurs dents et la vie le temps d'un souffle.

— La vieillesse est une tragédie. Je vois effectivement qu'elle te tend les bras, Tarman.

— Garde tes sarcasmes, j'ai bien assez vécu. Et voici que ma dernière vie approche alors que s'ouvre une nouvelle ère.

— La vieillesse et la mort, je ne pense qu'à elles depuis ces trois siècles. J'ai passé comme toi mon enfance au couvent, le regard perdu dans les lointains. Je suis arrivé ici à l'âge de sept ans. Soixante ans plus tard, je me suis établi dans le sixième royaume. C'est une terre étrange. Au sud, il n'y a rien que ces maudits serpents-troupeaux. Il m'est arrivé d'en croiser. Seuls, ils te regardent d'un air supérieur. En ce cas, il faut baisser le regard et passer son chemin. Si tu en aperçois deux, il ne te reste qu'à courir vite, sans quoi tu ne verras plus jamais le soleil se lever. S'il y en a deux, c'est qu'il y en a cent, mille, cachés dans le sable. Et ils te traquent jusqu'à ce qu'ils te cernent. Ce sont des animaux intelligents et diaboliques qui vivent en groupe. Ils semblent communiquer entre eux et leur venin est foudroyant. C'est du moins ce qu'on raconte. Personne ne s'est vanté de leur avoir échappé après les avoir regardés dans les yeux. Ils nichent dans les trous de la roche quand il y en a, sinon, ils s'ensablent pour lutter contre la chaleur. La légende dit qu'ils gardent un tombeau sur un plateau rocheux au centre du désert. C'est une belle légende pour un animal très dangereux, de celles qui donnent du sens au malheur quand il vient à nous.

Sylvan pesa dans sa main d'épée un caillou qu'il avait ramassé, un peu comme on pèse le pour et le contre, ou la confiance qu'on accorde à autrui. Puis il le jeta distraitement dans un angle de la salle souterraine et soupira, chassant le silence.

— J'ai cherché ce plateau rocheux, en vain. J'avais décidé de parcourir le monde et je n'ai pas pu traverser le désert. J'ai donc décidé de partir vers l'est et de longer les côtes du cinquième royaume. Son climat tempéré se refroidit au bout d'environ trois mois de marche. Je ne peux dire la magnificence sauvage des fjords. Les montagnes s'agenouillent au bord de l'eau, trempant leur manteau de neige dans l'onde glacée. L'air est froid et limpide comme nulle part ailleurs. Puis le relief s'accentue et il faut poursuivre en bateau. Pendant des jours et des semaines. Je suis arrivé dans ces contrées du Nord qu'on ne connaît en général que par les récits. Plus on monte vers le nord, plus il fait froid. Si froid que même la mer est gelée. Les habitants de ces zones se nourrissent de chasse et de pêche. J'ai été des leurs. J'ai été accueilli comme du sang neuf là où on se marie entre voisins depuis toujours. J'ai été accueilli comme un roi. Ils construisent des palais de glace sur des sources chaudes et, sans dire qu'ils sont confortables, la vie fruste qu'on y mène présente bien des aspects fascinants. Durant les années que j'ai passées là-bas, j'ai chassé avec les hommes, bâti avec eux les pièces de mon logis. Je me suis baigné dans les bassins d'eau bouillante où la vapeur était parfois tellement épaisse que l'on ouvrait religieusement un petit volet de bois dont la mer et le hasard avaient poussé les planches jusque-là. Inconcevable luxe pour tout homme que porte cette terre gelée. Les meubles sont tous fabriqués à partir de ces fragments de bois polis comme des galets, offerts par les courants tels de précieux cadeaux venus d'ailleurs. Certains doivent avoir plus de mille ans. Il passe parfois une génération sans qu'une planche ne s'échoue sur la grève, et, quand l'une d'entre elles leur parvient, la fête dure plusieurs jours et constitue le prélude à d'interminables conversations quant à l'usage qui en serait fait. J'ai pris femme là-bas, dans les bains de vapeur du Grand Nord. Je n'ai pas pu lui donner d'enfants et le temps a passé… pour elle. Quand elle m'a quitté dans son grand âge, je suis parti. Les hommes m'ont étreint, ces hommes âgés que j'avais vus naître. Les femmes m'ont pleuré et j'ai pleuré avec elles, mais je ne pouvais rester là, reclus dans les murs de mes souvenirs. Alors j'ai contourné le monde à la recherche de l'oubli… mais il n'est jamais venu à moi. Elle est toujours là. Contre mon cœur, je sens sa peau lisse, puis sa peau ridée, son âme d'amie, son âme d'amante, son âme d'enfant dans tous les temps de notre vie commune. Je suis arrivé seul sur les terres gelées, j'en suis reparti esseulé, homme du Nord pour le restant de mes jours, le cœur glacé d'un amour perdu.

Sylvan marqua une pause, enlacé dans les souvenirs, l'âme dévastée par le chagrin.

— Puis je suis redescendu vers le sud à la recherche du tombeau. Il faut franchir des montagnes, puis traverser un paysage de steppes. Le climat se réchauffe peu à peu et le désert froid se mue insensiblement en désert chaud. Quand vient le sable, les serpents sont là pour vous accueillir. Je suis alors parti vers l'ouest. Un jour je suis entré dans le palais du monarque du septième royaume et j'ai demandé une audience privée. J'étais sale, en guenilles, mes joues étaient creuses, mais j'avais une broche et une épée au pommeau de saphir. Le roi s'est prosterné devant moi et j'ai rejoint la Garde. Je n'aurais jamais dû partir du Goulet, mais j'ai eu raison de le faire pour ce que j'ai vécu ; peut-être n'aurais-je jamais dû revenir ici… mais je suis là. Comment savoir quand on fait bien ? Mon aimée est là, au fond de moi. Tu vois, Tarman, quand le temps m'aura rattrapé et que mes tempes blanchiront comme les tiennes, alors peut-être que je partirai terminer ma vie dans le temps des hommes. Si je rencontre alors une femme qui veut de moi, je m'estimerai heureux car, dans l'errance de ces siècles, j'aurais au moins vécu une enfance et une vieillesse, en plus d'une vie d'adulte diluée dans une éternité d'attente. En attendant, je vois passer des hommes qui survivent sur cet îlot, tous les mêmes mais tous si différents, décennie après décennie. Même si je n'ai aucune envie de fraterniser, je les aime pour leur ardeur à vivre ce petit bout de temps sur ce petit bout de rocher. Souvent, je les ai enviés. Quand ces hommes-là ont pris leur destin en main et ont nommé un roi, cet Orville, je me suis pris à croire que je pouvais moi aussi choisir ma vie.

Tarman ouvrit son sac pour en sortir une miche et du fromage. Il trancha deux morceaux et en tendit un à Sylvan qui le remercia, comme sortant d'un rêve.

— Au vu des torches qui nous restent, nous sommes allés bien loin, Sylvan.

— Oui, c'est vrai. Je ne suis jamais venu jusqu'ici. Je ne sais pas pourquoi les anciens ont creusé tout ce réseau. Il n'y a pas d'arghot si loin de l'entrée, je ne comprends pas bien le fonctionnement de cette substance.

— Nous sommes loin, mais il y a des torches sur la route dans les relais. Ce serait bien le diable si nous n'en croisons pas un. Je soupçonnais quelque chose comme ça en ce qui te concerne, mais je ne connaissais pas les détails de ton histoire. Depuis le début de ma vie, j'ai combattu et j'ai fait de la politique. J'ai connu mille rois et mille femmes, les plaisirs et le sang. Je ne me suis pas ennuyé.

Sylvan avala un morceau de pain avec une lampée de vin.

— J'ai connu l'amour, Tarman. Il appartient aux hommes, comme le temps et la force est notre bien propre… L'amour dure le temps d'une vie d'homme et s'érode au-delà. La nature est bien faite, mais elle ne nous a pas trouvé de place en son sein, j'en ai la conviction. Quand notre première vie s'achève, nous changeons, Tarman. Nous devenons des monstres. J'ai vu passer ici tant des nôtres qui fraternisent avec ces pauvres bougres quelque temps avant de s'en faire les bourreaux. Persuadés de notre supériorité, nous devenons cruels et arrogants. Tes compagnons de voyage en sont une parfaite illustration. Dès qu'un problème se pose, ils ne pensent que par la violence car leur puissance leur donne un avantage sur les hommes. Ils savent que le Suprême est une supercherie quand les hommes ont au moins cette béquille. Les nôtres sont des prédateurs en sommeil. Quand ils sortent de l'ombre, c'est pour dévorer plus faible qu'eux, pour en user comme les enfants usent d'un jouet afin de se persuader de leur propre valeur. Voilà ce à quoi je pense, Tarman, depuis trois siècles.

— Je comprends ton point de vue, Sylvan, bien que je ne le partage pas. Ta place est probablement ici. Les choses changent dans les royaumes. Les rebelles ont reconstitué leurs forces, nous devons nous organiser.

— D'où l'augmentation de la production d'essence d'arghot ?

— Oui.

— Mais dans une telle proportion ! Je m'y suis repris à deux fois pour m'assurer que les quantités inscrites étaient telles que je les avais comprises.

— Autant que je te le dise, Sylvan, tu l'apprendras par les autres de toute façon. La Garde est sortie de sa réserve. Lothar fortifie la crête pour prévenir la résurgence des rebelles. Les Gardiens seront bientôt au pouvoir.

Sylvan secoua la tête.

— Et combien d'hommes laisseront leur vie dans cette folie, Tarman ? Tout ça pour deux enfants enlevés.

— C'est plus grave que ça. Les rebelles semblent s'être restructurés et posséder au moins un mage.

— Il est beaucoup question de mages ces temps-ci, Tarman. Cela ne te semble-t-il pas étrange ? Orville est un mage, les rebelles ont un mage… À mon avis, ce ne sont que des épouvantails sur lesquels s'appuie Lothar. Je n'en crois pas un mot. Lothar est un ancien roi qui veut redevenir roi. C'est, je le crains, tout ce qu'il y a à comprendre de la situation.

— Tu penses trop, Sylvan. Je te conseille de parler moins que tu ne penses. Les temps sont troubles et les ambitions se réveillent.

— Et toi, Tarman ?

Le Gardien sourit amèrement.

— Moi… je vieillis. Le temps des hommes m'a rattrapé, je ne peux que passer la main.

— Orville ?

— Nous ne pouvons le laisser en vie, quoi qu'il advienne. Il n'est probablement pas un mage, mais il l'a crié si fort depuis la crête jusqu'à cette île. Les jambes de Vallade, la tête gelée de son fils, le meurtre de Gralden, le récit des gardes de l'île au Bois. Quels arguments vas-tu invoquer pour le sauver ? J'aurais oublié ces bêtises, mais je ne peux pas laisser filer quelqu'un qui connaît l'existence des grottes et probablement de l'arghot. *Les Gardiens ont profané la terre des mages, saigné ses murs et bu son sang.* Orville a signé son arrêt de mort en écrivant cette phrase. Si ce secret devait se répandre, cette île deviendrait un objectif de conquête pour tout rebelle, pirate ou aventurier de passage. Les convois qui transportent de l'alcool d'arghot seraient menacés. Nous ne pouvons prendre ce risque.

Sylvan hocha la tête.

— Et les hommes ?

— Ils n'ont fait qu'obéir aux ordres d'Orville, et ils ignoraient sur qui ils décochaient leurs traits la nuit de notre arrivée. Si tu y tiens, nous pouvons les laisser tranquilles.

Les deux hommes se regardèrent un instant puis, sans rien dire de plus, ils se levèrent et ramassèrent leurs sacs. Sylvan n'était jamais allé aussi loin dans le réseau de galeries, ni dans le récit de sa vie. L'air était noir et immobile, il absorbait le bruit de leurs bottes ferrées qui soulevaient de temps à autre une courte gerbe d'étincelles, éphémères lucioles dans l'éternité sombre des profondeurs de l'île.

Trois jours leur furent nécessaires pour conclure qu'Orville n'était pas dans les souterrains. Il avait donc fui par une issue qu'ils n'avaient pas trouvée et le secret de l'arghot était éventé…

Les Gardiens cessèrent alors leurs recherches et envoyèrent des pigeons pour donner l'alerte dans les sept royaumes.

*

Les premiers sujets s'habituaient plutôt bien à leur nouveau mode de vie. Ils dormaient dans les cellules, mais elles n'étaient ni plus froides ni plus humides que les logis des maisons. Les soldats avaient établi leur casernement dans la grange qui servait de chèvrerie. Leur seule occupation était de garder les prisonniers et les femmes enfermées dans les logis des sept royaumes.

Cependant, les circonstances de l'arrivée des soldats et le combat solitaire d'Orville avaient laissé des traces profondes. Si l'archipel avait retrouvé son calme, les brumes fréquentes, le vent du large quand il se levait et sifflait en longeant les roches, tout événement, fût-il naturel et banal, provoquait chez les soldats des peurs irrationnelles. L'apparition théâtrale d'Orville sur son bateau la nuit de sa fuite et le décès du capitaine sur l'île au Bois avaient fait naître la légende du fantôme de l'île.

Les sujets d'Orville avaient compris quel parti ils pouvaient tirer de ces superstitions. Ils avaient nié devant les soldats être ceux-là mêmes qui avaient tué les marins et les deux capitaines-ambassadeurs la nuit de leur arrivée, laissant l'implicite faire son œuvre dévastatrice. Dès qu'un incident se produisait, ils l'attribuaient au fantôme, créature à laquelle ils avaient donné une histoire qu'ils avaient distillée aux soldats par petites touches, d'un air de conspirateurs. Il tardait aux sujets du royaume de coucher ce conte par écrit. Ils n'avaient plus accès au parchemin ni aux livres, et c'était la privation la plus cruelle dont ils faisaient l'objet. Il leur semblait que cette interdiction niait leur humanité retrouvée, leur identité. Les choses changeraient.

Le fantôme, donc, dont on ignorait le nom, mais qui était un simple soldat, était le dernier survivant du fort quand les lieux avaient été abandonnés pour la première fois, dans un lointain passé. L'atmosphère lugubre de l'île rendait plausible l'idée qu'elle avait pu être délaissée, et le délabrement des bâtiments, malgré les travaux entrepris depuis l'arrivée d'Orville, pouvait aisément cautionner cette thèse.

Ce dernier survivant avait ainsi fini sa vie assis au bord de la falaise, le regard rivé sur la mer en espérant toujours qu'un bateau viendrait le chercher.

Un beau matin, alors qu'il guettait encore et toujours, il n'entendit pas la mort qui l'appelait dans son dos. Lassée d'attendre, elle partit sans lui pour convoyer des âmes moins distraites. Ainsi, il ne s'aperçut pas qu'il était mort et resta là.

On l'entend hurler, quand le vent vient du large. Il hante la brume et, parfois, précipite les hommes du haut de la falaise pour se venger de ceux qui l'ont abandonné. Quand il a froid, il vole la chaleur des vivants. Cette variante fut ajoutée quand des soldats racontèrent la mort du capitaine de Vallade et cette nuit terrifiante où le spectre fit le tour de l'île en naviguant sur les cailloux, transformant la bruine saline en neige. Il n'était pas toujours facile d'intégrer au conte les détails apportés par les soldats, mais il fallait bien qu'ils aient une petite part dans sa genèse. Ils le méritaient bien, et leur croyance augmentait à mesure que leurs propres apports étaient intégrés à la version officielle.

La discussion portait sur le rôle à donner à Pétrus, leur ami poète disparu avec Orville dans le bateau du spectre le soir de leur fuite.

— Bien, nous avons pour l'instant deux solutions pour justifier la présence de Pétrus dans le bateau. La première suppose que, dans un passé un peu moins lointain, un soldat ait été enlevé par le fantôme lassé d'affronter l'éternité seul, et ce pour lui faire la conversation. Il l'a ligoté à l'avant de son bateau et reste assis à la proue depuis ce temps. La deuxième variante pose que c'est bien Pétrus, notre ami, qui a été enlevé il y a quatre jours, et que le fantôme ne rend jamais ceux qu'il prend. Alors il tourne autour de l'île sept fois avant d'emporter sa proie pour la dévorer. Si nous choisissons cette dernière version, il faut envisager une périodicité à ces enlèvements, leur lien à un phénomène particulier, ou à je ne sais quoi.

Asèrtimas, le géant nommé intendant par Orville avant son départ, inséra sa voix grave dans la conversation.

— Pour ma part, je préfère la première solution. J'aime bien l'idée de ce fantôme qui se sent seul, plus que celle d'un spectre qui se nourrit de chair humaine. Je voudrais également porter à votre connaissance un fait intéressant. Les soldats ont retrouvé la tombe du fantôme. Il y a une petite butte de terre, au sud de l'île, en vue du chenal sortant. Ils pensent que le fantôme s'est assis à cet endroit et que c'est là qu'il a perdu la vie.

Les hommes sourirent, sauf Handt, ancien éleveur de pigeons de son état, qui commençait à croire dur comme fer à l'histoire. Lorenzi reprit la parole.

— Excellent. Je pense qu'il ne faut pas apporter plus d'éléments, mais plutôt laisser faire leur imagination. Trop de précision sur une si vieille histoire ferait éclore des doutes. S'agissant de la production de poiss…

Un bruit de pas inhabituel interrompit leurs débats. Quatre Gardiens entrèrent munis de torches dans le couloir de la prison. Ils se dirigèrent vers la deuxième cellule. On entendit tinter les clés avant que ne s'ouvre d'un coup sec le lourd verrou. Sans un mot, deux Gardiens entrèrent et empoignèrent Asèrtimas, puis ils le traînèrent en direction du bureau du commandant. Les portes furent refermées et les verrous tirés. Bientôt, les prisonniers n'eurent plus pour combattre leur angoisse que le silence du cachot étouffé par son tumulus de terre.

Asèrtimas fut solidement attaché sur le trône. Des braseros éclairaient faiblement la grande salle voûtée dont l'extrémité se noyait dans l'ombre. Les quatre Gardiens se tenaient devant lui, bras croisés. Franken ne lui cacha pas son mépris quand il s'adressa à lui, au bout d'un long moment de silence.

— Régent Asèrtimas, puisque c'est le titre qu'Orville vous a donné, vous allez répondre à nos questions. C'est une affirmation, pas une requête. Où se cache Orville ?

— Je n'en ai pas la moindre idée, Gardien.

Franken avança d'un pas et le gifla. Asèrtimas sentit craquer ses vertèbres cervicales. Quand l'éclair lumineux qui avait envahi ses sens s'estompa, il retrouva la salle, les Gardiens, le sang qui coulait dans sa bouche là où deux de ses dents s'étaient déchaussées.

— Où est Orville ?

Asèrtimas n'était pas un guerrier rompu à la violence. Le protocole était son arme et il ne lui parut pas qu'il lui serait d'une grande utilité dans les moments qui suivraient. Son cou était douloureux et ses gencives le faisaient souffrir atrocement.

— Vous n'avez pas le droit de torturer le régent d'un royaume, Gardien. De plus, qu'attendez-vous d'une question à laquelle personne ne peut répondre hormis Sa Majesté Orville elle-même ? Si vous aviez agi en Gardiens, vous n'auriez pas à le chercher.

Franken le gifla de nouveau. Asèrtimas mit plus de temps que la première fois pour revenir à lui.

— Où se cache-t-il ?

— Il n'y a nulle part où se cacher ici. Pas de village, pas de remise. Les soldats sont partout. Je n'en sais rien. Peut-être est-il mort. Bien des hommes se sont jetés de la falaise depuis que je suis arrivé sur l'île. Les gens sont fragiles, ici. Un jour, la difficulté est plus forte et ils ne résistent pas à l'appel du vide.

— Orville n'est pas mort. Pas encore. Il a été aperçu en bateau la nuit du meurtre de Gralden.

— Alors, s'il était en bateau, c'est qu'il n'est plus sur l'île. Vous savez que je ne connais pas la réponse à la question que vous posez, elle n'a donc guère de sens. La mer est grande, je vous suggère de commencer vos recherches de ce côté-ci.

Quand Asèrtimas reprit connaissance, il était penché en avant et une terrible brûlure enflammait son œil gauche. Il cligna des paupières et hurla de douleur. Franken le saisit par les cheveux pour lui ramener la tête en arrière. Son expression méprisante glaça Asèrtimas. Cet homme allait le tuer, il l'avait deviné avant même le début de l'interrogatoire.

— Où est Orville ?

— Tu vas me tuer, Gardien. (Sa voix était faible et hachée.) Découpe-moi en morceaux avant de m'achever si ça te fait plaisir. Il n'y a plus de loi pour t'en empêcher maintenant que tu les as toutes bafouées. Je n'ai pas la réponse à la question que tu me poses. Tu le sais, et tu le savais avant de me torturer. Je suis intendant, juste un intendant, et je ne me baigne pas dans la bauge que vous avez apportée avec vous. Va en enfer, Gardien.

Franken eut un rictus de satisfaction. Il tira sa dague de son fourreau et l'approcha lentement de la gorge d'Asèrtimas. Il la posa sur sa peau et le sang commença à sourdre. Un bruit sec le fit sursauter et sa main recula : un poignard s'était fiché profondément dans le bois du trône. Il se redressa de toute sa hauteur en portant la main à la garde de son épée. Sylvan et Tarman se tenaient dans l'entrée de la salle. Sylvan dégaina son épée, bientôt imité par Franken.

— Que signifie ceci, Franken. N'ai-je pas été assez clair ?

— Tu es ridicule, Sylvan. Nous devons savoir où se trouve Orville. Nous n'avons pas le choix.

Sylvan et Tarman avancèrent dans la pénombre de la salle des gardes. Alors que les trois complices de Franken s'écartaient, lui-même ne bougea pas, masquant l'intendant à la vue des deux hommes.

— Écarte-toi, Franken.

— Ceci ne te concerne pas, Sylvan.

— Franken, je suis le Gardien de ce royaume. Tu sais ce que cela signifie.

— De quel royaume parles-tu ? Il n'y a que des serviteurs sur un caillou qui nous appartient. C'est la Garde qui règne ici !

— La Garde ne règne nulle part, Franken. Elle veille et agit quand c'est nécessaire avant de s'effacer quand les choses sont redevenues stables. Je ne vois aucun trouble en ces lieux qui étaient paisibles avant votre arrivée.

— Ce n'est pas l'avis de Lothar, Sylvan. Nous allons régner et faire plier les hommes devant nous.

Tarman intervint.

— Tu parles trop, Franken. Et tu agis trop vite, sans mesure et sans réfléchir.

Sylvan avança, forçant Franken à s'écarter. Le visage d'Asèrtimas n'était plus que plaie ; une orbite vide scrutait le néant et une nappe de sang coulait de son cou entaillé. L'artère n'était pas sectionnée. Il pouvait vivre.

— Franken. Un régent est un roi, mais il ne peut s'asseoir sur le trône. C'est un point que tu ne peux ignorer. Comment se fait-il que tu aies assis cet homme ici ? Tu as installé le régent de force sur le trône, tu l'as torturé et tu as tenté de l'assassiner. Tu connais le prix pour chacune de ces trois trahisons à tes serments.

Tarman tenta de s'interposer.

— Pas de ça, Sylvan, nous avons déjà perdu trois des nôtres ici et…

— Ceux qui ont renié leurs serments ne sont plus des nôtres, Tarman. Conformément à la loi de la Garde, je réclame la vie de Franken pour parjure.

Les trois complices de Franken dégainèrent leurs épées. Tarman haussa le ton.

— De grâce, rangez vos armes, tous ! Ne pensez-vous pas que la situation est assez grave ? Nous devons parler.

Sylvan jeta sa cape au sol.

— De quoi veux-tu parler, Tarman, de l'œil que Franken a arraché à Asèrtimas ? De sa lèvre fendue, de ses dents qui ne tiennent plus guère ? Comment Franken va-t-il réparer ? Comment va-t-il faire oublier qu'il a forcé un régent à s'asseoir sur le trône avant d'attenter à sa vie ? De quoi veux-tu parler qui ne soit écrit dans nos lois ? En garde, Franken. Je te fais la grâce de ne combattre qu'un seul Gardien au lieu de toute la Garde de tout temps et en tous lieux. Mais peut-être qu'un homme ordinaire fait pour toi un adversaire plus intéressant qu'un égal. Surtout si cet homme est attaché.

Franken savait qu'il n'était pas à la hauteur. Il n'était pas des plus rapides, et Sylvan consommait de l'arghot depuis si longtemps quotidiennement qu'il en était totalement imprégné. Sylvan avança et s'adressa à lui d'un ton retenu et glacial.

— Peut-être que cette petite gourde qui pend à ton ceinturon te donnerait le talent et le courage qui te manque, Franken. (Il se retourna vers les trois autres). Peut-être que de vous y mettre à quatre vous rendrait aussi braves que contre ce pauvre homme.

Franken attaqua sans crier gare, portant une série d'enchaînements que Sylvan para négligemment. Il bloqua l'épée de son adversaire avant de le repousser au loin.

— Ne me suis-je pas porté garant devant vous tous de la santé de ces hommes ? N'ai-je pas promis la mort à qui les toucherait ? Ne l'as-tu pas bien entendu, Franken ?

Ce dernier se rua à l'assaut. Sylvan s'effaça devant lui, et Franken chuta lourdement sur le sol dallé de pierres.

— Comment retrouver maintenant mon honneur que tu as piétiné ?

Tarman hurla dans la salle.

— Cessez, messieurs !

Franken chuta de nouveau en grognant. Il se releva, saisit un tison dans le brasero le plus proche et se mit à tourner à pas lents autour de son adversaire qui pivotait, l'épée pointée vers le sol. Alors que les trois complices de Franken se trouvaient dans le dos de Sylvan, le tortionnaire emplit ses poumons et hurla.

— Maintenant !

Les trois Gardiens se ruèrent à l'attaque. Sylvan se propulsa dans les airs, sautant au-dessus de Franken, se retourna et fit face à quatre épées alors que Tarman invoquait tous les diables pour les ramener à la raison. Sylvan recula devant ses adversaires qui tentaient de l'encercler par de lents déplacements de côté.

— Pose ton arme, Sylvan, il ne te sera fait aucun mal.

Ce dernier sourit franchement.

— Ne t'ai-je pas entendu crier « maintenant », Franken ? Tarman, ne l'as-tu entendu toi-même ? Voilà qui éclaire la situation sous un jour nouveau. Ainsi donc, tout était prévu. N'auriez-vous pas manigancé tout ça pour me provoquer et ainsi m'éliminer en toute légalité dans un duel judiciaire ? Avez-vous imaginé ça tout seuls, ou suivez-vous les ordres qu'on vous a donnés ? J'étais prêt à épargner les trois sous-fifres, et me serais contenté de tuer cette brute médiocre de Franken, mais puis-je maintenant laisser en vie trois Gardiens qui ont fomenté ma mort ? Tarman, que ferais-tu à ma place ? Tu as sans doute déjà rencontré ce cas de figure dans ta longue vie. Tu es vivant, c'est donc que tu n'as tourné le dos à personne. Tarman, je n'ai pas vécu trois siècles pour m'incliner de la sorte et offrir mon cou à Franken et ses acolytes. Je tue Franken et chasse de l'archipel ceux des trois autres qui poseront leurs armes. C'est ma dernière offre. Choisissez, mais choisissez rapidement, plus vous m'encerclez, plus le moment où je vais attaquer se rapproche. Il ne sera plus temps, alors, de négocier.

Franken s'agita soudainement.

— Ne l'écoutez pas, vous savez bien pourquoi nous faisons ça. La race des Gardiens doit triompher. Les hommes ne sont que des charges. Ils sont faibles ! Lothar nous a promis que notre temps était venu. Que nous importent ce laquais et les leçons de morale de Sylvan ? Nous sommes la loi !

Ils attaquèrent tous ensemble. Un humain qui eût assisté à cet assaut n'aurait distingué qu'une tornade dans la pénombre. L'instant d'après n'était plus que hurlements. Trois assaillants se tenaient le visage, un œil crevé et une coupure sur le cou, alors que le quatrième reculait devant l'épée levée de Sylvan.

— Qu'as-tu à dire, Franken ? Qu'as-tu à dire que nous ne sachions déjà et qui me ferait t'épargner ?

Pour toute réponse, Franken se rua en avant... Sylvan se retourna vers Tarman, immobile dans un angle de la salle.

— C'est fini, Tarman, je vais faire jeter le corps de Franken de la falaise et chasser de l'île ces trois traîtres. Qu'as-tu à me dire, maintenant, que je n'aurais pas saisi de la situation sur le continent et qui justifierait de tels actes ? Il est plus que temps de me dire ce qui se passe.

Le vieil homme s'approcha de Franken et l'acheva d'un geste sec, puis il aida Sylvan à détacher Asèrtimas dont la coupure au cou avait coagulé, mais qui semblait mal en point. Ils l'allongèrent dans sa cellule et, alors que Sylvan nettoyait les plaies, Tarman cherchait des coussins pour les jambes de l'intendant qui dépassaient de la paillasse.

— Il aura de la chance s'il s'en sort, Tarman.

— On est parfois surpris de la résistance des grands maigres. Leur allure peu robuste nous fait trop vite croire à leur fragilité.

— Je l'espère. Toi qui les connais mieux, quelle mouche les a piqués de s'en prendre aux hommes en dépit de mon interdiction ?

Tarman haussa les épaules.

— Je pense qu'ils sont trop influencés par Lothar et ses idées de sortir la Garde de sa réserve. Certains, comme ces têtes brûlées, perçoivent ça comme une revanche sur les hommes, alors qu'ils ne sont pas nos ennemis mais notre berceau... et notre avenir, si tant est que nous en ayons un. L'enjeu est le contrôle du sang et les rebelles. Mais Lothar a des idées de grandeur, il veut reconstruire la crête. Il ne pense plus qu'à ça, à un château pour dominer le monde. Toutes les richesses des sept royaumes n'y suffiraient pas pendant des générations. Alors il prend tout. Les hommes pour travailler sous le fouet, les femmes pour porter les générations d'ouvriers et de soldats. Il veut des bataillons de soldats au sang bleu, des centaines de nobles au sang bleu, des millions d'hommes au sang rouge pour les servir.

— Lothar est fou.

— Je ne lui ai pas dit comme ça, mais je lui ai fait clairement savoir mon désaccord. C'est la raison pour laquelle j'ai été envoyé ici, probablement. Lothar prend à cœur ce grade symbolique de général de la Garde. Il suffit qu'une dizaine de Gardiens soient assez jeunes, assez vils ou assez idiots pour le croire, et l'idée d'un général qui commande aux autres devient une réalité dans les faits. Progressivement, elle s'impose à tous. Ces écervelés ont dans l'idée que les hommes ne sont rien et qu'ils ont tout pouvoir sur eux, tous les droits. Ils sont arrogants et brutaux, comme tu le disais fort justement dans les grottes. Tu ne t'es pas fait des amis ce soir, tu sais. Tu aurais dû ne rien faire ou les tuer tous.

— Ils n'étaient que ses complices. Ils méritaient un châtiment, pas la mort.

— J'espère que c'est ce que Lothar dira de toi.

— Lothar n'est pas au-dessus des lois. Je n'ai fait que les appliquer, et il devra s'y plier comme nous tous.

— Tu n'entends donc pas ce que je dis, Sylvan ? Lothar a mis à bas les lois de la Garde. La Garde réduit les hommes en esclavage, sélectionne avec les registres des naissances les femmes les plus proches du sang bleu pour en faire des ventres à remplir. Les maris qui résistent sont empalés le long des routes, écorchés vifs devant leurs enfants. Les théocrates sont eux aussi écorchés ou enfermés dans des cages à corbeaux. Des villages entiers sont vidés de leurs habitants, qui cheminent misérablement en direction de la crête pour y mourir sous le fouet. Le château de Lothar sera magnifique, Sylvan, mais il sera bâti avec des ossements collés par du sang.

» Quand les rois se révolteront, il sera trop tard. Chaque noble se verra adjoindre un homme du sang bleu comme percepteur d'impôts. Ils vont engendrer d'autres résurgents qui seront leurs propres soldats. Bientôt ils auront pris le commandement des armées et sélectionneront les hommes qui partiront vers la crête ajouter leurs ossements à ceux qui les auront précédés. Puis un jour les Gardiens prendront la place des nobles qui seront déportés vers les carrières dans les hauteurs. Leurs femmes deviendront le lit de la descendance de la Garde qui formera la nouvelle aristocratie.

Sylvan déplia une couverture sur Asèrtimas et les deux Gardiens sortirent de la chambre pour gagner le bureau. Sylvan servit deux tasses de tisane et s'assit.

— Je ne cautionnerai pas ces choses, Tarman. C'est un nonsens historique. Personne ne pourra pardonner aux Gardiens ce que Lothar prépare. Il a été roi et en a bien profité, ne peut-il se contenter de ses souvenirs ? Un royaume pour la Garde, c'est une idée absurde. Nous savons comment tout ça va se terminer. Il lui faudra des fiefs pour ses enfants, et le monde s'enfoncera dans le chaos comme cela s'est produit par le passé. Comment les frères ne voient-ils pas que cette histoire de rebelles n'est qu'un prétexte à l'emballement de la folie de Lothar ? Nous apprenons pourtant l'histoire ! Je comprends mieux maintenant. Tuer un régent ne fait qu'anticiper ce que prépare Lothar à une plus grande échelle.

— Tu sais, Sylvan, les frères sont fatigués de vivre dans l'ombre. Ils sont de souche noble et veulent vivre comme tels. Tu seras seul contre tous. Ton combat de ce soir te condamne, et tu le sais. Les trois qui partiront demain vont parler, ils déformeront ce qui s'est passé. Lothar demandera ta tête et fera ce qui est nécessaire pour l'obtenir.

— Alors le monde est perdu. Il n'y a pas de place pour nous sur cette terre si nous ne savons nous faire oublier. Quant à Lothar, il veut ma tête depuis si longtemps que les événements d'aujourd'hui ne changent rien, il veut ma tête depuis qu'il mérite que je prenne la sienne, depuis que je l'ai épargné.

— Que vas-tu faire, Sylvan ?

— Je ne sais pas. Je ne peux pas laisser tomber ces hommes, et je ne peux pas rester ici à attendre que Lothar vienne m'y chercher. Je sais pouvoir compter sur mes deux compagnons, sur toi aussi, je crois. Mais pour les autres… Vous êtes arrivés à seize. Quatre sont morts dont un par ma main. Trois s'en vont demain. Que vont décider les neuf autres ?

— Je ne le sais pas, Sylvan. Ceux qui sont morts ou blessés étaient probablement les pires, mais Lothar n'aura pas prévu une unique solution à la prise de l'île et au problème de l'arghot. À la question de ta vie non plus. Nous ne pourrons pas lui cacher longtemps ce qu'il se passe ici. En tout cas, si tu restes, ferme bien ta porte le soir, surveille ton verre et ne tourne le dos à personne.

CHAPITRE II

LA FUITE

Le fin voilier filait maintenant vers l'archipel depuis une heure, et l'île au Bois n'était plus qu'un caillou. Orville et Pétrus avaient laissé l'île de la Grotte sur bâbord, avant de se diriger vers la masse noire des sommets émergés. Vent arrière, le pont du bateau restait horizontal et la voile tendue ne rendait pas plus de bruit que l'étrave qui traçait silencieusement un sillon à la surface de l'eau. Pétrus n'avait pas desserré les dents depuis qu'Orville avait mis cap à l'ouest. Il observait, assis à l'avant sur un tonneau, les flots noirs défiant l'esquif. Une heure passa avant qu'il ne se lève et rejoigne Orville qui tenait la barre.

— Majesté, ces eaux sont dangereuses, même de jour. Il serait préférable de faire route au nord et de longer l'archipel.

Orville ne quitta pas l'horizon du regard.

— Homme de peu de foi. Je te reconnais bien là. La route que j'ai choisie ne pourrait être meilleure. Dans ce dédale de sommets, nous pourrons naviguer de nuit, rester cachés le jour et trouver de quoi nous ravitailler.

Pétrus secoua la tête en signe de désaccord.

— Songez-vous vraiment à tenter de passer par l'archipel ? Sachez tout de même qu'il est infesté de pirates et de hauts fonds et que, faute de pouvoir manger des rochers, nous aurons bien du mal à nous y nourrir.

— Tu parais bien informé pour un ménestrel. Tu dois alors aussi savoir que, si nous sortons de l'archipel, les courants nous emporteront au beau milieu de la mer intérieure, et que nous y mourrons de soif avant que le ressac nous rejette sur une quelconque grève du sixième royaume. Que choisis-tu entre une mort probable et une mort certaine ? Pour ma part, j'opte pour les cailloux.

Pétrus s'assit sur le bastingage et croisa les bras, regardant vers la proue du canot. Il laissa un moment le bruissement du navire glissant sur l'eau organiser ses pensées, puis il décida d'interroger Orville.

— Et comptez-vous vous établir à une longue distance de l'île du Goulet ?

Orville secoua la tête.

— Je ne compte m'établir nulle part, Pétrus, mais partir droit devant moi et aussi loin que possible, dans un premier temps. Et puis j'irai à la recherche d'une femme dont j'ai croisé le chemin un jour parmi les plus sombres de mon existence. Je veux savoir le pourquoi d'une larme devinée à la lumière d'une lanterne.

Pétrus se désintéressa un instant des montagnes qui barraient l'horizon comme une muraille.

— Une femme ?

— Une femme, oui, Pétrus. J'aimerais qu'elle devienne ma reine. Je n'ai fait que la croiser, et je ne sais si elle voudra de moi, mais son charmant visage dans la pénombre d'un cachot ne me quitte plus depuis que je l'ai entraperçue.

— C'est donc une captive ?

Orville hocha la tête.

— En un sens, peut-être. Cette fois-là, les barreaux de fer étaient les miens. Les siens semblaient d'une autre nature. Il s'agit de la femme du marquis de Vallade, elle se prénomme Armine.

Pétrus siffla, admiratif, puis il reprit son examen de la muraille vers laquelle Orville dirigeait le voilier. Il se retourna vers le barreur et secoua la tête en signe de dénégation.

— Majesté, il y a des femmes plus faciles que d'autres à approcher. Celle-ci est un joyau enfermé dans un coffre-fort. Je ne saurais que vous conseiller de renoncer à cette folie.

— La connais-tu, Pétrus, pour en parler ainsi ?

— Armine de Palisser, troisième fille du souverain du quatrième royaume, Arcol de son prénom. Elle fut donnée en secondes épousailles au marquis de Vallade il y a environ deux années pleines. Le marquis est prodigieusement riche, mais vous avez, certes, un royaume à offrir. Reste qu'il y a quelques menus obstacles. L'homme passe pour méfiant et sournois, son château est redoutable, bien gardé, quand notre armée ne comprend que deux guerriers, vous et moi. Qui plus est, vous barrez de nuit droit sur une zone de récifs infestée de requins et de pirates, fuyant votre royaume tenu par des capitaines-ambassadeurs-militaires et les soldats de votre rival. Si vous daigniez au moins ouvrir les yeux quand vos mains tiennent à la fois notre destin et le gouvernail de cette coque de noix, la situation semblerait moins désespérée.

— Et pourquoi donc, Pétrus, ouvrirais-je les yeux alors que la nuit est si obscure qu'on voit à peine l'avant du bateau ? Les yeux fermés, je sens mieux les éléments, le vent et la force de la mer.

Orville se contentait de barrer là où l'outre-vision lui indiquait la plus grande profondeur. Une fois passées les premières îles, il serait hors de vue du Goulet et analyserait la situation. Tout avait changé si vite…

Pétrus grogna, puis il se glissa à l'avant pour observer ce qui pouvait l'être dans une nuit de goudron sous un ciel d'ébène. Il resta en silence jusqu'à ce qu'il distingue de l'écume.

— Majesté, puis-je vous suggérer de modifier le cap de quelques degrés sur bâbord pour que nous évitions de nous écraser sur ces rochers qui nous barrent le chemin ?

— Des rochers, dis-tu ? Viens donc prendre la barre que je me rende compte.

Pétrus le rejoignit à l'arrière et saisit la petite barre à roue. Avant même d'avoir pris connaissance du choix d'Orville, il orienta le bateau vers le sud-ouest. Le pont s'inclina doucement sur tribord alors que la voile claquait au vent. Pétrus régla la voilure et l'esquif reprit de la vitesse.

Orville passa des vêtements chauds. Puis il ouvrit un tonneau duquel il retira une miche de pain. Il en coupa une grosse tranche qu'il mangea en silence, tout à l'observation de la mer et des reliefs. Machinalement, il saisit l'épée confisquée au Gardien qu'il avait tué et la tira du fourreau. Il la fit tourner comme pour trancher la nuit. C'était une bonne épée, bien équilibrée et entretenue avec soin. Trop légère. Il faudrait rapidement trouver de la graisse pour que son séjour dans l'eau de mer ne la fasse pas rouiller. La poignée était gainée de cuir et le pommeau taillé dans une pierre translucide, dont seule la lumière du jour révélerait la couleur. Le fourreau était d'un bon cuir. Orville détacha la petite gourde engagée dans le ceinturon et en dévissa le bouchon pour en sentir le contenu. L'odeur était étrange, celle d'un alcool un peu fade… douceâtre peut-être ? De toute façon, ça avait l'air d'être fort. Il porta le goulot à sa bouche et se laissa envahir par le breuvage. Le goût, plus aromatique que l'odeur ne le laissait présager, lui évoquait quelque chose sans qu'il puisse le définir avec précision. Pas mauvais en fait, les Gardiens savaient se soigner. Il referma le bouchon et posa l'arme et le ceinturon contre son sac avant de porter son regard vers les rochers qu'on devinait à tribord, là où la houle faisait mousser l'eau. Orville sentit subitement l'outre-vision s'amplifier. Il distinguait les forêts de laminaires qui tapissaient les fonds sableux avec une clarté stupéfiante, les nids de mouettes sur les versants escarpés, les rongeurs qui trottaient sur l'île en quête de graines sous le regard de rapaces nocturnes à la recherche de quelque proie. Son pouvoir s'étendit sans qu'il puisse déterminer jusqu'à quelle distance il finirait par porter. Il n'y avait pas d'issue pour partir vers l'ouest ou le sud, mais, plus au nord, la nature des fonds et l'inclinaison des algues indiquaient qu'une passe de petite taille permettrait sans doute de se faufiler au-delà de cette barrière de roches et de poursuivre la navigation sur une mer calme aux eaux profondes. La barrière de brisants n'était donc pas totalement étanche !

— Virement de bord, Pétrus, nous ne trouverons nul salut dans cette direction.

Pétrus marqua un instant d'hésitation alors qu'Orville était déjà à son poste pour larguer l'écoute de grand-voile.

— Qu'attends-tu pour virer, Pétrus, que nous dérivions au milieu du chenal ?

L'homme s'exécuta de mauvaise grâce. Le laissant à ses doutes, Orville régla les voiles et se dirigea d'un bond à l'avant du bateau. Debout sur l'étrave comme si elle présentait la stabilité d'un roc, Orville focalisa son attention sur la passe qu'il avait sentie plus au nord. Elle semblait peu profonde, mais le tirant d'eau de leur modeste voilier limitait le risque de talonner.

Quand ils furent presque à destination, Orville se déplaça sur l'arrière du bateau pour réduire la voilure, puis il revint se poster à la proue pour guider Pétrus.

— Bien, Pétrus, cap à l'ouest maintenant.

— Majesté, il n'y a que des cailloux ici.

— Obéis, Pétrus, il y a un passage.

Pétrus hésitait, Orville voyait poindre le moment où il serait trop tard pour virer et où il faudrait manœuvrer de nouveau pour être dans l'alignement. Il tenta de convaincre le poète.

— Il y a une passe suffisante. Fais-moi confiance.

— Majesté, ce n'est pas une partie qu'il faut jouer sur un coup de dés. Je ne vois que des cailloux pour éventrer la coque et de l'eau noire pour nous engloutir.

— Il y a une passe !

Orville sauta à l'arrière du bateau, se saisit de la barre sans ménagement et vira à bâbord. Il libéra l'écoute de la voile d'un coup sec, ordonnant à Pétrus de la régler, puis il se concentra sur la manœuvre. La passe n'était pas droite. Il faudrait bientôt virer à tribord afin de contourner un récif, puis ils seraient en sécurité. Le voilier glissa dans le courant qui s'engouffrait entre les roches. La houle luttait avec les brisants, offrant par moments l'image d'un bateau naviguant sur l'écume. Pétrus s'était avancé jusqu'à la proue pour regarder la mort en face. Orville dut hurler pour qu'il sorte de sa torpeur. Il le rejoignit mécaniquement et borda la voile tandis que la coque virait sur place et s'engageait en souplesse dans un chenal, entraîné par les eaux bouillonnantes qui se frayaient un passage. Puis Orville mit cap à l'ouest, le bruit cessa et le voilier glissa à la surface du lagon.

Pétrus s'affala sur son sac et se prit la tête entre les mains. Orville, jambes écartées, barre en main, fouillait le paysage.

— Repose-toi, ménestrel, le temps de passer cette île qui nous fait face et nous chercherons un mouillage. Nous serons hors de vue des ennemis.

Quand Orville se réveilla en milieu d'après-midi, Pétrus déjà levé était monté sur une éminence de rocher et regardait la mer.

— Bonjour, Majesté. Avez-vous bien dormi ?

— Trop peu, mais bien. Nous sommes à bonne distance de nos éventuels poursuivants.

— Personne ne nous poursuivra ici, Majesté. Par contre, je suis surpris que les pirates ne soient pas déjà là.

— Si près du fort ? Ne crois-tu pas que tu t'inquiètes un peu trop ? Quelques manants sur des rafiots de fortune ne sauraient surveiller une si vaste zone. Trois semaines de navigation, portés par les courants, des centaines de lieues, des milliers d'îles. Ce serait bien le diable qu'on vienne nous dénicher.

Pétrus secoua la tête, découragé.

— Majesté, vous ne connaissez rien aux pirates, vous ne savez ni qui ils sont, ni combien, ni où ils résident. Je ne saurais que vous conseiller la plus grande prudence. Ces hommes sont nombreux, sans pitié. Seul l'appât du gain les intéresse. Vous ignorez bien des choses encore, en particulier qu'ils sont d'excellents marins et de redoutables combattants.

— Pour autant, Pétrus, il est préférable de tracer notre route au milieu des rochers et des îles. Si nous longeons l'archipel, nous serons forcément repérés. Je n'imagine pas un seul instant que ces hommes ne surveillent pas les passes à l'affût d'un navire mal défendu. C'est le cas du nôtre. Nous voyagerons de nuit. Je sais le danger que cela représente, mais je pense préférable d'affronter un caillou que trente pirates.

— Majesté, c'est l'avis d'un soldat qui connaît les armes, pas celui d'un marin qui connaît les naufrages. Avez-vous songé à une route ?

— Pas encore. À vrai dire, je n'ai aucune carte de l'archipel. J'ai emmené de quoi tracer celle qui me manque.

Alors que Pétrus s'asseyait sur la plage en se tenant la tête d'un air découragé, Orville se dirigea vers le bateau. Il ouvrit une des caisses, en sortit une liasse de parchemins et son écritoire de voyage, puis il s'assit et commença à dessiner les îles et à cartographier ce qu'il avait perçu des fonds.

Orville n'ayant pas voulu reprendre la mer, depuis trois jours Pétrus regardait fondre leurs provisions tout en s'employant à pêcher aux abords de l'île. Mais ce qui le préoccupait le plus était l'eau douce. Ils en avaient deux barriques pleines et Orville trouvait son inquiétude sans fondement.

L'île était beaucoup plus petite que l'île aux Bois, mais elle ne manquait pas de charme. La végétation rase qu'on retrouvait partout dans l'archipel s'agrémentait d'arbustes odorants qu'Orville ne connaissait pas. Pourtant si près du fort, les senteurs n'étaient déjà plus les mêmes. Bien que l'on ne puisse encore parler de montagnes, les îles plus à l'ouest s'élevaient déjà à des hauteurs importantes et leurs parois étaient presque verticales. Le bateau était échoué sur une plage de sable fin, et chaque marée haute le remettait à flot. Il tirait alors modérément sur sa chaîne d'ancre. Ce lieu était le premier qu'Orville identifiait dans l'archipel comme permettant l'établissement d'un port. La seule difficulté à lever résidait dans les transports entre ici et le fort. La passe qui donnait accès au large débouchait dans le chenal nord dont les eaux emmenaient les navires dans la mer intérieure. Un navire de fort tonnage pourrait, venant de l'est, emprunter ce passage et mouiller dans les eaux de cette petite île, mais il ne pourrait remonter le courant puissant du chenal entrant pour approvisionner le Goulet. Il faudrait résoudre ça, mais ce serait pour un autre jour. Dans l'instant, Orville avait deux problèmes. Le premier consistait à élaborer un moyen pour chasser la vermine de son royaume, le second concentrait son attention sur la passe nord qu'il scrutait depuis trois jours sans que Pétrus ne puisse deviner de quoi il s'agissait. Las de chercher, ce dernier finit par le lui demander.

— Majesté, qu'attendons-nous ainsi ? Vous sembliez hâtif de mettre de la distance entre le fort et vous, et voici que nous restons là à attendre que l'eau s'épuise. Nous ne trouverons dans l'archipel que sécheresse, piraterie et désolation. Si nous voulons survivre, il nous faut fuir au plus vite pour aborder un rivage civilisé. Il n'y en a pas tant dans les parages.

Orville se retourna vers Pétrus. Le musicien rongeait son frein. La petite île avait du charme, certes, mais l'occupation y manquait et Pétrus l'avait parcourue en tous sens. Orville avait espéré qu'il y cherchait quelque chose, mais, il devait se rendre à l'évidence, son compagnon passait sa colère en usant ses souliers sur la pierraille de l'îlot.

— Bientôt, Pétrus. Bientôt nous reprendrons notre navigation. Mais j'attends un signe. Tu comprendras, quand il sera advenu, pourquoi je ne t'en ai pas parlé avant. Il faut du temps parfois pour que les choses se fassent. Mais je peux tout de même te dire que je ne lèverai pas l'ancre avant le passage du navire de ravitaillement. Il me faut savoir s'il sera seul ou si d'autres bateaux l'accompagnent. Nous prendrons la mer dès qu'il aura doublé notre position. Enfin, il y aura encore un détail à régler, et nous poursuivrons ensuite notre route.

— Le navire de ravitaillement passe tous les quinze jours, Majesté. Nous sommes donc encore là pour une bonne semaine.

— Je ne le crois pas. Les soldats et les Gardiens sont maintenant plus nombreux. Il faudra les ravitailler plus souvent. Je pense qu'il passera demain ou après-demain.

Il leur fallut attendre plus d'une semaine avant que le navire passe devant l'îlot où Orville et Pétrus guettaient, mais deux navires s'étaient succédé là où naguère un seul faisait le voyage. Le premier était un navire de guerre de Vallade et le second celui des Gardiens. En voyant naviguer le fin navire au pavillon bleu et noir, Orville avait souri amèrement. Puis il était monté à bord de leur bateau et avait pris son écritoire, celle qu'il avait reçue au début de sa mission en Hautterre.

> *Je ne suis pas vraiment un roi. Je n'ai pas été façonné pour ça. Pétrus comme les autres hommes m'appellent Majesté, mais ce titre me pèse. Je suis un soldat, ils le savent et jouent cette comédie car elle donne un sens à leur propre vie. On a voulu faire de moi un soldat, un théocrate, un officier de haut rang, un monarque. Qu'attendra-t-on bientôt de moi ? Que je chante en jouant du tambourin ? Je ne sais pas, en fin de compte, qui je suis vraiment. Pour l'instant, ma mission n'est pas achevée. Il est deux enfants quelque part dont je ne sais le destin. On m'en a fait perdre la trace, mais l'occasion me sera donnée, j'en suis sûr, de la reprendre et de terminer ma mission. Je le dois à mes compagnons tombés dans la crête, je ne dois plus rien au roi Hartrold, je me le dois surtout à moi-*

même. Ce journal, qui cette fois-ci est le mien, reviendra à qui le voudra, mais...

Orville fut tiré de sa tâche par un cri de Pétrus qu'il n'avait pas entendu embarquer et sursauta au point de renverser une partie de l'encre sur le parchemin.

— Que signifie, Pétrus ?

Le musicien lui répondit en agitant l'épée du Gardien, le pommeau de gemme bleue tourné dans sa direction.

— D'où vient cette épée ?

Partiellement revenu de sa surprise, Orville posa son parchemin, égoutta l'encre qui s'y était renversée puis rangea son écritoire en réfléchissant à la réponse qu'il lui ferait. Il se dressa de toute sa taille et se composa une autorité de circonstance.

— Y a-t-il un problème avec le fait que je possède de beaux objets, maître Pétrus ?

Le baladin baissa d'un ton, mais il eût fallu être bien distrait pour ne pas voir que sa terreur avait encore augmenté sous ses efforts pour paraître calme. Pétrus tremblait, les doigts crispés sur l'arme au point qu'on les eût crus peints en jaune.

— La question n'est pas là, Majesté. Savez-vous qui possède ce type d'épée ? Son propriétaire nous poursuivra jusqu'en enfer. Aucun de ceux qui en sont détenteurs ne s'en laisse déposséder sans passer le reste de sa vie à poursuivre le voleur. Vous pouvez être certain que déjà tous les ports des sept royaumes nous attendent et que notre signalement nous précédera où que nous allions !

Pétrus s'assit sur le plat-bord et proféra une liste de jurons qu'Orville n'eût jamais imaginés dans la bouche d'un poète.

— Pétrus, sache tout d'abord que le propriétaire de cette arme un peu trop décorée à mon goût ne nous poursuivra pas j'usqu'en enfer pour la simple raison qu'il nous y attend déjà. Il n'en avait donc plus besoin. Quant à notre signalement dans les ports, il y serait arrivé de toute façon. Me crois-tu assez sot pour imaginer qu'on m'y ferait un accueil digne de mon rang royal ?

Orville vit Pétrus blêmir.

— Majesté ! Vous avez tué un Gardien ! Vous rendez-vous compte que vous ne trouverez plus de repos nulle part ?

Orville hocha la tête, surpris de sa réaction. Quand on a des ennemis, il faut bien les combattre ! Il parla d'un ton offusqué.

— Ce malotru avait pris place dans mon propre lit. Comment devais-je réagir ? Il n'a pas à se plaindre, je lui ai laissé sa dague. Certes, fichée au beau milieu du front, mais je la lui ai laissée.

Pétrus sembla réfléchir, en proie à une vive agitation.

— Au moins, Majesté, nous pouvons espérer qu'ils ne réaliseront pas que vous êtes le meurtrier.

Orville balaya cet espoir d'un revers de main.

— C'est bien une idée de baladin de partir en dissimulant son identité alors que l'on a défendu son honneur et qu'on a pris l'arme du vaincu comme l'autorisent les lois de la chevalerie.

Pétrus bondit littéralement sur le pont du bateau.

— Qu'avez-vous... ? Vous n'avez tout de même pas laissé un parchemin qui...

— Mais bien sûr que si, Pétrus. J'ai intercalé entre le poignard et le front de l'impudent une missive afin de poursuivre mon travail de démoralisation. J'ai signé, et ajouté quelques fariboles de nature à les impressionner. Un message un peu mystérieux pour donner du poids à l'élimination du geôlier.

Alors qu'Orville plongeait dans un tonneau à la recherche de quelque chose à manger, Pétrus s'affala.

Tout à coup, Orville sentit dans les lointains le signe qu'il attendait, un minuscule fanal ballotté par la houle du chenal entrant. Il cria de joie et releva l'ancre. Alors que le courant les faisait lentement dériver, il tourna vigoureusement la barre. Le voilier prit le vent de travers, gîta sur bâbord et avança résolument en direction du nord. Pétrus s'était installé à l'avant de l'esquif. Il s'y tenait si immobile qu'un observateur, même attentif, eut pu sans honte le confondre avec une figure de proue. Lentement, il sortit de sa léthargie pour participer à la manœuvre.

Une fois en pleine mer, Orville mit cap à l'est, face au courant pour limiter sa dérive. Face au vent, il dut tirer des bords pour ne pas trop s'éloigner de l'archipel. Le courant était si fort que s'ils avaient été plus près des rives du sixième royaume, le bateau aurait été aspiré vers la mer intérieure, désert d'eau et de sel où seule la mort les attendait. Orville poursuivit cette étrange navigation deux heures durant.

Quand Pétrus identifia un tonneau de grande taille enserré par des cordages à la manière d'un filet, il saisit une gaffe et l'attrapa.

— Pétrus, le tonneau risque d'être trop lourd pour le hisser à bord. Attache-le à l'arrière du bateau avec un bout, nous allons le tracter jusqu'à la plage de l'île du Port.

Pétrus s'exécuta adroitement. Avec vent arrière et dans le sens du courant, ils ne mirent que peu de temps pour rejoindre la passe et crocher l'ancre.

— Doucement, Pétrus, nous devons sortir le tonneau sans qu'il roule sur lui-même.

— Pourquoi donc, Majesté, le contenu en est-il donc si précieux ?

— Je t'en laisserai juge.

Orville utilisa l'épée au pommeau bleu pour ôter le couvercle du tonneau et en sortir une cage avec trois lapins, une caisse de bois… et un luth. Un luth simple, mais de bonne facture. Il se tourna vers un Pétrus tout sourire. Le poète appréciait Orville, bien qu'il le considérât comme quelqu'un de peu de culture, épais de manières et de nature obstinée.

— Il semblerait que j'en sois pour quelques cours de chant, Majesté.

— Je ne vois comment tu pourrais maintenant t'y soustraire.

— Pourquoi avoir demandé ces trois lapins ?

Orville se redressa, tendit l'instrument à Pétrus, puis il huma l'air salin de l'archipel avant de répondre.

— Je vais les relâcher ici. Deux îles de chasse valent mieux qu'une. Qui sait si un jour le secret de ce lâcher ne pourrait pas nous servir ? Il y a un mâle et deux femelles. Que la nature fasse son œuvre !

Le poète prit une grande inspiration.

— J'aimerais être à la place de ce lapin.

Pétrus se pencha pour ouvrir la cage et les trois animaux s'égaillèrent dans les fourrés.

— Et cette caisse, Majesté ?

Orville en sortit du parchemin, de l'encre, une bouteille d'eau-de-vie et un pli cacheté à la cire bleue. Il brisa le sceau et déplia le vélin.

À Sa Majesté Orville Ier, monarque du huitième royaume.

Majesté, comme vous me l'avez fait demander, je vous joins aux animaux et objets un état de la situation dans la capitale du royaume, ainsi que les nouvelles dont nous disposons sur le reste du monde.

Sur le plan de la politique intérieure, l'île est sous le contrôle de la Garde. Les frères récemment arrivés se comportent comme des occupants, ce qui n'est conforme aux usages que dans le cas où la Garde sort de sa réserve, ce qui est précisément le cas. Quand un danger menace l'humanité, la Garde est fondée à reprendre le pouvoir le temps que les choses redeviennent paisibles. En l'état des événements qui ont été portés à ma connaissance, la menace vient des rebelles qui auraient reconstitué leurs forces au point de devenir un danger. Cette menace aurait émergé en Hautterre lors des événements que vous connais-

sez pour en avoir été l'un des acteurs. Les monnaies trouvées sur les lits comporteraient une bizarrerie faisant craindre que les rebelles aient connaissance d'une magie plus puissante que celle dont dispose la Garde. Je vous l'écris car vous êtes un des seuls à avoir eu ces pièces en main, et que ce détail ne vous a probablement pas échappé. Je ne sais qu'en penser, et j'aurais aimé m'en entretenir avec vous. C'est hélas ! désormais impossible.

Conformément à mon serment, je me porte garant de la santé des hommes sur l'île. Ils dorment en prison, mais dans la journée ils travaillent aux champs. Ils ne sont plus autorisés à s'entraîner, c'est là le principal changement dans leur situation. Depuis l'assassinat du frère qui assurait leur garde, j'ai pris la place du geôlier. Par mesure de précaution, j'ai verrouillé le panneau de bois, au cas où votre fantôme chercherait à me chasser de la couchette du capitaine comme il a chassé mon prédécesseur de la vie. Je sais que vous êtes entré par là après vous être dissimulé dans les souterrains, mais je ne m'explique ni comment vous avez pu prendre en défaut la vigilance de Gralden, ni comment vous avez eu connaissance du réseau de galeries. Je ne sais d'ailleurs pas non plus comment vous vous en êtes échappé. Les Gardiens sont persuadés que vous vous y trouvez encore. Je ne le crois pas pour ma part, sachant que vous attendez plus à l'ouest l'arrivée de ce message. Ne parlez à personne des souterrains. Ce secret a plus de valeur que votre vie aux yeux de la Garde, dont je fais partie. Plus de valeur que n'importe quelle vie, que n'importe quel nombre de vies.

Vous avez probablement deviné que votre tête sera mise à prix d'ici peu, et que pas un lieu des sept royaumes n'ignorera que vous êtes susceptible de surgir. Vous êtes en fait recherché dans les deux mondes. Les hommes vous cherchent pour mettre fin à votre règne, et nous, Gardiens, vous recherchons car vous avez tué un des nôtres et découvert un de nos secrets. Je ne vous cache pas que ça ne vous laisse que peu d'espoir de trouver un refuge, mais c'est une chose que vous saviez, je suppose.

Vos mises en scène se sont montrées efficaces à la fois pour tétaniser les soldats et pour alerter les Gardiens. Les indices que vous avez laissés et les modalités d'élimination du frère, comme celle du capitaine Vallade, sont mystérieux, même pour moi qui vous connais bien. L'idée que vous êtes un mage, les menaces proférées par écrit, tout ça fait son chemin et grossit le dossier vous concernant, lequel contenait déjà les témoignages du marquis de Vallade. Ce n'est guère prudent, si je puis me permettre, de cultiver ainsi le mystère. Vos menaces sont maintenant prises très au sérieux, et elles donnent de l'épaisseur aux craintes de la Garde. Tout cela sera recopié et diffusé dans les ambassades des sept royaumes.

Je n'ai pas d'autre nouvelle à porter à votre connaissance, et le seul conseil que je puisse vous adresser est de choisir un trou bien profond et de ne pas en sortir pendant quelques décennies, les siècles n'étant pas du ressort des hommes au sang rouge. Retenez toutefois que je resterai fidèle à mon serment de protéger les hommes, même si les événements de la dernière semaine me poussent à me poser des questions à votre sujet.

Sylvan, ambassadeur de la Garde auprès du huitième royaume.

Orville chiffonna le message autour d'une pierre et le jeta le plus loin possible dans la mer. Le paquet décrivit une parabole parfaite avant de redescendre crever la surface de l'eau, scellant son secret dans les profondeurs de la baie.

*

Orville et Pétrus avaient maintenant repris la mer et voguaient dans le labyrinthe des îles de l'archipel. Plus ils progressaient vers l'ouest, plus les côtes étaient rocheuses et inaccessibles. Orville se délectait de ces paysages vertigineusement irréels, frustes et sauvages. De temps à autre, il commandait à Pétrus de prendre la barre pour reporter le tracé des côtes et la forme des îles sur le cuir. Parfois, quand le vent mollissait, Orville relevait les hameçons qui traînaient derrière l'embarcation alors que Pétrus jouait du luth.

— Majesté, avez-vous soif ?

— Pas pour l'instant, Pétrus.

— Vous mentez.

— Oui, en effet. Je me rends compte maintenant que ton angoisse de manquer d'eau paraît fondée. J'espère que nous en trouverons bientôt.

— D'ici quelques jours, Majesté. Probablement quand nous aurons atteint ces montagnes couvertes de glaciers qui barrent l'horizon. La fonte des glaces crée des torrents qui dévalent pour se jeter en contrebas dans la mer. Il devrait être cependant difficile de s'approcher des chutes à cause des rochers. Nous verrons bien.

— Pétrus, tu m'as l'air de bien connaître ces contrées. Serait-il indiscret de te demander d'où te viennent ces connaissances ?

— Quand j'ai été convoyé sur l'île du Goulet, je n'étais pas enfermé comme vous, j'ai passé ces semaines à observer la côte.

— Et que ces observations t'ont-elles permis d'apprendre qui pourrait nous servir ?

— Eh bien, par exemple, qu'il y a des chutes d'eau là où il y a des glaciers.

— C'est une excellente nouvelle. Peux-tu donc me donner un peu d'eau de ce tonneau ?

— Mes observations m'ont également appris que quand il y a de l'eau, il y a des hommes. Et que ces hommes naviguent dans des bateaux plus grands que le nôtre, et avec un couteau entre les dents...

Orville réfléchit un instant. La menace des pirates s'était un peu éloignée dans l'ordre de ses préoccupations. Naturellement, là où on trouvait de l'eau en abondance, il pleuvrait des pirates comme coulent les rivières. Il leur faudrait bientôt naviguer de nuit.

— Finalement, Pétrus, je n'ai pas si soif que ça. J'attendrai.

— Ça me semble plus sage, Majesté.

Le voilier gîtait sur bâbord. Couvrant le bruit du vent et des vagues, Pétrus cherchait à enseigner à Orville des rudiments de chant. Ils achevaient à l'instant une séance de vocalises pour s'échauffer la voix.

— Majesté. Si vous n'y mettez pas du vôtre, vous ne progresserez pas très vite.

— On se lasse, mon cher Pétrus ? Un pari est un pari. Tu as récupéré ton luth, il te faut maintenant prendre ton rôle de professeur au sérieux et persévérer tant que je ne chanterai pas comme un rossignol.

Pétrus se prit la tête entre les mains.

— Le Suprême me donne la force... Mais enfin, vous avez déjà chanté par le passé ? Tout le monde a chanté ! Comment se fait-il que ce qui sort de votre bouche soit faux à chaque instant ? Chantez donc avec vos sentiments, pensez à chaque note, imaginez que vous le faites pour Armine de Vallade, sous son regard attendri, les yeux tournés vers le ciel...

Orville sembla chercher dans son passé quelques bribes de chants qu'il aurait pu trompeter. Son éducation d'enfant soldat avait laissé des lacunes du côté des comptines, et les chants qu'il avait massacrés lors de son passage dans les rangs théocratiques en auraient dit plus long sur lui-même qu'il ne le souhaitait. Puis son visage s'éclaira.

— Mais si, Pétrus, j'ai déjà chanté. Je t'assure.

Il entonna avec enthousiasme ce qui lui revenait en mémoire, en faisant de grands moulinets des bras pour marquer le rythme.

Sur la route de Gradlyn
J'ai rencontré trois coquines
Elles étaient si bien gourmandes
Que je ne sus laquelle prendre
Sur la route de Hautterre
J'ai rencontré trois grands-mères
Elles étaient six pieds sous terre
Bouffés par des vers de…

— Par pitié, Majesté, cessez… cessez donc !

Pétrus, horrifié, avait posé les mains sur ses oreilles au risque de tomber à l'eau. Orville suspendit ses efforts d'apprentissage séance tenante, un large sourire illuminant son visage. Pétrus, plus sérieux, reprit courageusement le fil de son enseignement, le teint blême et les traits tirés. Il se raccrocha au bastingage, prit une longue inspiration et entonna d'une voix sublime une chanson dans une langue raffinée et quelque peu désuète. Elle racontait l'histoire d'un oiseau posé sur l'appui de fenêtre d'une jeune fille. Il lui chantait des heures durant de merveilleuses mélodies pour lui faire oublier son amour parti pour la guerre contre l'armée ennemie. Il arrivait non loin du huitième couplet quand Orville lui intima soudain l'ordre de se taire. Pétrus eut l'air plus peiné qu'en colère.

— Majesté ! Ce chant fit le bonheur de la cour du monarque du deuxième royaume il y a peu et…

— Il y a des gens sur l'île au vent de notre position.

Pétrus se retourna brusquement.

— Je ne vois rien, Majesté. Si c'est une ruse pour me punir de mes critiques sur vos performances vocales et la richesse de votre répertoire, n'usez pas de cet argument, vous me feriez mourir.

— Pétrus, il y a des gens, te dis-je. Il nous faut trouver une autre route. Paré à virer ?

Pétrus ne se le fit pas dire deux fois. Alors qu'Orville remontait au vent, le baladin se précipita pour régler les voiles au changement d'amure. Le voilier rebroussa chemin et Pétrus vint à l'arrière pour discuter de la situation avec Orville.

Depuis cinq jours, Orville et Pétrus naviguaient de nuit entre les îles de l'archipel. Le vent était régulier et, dans la mesure du possible, ils restaient dans les eaux les moins exposées à la lumière de la lune. Orville utilisait l'outre-vision pour chercher les feux de cuisine des guetteurs très loin à l'avance. Il n'avait aucun mal à les trouver dans cet univers froid et nocturne. Il lui était alors possible de les contourner largement pour éviter qu'ils n'aperçoivent le sillage de leur bateau, remous argentés de lune sur le noir opaque de la mer. Si les abords des îles montagneuses étaient hérissés de roches, l'eau devenait rapidement si profonde qu'elle lui apparaissait comme une masse uniformément froide et bleue. Orville avait bien pensé que le trajet se passerait ainsi, de nuit en eaux profondes. Le goudron qui recouvrait l'essentiel du navire jouait pour une grande part dans sa furtivité, bloc de charbon sur l'encre de la mer. Les deux hommes se partageaient les quarts et, dans l'ensemble, le frêle voilier se comportait plutôt bien dans les eaux protégées de l'archipel.

Ce matin-là, Orville et Pétrus n'avaient pas trouvé de crique où mouiller et ils n'eurent d'autre choix que de poursuivre leur navigation dans la clarté du jour. Tendus comme des arcs, ils s'étaient approchés d'une nouvelle île et en avaient longé la côte inhospitalière. Elle était ceinte d'une falaise qu'ils auraient à la rigueur pu escalader, mais ils n'avaient vu aucun abri où débarquer sans courir le risque de fracasser le bateau. Il n'était pas loin de midi quand Pétrus s'assit et se prit la tête dans les mains. Orville suivit son regard et aperçut à tribord une colonne de fumée noire et grasse qui s'élevait d'une île voisine.

— Pétrus, mon ami, ces gens ont oublié leur repas sur le feu. Je préférerais un peu de viande salée à leurs saucisses brûlées. Peut-être devrions-nous manger un peu, les heures à venir vont nous sembler longues.

— Majesté, vous ne semblez pas saisir ce qui se passe en ce moment. L'alerte a été donnée. D'ici peu, un autre panache de fumée s'élèvera dans les lointains, puis un autre, et ainsi de suite jusqu'à ce qu'un capitaine soit averti de notre présence. Dès lors, où que nous passions, une ligne de panaches noirs nous reliera à lui, ainsi qu'à plusieurs navires qui partiront d'autres ports dissimulés dans l'archipel. Ils n'auront qu'à suivre les signaux pour nous trouver à barboter devant un des postes d'observation, précisément là où les hommes qui entretiennent le feu assisteront ravis à notre mise à mort. Nous serons bientôt encerclés par ce que la mer intérieure porte de plus féroce.

— Tu en sais des choses, Pétrus ! D'où tiens-tu ces détails tactiques ?

— Du capitaine qui m'a convoyé jusqu'à l'île du Goulet, il avait de l'expérience. Quelle que soit la direction que nous prendrons, les navires suivront les signaux. Ils seront nombreux car ignorant la nature de la menace, rapides car mus à la voile et à la rame. Nous n'avons pas la moindre chance.

Orville réfléchit aux solutions possibles. Il avait contourné tant de postes de garde ces derniers jours qu'il ne voyait pas dans quelle direction fuir sans repasser devant l'un d'eux. Pris d'un soudain découragement, il s'accouda à la barre et regarda Pétrus qui le dévisageait.

— Je suis désolé de t'avoir emmené dans ce voyage à l'issue funeste. Ce n'était pas prévu ainsi. Nous aurions dû rester sur l'île de la Grotte le temps que les soldats meurent de soif sur l'île au Bois, puis remonter tranquillement au fort. Les choses ne se sont pas passées comme je l'avais prévu.

— En effet. J'aurais pu rester encore un peu sur l'île du Goulet et jouir du peu qu'elle pouvait m'apporter. Il faut bien qu'une vie s'achève…

Orville se redressa, ajusta son couvre-chef et poursuivit, l'air sombre.

— Si l'affrontement est inévitable et son issue sans espoir, autant partir avec panache. Il nous faut en décider soigneusement le lieu pour en choisir la manière. Avançons donc au-delà de cette île peu élevée pour voir ce que nous y trouverons. Dis-moi, Pétrus, que regretteras-tu de ce monde que tu vas quitter ?

— Ce magnifique luth, peut-être, et assurément nos cours de chant.

Il redevint sérieux.

— Majesté, j'ai une tendre compagne. Nous sommes ensemble depuis longtemps maintenant, et, si je ne m'étais jamais imaginé partir entre ses bras, savoir que je ne la reverrai plus me peine aujourd'hui. Cette pensée me peine moins encore que l'idée qu'elle ne me reverra plus et pourrait s'en trouver triste. Et vous, Majesté ?

— Tu sais, un soldat vit dans l'idée que le lendemain il ne sera plus là pour chauffer de son séant sa place sur le banc de la taverne. Je n'ai pas le souvenir d'une journée de mon enfance où je n'ai manié une arme en imaginant ma fin (Orville porta son regard dans les lointains). Je l'ai souvent frôlée, un temps dans ma jeunesse. Puis je me suis posé en Hautterre. J'ai alors oublié dans le confort de l'ennui que ma destinée était de périr dans quelque combat. Je n'avais jamais imaginé, au demeurant, que ce combat qui me verrait négocier avec le Suprême le prix de l'entrée de son jardin se ferait pour mon propre compte. Non ! En fait, je me voyais partir un jour en patrouille et tomber dans une escarmouche. Ou encore charger lame au clair face à l'armée du septième royaume au milieu de milliers de pauvres bougres comme moi, charger pour m'empaler sur la pique d'un quelconque autre malheureux qui périrait lui-même, l'instant d'après, le crâne défoncé par une masse d'armes dans le chaos d'une indescriptible mêlée. Mais pas en tant que roi sans que personne ne m'eût donné l'ordre d'un endroit pour trépasser. Juste, car c'était dans l'ordre des choses.

— Vous êtes un tiers fils, Majesté.

— En effet, Pétrus. Mon plus grand regret, vois-tu, c'est de n'avoir en définitive rien fondé. Un tiers fils ne se marie pas, il n'engendre que par accident une descendance bâtarde qui travaillera aux champs ou prendra sa place au combat quand lui-même sera tombé. Et c'était très bien ainsi. Et puis il y eut cette larme, cette larme qui coula sur une joue infiniment triste, alors que j'étais infiniment nu, sale et mouillé. Une énigme. Et puis il y eut cet hymne dont tu es l'auteur et qui me couronna roi. Un roi, ce n'est plus un tiers fils. Je me suis alors pris à rêver d'un amour possible avec cette belle âme, cette larme indocile qu'Armine ajouta à l'eau amère de l'oubliette pour en adoucir la saveur. Je ne sais même pas vraiment qui elle est, mais la solitude du fort est propice au rêve. Et voilà que le rêve s'écroule et que je me retrouve face à mon destin de soldat. Je n'avais pas imaginé la mer comme décor. Sais-tu que je ne l'avais jamais vue avant cette mission ?

Le navire passait un cap. De l'autre côté du promontoire, une large baie sableuse cernée de rochers affleurants semblait vouloir les accueillir dans ses bras de pierre. Orville et Pétrus se regardèrent un instant, puis ils manœuvrèrent pour se diriger vers ce mouillage dont l'absence en fin de nuit leur coûtait maintenant si cher.

— Débarquons, Pétrus, restaurons-nous et réfléchissons.

De tous côtés, des colonnes de fumée noire montaient jusqu'au ciel.

Les deux hommes avaient allumé un grand feu de bois flotté sur la plage. Le sable y était fin et doux. Cette île présentait une falaise abrupte vers le nord-est, alors que le sud-est descendait en pente douce jusqu'à cette plage en alternant landes et chaos rocheux.

— Dis-moi, Pétrus, que penses-tu de cette bouteille qu'Asèrtimas a glissée dans nos bagages ?

— Un délice, assurément. Et la viande salée est une réussite.

Orville se mit à genoux. Il égalisa la surface du sable avant de tracer à l'aide d'un bâton un plan sommaire de l'île et de la baie.

— Nous avons un premier choix à faire. Combattrons-nous sur l'eau ou sur terre ?

— Majesté, je serai plus pour l'eau.

Orville réfléchit. Il était plus terrien que marin et cette perspective ne le réjouissait pas.

— Le chaos rocheux nous permettrait peut-être de diviser les attaquants. J'ai déjà procédé ainsi l'an passé.

— Ça ne marchera pas, Majesté. Si nous montons dans les reliefs, les pirates ne prendront aucun risque. Ils brûleront notre bateau et prendront position dans la baie jusqu'à ce que le temps écoulé soit suffisant pour que nous soyons morts de soif. Puis ils viendront vérifier, nous achever si les privations n'ont pas terminé le travail. Sans bateau, nous sommes condamnés.

— C'est juste. Nous avons un bateau moins rapide, moins marin que ceux des pirates. Mais notre faible tirant d'eau sera un avantage.

— Vos efforts pour définir une stratégie sont louables, Majesté, mais, après avoir régaté un temps dans les récifs, nous finirons soit par nous y empaler, soit par devoir nous en écarter. Alors, nous passerons en eaux profondes et nous perdrons la partie.

— Alors, quelles options reste-t-il selon toi ?

Pétrus réfléchit un instant, puis il secoua la tête.

— Savez-vous, Majesté, j'ai moi aussi pensé à ma fin. Quand c'était au combat que menaient mes songes, j'imaginais que je déjeunais sur une plage en attendant l'arrivée de l'ennemi, puis que je choisissais mes plus beaux vêtements, que je ceignais mon baudrier ciré de frais avant de monter sur le navire. Une fois couchées mes dernières volontés sur un parchemin pour supplier ma mie de me pardonner l'incorrection d'être mort, je mettais le cap sur l'ennemi avec l'intention de lui infliger le plus de pertes possibles avant mon trépas. Je crois que nous ne sommes pas loin de ce que j'avais imaginé… En dehors du fait que mes vêtements sont crasseux et que nous n'infligerons aucun dommage à qui que ce soit.

Pétrus indiqua du doigt une direction dans le dos d'Orville.

— Majesté, j'ai bien peur que nous passions rapidement du repas au trépas.

Orville se retourna. Un navire de taille moyenne se dirigeait vers eux, un navire large à la proue relevée.

— Voyez, Majesté, ces bateaux ont un fond assez plat pour faciliter la navigation dans ces eaux. La voile carrée leur donne une grande simplicité de manœuvre. Les rames, quand elles sont sorties, permettent de remonter au vent, de tourner sur place. Ce sont des bâtiments simples à construire et simples à piloter. Les pirates sont à cette image. Frustes, efficaces à la manœuvre comme au sabre. En outre, ce bateau-là en particulier ne me dit rien qui vaille.

Les deux hommes choisirent les moins délabrés des vêtements qu'ils avaient en leur possession. Orville avait trois épées. Celle qu'il avait emmenée depuis Hautterre, l'épée d'apparat du premier royaume et celle du Gardien qu'il avait tué. Il ne savait pas laquelle des trois abandonner à Pétrus pour négocier cet ultime combat. Il était trop attaché à celle d'Hautterre. Non pas qu'elle soit particulièrement à sa main, mais c'était comme ça. Il ne pouvait pas. Les deux autres étaient aux antipodes de cette première lame. Alors que le bateau pirate contournait les récifs par l'ouest, deux autres dépassaient le cap à l'est de l'île. Bientôt peut-être, c'est toute une flottille qui convergerait vers leur petit voilier. Orville, incapable de faire son choix, s'en ouvrit à Pétrus.

— Dis-moi, Pétrus. Une question d'ordre symbolique m'empêche de me prononcer pour l'une ou l'autre de ces épées. Choisis-en une pour toi, et nous pourrons engager le combat.

Pétrus se leva, puis il se dirigea vers l'avant du bateau pour en revenir avec son luth. Il s'assit sur le plat-bord et répondit à l'invitation en montrant l'instrument du doigt et en plaquant quelques accords.

— Majesté, je vais prendre celle-ci. Ces hommes ne nous laisseront pas le loisir de nous servir des vôtres. Ils accosteront notre navire et, alors que nous ferons de dérisoires moulinets pour lutter contre le vide, une ligne d'archers nous regardera narquoise du pont du bateau pirate. Quand un deuxième navire nous accostera sur l'autre flanc, nous obéirons sans histoire à ce qui nous sera commandé de faire. Mais avant cette tragique issue à laquelle je ne vois pas comment nous pourrons nous soustraire, il est préférable de tout tenter pour gagner un peu de temps. Je vous propose de hisser la voile et de commencer les entrechats avec nos visiteurs. Avec un peu de talent, nous pourrons en emmener quelques-uns dans les récifs.

Orville hocha la tête, visiblement déçu. Il posa ses trois épées contre la barre à roue puis avança jusqu'à la proue pour relever l'ancre. Une fois la voile hissée, le bateau gîta légèrement sur tribord et prit doucement de la vitesse.

— Dites-moi, Majesté, pensez-vous que de faire cap ainsi vers le premier navire soit une bonne idée ?

— Pétrus, les trois navires nous bloquent l'accès au large. Je vais les attirer un peu puis, quand ils seront là, je rebrousserai chemin et tenterai de passer à travers le champ de roches. Notre tirant d'eau nous permettra peut-être de passer, mais eux ne le pourront pas.

— Effectivement, Majesté. C'est un plan lumineux. Et que comptez-vous faire ensuite ?

— Ensuite, je vais prendre un cap au nord et tenter de rejoindre la mer intérieure. Il me semble qu'il n'y avait pas de signaux de fumée dans cette direction.

Pétrus hocha la tête, admiratif.

— Vous me surprenez, Majesté. Mais ce plan est risqué, et il ne sera pas efficace.

Orville ignora la remarque. Il saisit la bouteille d'eau-de-vie et s'en servit une large rasade. Puis il vissa son chapeau sur sa tête et fixa le regard sur le premier des navires. Le temps était calme, une petite brise agitait mollement la voile et le soleil se réfléchissait sur le fond sableux, renvoyant un camaïeu d'admirables lueurs turquoise. Grâce à l'outre-vision, Orville assistait dans les profondeurs du lagon à un drame digne de celui qu'ils allaient vivre. Une étoile de mer mettait à mort une coquille Saint-Jacques. Les pirates disposaient de sa propre vie comme l'étoile de celle du coquillage. C'était ainsi… Le fort mangeait le faible. Combien lui-même avait-il tué d'hommes ?

Sans prévenir Pétrus qui pinçait les cordes de son instrument en composant une ode aux poètes, une chanson un peu niaise qui disait préférer le luth à la lutte et cumulait à l'infini des jeux de mots tous aussi mauvais, Orville vira de bord. Il présenta sa poupe aux trois navires alors que le dernier d'entre eux s'engageait dans la baie. Il poussa un cri de joie et ordonna à Pétrus de régler la voile du navire, tandis qu'il saisissait le baudrier de l'épée du Gardien. Il en détacha la petite gourde et en but le contenu avant de la jeter par-dessus bord. Orville sentit son outre-vision s'étendre à la recherche d'une passe au milieu des rochers. Pétrus se précipita à l'avant du bateau et plongea son regard dans l'épaisseur de la mer.

— Majesté, nous ne passerons pas ces brisants.

— Crois-tu ? Je te dis, moi, que nous passerons.

Pétrus ne le contredit pas. Après tout, cet Orville avait traversé beaucoup d'obstacles et s'en était sorti jusque-là… Peut-être était-il né sous une bonne étoile. De toute façon, ça ne changerait pas l'issue funeste de cette journée. Il s'assit donc et prit la bouteille d'eau-de-vie. Il n'avait pas peur de la mort. Il n'en avait pas envie non plus, mais il avait peur des pirates et de leur côté joueur.

Les récifs approchaient maintenant, on entendait distinctement le grondement sourd des vagues sur la roche.

— Majesté, nous ne passerons pas.

— Nous passerons, Pétrus.

Orville sentait une faiblesse dans la barrière rocheuse. L'eau y bouillonnait, entrait et sortait en fonction du ressac. Bientôt, ils purent estimer en secondes le temps qu'il faudrait pour passer de l'autre côté. Le bateau s'engagea dans les rochers. Orville était concentré à l'extrême sur sa route et Pétrus avait cessé de jouer de son instrument, qu'il avait posé au pied du mât. Soudain, la proue du bateau explosa sur un haut-fond, stoppant net sa fuite vers la liberté.

Orville chuta lourdement dans le fond du bateau, se fracassant le visage sur le pied du mât tandis que Pétrus s'envolait pour tomber dans l'eau quelques brasses plus loin. Orville stoppa la douleur grâce à l'outre-vision, comprima la plaie sur son front et se releva, étourdi, déséquilibré par les mouvements que la houle imprimait à la coque de noix échouée sur les hauts-fonds. Il avança vers l'avant du bateau tandis que l'eau s'y engouffrait à gros bouillons. Si une vague plus grosse que les autres délogeait l'épave de son perchoir, elle coulerait à pic. Pétrus se débattait un peu plus loin. Le courant le ramenait vers l'intérieur de la baie au risque de l'assommer contre les récifs. À plusieurs reprises, il sembla reprendre pied pour couler quelques instants plus tard.

Orville ne pouvait pas le ramener dans le bateau qui, de toute façon, n'offrait qu'un refuge bien illusoire. Il se débarrassa en toute hâte de l'essentiel de ses vêtements, retira tout ce qu'il portait de pesant sur lui, puis il saisit les tonnelets attachés ensemble et les jeta en direction de Pétrus. Il empoigna ensuite une barrique vide et se jeta dans le courant avec elle. L'eau était tiède, mais le sel lui brûlait les plaies. Orville s'agrippa comme il put au tonneau qui roulait sur lui-même quand il cherchait à s'y hisser. Las de tenter l'impossible ascension, il engagea trois doigts dans le trou et poussa l'objet devant lui dans la direction de Pétrus.

— Es-tu blessé, Pétrus ?

— Quelle importance ? Regardez…

Les bateaux pirates avaient ferlé leurs voiles et se maintenaient dans le courant d'un mouvement tranquille de leurs rames, comme un chat qui attend une souris en sachant qu'elle serait contrainte de passer là où sa patte est levée.

Orville et Pétrus nagèrent et prirent pied sur la plage où une rangée de pirates les attendait déjà, les bras croisés et le sabre planté dans le sable. Orville se retourna et vit le petit voilier noir sombrer au droit des rochers.

— Pétrus, les choses n'auraient pas pu être pires à terre.

— Je n'en suis pas certain, Majesté. Au moins, nous offriront-ils peut-être une mort rapide. Mourir de soif sur une île déserte n'est pas une fin enviable. Mais je ne sens pas bien non plus les choses telles qu'elles se présentent. Nous ne pouvions rester indéfiniment dans l'eau pour retarder l'échéance. Les squales auraient bien fini par nous trouver.

La marée était basse et ils gravirent en boitant une pente gluante envahie par les algues. Quand ils furent assez près des pirates, ces derniers saisirent leurs arcs et les mirent en joue. Celui qui devait les commander s'approcha à pas mesurés. L'homme était d'expression assez banale pour un pirate. Son chapeau simple et racorni projetait une ombre vive sur son visage, le coupant en deux de l'œil droit au menton. Dès qu'il vit les deux naufragés, il réfléchit un instant, perplexe, puis il rebroussa chemin et donna l'ordre à ses hommes d'encercler les prisonniers sans s'en approcher tandis qu'il envoyait un messager jusqu'au bateau resté au mouillage. Quelques minutes plus tard, alors qu'Orville et Pétrus s'étaient agenouillés, exténués, une modeste chaloupe gagna la berge avec deux rameurs et un homme de haute taille. Pétrus sembla vouloir s'enfoncer dans le sable. Orville, s'apercevant de son malaise, tenta de le soutenir.

— Pétrus, gardons la tête haute et tâchons de négocier ce qui peut l'être.

Le baladin répondit d'une voix presque atone.

— Majesté, je pense que les négociations sont mal engagées.

Ce n'était pas un homme qui s'approchait à grands pas, mais une femme très élancée, visiblement ravie de sa prise. Elle était jolie, bien que d'un certain âge, et avait la peau abîmée par le soleil et les embruns. Elle franchit le cercle de ses hommes et s'adressa directement à Pétrus.

— Ça par exemple ! Que voilà un heureux hasard... capitaine Pétrus ! Je n'espérais pas vous revoir.

Orville se redressa et protesta de son rang royal, arguant qu'il ne l'avait jamais rencontrée. La capitaine pirate, surprise, regarda Orville attentivement. Elle approcha et lui décocha un coup de pied dans l'estomac qui le fit plier en deux et vomir d'un coup toute l'eau qu'il avait avalée depuis le naufrage. Puis elle se tourna vers le ménestrel.

— Capitaine Pétrus, comment pouvez-vous tolérer qu'un matelot prenne la parole en votre présence ? Vous mollissez avec l'âge. Mais, dites-moi, il y a longtemps que nous ne nous sommes rencontrés. Voyons, une dizaine d'années ? Peut-être un peu plus ? Qu'importe !

Orville récupérait doucement du coup de pied, sa tête le lançait et il aurait été bien incapable d'évaluer l'étendue de ses blessures. Les yeux fermés, il explorait les environs. Son outrevision diminuée par la souffrance revenait doucement.

Pétrus ne disait mot. On les souleva sans ménagement et les dévêtit pour les enchaîner à de grosses roches. Puis les hommes reculèrent. La capitaine des pirates revint triomphante leur souhaiter la bienvenue dans l'archipel.

— Bien, messieurs, je vais maintenant vous laisser réfléchir jusqu'à demain matin et je viendrai voir si vous avez soif. Je vous souhaite une bonne nuit.

Ses hommes éclatèrent d'un rire non feint, puis ils ramassèrent leurs armes et marchèrent en direction du navire. Orville et Pétrus restèrent seuls, nus, enchaînés et frigorifiés.

Alors que le soir commençait à tomber, Orville finit par entamer la conversation.

— Nous aurions pu passer, il aurait fallu que la marée soit un peu plus haute.

— Effectivement, Majesté, mais elle ne l'était pas.

— Je suis désolé, Pétrus, je ne voyais nulle autre solution.

— Ne soyez pas désolé, il n'y en avait pas. Avec un peu plus de chance, des requins nous auraient achevés avant que nous ne parvenions sur la plage. Ils n'étaient pas au rendez-vous.

— Tout n'est pas perdu, nous verrons bien demain ce que ce capitaine nous proposera.

— Il n'y aura pas de demain pour nous, Majesté. N'avez-vous pas compris ? Le capitaine nous a condamnés au supplice du marnage. L'eau monte et, inexorablement, la marée va nous atteindre. Alors, elle nous noiera enchaînés à ces roches. Et demain notre bourreau disputera nos restes aux crabes qui auront commencé leur travail de nettoyage. À moins qu'elle ne tienne pas à ses chaînes et n'ait déjà levé l'ancre.

À ces mots, Orville se glaça d'effroi. Il imagina se contorsionner pour respirer une dernière bouffée d'air mêlée d'eau salée, sachant qu'à l'inspiration suivante il se remplirait de saumure comme une outre, se débattant dans les affres de l'agonie. La situation était terrible. Il digéra l'information et resta silencieux un long moment.

— Dis-moi, Pétrus, cette femme semble te connaître. Ne t'a-t-elle pas appelé capitaine Pétrus ?

— Si, effectivement… Je te dois la vérité, Orville. Tout ça n'a plus d'importance maintenant. Je ne suis pas un poète mais un rebelle, et j'étais infiltré au fort du Goulet à la place d'un musicien qui devait y être enfermé.

Orville ne comprenait pas bien. Il avait bien noté que devant la mort imminente son statut avait changé aux yeux de Pétrus. Le mot majesté avait disparu de son vocabulaire et le tutoiement s'était imposé de lui-même. Pétrus était donc un rebelle. Il prit le parti de feindre l'ignorance de ce qu'était le sang bleu.

— Mais tous les poètes sont des rebelles, à leur manière. Que cherchais-tu sur cette île ?

— Nous sommes à la recherche des points faibles des Gardiens. Les Gardiens ne sont pas des hommes ordinaires. Depuis quatre siècles, nous nous cachons d'eux, mais tout indique qu'une nouvelle période de notre histoire débute en ce moment. En fait, nous ne nous sommes jamais combattus à proprement parler, ils nous ont plutôt persécutés depuis la nuit des temps, cherchant à nous réduire à néant.

Orville sentit qu'il devait le pousser à parler pour en apprendre plus, ou pour au moins croiser ce que Pétrus avait à dire avec ce qu'il connaissait déjà.

— Contre quoi vous rebellez-vous, Pétrus, contre cette poignée de guerriers qui tiennent ce vieux fort ? Je n'en vois pas l'intérêt.

— Orville… Ne t'es-tu donc jamais posé la question de la raison pour laquelle les Gardiens tiennent ce rocher perdu, contre toute logique (Pétrus semblait s'emporter). Nous avons attendu des années pour que l'occasion se présente de faire entrer l'un de nous dans la place, et il a fallu que tu me choisisses pour te servir de marin, et que tu m'en extraies alors que je n'avais encore rien trouvé de sérieux…

— Pétrus, je ne comprends un traître mot de ce que tu dis. Si tu me dois la vérité, comme tu le dis toi-même, il te faut être plus explicite.

Orville voulait entendre de sa bouche sa propre vision du sang bleu. Une troisième version de cette histoire lui serait peut-être utile.

— Certes. Je vais faire court, l'eau atteint maintenant nos pieds et il ne nous reste plus beaucoup de temps. Sache qu'il y a parmi les hommes des descendants des rois des légendes, qui lorsqu'ils se reproduisent entre eux peuvent donner naissance à des êtres à part. On les reconnaît à la couleur de leur sang qui est bleue. Un bleu profond vaguement teinté de rouge. Quand le sang bleu coule dans nos veines, nous avons quelques avantages venus du fond des âges. Par exemple, nous vivons plusieurs siècles, nous sommes forts, rapides. Il est arrivé dans l'histoire que certains puissent voir à distance. Ces hommes exceptionnels sont nommés Clairvoyants.

Orville mémorisa l'information. Il était donc un Clairvoyant. C'était un plus joli mot qu'outre-voyant. Il l'adopta illico. Pétrus avait continué son explication, et Orville la rattrapa au vol.

— D'autres hommes, Orville, peuvent agir à distance. Ce sont alors les mages. Mais ces cas sont tellement rares que personne ne semble sûr qu'ils existent vraiment. En quatre siècles d'existence, je n'en ai jamais croisé.

Orville sut alors qu'il était lui-même un mage. Cette discussion était très instructive, elle posait des mots sur ses questions.

— Orville, tu ne m'écoutes pas ! Je reprends : pour faire simple, les Gardiens sont les résurgents du vieux sang issu de la noblesse. Ils veulent conserver le pouvoir. Les rebelles sont les résurgents du peuple, et ils veulent cesser d'être massacrés. Le souci est que les Gardiens craignent que, si les résurgents du peuple vivent, ils ne constituent une force politique qui remette en cause le pouvoir monarchique. Et ils ont raison. C'est donc un rapport de force entre eux et nous, à ceci près qu'ils disposent des théocrates. Ces pauvres jouets et leur soi-disant Suprême sont des inventions de la Garde pour massacrer les résurgents du peuple sans que leur famille ne se révolte. Tu as maintenant une vision simple des forces en présence.

— Et cette capitaine pirate ?

Pétrus se radoucit un peu. Il tenta de se retourner pour regarder Orville. Les lourdes chaînes lui entraient dans les chairs et l'eau leur arrivait maintenant aux genoux.

— Ah, Clarisse. Une beauté d'il y a une vingtaine d'années. C'est une période de ma vie où j'étais capitaine de marine. Un fort beau voilier. Nous sommes tombés dans une embuscade tendue par les pirates dans le chenal entrant. Je ne sais pourquoi Clarisse, qui commandait déjà un navire toute jeune, a choisi de m'emmener comme prisonnier plutôt que de me tuer. Elle s'est éprise de ma personne. Bien que je fusse prisonnier, je dois concéder que nous eûmes de magnifiques moments. Je revois sa fine silhouette musclée, ses seins lourds, sa chevelure blonde. Elle déployait au lit la même énergie que dans l'abordage d'un navire marchand. Puis un jour nous nous sommes séparés.

— Comment est-ce arrivé ?

— Eh bien… je dois dire que cette anecdote n'est pas à mon avantage. Alors que nous naviguions au large de l'archipel à la recherche de quelque bateau à détrousser, nous nous arrêtâmes sur une petite île qui ne porte pas de nom à ma connaissance. Après avoir fait l'amour face à la mer intérieure, je décidai que cette vie avait assez duré. Je l'endormis donc.

Orville le coupa.

— En lui chantant une douce mélopée ?

Pétrus secoua la tête en signe de dénégation.

— Je l'ai assommée avec une noix de coco échouée là par le plus grand des hasards. Puis j'ai pris le canot et suis parti vers le large, où j'ai été recueilli par un navire marchand escorté. J'y ai fait la connaissance d'une jeune femme délicieusement ronde à qui j'ai offert la robe de Clarisse, que bien entendu elle ne put enfiler, mais ce geste me permit d'obtenir ses faveurs. Parvenu au port, j'ai poursuivi mon chemin.

— Et Clarisse t'en veut toujours de l'avoir quittée.

— En fait, non, je crois qu'elle m'en veut surtout de l'avoir laissée entièrement nue sur cette île où ses hommes durent venir la chercher. Il fallait bien que j'aie quelque étoffe pour affronter le froid en pleine mer.

— Ah oui, je vois. Ça mérite la mort !

Pétrus opina du chef.

— J'en conviens. C'est pourquoi je n'ai pas protesté du sort qu'elle me destinait.

— Pétrus, l'eau nous arrive à la taille. Combien de temps penses-tu qu'elle mettra pour nous recouvrir entièrement ?

— Je dirais une petite heure. Si j'avais su, je lui aurais laissé au moins un jupon. Les femmes manquent tellement d'humour.

— Surtout quand elles commandent un équipage de pirates constitué d'hommes.

— Surtout dans ce cas, en effet.

Puis ils se turent. Orville avait froid. Il chercha des sources de chaleur autour de lui. Les menus animaux du fond de la baie ne pouvaient lui être d'aucune utilité. Il tenta de soutirer de la chaleur aux minéraux qui l'entouraient ; le sable de la plage, les rochers, la chaîne qui le retenait attaché. L'eau lui atteignait à présent la poitrine. Il tenta de se dégager en remuant mais, rien à faire, ceux qui l'avaient entravé connaissaient bien leur affaire.

L'eau les recouvrait maintenant presque entièrement. Orville, plus grand, avait la tête hors de l'eau, mais Pétrus, qui était de taille plus modeste, respirait au creux de la vague et soufflait quand l'onde lui était plus défavorable. Au moins Orville n'avait-il pas froid. Il puisait la chaleur dans la chaîne d'acier. Trempée dans l'eau de la mer, elle en aspirait la maigre chaleur mais bleuissait de plus en plus à mesure qu'Orville se réchauffait. Bientôt, il le sentait, elle ne pourrait refroidir plus. Il prenait soin de puiser la chaleur là où le métal ne touchait pas sa peau pour que le froid ne le brûle pas. Une vague un peu plus haute que les autres lui recouvrit la tête et il but la tasse. L'eau salée l'étouffa et il paniqua. Il ne voulait pas trépasser ainsi, pas maintenant. Il tira comme un forcené sur sa chaîne, qui à sa grande stupeur se brisa net en plusieurs morceaux. Il se rua sur Pétrus, qui ne respirait plus qu'au hasard du mouvement des vagues. Il tira de toutes ses forces sur l'acier, réalisant qu'il n'avait aucune chance de réussir son entreprise de cette manière. Sa propre chaîne s'était pourtant brisée. Qu'est-ce qui avait donc pu la fragiliser à ce point ? Le froid ! C'était la seule différence. Il imagina certains maillons bleu sombre, à la limite du noir, sentit une vague de chaleur l'envahir et tira de toutes ses forces sur la chaîne, qui se brisa comme du verre. Pétrus s'ébroua tel un diable pris au piège, puis il nagea avec Orville jusqu'à la plage où ils s'écroulèrent tous deux, toussant et crachant glaires et saumure.

Pétrus resta longuement sur le dos, jouissant de l'air entrant dans ses poumons comme au premier jour. C'est surprenant comme les choses qui nous semblent ordinaires apparaissent comme merveilleuses lorsqu'on a failli en être privé. Surtout quand cette privation a failli nous coûter la vie. Quand il eut retrouvé son souffle, il s'adressa à Orville.

— Comment as-tu fait ça ?

— Je ne sais pas, la chaîne ne devait pas être si solide qu'elle en avait l'air.

— Elle l'était, Orville ! Elle l'était. Mais il sera toujours temps d'en reparler. Il faut fuir, maintenant.

Il se redressa sur un coude, contempla le bateau pirate qui tirait doucement sur son ancre dans la nuit. Orville était sûr que Pétrus souriait dans la pénombre. Ils se levèrent et avancèrent prestement vers le haut de la plage. Alors qu'ils allaient s'engager dans les rochers usés par les vents, Orville redescendit dans le sable. Il chercha parmi les débris une pierre dure et se mit à graver dans un gros rocher.

— Que fais-tu, Orville ?

— Je signe mon évasion, Pétrus.

Ce dernier souffla, jetant les yeux au ciel. Orville le regarda d'une expression sévère.

— Écoute, Pétrus, nos chances sont meilleures qu'il y a quelques minutes, mais, dans le cas où les choses tourneraient mal, je tiens à partir avec un certain panache.

Pétrus descendit pour voir ce que gravait Orville. Sur une partie plane de la roche, il avait tracé une étoile à cinq branches avec un petit cercle en son centre. Puis, à côté, il esquissait le pigeon denté du huitième royaume. Pétrus sourit.

— Ainsi, tu t'attaches toujours à cette histoire de royaume. C'est derrière nous, Orville. Les hommes se sont emballés et tu t'es pris au jeu. Tu as été très efficace, je le reconnais, mais il faut maintenant penser à notre situation. Une fois le jour levé, Clarisse viendra cracher sur mon cadavre, mais, ne retrouvant que des fragments de sa chaîne, elle fouillera l'île de fond en comble, verra tes dessins et remettra la main sur nous. Il nous faut trouver de l'eau et une cachette.

— Ce ne sont pas des lubies, chansonnier. Tant qu'il y a une personne pour me reconnaître roi, il est important que je le sois. J'ai plusieurs tâches à accomplir. Il faut d'abord que je retrouve la trace de deux enfants qui ont disparu de Hautterre, puis que je libère mon royaume de l'occupation des Gardiens. Ensuite, je chercherai des volontaires pour le peupler, je chasserai les pirates de l'archipel et j'installerai Armine à mes côtés, si toutefois je ne me suis pas trompé sur la raison de sa larme. Quant à la cachette que tu suggères de chercher, nous n'en trouverons guère ici. Il faut donc nous remettre en route séance tenante.

— Tu es fou, Orville, c'est certain, mais nous avons des intérêts en commun. En particulier, nous devons nous échapper, et nous avons plus de chances de réussir ensemble. Et puis nous avons tous deux un contentieux avec les Gardiens. J'ai peut-être des pistes pour t'aider à retrouver les enfants, mais il faudra pour cela que nous survivions. As-tu un plan ?

— La mer, Pétrus. Nous devrions pouvoir retrouver mes tonnelets et la barrique pour nous laisser flotter.

Pétrus fit la moue.

— Et ensuite ?

— J'ai quelques idées dont je te laisse la surprise…

CHAPITRE III

LE CHEMIN DES TROIS VOIES

Ferrand avait pris la tête du convoi et le groupe de fuyards n'avançait pas aussi vite qu'il l'aurait souhaité. Contrairement à ce qu'il avait imaginé, ce n'étaient pas les enfants qui ralentissaient la marche, mais plutôt les mauvais souliers des adultes. Ils n'étaient pas adaptés à la montagne et s'étaient tant racornis au cours de cette fuite à travers le royaume que les pieds étaient à vif. Les enfants s'en moquaient et couraient sans cesse de l'avant à l'arrière de la colonne. Leurs jeunes articulations les propulsaient sans mal dans la caillasse de la montagne, tout étant prétexte au jeu, et l'attente au bord de la fontaine leur avait semblé interminable. Le temps du départ était aussi celui de l'aventure.

Jean était cordonnier. Il était le mari d'Éliette, qui était enceinte et qu'il tenait par la main en marchant, l'air grave. Souvent, il s'accroupissait auprès de l'un ou de l'autre pour consolider au mieux une chaussure ou un sabot défaillant. Rien n'est plus important que le soulier quand on a la mort à ses trousses. Il n'aurait probablement jamais commandé qui que ce soit en temps normal, mais que beaucoup d'hommes soient morts et que son métier soit vital dans leur situation désespérée avait fait de lui le plus important de la troupe. Une sorte de chef de fait, et par nécessité. S'il y avait eu quelque champ à cultiver, c'est Nicola qui aurait pris la direction des événements, mais voilà, les souliers faisaient défaut, et c'était donc à lui qu'on en référait pour le moindre problème. Dans sa détresse, Éliette se sentait fière et rassurée de le savoir là, puissant parmi les faibles, alors qu'elle portait en elle leur enfant dans les contreforts de la crête de l'est. Elle se sentait quelqu'un au pays de nulle part, et c'était déjà ça…

Leurs amis marchaient à leur suite ; Garance avec Nicola et Tabar avec Gilda, deux couples préservés du deuil, puis suivaient en silence les autres femmes, celles dont les maris étaient partis en avant pour trouver de l'eau et n'étaient jamais revenus. Elles avaient tout perdu, maison, mari, situation, famille, enfants, et suivaient sans bien savoir pourquoi. Seuls trois bambins étaient encore en vie. Assez robustes pour avoir survécu au voyage et trop jeunes pour être partis avec leurs pères à la recherche d'un point d'eau, ils devaient donc la vie à leur date de naissance.

La première nuit de bivouac avait été rude. Alors qu'autour de la source l'air glacial de la nuit faisait place à la chaleur le jour venu, la température à cette altitude plus élevée restait fraîche au milieu de la journée malgré le soleil dont il fallait se garder. Plus bas, on trouvait çà et là quelques arbres rabougris défiant la roche de leurs racines tenaces. Ils avaient fait une petite provision de leurs branches, à la mesure de ce qu'ils pouvaient transporter. Là où ils étaient maintenant, il n'y avait plus la moindre brindille qui eût pu servir de combustible, la vie n'y serait donc pas possible très longtemps.

Ferrand ouvrait la route et cherchait une solution à ce problème qui ne tarderait pas à se dresser devant eux comme un mur infranchissable. Il fit arrêter le groupe sur un pierrier faiblement pentu et annonça une courte pause pour un maigre repas. Le sergent s'assit un peu à l'écart, invitant Fernest et Rosa à se joindre à lui. Une fois partagé un reste de lard salé, il s'adressa à la jeune fille.

— Rosa, le chemin que tu nous as proposé présente un grand avantage, celui de ne laisser aucune trace derrière nous.

Le terrain est dur et sec. Mais je ne vois pas pour l'instant comment nous allons survivre à une telle altitude. Si nous arrivons vivants jusqu'aux glaciers, ce qui n'est pas certain, nous n'aurons rien pour faire fondre la glace sans bois pour le bivouac, et pour l'instant je n'ai pas vu grand-chose à chasser. Avez-vous des idées ?

Rosa et Fernest gardaient le silence. Visiblement, ils partageaient l'inquiétude du sergent. Ferrand but une gorgée d'eau à son outre. Elle était pleine la veille et, même en buvant à l'économie, elle serait vide demain. Fernest prit la parole.

— Sergent, si j'analyse la situation en militaire, je repère trois routes. Celle en altitude où il y a les glaciers ; elle est trop difficile et froide pour notre groupe. Celle que nous empruntons présente l'avantage de ne pas garder de traces de notre passage, mais il n'y a rien pour se nourrir ni se chauffer. Et puis il y a celle du bas, qui nous offrirait un peu de bois et du gibier, mais elle est poussiéreuse et nous nous ferons repérer facilement. Conclusion, aucune de ces routes ne nous permettra de survivre.

Sur un regard de Ferrand, Rosa prit la parole de sa voix claire.

— Il faut nous séparer.

Ferrand eut l'air surpris.

— Nous ne sommes pas assez nombreux pour cela, Rosa. Si nous nous divisons, il sera encore plus facile au capitaine-ambassadeur de nous exterminer. C'est une option que nous ne pouvons choisir.

— Il le faut pourtant, sergent Ferrand.

— Rosa, tu nous as indiqué…

— Non ! Non, sergent. Je vous ai dit que j'allais passer par là, pas que tout le monde en serait capable. Et je l'ai dit, car partout ailleurs c'est impossible. Par ici, il n'y a pas d'eau. Seulement la glace sur les montagnes et des animaux. Mais si chaque chemin a des défauts, ils ont aussi leurs avantages, je crois…

Le sergent et son apprenti se concentraient sur le raisonnement de Rosa. Elle choisissait toujours la solution la plus simple avec un esprit de déduction qui aurait fait pâlir plus d'un stratège de l'armée royale. La jeune fille poursuivait son explication, tête baissée et l'air boudeur de qui ne se sent pas pris au sérieux. Elle savait n'être qu'une fille de rien, sans parents pour l'élever ni la défendre, peu instruite et mal habillée. Ferrand l'observait, mi-amusé mi-admiratif. Il jeta un bref regard à son apprenti. Fernest buvait les mots de la petite Rosa, autant pour l'indescriptible charme de sa voix musicale que pour son expression sérieuse et concentrée. Ils avaient presque le même âge, et alors qu'elle regardait obstinément les menus cailloux qui parsemaient le sol, Fernest se perdait dans la contemplation de ses traits harmonieux encadrés par les mèches folles de sa coiffure indocile. Rosa se tut, et pendant quelques interminables secondes le sifflement du vent dans les rochers leur tint lieu de conversation. Ferrand brisa le silence recueilli qui s'était installé.

— Poursuis, Rosa, nous t'écoutons.

L'adolescente les regarda, surprise d'exister, puis elle esquissa un bref sourire alors que Fernest semblait émerger d'un songe.

— Eh bien, dans la montagne, il y a de la glace et du gros gibier. En bas, il y a du bois. Au milieu, et bien c'est au milieu des deux, justement. Donc, si le groupe marche au milieu, que je passe par la montagne et que des hommes passent par le bas, le soir nous aurons de la viande, de l'eau et du bois.

Ferrand évalua les chances que ce plan réussisse.

— Rosa, connais-tu la montagne ?

La jeune fille secoua la tête, faisant onduler ses cheveux le long de son cou.

— La montagne est dure, Rosa. Les distances y sont tellement plus difficiles à parcourir. Le relief cache des pièges qui, s'ils ne vous précipitent pas dans le vide, vous imposent sans cesse de prodigieux détours. Si tu passes par les montagnes, non seulement tu risques d'y mourir de froid, mais tu ne pourras pas suivre le rythme du groupe qui marchera sur un relief plus praticable.

— Alors j'irai quand même, car sinon je vais mourir, et je ne veux pas mourir. Où allez-vous trouver de l'eau, sergent ?

Elle le dévisagea. Ferrand réfléchit un instant, ne sachant que répondre. C'était un militaire, mais il s'était attaché à ce drôle de bout de fille et avait appris à évaluer les implications de ses raisonnements avec tout le sérieux possible. Il avait pris sa décision.

— Rosa, tu vas partir dans la montagne, mais pas seule. C'est trop dangereux, ce serait dangereux pour n'importe lequel d'entre nous. Fernest est entraîné, il t'accompagnera. (Le garçon sentit son cœur fondre dans son thorax.) Dès que nous trouverons une voie empruntable, vous monterez avec ce que nous avons de bonne corde, quelques vivres, et avec des sacs et des outres au cas où vous trouveriez de la glace ou de l'eau. Puis nous ferons ce que tu as dit. Les soldats partiront avec les hommes vers le bas pour chasser et remonter du bois pendant que le groupe avancera par toutes petites étapes pour que nous puissions tous nous retrouver le soir.

Rosa inclina la tête en signe d'assentiment. Du bout du camp, la voix grave de Maja entonnait avec les enfants un chant triste comme le vent, doux comme la mousse, sensuel comme l'été.

La veillée avait été longue, pleine de craintes et d'espoirs. Ferrand avait exposé le plan de Rosa devant le groupe. Dans un premier temps, l'idée de se séparer n'avait conquis personne. Tant d'entre eux étaient partis seuls chercher de l'eau pour ne jamais revenir que l'idée de voir cette frêle jeune fille escalader la montagne hostile effrayait au-delà de la raison. Seuls les enfants, groupés autour de Maja, s'enthousiasmaient. Ils trouvaient injuste, bien entendu, de voir partir des grands qui allaient accomplir ce dont ils rêvaient. Ils conviendraient plus tard que leur place n'était pas dans les montagnes, pas plus d'ailleurs que dans cette fuite éperdue au milieu de contrées sauvages et désertiques. On ne choisit guère son enfance. Peu à peu, à mesure que la nuit avançait et que le feu faiblissait, on s'était rendu aux arguments de Ferrand, puis à ceux de Rosa qui s'affirmait doucement dans le groupe comme quelqu'un qu'on écoute, à sa grande surprise. Seul Lambret, le théocrate, gardait le visage fermé et secouait la tête de temps à autre. Alors que le débat semblait s'achever, il se leva.

— Je ne suis pas d'accord, sergent. Rosa ne peut partir dans la montagne.

Tous tournèrent la tête, surpris. Le théocrate ne parlait que très peu depuis le départ du couvent, il semblait comme enlisé dans ses pensées. Les événements récents l'avaient bouleversé dans une mesure qu'il n'aurait pu même imaginer. Cet homme avait construit sa vie autour du service du Suprême, puis, alors que son âge lui conseillait de se mettre en ordre de marche pour rendre des comptes à son créateur pour son passé, il était parti sur une impulsion pour sauver une jeune fille. Quand il avait fait brûler sa mère un beau jour de printemps, ce n'était pas sa décision, mais celle de Satan qui l'avait pervertie. Il avait fait son devoir. En fuyant l'inquisition également, d'une certaine manière. Le sang de Rosa était rouge, au nom de quoi fallait-il qu'elle meure ? Mais le doute restait permis. Désobéir à sa hiérarchie pour obéir à la règle, c'était un cas de conscience... Puis le capitaine-ambassadeur-militaire s'était substitué à ses poursuivants comme un monstre d'un autre âge, porté par son grade et poussé par son sang, celui que Lambret avait combattu toute sa vie. Le représentant du roi au sang bleu massacrait les théocrates et poursuivait une enfant au sang rouge. Lambret ne parvenait pas à mettre de l'ordre dans ses pensées, il se sentait à la fois responsable et dépassé par les faits.

— Rosa ne peut pas partir dans la montagne avec un garçon, ce n'est pas convenable. Vous ne pensez pas à sa réputation.

Ferrand ne s'attendait pas à cet argument.

— Maître Lambret, votre inquiétude vous honore, mais il semble que personne ne se soit préoccupé de cette question avant ce jour. Que vous ayez sauvé Rosa au village ne fait aucun doute, mais elle vous a rendu, comme à nous tous, ce même service plus d'une fois depuis lors. Elle ne vous doit rien et n'a pas à recevoir d'ordres. Par ailleurs, vous pouvez faire confiance à Fernest.

— Sergent, que nous soyons en difficulté ne fait aucun doute. Nous ne devons pas pour autant oublier les convenances. Nous insulterions le Suprême en nous abaissant à ce point. Nous…

— Taisez-vous, théocrate !

Ismène s'était levée tel un ressort et s'était ruée sur lui, surgissant de l'ombre comme une furie. Petite, elle tendait le cou pour lui hurler à la face sa détresse et sa révolte.

— J'ai tout perdu par ta faute, théocrate, par la faute de tes semblables. Mes enfants sont morts d'épuisement sur le bord du chemin. J'ai serré leurs corps alors que la chaleur les quittait. J'ai perdu mon foyer et ma terre. Mon mari, fou de chagrin, est parti vers l'est pour trouver de l'eau depuis ce trou où nous étions bloqués. Il n'est jamais revenu. Son cadavre gît sous les étoiles en un endroit où je ne peux aller l'ensevelir de mes mains pour le repos de son âme, ni pour le repos de la mienne. Son corps, que j'ai chéri au point de lui donner une descendance, nourrit maintenant les charognards ! Par ta faute ! Par ta faute ! Ne parle plus de ton Suprême, il n'a pas droit de cité en ces lieux qu'il a abandonnés à ceux qu'il a lui-même trahis ! Rosa ira où elle voudra, puisses-tu en crever ! Tu n'es rien qu'un fuyard parmi les autres. Nous sommes ici par le fait d'hommes comme toi !

Elle cracha au visage du théocrate, livide. Le silence était tombé sur le groupe. Maja pleurait doucement, bientôt imitée par plusieurs autres voyageurs. Les enfants regardaient les adultes, perdus, comme subitement sommés de grandir. Ismène avait vidé un abcès qui mûrissait chez tous ceux qui n'en pouvaient plus d'avoir la vie sauve alors qu'ils avaient abandonné tant d'eux-mêmes sur la route, tant des leurs, pas après pas, tombe après tombe. Ismène s'écarta de Lambret pour retourner s'asseoir dans le froid de la montagne, puis le regarda d'une expression qui mêlait une insondable tristesse à une obstination sans limites.

— Rosa ne t'obéira pas, théocrate, et tes conventions n'existeront plus quand le dernier d'entre nous aura enterré, avec la pelle que voici, l'avant-dernier d'entre nous qui aura été son ultime compagnon. Il pleurera alors sur la sépulture que personne ne sera là pour lui offrir. Je ne souhaite pas être cette personne-là, puisses-tu l'être toi-même pour repenser à ce que je viens de dire, et expier tes fautes. Et celles de tes semblables…

Un long moment s'écoula avant que Ferrand ne se retourne vers Fernest. Il lui adressa une série de gestes de la main gauche. Le jeune garçon s'approcha de son maître et les deux hommes s'étreignirent. Le sergent parla à Fernest dans une langue qu'aucun des autres n'avait jamais entendue. La consonance en était dure, mais non dénuée de musicalité, et sa voix, qu'il forçait un peu dans les graves, donnait à cet instant une tonalité des plus étranges. Puis les deux hommes se donnèrent l'accolade, se séparèrent et posèrent leur poing gauche sur leur cœur.

La lumière du soleil serait bientôt suffisante. Ferrand avança vers le groupe, sa pelle sur l'épaule et l'épée au flanc pour donner le signal du départ. Jean vint à sa rencontre et l'entraîna à l'écart pour lui exposer ses inquiétudes.

— Pourvu que Rosa et Fernest puissent rapidement nous faire parvenir de l'eau. Nous ne survivrons pas longtemps avec le peu qui nous reste.

— Oui, Jean, j'en ai conscience. Il faudrait peut-être marcher de nuit. Nous nous déshydraterions moins, mais je crains les blessures sur ce terrain accidenté. Où en sont les chaussures des uns et des autres ?

— Elles ne sont pas bien vaillantes. J'ai pu tailler des lacets dans la peau du grand serpent d'avant-hier... Il me faudrait du bon cuir, un atelier et du temps.

— Il nous faudrait de l'eau, de la nourriture, du repos...

Jean hocha la tête puis retourna près d'Éliette, qu'il prit dans ses bras. Ferrand observa ses compagnons blottis près des braises d'un feu qu'ils alimentaient à l'économie. Chaque branche serait peut-être utile le soir venu, dans un quelconque renfoncement de terrain. Les enfants dormaient encore entre les adultes silencieux. Sur un signe de Jean, les hommes se levèrent et partirent en direction du désert.

Depuis l'altercation avec Ismène, le théocrate n'avait pas desserré les dents. Le regard du sergent se déporta malgré lui vers Maja. Ferrand connaissait cette nonne depuis son arrivée au couvent, deux ans auparavant. Une très jolie fille, douce et humaine. Fernest l'avait sauvée en la dissimulant pour qu'elle puisse soigner ses propres blessures, mais, en fait, de quoi l'avait-il sauvée ? Même violée comme ses consœurs, elle aurait vécu. Ses traits étaient tirés, ses vêtements sales et déchirés, son avenir suspendu à une goutte d'eau qui ne viendrait vraisemblablement pas... On ne sait jamais quand on fait les bons choix.

Si le théocrate inspirait la méfiance, Maja avait été bien accueillie dans le groupe. Les enfants l'avaient adoptée et trottaient autour d'elle comme ils l'auraient fait avec une grande sœur. Elle leva les yeux et croisa le regard du sergent. Ce qu'elle y lut sembla la surprendre et le militaire sursauta. Il dirigea à la hâte son regard vers le foyer dont les flammèches oscillaient dans la brise froide du jour naissant. Ferrand avait trouvé pour la nuit un lieu à l'abri dans un cirque rocheux où le vent qui chantait dans les reliefs était atténué et les sons de la montagne assourdis. Il était temps de partir. Sur un signe, on réveilla les enfants à qui l'on n'avait presque rien eu à donner à manger la veille au soir. Ils s'étirèrent, le plus jeune s'emmitoufla contre sa mère, qui le leva doucement pour qu'il ne se rendorme pas. Lentement, tout le groupe se mit en marche, traînant le poids immense des ventres vides. Ferrand avança de quelques dizaines de pas avant de se retourner pour voir si personne n'avait renoncé à reprendre la route. C'était étrange, tant qu'ils pensaient à leur estomac, ils oubliaient le chacal qui était à leurs trousses, pourtant bien plus dangereux que la faim. Où pouvait-il être à cette heure ? Où étaient Fernest et Rosa ? Ferrand s'éloigna, escalada un rocher. De son modeste observatoire, il devinait la masse écrasante de la crête au-dessus de lui, sombre chapeau couronné de blanc, puis, vers le sud, les collines à la végétation rase descendaient se noyer dans le sable du désert. Ils se tenaient entre ces mondes, ni trop loin de Rosa, ni trop loin des broussailles en contrebas, où ils trouvaient quelques maigres victuailles, en équilibre entre deux infimes espoirs.

— Sergent Ferrand ?

Il se retourna et vit la nonne, qui l'avait suivi.

— Sœur Maja, vous devriez rester sur le chemin. Il faut éviter tout effort inutile.

La nonne se rapprocha de lui.

— Nos chances de survie sont faibles, sergent. J'en ai peur.

— C'est à craindre, sœur Maja... Mais nous serions déjà morts si nous n'avions pas fait ces choix hasardeux. Tant que nous sommes en vie, il faut garder l'espoir de trouver une solution.

— Ces gens fuient depuis trop longtemps, et trop de deuils récents les hantent. Ils ont tout perdu, jusqu'à l'espoir dont vous parlez.

Le sergent écarta les bras en signe de résignation.

— Et pourtant ils avancent ! Il y a trois couples qui savent pourquoi ils marchent, ils le font l'un pour l'autre. C'est leur force. Deux des femmes ont encore un enfant. Le troisième petit est orphelin et n'a plus personne d'autre au monde que ce groupe. D'autres sont mus par une immense colère… ou par l'habitude, l'instinct de survie.

La nonne passa la main dans ses cheveux noirs comme pour chasser la fatigue, et sa douce voix grave caressa l'escarpement rocheux.

— Nous n'avons plus d'eau, sergent Ferrand. C'est la fin. J'espère que les enfants ne souffriront pas trop.

Elle frissonna. Ferrand s'approcha d'elle et parla tout bas pour ne pas être entendu du groupe.

— Maja, il ne faut pas dire ces choses. Tant que nous restons forts, l'espoir du groupe ne s'effritera pas. Personne à ma connaissance n'est jamais allé aussi loin dans la crête de l'est, et je le comprends parfaitement. Ce n'est pas un lieu pour une promenade. Mais qui sait ce que nous trouverons un peu plus loin ? Le tout est de ne pas perdre de vue que nos deux ennemis, le capitaine-ambassadeur et la soif, luttent implacablement l'un contre l'autre, tout comme ils luttent contre nous. Cette partie se joue à trois, Maja. Il nous suffirait d'un tout petit peu de chance pour passer là où le chacal ne pourra pas nous suivre, un trou d'eau, une source que nous pourrions souiller (il se retourna et indiqua les sommets). Voyez, Maja, ces neiges sur les hauteurs doivent bien fondre de temps à autre, même en petite quantité, et il faut que cette eau aille quelque part. Admettons qu'une partie stagne dans des flaques en altitude avant de s'évaporer, il doit bien y en avoir une autre qui s'infiltre pour resurgir un peu plus bas. Il faut garder espoir !

Maja le regarda un moment en silence, puis elle ferma les yeux et posa ses lèvres desséchées sur sa bouche. Il la saisit par la taille et la sentit s'abandonner et se blottir contre lui, infiniment. Puis ils se séparèrent et se regardèrent longuement, une expression grave sur le visage. Maja se détourna pour rejoindre ses compagnons, grappe humaine perdue au milieu de la crête, s'étirant en colonne à l'assaut d'une colline sous le vent froid coulant des cimes. Ferrand la suivit du regard jusqu'à ce qu'il ne puisse plus la distinguer des autres. Il avait pris sa décision. Ils allaient lutter et vivre.

Rosa et Fernest s'étaient engagés de nuit sur un versant menant à une faille qui balafrait la falaise. Ferrand l'avait repérée la veille et, après s'être entretenu avec Fernest, il avait été convenu qu'ils partiraient rapidement pour arriver au lever du jour au pied du rocher. La paroi ne semblait pas très haute dans les lointains bleutés, mais la montagne est trompeuse. Ferrand préférait penser qu'ils n'auraient pas trop de la journée pour escalader la falaise et parvenir sur la crête. Le reste serait affaire de chance. De chance et de talent. Fernest n'était pas né montagnard, mais son entraînement de Compagnon du Verrou l'avait amené à pratiquer tous types de reliefs. Il en savait assez pour éviter les pièges les plus évidents, mais ne devrait pas surestimer ses connaissances s'il voulait réussir. Il était souple, puissant et ignorait le vertige ; c'était déjà une bonne chose. Son principal rôle était de protéger Rosa et de lui permettre de survivre en altitude. La jeune fille ne savait pas si elle réussirait à escalader cette montagne. Elle n'avait jusque-là agi que pour subsister dans l'univers clos du village. Manger, dormir, se cacher, apprendre ce qu'elle pouvait glaner ici ou là, mais jamais escalader.

Ils marchèrent deux heures durant dans la lumière laiteuse de la lune avant de faire une halte. La montée était dure et le froid vif. Ne possédant pas grand-chose, ils n'étaient pas plus chargés que des gens pauvres. C'était un avantage pour marcher, mais le manque d'équipement pourrait leur poser des problèmes plus loin dans la montagne. Fernest ouvrit son sac et en sortit un morceau de fromage sec et quelques racines déterrées la veille quand leurs pieds foulaient encore autre chose que de la pierre. Bien que dures et amères, Fernest les avait déclarées comestibles, à condition de les mâcher longtemps.

— N'es-tu pas trop fatiguée, Rosa ?

La jeune fille secoua la tête.

— Ça ira, Fernest.

— C'est difficile d'avancer de nuit comme ça, mais c'est mieux quand il fait aussi froid. Si nous dormons plusieurs fois par jour, nous parviendrons peut-être à suivre le rythme du groupe. N'as-tu pas trop froid ?

— Non, je n'ai jamais froid.

— Tu as de la chance alors… Ce n'est pas mon cas. Allons, reprenons l'ascension !

Les deux jeunes gens se levèrent, Fernest ouvrant la marche. La faille, sombre et menaçante, semblait grandir à chaque regard que Rosa lui portait. La pente du pierrier s'accentuait, les contraignant parfois à s'aider de leurs mains pour garder l'équilibre. Fernest avait peur pour Rosa. À moins qu'il n'ait peur de Rosa. Pas du fait de son étrangeté, sa formation lui avait appris à utiliser tous les atouts en sa possession en ne les considérant que comme des paramètres à assembler, mais plutôt de ne pas être à la hauteur de la tâche et qu'elle le rejette, lui. Il ne connaissait pas cette paroi et pouvait tout autant la gravir sans autres difficultés que la fatigue que rester bloqué au bout de trente coudées. Il ne méritait pas d'échouer devant Rosa. Bientôt, ils furent au pied de la falaise, les pieds dans la caillasse et les mains sur la roche.

— Le jour n'est pas encore levé, nous allons devoir attendre un peu.

De temps à autre, un caillou tombait et dévalait la pente en produisant des bruits secs.

— Quelle est la hauteur dc cttc falaise, Fernest ?

Le jeune homme se recula un peu et haussa les épaules.

— Tu sais, ce n'est pas la hauteur qui importe, mais les prises que nous trouverons. Il est parfois plus difficile de gravir un mur de trente coudées qu'une montagne de trois cents. Je ne peux pas encore savoir.

Rosa s'assit dos à la muraille, les bras croisés sur les genoux. Fernest l'imita, et ils gardèrent le silence un long moment. Leurs regards parcouraient la nuit, devinant dans la lumière de la lune les contreforts, le désert dans les lointains, et situant plus qu'ils ne le voyaient le campement en contrebas. Rosa sentait l'univers autour d'elle, un univers stérile de cailloux. Plus haut, il y avait un peu de végétation, de l'herbe surtout, rase et éparse. Toute une vie s'y était pourtant implantée. Elle sentait des espèces de chevreuils qui broutaient la mousse et les jeunes pousses. Ils n'étaient pas plus grands qu'un mouton et dormaient sur des escarpements de rochers. Puis il y avait des petits rongeurs, des insectes, des oiseaux aussi. Rosa ne savait pas ce qu'était l'hiver dans ces contrées, mais en cette saison il devait être possible d'y cheminer. Fernest interrompit ses pensées.

— Tu sais, Rosa, je ne vois pas bien comment nous pourrons les suivre. S'il faut monter et descendre chaque jour, il sera impossible de les rattraper avec un tel chargement. S'ils doivent nous attendre, ils n'avanceront pas vite et le capitaine-ambassadeur-militaire les rattrapera.

— Tu as raison, Fernest, et je pense que le sergent Ferrand le savait aussi quand il nous a laissés partir.

— Alors, à ton avis, pourquoi nous a-t-il envoyés ici ?

Rosa réfléchit un instant avant de répondre.

— Parce qu'il n'y a pas d'autre solution, je crois. Il savait que j'y serais allée et qu'il n'aurait pu m'en empêcher.

— Alors nous sommes fichus ?

— Non.

— Mais tu sais bien que nous ne pouvons pas suivre au rythme des autres et que, pour avoir de l'eau, ils devront ralentir au point que le capitaine-ambassadeur les rattrapera.

Rosa sourit amèrement.

— Ils vont peut-être mourir, peut-être que nous aussi, mais nous avons plus de chances qu'eux.

— Tu ne comptes tout de même pas les abandonner !

— Non, jamais. Mais il faudra trouver une idée. Plusieurs idées. Et nous ne pouvons pas encore savoir ce que nous trouverons là-haut, réellement.

— Pourquoi le sergent n'a-t-il pas fait passer tout le monde par les montagnes ?

— Parce que beaucoup n'auraient pas réussi à grimper, et que ceux qui y seraient tout de même parvenus seraient morts de froid. Tu imagines, par exemple, Jean abandonnant Éliette en bas de la falaise, ou Maja laissant les enfants derrière elle parce qu'ils ne pourraient pas monter. Nous formons un clan maintenant, et Ferrand l'a compris. C'est ce qui nous sauvera si quelque chose peut encore nous sauver.

Le jeune homme se frictionna les bras pour se réchauffer. Loin vers l'est, le soleil annonçait sa venue en colorant le ciel de jaune et d'orangé. D'ici une heure, ils pourraient tenter d'escalader cette faille.

— Je dois te sembler idiot ? Je ne comprends rien à la façon d'agir du sergent Ferrand.

— Non, Fernest. Le sergent a de l'expérience. Il sait que nous ne pourrons peut-être pas revenir, mais il préfère que nous soyons ailleurs. Si nous avions de l'eau et de la nourriture en quantité suffisante, il nous aurait gardés avec lui, car nous aurions été tous plus en sécurité comme ça. Mais nous n'en avons pas. Il sait que je peux attraper des bêtes, et qu'il y a de la glace en haut. Il sait que je pourrai survivre dans la montagne.

— Et moi ? Il m'a donc envoyé pour que tu me nourrisses ?

Rosa sentit la frustration dans sa voix.

— Non, Fernest. Je ne sais pas grimper et je ne sais pas me battre. Je ne connais pas non plus les racines qu'on peut manger ou non dans ces montagnes. En bas, nous aurions été des bouches à nourrir sans rien pouvoir faire de plus. C'était la seule solution. Ferrand m'a confiée à toi car je ne peux pas réussir seule.

Le jeune homme se sentait prêt à gravir toutes les montagnes du monde. Il tourna la tête vers Rosa. Elle sentit son regard et l'observa en silence dans la lumière argentée du levant.

— As-tu peur de moi, Fernest ?

— Pourquoi aurais-je peur de toi ?

Rosa enveloppa le jeune homme d'une onde de chaleur ; il tressaillit.

— Tu pourrais avoir peur de moi, car je suis peut-être une sorcière.

— Merci de m'avoir réchauffé, Rosa. J'aurai besoin de chaleur dans la montagne, et cette sorcellerie-là me convient très bien. Le sergent Ferrand m'a donné les vêtements les plus chauds que nous possédions, mais ils ne seront pas suffisants. Je sais que tu es une sorcière, et je t'envie. Que peux-tu faire en dehors de tuer les animaux ou réchauffer ton guide ?

Rosa baissa la tête, pensive.

— Je ne sais pas, Fernest. J'ai toujours fait comme ça, parce que j'avais froid, ou faim, ou soif. Parce que je m'étais fait mal. L'autre jour, au couvent, j'ai vu que le capitaine-ambassadeur nous cherchait dans son dessin, alors je l'ai changé. Je ne savais pas que j'en étais capable. Ça m'a fait peur.

— Qu'appelles-tu exactement dessin ?

— Quand je ferme les yeux, mais des fois les yeux ouverts aussi, je vois le monde en rose et bleu, même quand il fait noir. Je vois quand le capitaine fait ça aussi. Alors, je peux aller dans la tête des gens, dans leur corps, et changer leur dessin. Il y a un dessin pour la peur, un dessin pour la joie, un dessin pour le sommeil, pour la mort. J'ai trouvé le dessin aussi pour ceux qui me voient ou non.

— Et quand tu t'es cachée, dans la pièce au couvent, c'était pareil.

— Un peu. Ça, je l'ai souvent fait. Quand j'ai commencé à devenir une petite femme, bien avant même, des hommes du village venaient parfois la nuit dans la maison de ma maman. Souvent, ils avaient bu trop d'alcool. Ils entraient et me cherchaient, ils avaient peur d'eux-mêmes et peur de moi, mais ils voulaient m'attraper. J'avais peur aussi, alors je me cachais comme ça, et ils s'en allaient. Ce n'est que plus tard que j'ai compris ce qu'ils voulaient. Vers douze ans, j'ai commencé à voir de plus en plus loin dans le dessin. Je pouvais voir tout ce que les gens faisaient dans le village, chez eux, dans les champs, partout.

— C'est difficile à imaginer.

— Ça fait peur au début, les gens ne font pas que des choses gentilles. Et quand on les croise au village, on s'imagine qu'ils savent qu'on les voit tout le temps, et on a peur qu'ils soient méchants avec nous. Mais on ne peut pas tout voir en même temps, il y a trop de choses. Heureusement, le dessin s'étend doucement en grandissant, et on apprend à ne regarder que ce qui nous intéresse. Parfois je l'oublie, et je ne vois que par mes yeux.

— Tu vois loin, je le sais.

— La distance augmente encore.

— Jusqu'où vois-tu dans ton dessin ?

— Ici, c'est facile, il n'y a pas grand monde. Je vois les amis qui marchent en bas. Je vois aussi le cavalier diable et cinq soldats qui marchent derrière cette montagne, là-bas !

Rosa indiqua un vaste repli du terrain que le soleil levant éclairait d'une lueur sanguine. Fernest sursauta et porta par réflexe la main à la poignée de son épée.

— Si près ? Il faut en avertir le sergent Ferrand !

— Il le sait, Fernest. Je le lui ai dit.

Le jeune homme était inquiet, sa respiration rapide et saccadée, et les muscles de son front se contractaient.

— Il ne m'en a pas fait part.

— Je sais, sinon, tu ne m'aurais pas accompagnée pour monter sur la montagne. Dis-moi, Fernest, m'aurais-tu livrée au cavalier diable si le sergent ne m'avait pas protégée au couvent ?

Fernest réfléchit un instant puis pencha la tête d'un air de regret.

— Oui, Rosa, j'avais des ordres et je suis un soldat. Un soldat fait ce qu'on lui demande, même s'il n'est pas d'accord.

— Je suis contente que tu m'aies dit la vérité, d'autant qu'elle est terrible. Et si maintenant il te demandait de me livrer, le ferais-tu ?

— Non, je ne reçois plus d'ordres. Je suis maintenant un Compagnon du Verrou et nous avons quitté le service du roi. Il nous a trahis. Alors nous combattons pour nous-mêmes. Il me faudra un jour trouver un apprenti.

— Apprends-moi, Fernest.

— Toi, Rosa ? Mais tu es une fille !

Rosa se détourna et resta longtemps emmurée dans le silence. Le jeune homme tournait la question dans tous les sens comme il tournait ses mains l'une contre l'autre pour les réchauffer. Le soleil commençait à monter dans le ciel et révélait peu à peu le relief de la faille. Fernest se leva et examina la falaise. Le passage devrait être possible, plusieurs options se présentaient. Il regarda la jeune fille ; elle était échevelée, écorchée et resplendissante. Il lui tendit une main qu'elle ne saisit pas.

— C'est d'accord, Rosa, mais je n'ai qu'une épée. Il faudra commencer par le poignard et la lutte.

Rosa sourit et prit sa main. Fernest attacha la jeune fille avec la corde qu'il avait lui-même fixée autour de sa taille, puis il grimpa lentement en choisissant ses prises avec soin. Il n'était pas monté de quinze coudées que Rosa l'appela.

— Fernest, viens voir ce que j'ai trouvé, je crois qu'il y a une meilleure voie !

Il descendit pour voir ce que Rosa lui indiquait du doigt. C'était une gravure dans la roche, une étoile à cinq branches enserrant un petit cercle.

Ainsi donc, le charognard était en vue… Rosa lui avait signalé sa position. Une journée après eux, à peu près. Ferrand n'en dirait rien aux autres. S'ils devaient mourir, au moins que ce soit avec la préoccupation des vivres, et pas dans la terreur du diable. Tout au plus affûterait-il un peu mieux son épée qu'à l'ordinaire pour qu'elle lui fasse honneur. Ils ne tiendraient de toute façon plus longtemps sans eau, ça ne ferait donc pas une grande différence. Il repensa à Fernest, il repensa à sa vie. Tiers fils, tous des tiers fils… Des enfants de bonne naissance à la mauvaise place. Finalement, il n'était pas si différent de ce vieux théocrate. Par la grâce du Suprême, Ferrand était né fort et rapide. Il avait gagné plusieurs tournois d'enfants, puis des tournois d'adolescents. En fait, il ne se souvenait pas d'en avoir perdu. Vers quatorze ans, un envoyé du roi était venu le chercher. Une chance… Il avait passé quatre ans à étudier et à s'entraîner dans une académie militaire royale, puis avait parcouru le monde au service de plusieurs maîtres. Il avait vécu dans toutes sortes de contrées et sous tous les climats, avait appris le maniement de toutes les armes et la stratégie. On lui avait enseigné la langue des anciens, celle des Compagnons du Verrou dont même les maîtres d'armes de l'académie et le roi ignoraient jusqu'à l'existence. Il partageait aussi avec ses compagnons la langue des gestes, si utile dans les combats furtifs. Il pensa à Maja et sourit. Il allait se remettre en marche quand le théocrate Lambret l'apostropha.

— Maître Ferrand, voyez-vous un inconvénient à ce que je marche un peu à vos côtés ?

Le sergent fut surpriscar le théocrate se taisait depuis l'accrochage avec Ismène. Ferrand n'aurait pas dit qu'il était éteint, il semblait plutôt pensif. Drôle de fin de vie pour un vieux cadet de famille comme lui. Probablement de toute petite noblesse, faute de quoi il n'eût pas fini dans un si modeste village.

— Mais je vous en prie, théocrate.

— Je vous en remercie, sergent.

Ferrand attendit patiemment que le vieil homme ait trouvé assez d'air pour parler.

— Maître Ferrand, je souhaitais vous entretenir d'une chose qui me tient à cœur.

— Je vous écoute, théocrate. S'agit-il de l'eau ? Nous n'en avons plus.

Si le vieillard entrait sur un terrain qui lui déplaisait, Ferrand n'aurait qu'à allonger le pas pour que l'asphyxie le fasse taire.

— Maître Ferrand, nous sommes dans une situation désespérée, et parfois certains d'entre nous commettent dans ce cas des gestes désespérés.

— C'est un fait, il faut veiller à la santé de tous.

— Effectivement, effectivement, mais il ne faudrait pas qu'une fois tirés d'affaire, certains d'entre nous regrettent ce qu'ils ont pu commettre dans un moment de détresse.

— Nous ne nous tirerons pas d'affaire, et vous le savez comme moi. Comme tous ici.

— Raison de plus. Quand nous paraîtrons devant notre juge, il ne faudrait pas qu'il puisse nous reprocher d'avoir faibli dans nos convictions au moment où il nous rappelait à lui.

Ferrand ne savait s'il était en colère ou amusé.

— Maître théocrate, dites-moi, vous êtes un cadet ?

— C'est à cette place que j'ai vu le jour. Effectivement.

— Comment verriez-vous les choses si vous étiez né le premier, ou le troisième, le sixième ?

— Le Suprêm…

— Le Suprême n'y est pour rien, théocrate. Ne voyez-vous pas qu'il n'est plus, s'il a jamais été ?

— Le Suprêm…

— Où est le Suprême quand le roi pactise avec le sang bleu, quand l'émissaire du roi tue les prélats et engrosse les nonnes, nos propres sœurs, nos propres cousines nées tierces filles ? Regardez, si vous l'osez, ces enfants derrière nous qui vont à la mort pour fuir la Mort en marche ! Si le Suprême existe, qui est-il pour ne leur laisser que cet unique choix ? Quel sens cela a-t-il ? Je vous le demande. Je ne vous en tiens pas pour responsable, pas plus que je ne suis responsable de la guerre du fait d'être un guerrier, mais il faut cesser les faux-semblants. Depuis que ce capitaine est entré dans nos vies, il n'y a plus de sergent, plus de théocrate, plus de cordonnier ni de nonne, il n'y a plus que l'urgence et la fuite.

Ferrand se tourna et saisit Lambret par les épaules de ses mains puissantes.

— Si vous voulez parler de Maja et de l'innocent baiser que nous avons échangé cette nuit, pensez qu'on a volé la vie de cette admirable femme comme on a volé les nôtres. Comme elle, mes sœurs sont parties au couvent quand les rentes du domaine n'ont plus permis à mes parents de payer les dots, ou faute d'un meilleur parti. À la veille de sa mort qui marche à nos côtés sur ces cailloux, si Maja s'interroge sur la vie religieuse que les maigres récoltes de sa famille lui ont imposée, qu'elle le fasse sans honte et sans jugement de quiconque. Pensez-vous que je n'ai pas compris qui était le père de Rosa ? Tout le monde a ses moments de doute, théocrate. Que je vive une journée ou un siècle encore, je jure de chérir cette femme et d'écarter de mon chemin quiconque tentera de m'empêcher de l'étreindre.

Ferrand lâcha le théocrate qui recula, frappé de stupeur. Quand il se reprit, il lui répondit, la voix éteinte.

— Je ne sais plus, sergent. Je ne sais plus… J'ai bâti ma vie sur des certitudes et, maintenant qu'elle va s'achever, la soif et la faim ne nourrissent plus que des doutes. Nous allons tous mourir, sergent, je peux donc vous dire ce que vous devez ignorer et que j'ai compris ces derniers jours : le sang bleu coule dans vos veines. Tout comme dans celles des nonnes ou des théocrates, de toute la noblesse. Le sang du diable est en nous… Quand la continuité d'une famille noble est assurée, on ne sait que faire des cadets et des tiers fils. Ils deviennent alors des théocrates et des soldats pour qu'ils ne se reproduisent pas et ne diffusent pas le sang du diable. Les théocrates ne se marient guère et les soldats sont rapidement tués à la guerre. Quand nos aînés font des enfants au sang bleu, j'ai la certitude qu'ils deviennent des capitaines-ambassadeurs ou des nonnes qu'on cache dans des sanctuaires secrets comme le couvent du Jourd. Savez-vous que les femmes que j'ai enterrées, celles de l'étage secret du couvent, avaient toutes le sang bleu comme l'ardoise ? C'était, à n'en pas douter, les possédées de la noblesse que nous convoyions vers Gradlyn dans le plus grand secret en faisant croire à leur disparition. J'ai compris alors quel était l'ignoble rôle qu'on faisait jouer aux théocrates… Quand nous cachons notre descendance bleue, on nous fait brûler les possédés du bas peuple, des gens comme la mère de Rosa.

— Et Rosa ?

Le théocrate reprit sa marche et laissa passer quelques minutes avant de répondre.

— Quand on m'a prévenu que la mère de cette jeune fille avait le sang des possédés, je l'ai fait venir. Elle était douce et jolie. Je ne sais si Satan a guidé ma main, si ma faiblesse d'homme m'a imposé ce chemin auquel je m'étais toujours refusé, si cette sorcière a invoqué quelque charme… toujours est-il que j'ai rompu mes serments. Dès lors, que devais-je faire ? Je ne pouvais brûler mon propre enfant ni sauver sa mère pourchassée par la population. Je l'ai donc enfermée dans le cachot du temple pour la garder près de moi. Elle m'a supplié de laisser l'enfant arriver à terme, a su me convaincre et m'a donné la force de garder ma porte contre la haine des gens. Ce furent les plus terribles mois de ma vie, les plus forts… les plus beaux aussi. Rosa est née pour me rappeler chaque jour ma faiblesse, mon péché, ma souffrance… ma lâcheté ! Ma lâcheté… Elle n'a jamais eu faim, ou pas plus que les autres, j'y ai veillé, croyez-le bien. Mais elle n'a pas eu de famille, pas d'humanité pour lui montrer la voie. Reste que mon sang rouge de cadet et le sang bleu de sa mère ont fait ce qu'elle est aujourd'hui, j'en suis persuadé.

Ferrand crut entendre des sanglots entre le bruit des pierres sous les sabots du théocrate. Il attendit que la marche fasse refluer les souvenirs du vieil homme.

— Et pourquoi ne rejetez-vous pas la cape de théocrate pour endosser celle du voyageur ?

— Je ne rejette pas ma cape de théocrate car je n'en ai pas d'autre à mettre à la place. Il est trop tard. Je suis un vieillard et je préfère penser que ces heures de doute sont le prix à payer pour les décennies d'aveugles certitudes, et aussi que c'est une épreuve avant le jugement. C'est mon refuge contre la folie, maître Ferrand ! Si j'acceptais le fait du doute, je renierais d'un bloc ce à quoi j'ai consacré ma vie. Alors le souvenir de la mère de Rosa viendrait arracher à mon âme ce qui la maintient sur cette route… Cela n'a de cesse de me tourmenter depuis ce jour terrible, et je me demande ce que j'aurais pu faire d'autre. Alors que je suis parvenu au terme de ma vie, je ne sais pas quel sens donner à ma fin, et je ne sais donc pas si elle en a eu un. C'est un grand tourment.

— Je comprends.

— Je vous remercie, maître Ferrand. Demain matin, je partirai avec les hommes dans les basses vallées pour ramener du bois.

CHAPITRE IV

LA MORT DE LULIUS NEVER

Parcourant la plage vers l'est, Orville et Pétrus découvrirent les débris épars de la barrique qui avait explosé sur les rochers, mais le flotteur aux deux tonnelets n'avait subi aucun dommage majeur. Ils devraient se contenter d'une unique bouée pour tenter d'atteindre une île peu éloignée. Les deux hommes marchèrent quelques minutes pour contourner la barrière rocheuse sur laquelle leur bateau s'était fracassé. Ils redescendirent péniblement de l'autre côté, pieds nus sur les rochers, et se mirent à l'eau là où l'onde semblait calme et où l'absence de courant leur permettrait de choisir leur cap. Orville puisait dans l'environnement la chaleur dont il avait besoin, mais Pétrus était frigorifié. Tout sang bleu qu'il était, il ne pouvait puiser de chaleur autour de lui. Il ne faudrait pas que la traversée dure plus de quelques dizaines de minutes.

À peine eurent-ils avancé de quelques brasses que Pétrus grelottait dans l'eau froide de la nuit. Orville se déporta, ne touchant plus les tonnelets que de la main pour lui permettre de bénéficier seul de la flottabilité de leur bouée.

— Pétrus, monte au maximum sur le flotteur, tu te refroidiras moins. Il y a une île juste au nord. Nous nous y reposerons.

— Merci, Majesté. Vous êtes trop bon. Il y a des pirates sur cette île, leur panache de fumée a indiqué notre position. Comment ferez-vous pour y prendre pied et survivre à la journée qui vient ?

— Voilà comment raisonne un capitaine de tonnelet ! Ils ne sont qu'une douzaine, au plus, et ne s'attendent pas à nous voir débarquer.

— Majesté, nous sommes nus et sans arme. Pensez-vous que les pirates ne seront pas de taille à lutter contre deux pauvres hères congelés débarquant dans leur campement ?

— Nous n'avons que peu de chances, Pétrus, mais de toute façon, si nous n'accostons pas bientôt, nous n'en aurons aucune. Nous serons morts de froid avant demain matin. Il nous faut donc des vêtements, un feu, des armes, de quoi manger et un bateau. Or, vois-tu, les échoppes sont fermées à cette heure tardive et nous ne pouvons nous approvisionner autrement qu'en assassinant un peu. Dis-moi ce que tu sais des camps de pirates dans les îles.

Pétrus poussa un cri, subtil mélange de rire et de grelottement, et se contracta douloureusement sur le flotteur.

— Il y a les trop vieux pour naviguer, et ceux débarqués qui sont au repos et profitent de leur butin. Tous observent un secteur en échange de nourriture. Ils sont ravitaillés par un navire qui fait le tour des observatoires. Il y en a des dizaines, organisés par secteurs. Les pirates cultivent parfois un lopin de terre quand le terrain s'y prête et élèvent des volailles. Ils bâtissent des maisons frustes, mais souvent accueillantes. Au bout de quelques semaines ou de quelques mois, selon le butin qu'ils avaient amassé, ils reprennent la mer pour accumuler d'autres richesses.

— C'est une curieuse organisation.

— L'île Verte ne pourrait accueillir tout le monde. Alors, les bateaux y restent ancrés avec un équipage réduit, et leurs propriétaires sont convoyés vers leur île de résidence. Il y a des siècles que ça fonctionne ainsi.

Orville essayait de se représenter les navires qui faisaient leur tournée d'île en île, livrant les commandes et faisant le compte avec les pirates de l'état de leurs finances.

— C'est un modèle transposable à l'est de l'archipel. Il faudra y penser.

La réflexion d'Orville arracha un rire grelottant à Pétrus.

— Encore faudrait-il que nous vivions, que nous chassions les Gardiens, et que nous résolvions quelques autres petits détails tout aussi insignifiants.

Ils se turent et nagèrent un long moment au ras de l'eau, ballottés par les vagues sous la lune indifférente. Orville explorait les alentours, surveillant les poissons dont certains étaient de taille à goûter à la viande d'homme. Mais Pétrus mollissait et Orville était de plus en plus inquiet. Dans la Clairvoyance, l'image du poète bleuissait, seul l'intérieur de son corps conservait un peu de chaleur. Une fois passée la côte nord de l'île sur laquelle ils avaient été condamnés par Clarisse, la capitaine des pirates, ils avaient été emportés par un courant qui les avait contraints à nager en tenant compte de leur dérive et en fournissant un effort important.

Bien qu'exténué lui aussi, Orville s'employait à préciser sa connaissance des lieux en s'approchant de l'île, et tentait d'établir la localisation des pirates. L'un d'entre eux dormait à l'écart. Un groupe d'hommes semblait somnoler autour d'un feu couvant devant le plus grand des logis. Dans la maison, un pirate parcourait une des pièces de long en large en mobilisant autant d'énergie à lui tout seul que tous les autres réunis. Selon les estimations d'Orville, personne n'était en mesure de les apercevoir et la falaise n'était pas aussi haute ni abrupte que celle de l'île du Goulet, mais il fallait trouver une zone où les vagues ne les projetteraient pas sur les rochers.

Le courant les poussa un long moment sans qu'Orville ne trouve de solution, jusqu'à ce qu'il repère, en passant une avancée rocheuse, une paroi de faible hauteur à l'abri du clapot. Il s'en approcha en quelques brasses et posa la main sur la falaise. La roche était polie et gluante, là où les vagues la baignaient depuis la nuit des temps, mais, à portée de main, elle était plus sèche et présentait des aspérités assez régulières pour pouvoir tenter l'escalade. Si la mer avait été basse, les choses n'auraient pas été si simples.

Orville cala le bout de ses doigts fripés par l'immersion sur une aspérité et parvint à s'extraire de l'eau. Il se retourna vers Pétrus pour l'encourager, mais son compagnon restait crispé sur le flotteur sans trouver la force de s'agripper au rocher. Orville descendit aussi bas qu'il le put sans retomber dans la mer et attrapa le cordage qui liait les tonnelets entre eux.

— Pétrus, passe tes bras dans les cordes, puis baisse-les de manière à rester coincé dessus quand je vais te hisser. Ta peau est glissante et ne m'offre aucune prise. Je n'ai qu'une main à mettre à ta disposition.

Ralenti par l'hypothermie, Pétrus engagea gauchement les bras entre les tonnelets et se roula en boule comme il put, les mains entrecroisées sous ses cuisses. Orville saisit une des cordes et tira lentement, mais réalisa rapidement qu'il ne serait pas assez fort pour extraire le poète de l'eau avec le peu de prise que le rocher lui offrait. Il exerça une traction plus vigoureuse qui n'eut pas plus de succès. N'aurait-il d'autre choix que de laisser Pétrus mourir là ? Orville ferma les yeux et l'examina à l'aide de la Clairvoyance. Même s'il n'était pas aussi bleu que l'eau, il était profondément refroidi. Puis il explora l'intérieur de son propre corps. Les premières fois qu'il avait tenté de le faire, sur le navire qui le convoyait vers l'île du Goulet, il n'y était parvenu qu'au prix de la plus grande concentration. Il lui semblait maintenant qu'il avait fait ça toute sa vie et passait de la vision à la Clairvoyance sans même y penser. Il examina les muscles de ses bras alors qu'il tirait de toutes ses forces pour sortir son ami de l'eau. Orville, stupéfait, sentit son propre corps monter, chargé de son fardeau dont le tronc était presque entièrement émergé. Il abandonna la Clairvoyance sous l'effet de la surprise. Immédiatement, Pétrus redevint trop lourd et Orville dut le redescendre. Que s'était-il donc passé ?

Orville s'immergea de nouveau dans la Clairvoyance et tira lentement sur son bras, comme pour se démontrer lui-même le principe physique de la contraction musculaire. Il n'eut aucun effort à fournir pour se hisser et poser le menton sur son poing, crispé sur une saillie du rocher. Il crocha le flotteur avec son pied gauche et remonta Pétrus jusqu'au moment où il put passer un bras dans les cordages. D'un mouvement ample, il chargea son compagnon sur son épaule comme on l'aurait fait d'un vulgaire sac, dégageant ainsi sa deuxième main. Puis il monta régulièrement de prise en prise sans plus d'efforts que s'il n'avait été chargé que de ses effets personnels. Une fois parvenu sur un petit plateau boisé, il repéra un espace dégagé sur lequel il déposa Pétrus qui demeura inerte. Son cœur battait, mais si faiblement qu'on eût pu le croire mort. Il lui fallait des vêtements, un feu, quelque chose qui lui rendrait la chaleur qu'il avait perdue. Orville ne disposait de rien de tout ça. Il le laissa sur place et avança dans une zone boisée, évitant au maximum les pierres qui auraient pu blesser la peau de ses pieds ramollie et crevassée par l'immersion. Il parvint rapidement en vue du premier logement de pirate.

La cabane était réduite à sa plus simple expression. Quatre murs de rondins entaillés en formaient la structure, un mortier constitué de mousse mélangée à de la terre en assurait l'étanchéité. La porte, quant à elle, était faite de baliveaux entrecroisés et liés par des cordes sur son pourtour, bouchant l'ouverture à la manière d'une simple planche. Orville sentait l'homme qui occupait les lieux. Il était chétif et dormait profondément. Cette habitation isolée bordait un sentier qui montait vers les hauteurs de l'île. Un solitaire. Les choses auraient pu se présenter plus mal et il aurait pu épargner l'homme si la vie de Pétrus n'en avait pas dépendu. Sans se départir de la Clairvoyance, il arracha la porte et plongea dans l'antre, puis, en une fraction de seconde, il saisit l'homme par le cou, l'attira à lui sans un mot et lui brisa la nuque d'un coup sec.

Il lâcha le pirate, qui s'effondra comme un pantin.

Contrairement à ce qu'il aurait pu imaginer, l'intérieur de la masure était garni de fourrures et présentait un aspect rangé qu'il n'aurait pas dit raffiné, mais plutôt brut et organisé. Douillet. Pour autant, les armes adossées à la paroi indiquaient clairement la profession du propriétaire des lieux ; sabres, épées, couteaux en tous genres. Orville redescendit à la hâte jusqu'à Pétrus, le cadavre du pirate sous le bras. Il le jeta dans un fourré et souleva le poète comme s'il n'avait aucune masse. Étrange ce que d'être incroyablement puissant mettait en confiance. Il ne s'était jamais aperçu que la Clairvoyance lui donnait cette force titanesque. À bien y penser, c'est peut-être ce qui l'avait sauvé dans certaines situations délicates au cours de son périple. Ravi de cette découverte, il n'en était pas moins un peu navré que ses victoires ne puissent être attribuées à ses seules valeurs de combattant. On a sa fierté ! Orville déposa Pétrus dans la cabane, le recouvrit de fourrures puis, se saisissant d'un sabre, il avança en silence vers le campement.

L'arme était de piètre qualité en comparaison de celles qu'il avait perdues dans le naufrage de son bateau. La lame en était large de presque deux pouces, courbe et courte, à l'échelle de son précédent maître. Dans les mains d'Orville, elle ressemblait plus à quelque dague un peu longue, une arme d'enfant, une farce qu'on lui aurait faite. La garde de métal jaune, simple et polie, formait une coque qui protégeait toute la main. En d'autres circonstances, cette arme l'aurait fait rire, mais aujourd'hui elle devrait faire l'affaire.

À un quart de lieue, il arriva en vue du bivouac. Il s'accroupit et observa attentivement. Pas moins de dix adversaires à éliminer, plus celui qui s'agitait dans la maison. Ce ne serait pas simple. S'il avait au moins trouvé des bottes, il aurait pu faire irruption au milieu des pirates et faire un carnage. Pour l'heure, il arriverait nu, en boitillant sur les cailloux du chemin et avec un sabre ridicule à la main. Impossible !

Orville tenta de se faufiler dans les buissons, mais il dut renoncer tant les épines acérées lui griffaient la peau. En contrebas, il repéra dans la pénombre un sentier pentu qui descendait en direction de la mer. Il envisagea de le rejoindre pour prendre le bivouac à revers, mais la végétation épineuse le fit de nouveau renoncer. D'un côté comme de l'autre, il arriverait de toute manière par un sentier à découvert, et descendre ne résoudrait rien à ses problèmes tactiques. Il devait donc encore progresser et aviser.

Par chance, la nuit était avancée et les hommes devisaient tranquillement en faisant passer une bouteille. Orville aurait préféré qu'ils eussent chacun la leur et qu'ils en aient abusé au point de ronfler de concert sous la lune. Il n'en était rien. Il rampait maintenant tout doucement, s'écorchant coudes et genoux pour chaque pied gagné. Parvenu au plus près, il s'immobilisa et examina chacun des hommes, choisissant avec soin l'ordre dans lequel il faudrait les éliminer. Parcourant le monde coloré de la Clairvoyance, Orville trouva un cerveau et y planta ses griffes.

Le premier à s'effondrer fut un colosse qui lui avait semblé somnolent. Il s'inclina doucement sur le côté et chuta lourdement, sans un cri, s'affalant comme un enfant vaincu par l'alcool. Ses compagnons le regardèrent, surpris, puis ils haussèrent les épaules en ricanant et reprirent leur conversation. Le second aida Orville en s'allongeant sur le dos pour regarder les étoiles. Il partit dans un souffle. Orville n'avait jamais tué plusieurs personnes de suite avec ce procédé peu glorieux. Il réalisa qu'il ne pourrait les tuer tous ainsi. Non que ce fût impensable, mais la chaleur qu'il prélevait dans le cerveau de ses victimes s'accumulait dans son propre corps et lui donnait la fièvre.

Au troisième qui s'affala, un pirate se leva et le secoua. Orville ne sut s'il avait conclu à la mort, mais il se redressa et regarda attentivement les fourrés alentour. Il réalisa qu'il s'était trop avancé et que sa peau blanche le trahirait rapidement sur les cailloux gris du sentier. L'homme balayait la nuit. Bientôt, il porterait le regard dans sa direction. Il ne pourrait le manquer. Alors Orville commit une erreur, sachant que c'était une erreur, sachant qu'il ne pouvait faire autrement. Il tua l'homme, qui s'écroula dans le feu, projetant vers le ciel une nuée d'étincelles. Les rescapés se levèrent pour lui porter assistance et, le trouvant mort, saisirent leurs armes avant de se disperser. L'un d'entre eux vit Orville ; il se mit à courir, lame au clair, en hurlant comme un beau diable.

Orville se leva, d'un bond, descendit à travers les fourrés en direction du sentier qui serpentait vers la mer, abandonnant des lambeaux de peau sur les épines et des lambeaux de pied sur les cailloux. S'il avait rebroussé chemin, il les aurait conduits tout droit vers Pétrus.

Parvenu à une minuscule crique qui devait servir de port, il se retourna, prêt à faire face aux pirates dont il entendait les clameurs sur le sentier. Orville entra alors en lui-même, descendit jusqu'à ses pieds, jusqu'aux tréfonds de son corps. Les coupures étaient profondes et du sable était entré dans les plaies. Il arrêta le flux de la douleur qui menaçait de le terrasser, puis examina sa peau. Elle n'était plus qu'égratignures, mais rien de grave qui nécessitât une attention immédiate. Quand il termina son examen, deux pirates lui faisaient face.

Ils attendaient tranquillement l'arrivée des quatre autres, qui débouchèrent du sentier munis d'arcs en plus de leurs sabres d'abordage. Orville allait mourir, et ce serait l'épée à la main. Il avait peur. Il crispa ses deux mains sur la poignée de son sabre ridicule et avança en criant. Une affreuse douleur bloqua son épaule gauche.

Alors qu'il allait hurler de souffrance, la douleur cessa… puis tout ralentit. Ralentit à un point qu'il n'aurait pas pu imaginer. Orville dévia un trait du plat de son arme tout en avançant. Deux autres flèches approchèrent de lui comme suspendues à un invisible fil de soie. Il changea son épée de main et les attrapa, les jeta sur le sable. Le temps qu'elles touchent le sol, il était sur les pirates qui ne semblaient pas réagir. Il en égorgea trois avant de reculer d'un pas pour esquiver un assaut maladroit, comme porté au hasard ou par réflexe. D'un mouvement sec, il trancha le bras de l'assaillant et fit rouler sa tête d'un retour de lame. Les deux derniers pirates esquissèrent un mouvement de fuite. Orville projeta négligemment son sabre qui transperça le premier, puis il ramassa dans le même mouvement une autre arme pour la lancer à la suite du dernier ennemi. L'homme tomba au ralenti dans les premières coudées du chemin. Orville n'avait plus d'adversaire.

Il examina la flèche qui l'avait touché à l'épaule, en tentant de se remémorer ce que Borth, le chirurgien de bord, lui avait expliqué à propos de ce genre de blessure. Il palpa l'arrière de son épaule. La pointe avait traversé la chair. Orville saisit la flèche entre ses dents au ras de la peau, puis il en empoigna le fut et la brisa comme s'il s'était agi d'une brindille. Enfin, il acheva l'extraction en saisissant la pointe à l'arrière de son épaule et en la tirant par petits coups secs. Débarrassé du projectile, il s'approcha des cadavres, déchira la chemise de l'un d'eux pour panser sa plaie et retira les bottes du plus grand.

Les armes des pirates étaient bien équilibrées et assez massives pour transmettre la puissance du geste. Un seul côté était tranchant. Orville pensa que ce profil particulier alourdissait l'arme, ce qui lui convenait assez bien, mais ne correspondait pas à sa propre manière de combattre. Il préférait frapper de taille des deux côtés sans avoir à décider s'il voulait trancher la viande ou briser les os. Il prit les deux plus longues lames et les fit jouer pour apprécier le son qu'elles produisaient en tranchant la nuit. Chaussé de bottes trop petites dont il avait coupé le bout pour pouvoir les enfiler, il remonta prestement le sentier en direction de la maison des pirates et de l'excité dont il avait décelé la présence depuis la surface glacée de la mer.

Il regretta un instant de n'avoir pas pris quelques vêtements sur ses victimes, mais le temps manquait. Il fut rapidement devant le feu, fouilla les cadavres à la recherche d'autres armes, puis il remonta le sentier pour s'approcher furtivement de la construction.

Bâtie de troncs et de planches, elle s'élevait sur trois étages et singeait plus ou moins les riches demeures qu'on croisait dans les villages de l'ouest du premier royaume. Une tour grossièrement façonnée, qui devait servir d'observatoire, dépassait de la toiture. L'ensemble de la bâtisse donnait l'impression que le moindre souffle la disloquerait, mais Orville ne s'y trompait pas, ces maisons de bois, toutes tordues qu'elles puissent être, tiraient de leur souplesse une résistance à tous les vents, et il n'y avait souvent que le feu pour en venir à bout. Il approcha doucement d'une fenêtre sous laquelle filtrait un rai de lumière.

L'homme était petit, barbu et rond. Il maugréait, criait parfois, trottait de long en large sur ses courtes jambes et s'arrêtait de temps à autre pour écrire. Puis il poussait un cri de victoire et poursuivait son manège. Immergé dans son travail, il n'avait manifestement rien entendu de ce qui s'était passé dehors.

Orville fit le tour de la maison. L'arrière donnait sur une petite cour partiellement couverte par un appentis branlant. La tour, vide d'occupant, permettait à peine à deux hommes de s'y tenir. Orville ne concevait pas bien à quoi elle pouvait servir, sachant que sur l'avant de la maison un guetteur jouissait d'une vue panoramique sur tout l'archipel. S'il en avait le loisir, il monterait pour voir ce qui en avait motivé la construction. Orville avança et décela une porte sous l'appentis. Il la poussa prudemment, deux épées en main. N'ayant pas de fourreau, et la progression dans la masure nécessitant qu'il ouvrît les portes, il soupesa les deux lames, choisit la plus lourde et posa l'autre silencieusement par terre.

Quand il ouvrit la porte suivante, elle grinça au point qu'Orville craignit d'avoir réveillé tout l'archipel en sursaut.

L'homme se tut. Orville retint son souffle. Un cri triomphal retentit dans la pièce qui faisait face à la mer, puis le pirate reprit son monologue. Quel étrange personnage ! Orville avança pas à pas en direction de la pièce où l'écrivain se débattait avec lui-même. Il attendit le silence suivant, assurant sa prise sur la poignée de son sabre. Le cri victorieux retentit et l'homme entama une énième jérémiade en trottinant de plus belle.

Orville se rua à l'intérieur de la pièce. Il abattit son arme sur le pirate, mais au lieu de chair il ne rencontra que le fer d'un sabre, un sabre court et un regard de braise. Orville recula en catastrophe pour se remettre en garde. Le pirate était petit et ventripotent, mais il se déplaçait avec une extraordinaire vélocité. Orville s'agrippa à la Clairvoyance et se jeta à l'attaque tandis que son adversaire sautait d'un bond sur la table, renversant l'encrier et piétinant les feuilles de parchemin. L'homme n'était pas un technicien, mais Orville ne parvenait pas à passer sa garde. Il ferraillait en l'insultant de tous les noms, vif comme un poisson juste sorti de l'eau. Saisi d'une soudaine inspiration, Orville poussa violemment la table du pied. Le pirate, déséquilibré, tomba lourdement au sol, mais, le temps de faire le tour de la table pour l'embrocher, il était déjà sur ses pieds et chargeait en éructant menaces et jurons.

Orville sentit l'épuisement le gagner. Il n'avait pas dormi depuis presque deux jours, avait perdu beaucoup de sang, et se tenir en Clairvoyance pour neutraliser la douleur puisait dans ses forces. Son bras se fit pesant alors que le pirate accélérait encore. Il ne faisait aucun doute que, malgré ses membres courts et potelés, cet homme était de la trempe de Sylvan ou Théod, et que le même sang coulait dans ses veines. Orville avait compris que la Clairvoyance le mettait plus ou moins à égalité avec ces hommes, et qu'en temps ordinaire il eût pu vaincre ce combattant pugnace, moins technique et moins puissant que lui. Mais là, c'est lui qui reculait sous les coups. Il se prit les pieds dans un banc et s'effondra à l'arrière comme un vulgaire sac. Le pirate manquait d'allonge, et Orville, à moitié sonné par sa chute, parait et esquivait, roulant sur lui-même sans pouvoir se relever. D'un coup sec, le pirate bedonnant lui arracha son sabre.

— Depuis quand attaque-t-on tout nu, jeune homme ? J'ai vu ça il y a bien longtemps dans des îles lointaines, mais ils avaient la peau nettement plus sombre !

Le pirate était presque aussi large que haut. Il avait le front fuyant, une épaisse barbe blanche et la moustache noire. Son nez était un peu fort et ses yeux à demi fermés lui donnaient une expression sournoise.

— Qui es-tu ? Je saurai te faire parler ! Te couper en morceau sera plus facile à poil qu'en habit !

Orville, terrifié, luttait pour conserver la Clairvoyance ; la douleur irradiait dans son épaule et ses pieds. Dans un dernier effort, il tenta d'aspirer la chaleur du cerveau du pirate, mais l'homme rit méchamment.

— Tu veux tenter sur moi le baiser de la veuve bleue, chien de mage de pacotille, mais ça ne marchera pas. Tes forces diminuent, et tu ne pourrais plus geler un grain de blé !

Le pirate levait son sabre pour trancher le pied d'Orville quand un cri inhumain trompeta dans son dos. Il se jeta de côté, roula sur une épaule et fit face à l'espèce d'ours informe et gesticulant qui venait de rentrer dans la pièce. Il avança vers la masse poilue, sabre levé, invectivant l'animal. La bête trébucha dans la pénombre et chuta dans un bruit sourd. Le pirate riait aux éclats en brandissant son sabre pour l'embrocher, quand un couteau se ficha dans son dos, au niveau du cœur. Il se retourna vers Orville, stupéfait, et avança dans sa direction d'un pas lent et mécanique, le meurtre dans les yeux. Un deuxième couteau se planta entre ses deux yeux. Il tomba lentement en avant, les traits figés dans une immense surprise mêlée de haine. Le couteau disparut dans son crâne quand sa tête heurta le sol. Il tressauta quelques instants puis mourut. Orville vit alors Pétrus s'approcher, revêtu d'une peau de bête. Le baladin l'aida à se relever, puis ils se traînèrent comme ils purent jusqu'au feu mourant, jetèrent dans les braises ce qui restait de bois et s'endormirent au milieu des cadavres.

Le lever du jour les surprit en plein sommeil. Le soleil inonda l'archipel de lumière orangée, puis il monta doucement au-dessus de la crête, tentant d'écraser Orville et Pétrus sous la masse de ses rayons, mais rien n'y fit. Les deux hommes n'ouvrirent les yeux qu'au beau milieu de la journée, réveillés par le ballet des mouches accourues pour commencer leur travail de nettoyage. Ce que l'astre du jour ne put accomplir, auguste, puissant et magnifique, une nuée d'animalcules charognards s'en chargea sans coup férir. Las de chasser les insectes qui bourdonnaient interminablement à leurs oreilles, se posant sur leurs lèvres et parcourant leurs corps blessés, Orville et Pétrus entreprirent de se lever.

— Orville, ça va ?

— Ça pourrait être pire. Les mouches pourraient m'utiliser comme pondoir. Je vais voir ce qu'on peut trouver dans la maison.

— Attends, je viens avec toi.

Ils clopinèrent jusqu'au pas de la porte, qui s'ouvrit sans un bruit. Le cadavre du pirate gisait sur le ventre au beau milieu de la pièce. Il avait commencé à se décomposer et ça sentait la mort. Orville avança et le retourna du pied.

— Sais-tu qui il était ?

— Pas la moindre idée, mais, quand je suis arrivé, tu n'étais pas en bonne posture.

Orville opina.

— Il était incroyablement rapide.

Il se rapprocha de la fenêtre d'où la lumière du jour entrait comme par effraction entre les volets disjoints. Ils étaient grossiers et mal ajustés, de guingois comme la masure dans son ensemble. L'ameublement faisait penser à un séjour, une salle fonctionnelle qui aurait pu être celle d'une auberge. L'appentis par lequel Orville était entré dans la nuit servait de cuisine. Ils y trouvèrent du pain rassis et de quoi confectionner un gruau acceptable. Pendant que le grain cuisait dans l'antique marmite, ils grimpèrent à l'étage. Deux troncs avaient été placés obliquement et des rondins fixés à l'aide de cordes faisaient office de marches. La montée n'était pas des plus aisées, chaussé comme l'était Orville, mais on pouvait imaginer que, pour un pirate qui n'était pas moins marin, la stabilité de l'ouvrage en faisait le comble du luxe. Le premier étage était un simple dortoir. Des hamacs pendaient çà et là comme de grandes toiles d'araignées au travers desquelles la lumière jouait avec la poussière en suspension. Orville et Pétrus regroupèrent les coffres sous une fenêtre pour en examiner le contenu. Ils trouvèrent de quoi se vêtir et comptèrent les maigres possessions de valeur des pirates, quelques monnaies, un peu de verroterie. Rien de plus intéressant. Un escalier identique au premier permettait d'accéder à une pièce quasi vide. On devinait cependant à la qualité de l'étoffe de l'unique hamac suspendu à la charpente que c'était là le logis du capitaine. Devant la fenêtre, une table rustique et un fauteuil faisaient face à la mer. Tandis que Pétrus ouvrait le coffre du capitaine, Orville s'accouda à la fenêtre pour observer l'île où ils avaient été enchaînés la veille. On n'en voyait que la rive nord, la baie échappait au regard. Il n'y décela aucune activité. Clarisse devait avoir constaté depuis longtemps leur évasion. Il se dit qu'il n'aurait peut-être pas dû signer de la sorte sur la roche. Ces histoires de roi, de mage, c'était amusant, mais, Sylvan avait raison, ça finirait par lui causer des problèmes. S'ils étaient partis sans laisser signe de vie, il est probable que les pirates les auraient crus morts.

— Pétrus, il faut que je descende. Jusqu'à la petite crique en contrebas. J'y ai tué six pirates qui y reposent toujours. On ne voit pas les cadavres depuis la mer mais, si ta petite amie nous cherche de ce côté, il est prévisible qu'elle commencera par cette île-ci.

— Probablement pas, mais c'est une sage précaution. Je descends à la cuisine pour voir ce qui pourrait nous servir.

Le sentier serpentait entre les arbres et les buissons jusqu'à une petite cabane qu'il n'avait pas remarquée dans la nuit. Six cadavres dormaient là sur le sable gris de la plage, goûtant l'éternité dans l'attente d'un fossoyeur. Les bouger ne fut pas une mince affaire. Mais à quoi avait-il pensé en les découpant de la sorte avec son minuscule sabre ? Orville rassembla les morceaux épars et les dissimula un peu plus haut dans une crevasse au beau milieu des buissons épineux. L'odeur des corps en décomposition en signalerait la présence sous peu, mais Orville caressait l'espoir d'avoir filé avant le soir. Au moins Pétrus ne verrait-il pas de quoi il avait été capable.

Il redescendit ensuite sur la plage et examina deux bateaux qui s'y trouvaient échoués. Ils étaient petits et étroits, en bois et d'une facture des plus minutieuse. Orville les trouva trop légers pour affronter la pleine mer ; ils étaient tout juste bons à transborder hommes et grain d'un navire de passage jusqu'à la grève. Il remonta les armes jusqu'à la maison où Pétrus l'attendait.

En sus du gruau qui fumait dans des bols, le baladin avait disposé sur la table de la cuisine une foule d'objets qu'il avait manifestement envie de présenter à Orville. Ce dernier fit tout d'abord mine de ne rien voir, puis il posa les armes trouvées sur les cadavres au bout de la table et s'assit lourdement.

— Bien, Pétrus, j'ai débarrassé les corps. Sur la plage, il y a deux petits bateaux. Je n'en ai jamais vu de cette sorte. Ils sont fins, longs, peu marins à mon sens. Je crains qu'ils ne se retournent à la moindre vague. Nous avons de quoi nous armer correctement. Des sabres, tous plus ou moins identiques, des arcs et des couteaux. L'un d'entre eux avait également une hachette. C'est tout ce que j'ai trouvé d'utile de ce côté.

Pétrus prit un instant pour assimiler ces informations, puis il s'assit et attira jusqu'à lui son bol de gruau.

— J'y ai mis du miel. C'est incroyable ce que ça fait du bien de s'asseoir et de manger. Je confesse qu'affamé, je ne t'ai pas attendu pour goûter, mais étant donné qu'il y en a plus que nous ne pourrons en manger, je suppose que tu ne m'en voudras pas.

Pétrus mangea une partie de son gruau avant de poursuivre.

— Ce pirate est une célébrité. Je ne l'avais jamais rencontré personnellement, mais il est connu sous le nom de Never. Lulius Never. Un pirate particulièrement cruel et redouté. Ce qui me surprend, c'est que son sang soit rouge. Il était si rapide quand je l'ai vu combattre que j'aurais juré qu'il était de sang bleu. Bref. J'ai trouvé dans son coffre des objets ordinaires pour un capitaine de navire, mais également des choses inattendues. J'ai classé ces objets par catégories. Au titre des choses auxquelles nous pouvions nous attendre, un coffret avec des pierreries. De l'excellente qualité. Du type qui ferait vivre un homme sans travailler un siècle durant. Diamants, émeraudes, rubis, et un énorme saphir comparable à celui du pommeau de l'épée que tu avais dérobée au Gardien.

— Je n'ai rien dérobé, je l'avais gagnée au combat.

— J'en conviens. De toute façon, elle est au fond de l'eau. J'ai trouvé des armes en plus de l'épée qu'il portait au côté : une dague et un gigantesque sabre qui tenait à peine dans la diagonale du coffre. Des armes très simples.

— Un homme de goût.

— Puis j'ai trouvé des instruments de navigation. On nomme ces petits morceaux de buis : « bois ». Il faut les tenir bras tendu pour mesurer la hauteur des étoiles ; ils permettent de déterminer la latitude. Ceci est une ligne de sonde avec son plomb. J'ai également trouvé son livre de mer. À première vue, c'est un trésor inestimable. Cet homme est allé partout et connaît des routes incroyables. Reste qu'il écrit comme un cochon et que la transcription ne sera pas aisée. Bref, rien jusque-là de surprenant pour un marin qui écrit pour lui-même.

— S'il nous indique une route pour sortir de ce guêpier, ce sera suffisant pour l'instant.

Pétrus ignora la remarque.

— Mais le plus surprenant, c'est ce gros cristal. Il n'est ni pur, ni beau, ni taillé. Il semble ne présenter que peu d'intérêt, mais l'usure du coffret qui le protège et la chaîne d'argent qui le relie à sa boîte montrent que le capitaine Never lui attachait une grande importance. Et puis il y a ce livre relié de rouge dans lequel il relate ses aventures. Apparemment, quand tu l'as surpris, il rédigeait le chapitre suivant de ses mémoires.

Orville s'illumina à cette nouvelle et se saisit du lourd volume que Pétrus lui tendait. Il le feuilleta rapidement et sourit.

— Nous aurons de la lecture pour les jours à venir. Y a-t-il des provisions que nous pourrions emporter ?

— Oui, du grain, du poisson en saumure, de la viande séchée. Le souci viendra plus de la capacité d'embarquement des bateaux dont tu m'as parlé. J'ai trouvé aussi une bonne quantité d'alcool fort, du vin, du parchemin et une réserve d'encre. J'avais gardé le meilleur pour la fin !

Orville s'étira de bonheur, quand son épaule le fit grimacer. Pétrus se leva, puisa de l'eau dans le chaudron qu'il avait mis à chauffer et s'approcha d'Orville.

— Il faut que tu me montres tes blessures.

Orville acquiesça et le laissa faire, entrant dans la Clairvoyance sans y penser pour bloquer la douleur. Pétrus défit le bandage rudimentaire qu'Orville avait posé dans la nuit. Il lava les plaies de son épaule à l'eau claire avant d'approcher du vin bouillant pour cautériser. Le patient ne sentit rien de la brûlure qui aurait dû le faire hurler. Puis Pétrus examina ses pieds d'un air soucieux. Il nettoya les plaies et se releva pour déboucher une bouteille d'alcool fort qu'il tendit à Orville. Le guerrier restait plongé dans le livre de Never.

— Regarde, Pétrus. Le titre de l'ouvrage est « Aux confins de l'océan extérieur ». Pendant que tu me tripotais les pieds, j'en lisais un passage. Il invente plus qu'il ne raconte. Écoute ça : « Alors que mes hommes perdaient espoir de vaincre, je trucidais d'un spectaculaire moulinet de mon sabre les huit spectres les plus proches et prenais pied sur le vaisseau fantôme en entonnant un hymne de chez nous… »

Pétrus secoua la tête en signe de désaccord.

— Vois comme il est facile d'être brave dans un livre, Orville. Mais ici c'est la vraie vie ! Il faut que tu sois plus prudent ou il va t'arriver malheur ! Tes blessures sont sérieuses.

— N'aie crainte, Pétrus, je ne peux mourir maintenant alors que ma propre histoire n'est pas achevée.

Pétrus se retourna pour fouiller un meuble bas et grossier dont il sortit quelques ustensiles de cuisine qu'il comptait emporter.

— Tu te fais des illusions, Orville, on n'arrête pas ainsi la roue du temps. Si tu trépassais, d'autres continueraient l'histoire sans toi.

— Probablement, Pétrus, mais en ce cas ce ne serait plus vraiment mon problème.

— Tu donnes l'impression que tout t'est égal. D'une certaine façon, on ne sait jamais vraiment ce que tu penses. Moi, je dis ma peine, mes joies, ma colère, mon découragement, ma douleur quand on me soigne. Mais, toi, tu avances comme un tronc d'arbre dans le courant d'un fleuve, ni plus ni moins, comme le vent qui suit sa route et à qui l'on ne demande pas la raison de son cap.

Orville réfléchit un instant avant de répondre.

— Tu dis vrai, Pétrus. J'ai été éduqué en soldat, pas en poète. Alors qu'un poète embaume les sentiments pour qu'ils traversent les siècles, un soldat avance droit devant lui, dévalant le champ de bataille une masse d'armes à la main pour l'embellir d'une multitude de petites taches rouges dans la lumière de l'été. Si un guerrier se montre sensible, il n'est plus crédible, il n'est pas né pour ça, et donc il meurt très rapidement. Il est là pour accomplir ce que j'ai fait cette nuit. Que penserais-tu d'un sergent qui pleurerait sur ses amours, sur ses amis disparus en faisant leur devoir ? Que penserais-tu d'un homme qui agirait en soldat et parlerait en poète, pleurerait chaque ennemi fauché ? Je connais pourtant les sentiments que tu décris, et ces questions se bousculent sans cesse dans mon esprit.

— C'est par pudeur, je pense. Tu as peur de tes sentiments. Peut-être te pousseraient-ils à réfléchir au sens de ta vie ?

— Peut-être… Une fois, une fois seulement on m'a demandé de relater mes sentiments. C'était mon roi qui parlait par la voix de mon maître, le vicomte de Hautterre. Il a fallu que j'écrive ce que je ressentais dans un livre. Un peu comme Never avec ses aventures. J'y suis parvenu parce que c'était un ordre. En écrivant, je crois, c'était plus simple car personne n'écoutait, ne pouvait me juger dans l'instant. Quant à celui qui devait me lire, le roi Hartrold, il était si loin de ma vie qu'il n'existait pour moi que comme un personnage de roman. Un lecteur captif qui n'aurait d'autre choix que de suivre mes lignes, quelqu'un qui ne me verrait jamais et qui ne pourrait me dire que mes sentiments font de moi un homme faible.

— Tu devrais continuer à écrire, Orville. Ça te permettrait de retrouver les lieux où tu es passé, comme le livre de mer de Never ou de n'importe quel capitaine. Et puis ça t'aiderait à savoir qui tu es.

— Peut-être, Pétrus, je vais m'y remettre dès maintenant… L'ordre du roi Hartrold n'est pas levé, ma mission n'est pas achevée et je n'ai pas encore retrouvé les enfants enlevés en Hautterre. Je puis donc poursuivre. Ce parchemin que tu as trouvé est une bénédiction.

Le reste de la journée fut consacré à la préparation de leur départ. Orville s'arrêtait fréquemment pour observer la mer. Il n'avait pas revu les bateaux qui leur avaient donné la chasse et c'était une source d'inquiétude. S'il les avait vus appareiller ou tourner à leur recherche, il aurait pu réfléchir à une stratégie, décider d'un cap. Mais il se sentait souris sachant le chat à l'affût quelque part. Cette Clarisse ne paraissait pas femme à abandonner la partie facilement. À sa place, Orville serait déjà venu prendre des nouvelles auprès de la vigie de cette île. Au cas où…

Pétrus était descendu sur la plage et avait entrepris de transformer les deux bateaux en les réunissant à l'aide d'un plancher dont il avait récupéré les matériaux sur la cabane. Cette construction simple servait à remiser filets et autres cordages, ainsi que quelques avirons de rechange. Le radeau obtenu n'avait pas grande allure, mais il présentait l'avantage de pouvoir supporter la charge des victuailles et des tonnelets d'eau. Peut-être serait-il même assez stable pour ne pas chavirer à la première vague. Pétrus s'attachait maintenant à recouvrir les coques des canots de peaux pour empêcher l'eau de ruissellement de les remplir. Orville était surpris de le voir se débrouiller si bien dans cette tâche de charpentier. Les deux hommes discutèrent un moment à propos de l'équipement de l'esquif. Sa légèreté serait un avantage dans les méandres de l'archipel tant que le vent ne se lèverait pas trop et que la mer resterait d'huile !

Alors que Pétrus confectionnait un gréement de fortune, Orville remonta à la maison des pirates pour en descendre les hamacs que Pétrus comptait utiliser pour coudre une voile. Le poète avait fixé une dérive sous le plancher et un gouvernail à l'arrière. Au-dessus des coques, il avait disposé les coffres des pirates qu'Orville avait descendus sur la grève une fois vidés de leur contenu. Ils leur serviraient d'assise en même temps qu'ils conserveraient leur butin. Il n'était pas question de luxe, mais Pétrus assurait que le radeau flotterait. C'était toujours ça.

Quand Orville parvint devant la maison, il ressentit la fatigue et, sans y penser, contourna la bâtisse pour se retrouver au pied de la tour.

C'était une construction sommaire faite de quatre troncs dont l'un d'un arbre vivant. Des rondins d'environ trois pas de long étaient ligaturés entre ces montants ; ils servaient à la fois de raidisseurs et de point d'appui pour les marches constituées de pièces de bois hétéroclites. Rien de bien rassurant. Comme tout sur cette île, l'apparence branlante était contredite par la solidité des assemblages et les pièces de charpente surdimensionnées. Orville parvint rapidement au sommet. Il y trouva un plancher grossier sur lequel reposait un fauteuil. Il y prit place et profita un instant de la vue sur les îles avoisinantes. En fermant les yeux, il se crut sur un navire par temps calme. La tour oscillait lentement, il entendait le craquement du bois et des cordages, sentait sur son visage la caresse de la brise marine qui le plongeait dans une douce euphorie proche du sommeil. Les yeux entrouverts, il perçut un bref éclat métallique au sommet d'une île proche. Il se redressa comme piqué par une guêpe. Le soleil jouant sur une lame ou une pièce d'armure, probablement... Il avança sur le rebord de la plate-forme. Plus rien. Il y avait donc un guetteur juste en face de la crique où Pétrus s'affairait à fabriquer le radeau. Il n'était pas certain que le guetteur en question puisse le voir à l'ouvrage de là où il se trouvait, mais, quand ils prendraient la mer pour contourner le cap rocheux, il faudrait qu'il soit aveugle pour ne pas les repérer. Orville descendit de la tour avec la certitude qu'elle ne servait effectivement à rien, sinon à rêver à la mer et aux voyages quand on était sur la terre ferme. Ce qui la rendait strictement indispensable à un marin en escale.

Orville déboucha dans la crique avec les hamacs. Pétrus avait terminé l'érection du mât. Il était court et reposait sur un rondin lié aux deux coques. Assemblé à mi-bois et proprement ligaturé, il était haubané par trois cordes fixées au plancher. Orville fit le tour de l'esquif avec une admiration un peu surjouée.

— Ami Pétrus. Il t'aura fallu la journée entière, mais le résultat vaut le coup d'œil. On dirait un… un…

Orville ne parvenait pas à trouver le mot juste.

— Un bateau, Orville ! On dirait un bateau ! Maintenant, aide-moi à coudre quelques-uns de ces hamacs crasseux pour en faire une voile. Elle n'a pas besoin d'être grande, mais les coutures seront fragiles. Il vaudrait mieux disposer de deux voiles identiques pour pouvoir en changer.

— À quelle vitesse penses-tu que nous naviguerons, Pétrus ? J'ai aperçu un guetteur sur l'île en face de la crique. Quand nous sortirons, le navire de Clarisse ne tardera pas à nous prendre en chasse.

— Diable ! Il vaudrait mieux faire route vers l'est, puis cap au nord, une fois l'île dépassée. Ce type de bateau peut voguer assez rapidement, mais pas autant qu'un navire comme celui de Clarisse. Nous avons l'avantage du tirant d'eau. Les deux coques nous portent mieux qu'une seule tant que nous n'embarquons pas d'eau et que nous ne chavirons pas. C'est pour cette raison que le mât est aussi petit. Nous perdons en vitesse, mais nous gagnons en stabilité. C'est un choix. Emportons les pagaies. Elles nous serviront en cas de vent contraire. Ah, un vent contraire avec un faible tirant d'eau, voilà qui nous serait utile. Il ne nous reste qu'à nous en remettre à la chance, mais de toute façon il faut partir. Pourquoi ne pas le faire au plus tôt ?

— Je suis de cet avis, poète-capitaine Pétrus. En attendant, cousons ces hamacs et reposons-nous, la nuit sera longue.

La nuit venue, Orville et Pétrus poussèrent le bateau dans l'eau et pagayèrent chacun de leur côté jusqu'au sortir de la crique, puis le vent gonfla la petite voile et l'esquif prit de la vitesse. Les premières encablures dénoncèrent la légèreté de la coque de noix à qui ils confiaient leur vie. Rapidement, Orville trouva une place au vent et son poids maintint plus fermement le bateau sur l'eau. Les deux proues et le gouvernail laissaient un sillage sonore et la côte défilait devant eux. Quand retentit le son rauque d'un cor dans la nuit, Orville affermit sa prise sur la poignée du grand sabre du capitaine Never, puis il étudia les courants à l'inclinaison des plantes sur le fond de l'eau. Il respira fortement, emplissant ses poumons oppressés de l'air salin de l'archipel, l'air du royaume qu'il lui fallait conquérir. En attendant, la chasse pouvait commencer. Ils en étaient le lièvre.

CHAPITRE V

AFFRONTEMENT

L'ascension s'était avérée beaucoup plus longue que les jeunes gens ne l'avaient estimé depuis le pied de la falaise. Rosa et Fernest avaient passé la nuit accrochés à la paroi, en équilibre sur une minuscule plate-forme, et au point du jour ils avaient repris leur vertigineuse escalade, suivant la voie indiquée par l'étoile gravée dans la pierre. Dès que Fernest trouvait un endroit qui permettait de tenir sans difficulté, il demandait à Rosa de s'attacher et l'aidait à monter en tirant doucement sur la corde. Puis, quand elle l'avait rejoint, il s'assurait qu'elle pouvait attendre sans trop de fatigue qu'il trouve un autre point d'appui plus haut. Pour ne pas l'entraîner en cas de chute, il avait confectionné une grande boucle qu'elle n'avait plus qu'à enfiler par les bras quand il le lui demandait. Elle se débrouillait bien, mais n'avait ni la taille ni l'envergure dont Fernest tirait parti dans les passages délicats.

La hauteur était maintenant telle qu'il fallait résister à la tentation de regarder vers le sol pour ne pas qu'il vous aspire. Clignant des yeux pour se protéger du soleil de midi qui incendiait la falaise et l'éblouissait, Rosa aperçut Fernest installé sur un petit promontoire. Il l'observait, l'expression aussi tendue que la corde avec laquelle il assurait la jeune fille. Dès qu'elle l'eut rejoint, il sortit son poignard, qu'il bloqua dans une fissure, et fit un nœud autour de la garde. Puis il s'assit, aussitôt imité par Rosa. Ses mains tremblaient un peu et sa peau saignait là où la roche l'avait écorchée. Fernest fouilla dans son sac et en sortit une outre à moitié vide qu'il tendit à Rosa. Elle était adossée à la paroi, les yeux fermés et le souffle court. Quand il comprit qu'elle ne le voyait pas, il l'appela doucement.

— Veux-tu un peu d'eau ?

La jeune fille ouvrit les yeux et tendit la main d'un geste las. Elle avala deux gorgées du précieux liquide et lui rendit l'outre. Il ne but pas.

— Nous devrions nous reposer un peu. Je ne pense pas que nous parviendrons ce soir sur le plateau. Il nous faudra certainement dormir attachés comme la nuit dernière, je ne sais pas encore à quoi. Un peu plus haut, il y a une cheminée. C'est une sorte de tube ouvert sur un côté. Nous l'emprunterons. Il me semble qu'une heure devrait suffire pour en venir à bout. Ça va, Rosa ?

— Ça va. Je suis fatiguée, mais ça va. Ferrand avait raison, le groupe n'aurait pas pu emprunter ce chemin-là. Mais il n'aurait peut-être pas dû nous mettre dans le sac le peu d'eau qu'il restait. Nous ne la méritons pas plus que les autres.

Fernest hocha la tête. Ses cheveux blonds laissés libres à la mode des guerriers oscillèrent doucement.

— J'aurais fait le même choix. Quelle différence cela fait-il pour autant de gens d'avoir une seule gorgée, alors que cela peut nous permettre de réussir l'ascension ? De notre réussite dépend peut-être le salut de tout le monde, au bout du compte.

— C'est dur ce que tu dis, Fernest. Les enfants auraient dû avoir cette eau, ou Éliette.

— Et ils seraient morts de soif un peu plus tard en ayant souffert plus longtemps. Tu aurais raison en temps normal, mais en temps de guerre il faut penser en guerrier. C'est pourquoi je ne bois pas. Si tu arrives vivante en haut, peu importe que je sois mort. Ma mission sera achevée alors que la tienne débutera, je veux que tu aies toutes les chances de ton côté pour la mener à bien et rapporter de l'eau, dans l'intérêt de tous.

— Alors, comme je ne suis pas une guerrière, je ne boirai plus tant que tu ne l'auras pas fait.

Deux heures auparavant, Rosa et Fernest pouvaient encore apercevoir le groupe qui serpentait dans la montagne aride. Il avait maintenant disparu derrière une crête grise, minuscule procession de fourmis à la recherche d'une improbable issue.

— Tu sais, Fernest, Éliette va bientôt accoucher. Elle n'aura pas de lait pour le nourrir si elle ne boit pas d'eau. Je suis triste. Pendant qu'ils avancent, nous, nous montons à la verticale. Je ne sais pas, une fois en haut, comment nous pourrons les rattraper. Et je ne vois pas d'eau sur leur chemin.

Fernest lui serra amicalement le bras. Puis il se leva et regarda la paroi au-dessus d'eux. Il avait reconnu les premières coudées de la cheminée ; son diamètre permettait de tenir en équilibre, le dos contre la roche. Il faudrait profiter de la moindre anfractuosité pour se reposer un instant. À son sommet, on discernait un petit disque de lumière semblable au fond d'un puits dans lequel se reflète le ciel.

— Il faut y aller, Rosa. Fais comme moi, les pieds et les mains contre le rocher, il faut toujours tenir trois prises. Nous devons rester attachés sur cette partie, car je n'y trouverai pas de point d'appui pour te tirer. Mais nous y serons à l'abri du vent et du soleil.

Rosa acquiesça, elle se leva et ils reprirent l'ascension.

La montée était effectivement plus facile, la jeune fille fatiguait pourtant, les paumes râpées et les muscles tétanisés. Rosa sentit qu'elle ne pourrait plus longtemps fournir un tel effort. Fernest dut s'en apercevoir car il ralentit l'allure et l'encouragea de son mieux.

La cheminée débouchait dans sa partie haute sur un mur infranchissable au-delà duquel elle semblait se poursuivre. Fernest s'assit à califourchon sur le rebord du tube de pierre, aida Rosa à y prendre place. Ils reprirent leur souffle un instant.

— Rosa, la cheminée est brisée et la roche est trop lisse pour en rejoindre la partie haute, mais notre bonne étoile nous guide.

Il indiqua une petite étoile à cinq branches gravée dans la paroi, pointant dans la direction d'une minuscule corniche qui disparaissait derrière un repli de la falaise.

— Mais ce ne sera pas facile, la paroi est verticale, j'aurai à peine la place pour poser les pieds et je ne vois aucune prise. Il n'y a rien ici pour attacher la corde. Il va falloir que tu m'assures au cas où je perdrais l'équilibre. Quand je monterai sur la corniche, tu t'appuieras sur le côté de la cheminée avec les coudes en mettant ton corps à l'intérieur. Si je tombe, lâche tout et laisse-toi glisser en arrière. Ça arrêtera ma chute.

Rosa réfléchit un instant. Elle regarda la corniche, le vide audessous d'eux et secoua la tête.

— Non, il ne faut pas faire comme ça. Je vais passer sur la corniche et tu tiendras la corde.

Fernest la regarda, étonné.

— Mais pourquoi ? Tu sais, c'est dangereux !

— Je le sais, mais je suis moins lourde que toi. Et moins forte. Si je tombe, il te sera plus facile de me remonter. En outre, j'ai de plus petits pieds pour marcher sur la corniche. Je vais y aller.

Quand Rosa prenait son air boudeur, rien ne pouvait la faire lâcher. Fernest s'en était amusé avec Ferrand. C'était un peu comme si une impulsion la guidait. Puis, si on l'interrogeait sur ses raisons, songeant à un caprice, Rosa décomposait son intuition en arguments, rationnellement, et il devenait difficile de la prendre en défaut. Pour se livrer à des caprices, il faut avoir eu une oreille complaisante, et Rosa n'en avait pas eu. Elle ne devait d'avoir résolu l'équation quotidienne de la survie qu'à sa prodigieuse intelligence et à ses étranges talents.

Rosa plaqua ses mains sur la roche. Elle avança le pied droit puis le posa sur la corniche, léger. Elle prit une grande inspiration. Quand son pied gauche rejoindrait le premier, elle serait sur un rebord de pierre moins épais que son propre corps. Alors que sa main droite était apposée à plat sur le mur, la gauche serrait fermement la poignée de l'épée de Fernest dont il tenait la pointe pour l'aider à garder l'équilibre. Un pas, puis deux, et elle dut la lâcher. Elle fit un effort sur elle-même pour réduire autant que possible la pression de ses paumes sur la falaise – surtout ne pas éloigner son corps de la roche tant qu'elle ne trouverait pas de prise. Fernest la guidait de la voix pour lui éviter de regarder ses pieds. Bientôt, elle disparut derrière le repli de la falaise.

Rosa avançait tout doucement, la joue collée contre la roche. La corniche se rétrécit encore. Les talons dans le vide, elle vit à un peu plus de dix pas une faille qui permettrait sans doute de poursuivre l'ascension… Mais elle sentit que ses pieds ne disposaient plus de l'appui nécessaire pour permettre à son corps de garder l'équilibre. Les orteils contractés, elle basculait doucement vers l'arrière sans rien pouvoir faire d'autre que d'imaginer sa chute. Elle prit une grande inspiration pour hurler quand ses doigts s'enfoncèrent dans la roche comme ils l'auraient fait dans du sable. Elle contempla, interdite, ses mains agrippées à ces deux poignées qui n'existaient pas l'instant d'avant. Elles s'étaient creusées là où ses doigts s'étaient crispés dans un réflexe de survie, et la roche s'effritait en un sable fin qui coulait maintenant sur ses poignets, à la fois glacé et brûlant. Rosa allongea son bras droit et posa ses doigts sur la falaise, puis elle ferma les yeux pour essayer de comprendre ce qui s'était passé. Elle sentit du bout des doigts la structure cristalline de la pierre. Elle n'avait pu faire que ce qu'elle connaissait déjà, le dessin du froid et de la chaleur. Elle dessina la chaleur dans la pierre, puis le froid, puis la chaleur. La roche se fendillait imperceptiblement quand les changements étaient rapides. Puis elle dessina un damier rouge et bleu, très vif, de plus en plus fin. La roche cédait, et elle ne tarda pas à s'écouler comme un sable sec d'un seau percé. Rosa posa alors la paume un peu plus loin et la roche s'effaça en sable devant sa main qui cherchait un appui.

— Rosa, ça va ? Rosa ? Si tu es bloquée, reviens sur tes pas. Rosa !

— Ça va, Fernest. Il y a des prises ici.

Rosa creusa des poignées jusqu'à une petite étoile gravée dans la roche. Elle confectionna un solide ancrage dans la falaise et y enroula la corde avant d'appeler Fernest. Le jeune homme parvint sans mal jusqu'à l'angle de la falaise, mais il lui fut difficile de rejoindre la première poignée de Rosa. La frêle jeune fille tendait la corde à mesure qu'il progressait. Bientôt ils furent l'un contre l'autre, les orteils sur la minuscule corniche et les talons dans le vide. Fernest entreprit de chercher une voie sur la falaise.

— L'étoile semble nous abandonner. Je ne peux pas grimper ici et la corniche s'arrête (leurs muscles se tétanisaient et ils devaient sans cesse changer d'appui). Il va falloir rebrousser chemin et trouver une autre voie.

Rosa secoua la tête.

— Non, s'il y a une étoile, c'est que le chemin passe par ici. Je pense qu'il faut redescendre. Regarde, une branche de l'étoile pointe vers le bas. Au pied de la falaise, il y avait une pointe vers le haut, et ici, elle est vers le bas. Je ne m'en souviens pas, mais peut-être que celle en haut de la cheminée pointe vers la droite. En tout cas, on ne peut pas monter, et l'étoile indique le bas. Je trouve que c'est suffisant pour chercher de ce côté.

Fernest regarda en contrebas. Un aplomb masquait la falaise et il ne pouvait voir quoi que ce soit.

— Rosa, tu es la plus légère. Je vais te faire descendre doucement avec la corde. Si tu vois quelque chose, nous aviserons.

Rosa acquiesça. Elle se laissa descendre sans bouger alors que le jeune homme dévidait lentement la corde. Bientôt, elle disparut sous l'à-pic et regarda vers le bas, le sol était si loin... La voix de Fernest la ramena à la falaise.

— Alors ?

— Il y a un trou dans la falaise, Fernest. Je ne peux pas voir à l'intérieur, mais je peux presque le toucher du pied. Descends-moi encore un peu, je vais me balancer pour y entrer.

Le jeune guerrier dévida quelques coudées de corde et la bloqua. Elle se mit à osciller, permettant à Fernest d'apercevoir par intermittence les cheveux de Rosa qui flottaient dans le vide, comme si elle se balançait sur une escarpolette au milieu du ciel. Soudain la corde cessa d'osciller et se détendit.

— Fernest ! C'est une grotte. Elle semble aller loin dans la falaise. On sent de l'air qui arrive par le fond.

— Très bien, Rosa ! Libère la corde, je vais descendre à mon tour.

Fernest passa la corde autour de l'ancrage et descendit en la dévidant doucement. Une fois sous l'aplomb, il se balança à son tour et put agripper le rocher. D'une traction puissante, il entra dans l'anfractuosité et ramena la corde.

La cavité était assez vaste pour qu'on y tienne debout. Le sol était tapissé de gravillons et, contrairement à la roche de la falaise, les parois y étaient tout à fait lisses.

— C'est l'eau qui a creusé ce tunnel, Rosa !

— Il y avait donc de l'eau ici il y a longtemps ?

— Probablement. En tout cas, nous avons un lieu pour dormir si nous ne pouvons aller plus loin dans l'escalade.

— Il faut avancer vers le fond de la grotte, Fernest, l'étoile ne nous a pas menés ici par hasard.

— Nous n'avons pas de torche, nous pourrions nous perdre. Ces grottes creusées par l'eau ont parfois des réseaux inextricables de galeries. Il n'y aura personne pour venir nous y chercher.

— Mais je vois dans le noir, Fernest. C'est très facile. Je n'ai jamais eu de chandelle ou de feu dans ma maison. Tu n'as qu'à poser les mains sur mes épaules et nous avancerons ensemble.

Fernest ne pouvait discerner les traits de Rosa, mais il aurait mis sa main d'épée à couper qu'elle arborait cette expression contre laquelle il n'était pas opportun de lutter. Il posa les mains sur ses épaules, effleurant son cou voilé par ses cheveux raidis de poussière, puis il ferma les yeux et se laissa guider. Une vague de chaleur chassa le froid et l'ankylose de ses membres. Les épaules de Rosa ondulaient au rythme de sa marche tranquille et il sentait sa musculature fine jouer au travers de l'étoffe. Une fois, il eut juré que Rosa avait incliné la tête, comme pour étreindre sa main entre sa joue et son épaule. Peut-être n'avait-elle voulu qu'éviter une roche plus basse.

Alors qu'une pleine journée eût été nécessaire pour escalader la muraille, il leur fallut moins d'une heure de marche dans le boyau pour déboucher sur un alpage à l'herbe rase. Le lit du torrent asséché se poursuivait et montait tout droit vers le glacier, très loin dans les hauteurs. Si un peu d'eau en coulait, ce devait être suffisant pour humecter la prairie, mais pas pour qu'elle forme un ruisseau et abreuve les basses vallées. Après une autre heure de marche en direction des glaciers, Fernest et Rosa s'arrêtèrent pour se reposer. De gros rochers polis par le passage furieux d'antiques flots fournirent des sièges acceptables. Après avoir longuement mâché des racines amères, Fernest sortit son outre.

— Après cette halte, nous n'aurons plus d'eau, Rosa. Nous parviendrons peut-être au glacier avant ce soir, mais il y fera très froid. Nous prendrons de la glace, puis nous redescendrons. Mais quelle quantité pourrons-nous prendre ? Et le peu que nous porterons à nos amis aura fondu bien avant d'avoir rejoint le groupe. Si nous pouvions la faire fondre ici et la mettre dans les outres…

Le ton du jeune homme laissait clairement entendre qu'il ne croyait pas la chose possible. Il prolongea son monologue à la recherche d'une solution.

— Le temps que nous redescendions dans la vallée, ils auront avancé de deux jours. Nous ne pourrons pas les rattraper, Rosa. Nous sommes déjà épuisés par l'escalade.

La jeune fille réfléchit un instant.

— Ferrand le savait, tous le savaient. Quand nous sommes partis dans la nuit, le groupe avait compris que notre départ nous permettrait peut-être de rester en vie, mais qu'il ne leur serait pas plus utile que si nous restions. Fernest, ils étaient résignés depuis longtemps. Nous ne monterons pas jusqu'au glacier, il est trop haut, et nous avons eu tort d'essayer aujourd'hui. Mais je peux tenter de faire descendre la glace jusqu'à nous.

Rosa se leva difficilement, ses traits tirés disaient combien elle était lasse. Elle monta sur un rocher arrondi. Fernest la vit fermer les yeux, étendre les bras et, quelques minutes plus tard, l'impensable se produisit. Dans les hauteurs, le lit du torrent se teinta d'une légère couleur argentée. À mesure que le fil descendait vers eux, un bruissement d'eau parvenait aux oreilles du jeune guerrier. Sans réfléchir, il sortit à la hâte les quelques outres qu'il avait emportées pour les remplir au passage du précieux liquide. Il se retourna vers Rosa juste au moment où elle s'écroulait. En une fraction de seconde, il se détendit comme un ressort et l'attrapa avant qu'elle ne touche le sol.

Fernest avait allongé la jeune fille à l'abri du vent derrière un rocher, roulant son propre manteau sous sa tête. Son corps était si froid qu'il l'avait crue morte, subitement vidée de son énergie. Le jeune guerrier l'avait couverte de tous les tissus qu'il avait trouvés dans le fond de leurs sacs, puis il l'avait frictionnée. La croyant perdue, épuisé par l'effort et le chagrin, il s'était couché à côté d'elle et l'avait prise dans ses bras pour lui transmettre un peu plus de chaleur encore. Rosa avait survécu. Quand ses lèvres lui parurent bleues, Fernest réalisa que c'était le reste de son visage qui avait lentement repris des couleurs. Il la frictionna à nouveau jusqu'à ce que, d'une voix à peine audible, Rosa demande de l'eau. Fernest se précipita pour lui humecter les lèvres. Une fois revenue à elle, Rosa se réchauffa à une vitesse prodigieuse. Quelques minutes plus tard, elle était assise contre la pierre.

— Je suis allée trop loin, Fernest. Mes talents ont des limites. Je nous ai réchauffés tout à l'heure dans la galerie, puis je nous ai guidés. Et après j'ai changé le dessin pour faire fondre la glace. Je me suis épuisée.

Rosa omettait de parler des poignées qu'elle avait creusées dans la roche, tant elle en était encore surprise. Fernest se leva.

— Nous avons eu une rude journée, et nous n'avons presque rien mangé. Je vais chercher de quoi nous restaurer. Nous partirons demain.

— Non, ça ira, les autres ont besoin d'eau.

Fernest secoua la tête, les sourcils froncés.

— Ce ne serait pas prudent. Tu ne peux t'infliger ce que personne ne peut faire.

Rosa se leva.

— De toute façon, il n'y a pas de bêtes ici, mais plus loin. Si nous voulons manger, il faut avancer.

Fernest eut l'intuition que Rosa ne disait pas la vérité. Il resta assis alors qu'elle reprenait sa marche sur l'herbe rase et spongieuse, bien décidé à lui montrer son désaccord. Elle finirait bien par s'arrêter.

— Nous devons avancer jusqu'au prochain lit de torrent. Je pense que chaque lit de torrent asséché doit correspondre à une vallée en bas. Ce serait logique, comme la rivière qui descend du plateau du Jourd coule dans la vallée qui mène au village. Si le vent continue à souffler comme ça, ils camperont dans les vallées pour s'en protéger, et je pourrai faire couler de l'eau. Avec un peu de chance, ils seront dans cette vallée-là.

D'un bond, Fernest attrapa son sac et la rejoignit en quelques foulées.

— Rosa, tu as failli mourir ! Il faut te ménager.

— Ça n'arrivera plus. Je suis allée trop loin. Maintenant, je saurai quand m'arrêter. Je n'avais plus assez d'énergie pour faire le dessin de la chaleur dans mon corps. Quand tu m'as réchauffée, j'ai pu tout doucement chercher autour de moi, mais tout était froid. Les rochers, le sol. Alors ça a été très long. Ensuite, plus j'ai repris des forces, plus j'ai pu me réchauffer vite. Il y a des bêtes là-haut dans la montagne, le dessin s'agrandit maintenant, ça va mieux.

— Tu aurais pu prendre de la chaleur dans mon corps ?

— Non, tu en avais besoin aussi.

Fernest hocha la tête et rajusta son épée dans son dos.

— Il y avait aussi du gibier tout à l'heure.

— C'est vrai, Fernest, mais ce n'était pas dans la bonne direction.

Les deux jeunes gens marchèrent d'un pas modéré toute la fin de l'après-midi. Fernest s'arrêtait de temps à autre pour déterrer des bulbes et des racines, puis reprenait sa course pour rattraper Rosa. Quand ils croisèrent des animaux, Rosa refusa que Fernest sorte son arc.

La journée tirait à sa fin. Le ciel dans leur dos prenait une teinte orange et le froid, maintenant plus vif, descendait des hauteurs. Rosa s'arrêta sur un promontoire. Au-delà, une petite vallée encaissée abritait une zone de cailloutis. Rosa descendit la pente et s'arrêta dans le lit de graviers.

— Il va falloir maintenant trouver un endroit pour dormir. Pourquoi pas plus bas, en bordure de falaise ? Nous pourrons peut-être les apercevoir.

Ils descendirent sur une demi-lieue. Cet ancien torrent ne s'engouffrait pas dans une caverne comme celle par laquelle ils étaient montés, mais son lit s'encaissait à mesure qu'il approchait de la falaise, formant une sorte d'entaille. Ils y seraient à l'abri du vent.

— Fernest, je vais chasser. Il y a un troupeau de ces sortes de chèvres, avec un grand mâle plus âgé que les autres. Il faut trouver un moyen d'attirer l'attention de nos amis en bas pour qu'ils se déplacent, juste sous notre campement. Rejoins-moi après, j'aurai besoin de toi pour porter l'animal.

Alors que Rosa escaladait la pente herbeuse, le jeune homme posa son sac et en déballa le contenu à la recherche d'une pierre à feu.

Ismène s'approcha de Ferrand qui ouvrait la marche. Son autorité s'était imposée naturellement en quelques jours. Elle faisait partie de ceux qui n'avaient plus rien à perdre. Ses enfants n'avaient pas survécu aux premiers mois de fuite, et son mari était parti parmi les premiers à la recherche d'un point d'eau. Il n'était pas plus revenu que les autres. Brisée, elle s'était mise en retrait du groupe jusqu'à son altercation avec le théocrate. Sans avoir repris goût à la vie, elle semblait convaincue que ceux qui avaient encore quelqu'un à perdre n'auraient de ce fait pas assez de témérité pour prendre les décisions qui s'imposaient. Elle leur offrait donc son regard distancié.

— Sergent Ferrand, il est temps de faire halte. La nuit ne tardera pas à tomber et le risque de se tordre une cheville sur les pierres devient trop grand. De plus, certains d'entre nous sont épuisés. La route est encore longue, si tant est qu'elle aille quelque part.

— C'est exact, Ismène. Nous allons descendre un peu dans cette vallée en contrebas et monter le camp. Quand les chasseurs vont remonter des basses vallées, ils nous trouveront sans peine.

— Je ne sais pas si nous diviser est une bonne idée. Nous tirons de la force les uns les autres quand nous sommes ensemble.

— Ismène, nous tirerons de la force d'un feu de bois et de quelques victuailles. Imposer aux plus faibles d'entre nous de descendre et de remonter chaque jour reviendrait à les achever. Leurs chaussures ne valent pas mieux que leurs pieds, la soif et la faim nous affaiblissent. Nous devons préserver ce qui peut l'être.

— Alors, pourquoi ne pas voyager plus bas ? Il y fait plus chaud et le sol est moins caillouteux.

— Parce qu'il y a le capitaine-ambassadeur et ses soldats à nos trousses et que c'est là qu'ils devraient nous chercher, et parce que Rosa et Fernest gravissent les hauteurs et qu'ils sont notre seule chance d'obtenir de l'eau. Nous ne pouvons nous éloigner d'une aide pour nous rapprocher d'un danger. Plus la situation est difficile, plus il faut tenir la ligne qui reste la meilleure chance de s'en sortir. Peut-être que le froid tuera certains d'entre nous, ou la soif, mais, si nous descendons, nous perdons toute chance de survivre.

Ismène répondit d'un silence signifiant qu'elle avait compris. Elle regarda en arrière la file des corps épuisés et se retourna vers le vallon pour chercher un endroit où bivouaquer. Quand le vent cessa de lui fouetter le visage, elle entreprit de dégager les plus grosses pierres d'un espace vaguement plat. Ferrand posa son sac et partit aider les plus faibles. Depuis le départ, il veillait à ce que les plus résistants n'imposent pas aux autres un rythme qu'ils ne pourraient tenir. Il faisait en sorte de garder la cohésion comme pour un groupe de soldats, à ceci près qu'ils marchaient considérablement moins vite. Les enfants avaient perdu l'enthousiasme du départ, même si Maja cherchait à leur faire oublier la fatigue grandissante en les encourageant à parler et en organisant des jeux. Personne n'aurait pu croire que cette femme s'était consacrée à la vie de nonne de son plein gré. En quelques jours de marche forcée, le groupe disparate de gens du peuple, de gens d'Église et de gens d'armes avait acquis naturellement un fonctionnement clanique, et Maja y jouait plus que tous un rôle maternel, comme rattrapant à la volée un instinct dissimulé. Ferrand la rejoignit. Les enfants avaient ralenti et elle fermait maintenant la marche. Ferrand prit sa main avec toute la délicatesse dont était capable un homme qui n'avait jamais tenu que la poignée d'une épée. Ils marchèrent en silence, tous deux troublés par ce contact simple. Ferrand se rendit à peine compte qu'un des enfants avait accroché la main qu'il avait de libre. Si quiconque s'était retourné dans l'ascension de la colline, il eût été persuadé qu'une famille achevait une promenade dans une fin d'après-midi d'automne. Mais cette famille mourait de faim, mourait de soif, de froid et d'épuisement.

Ferrand installa Maja et les enfants autour du foyer que les soldats tentaient d'allumer. Les ramasseurs de bois les avaient rejoints selon l'accord convenu : ne pas s'éloigner des contreforts, et compter trois vallées avant de remonter. La chasse avait été moins fructueuse que le ramassage du bois. Ils auraient donc faim, mais ils auraient un peu moins froid.

Ferrand s'éloigna à la recherche d'une hauteur pour reconnaître le trajet du lendemain avant que la nuit ne tombe complètement. Il escalada l'autre versant de la vallée et se jucha sur un petit rocher. Le versant caillouteux se poursuivait à l'infini, entrecoupé de vallons arides. Rien ne semblait vivre ici que quelques oiseaux noirs au bec orange dont le cri moqueur défiait leurs peines depuis le ciel d'acier. Plus bas, on devinait dans lcs contreforts sableux quelques broussailles éparses. Ce chemin était à proscrire car ils s'y déshydrateraient trop rapidement au soleil de midi. Cependant, il était nécessaire que demain un détachement redescende pour ramasser de quoi se chauffer et tenter de débusquer quelques proies. Ils laisseraient d'indélébiles traces de pas, mais Ferrand ne voyait aucune autre solution. Le chacal était à leurs trousses. Il entendit quelqu'un monter. Malgré sa robe, Maja se débrouillait plutôt bien dans sa tentative d'ascension, et elle lui souriait. Ferrand lui tendit la main. Elle refusa son aide et monta d'un bond sur le rocher, l'espièglerie sur le visage. Mais quand elle s'approcha de l'à-pic et contempla le paysage vers l'est, ses lèvres craquelées prirent une expression amère.

— Ainsi donc, c'est la route que nous prendrons demain ?

— Oui, il n'y en a pas d'autre possible.

Maja se tourna vers le sergent.

— Demain soir, nous aurons creusé des tombes. Un des enfants et deux des voyageuses n'en peuvent plus.

— Nous allons raccourcir la distance pour qu'ils se reposent et permettre aux bûcherons et chasseurs de nous rejoindre plus facilement le soir venu. Nous ne pouvons faire mieux.

Maja se retourna vers l'est pour évaluer la route qu'il faudrait emprunter.

— Alors, ils mourront moins loin. Ils sont au bout de ce qui leur est possible de donner.

Une larme roula sur sa joue. Ferrand la serra contre lui, et ses mains descendirent jusqu'à sa taille. Elle redressa la tête et Ferrand se pencha vers elle. Jamais il n'avait aimé une femme, jamais il n'avait été autorisé à le faire. En un sens, et même si Maja et Ferrand devaient en mourir, ce tournant qu'avait pris leur vie les avait libérés de leurs chaînes et ils ne regrettaient rien. Leurs lèvres allaient se toucher, Ferrand la serrant plus fort, quand Maja recula tout à coup et cria. Ferrand bredouilla des excuses, se reprochant de s'être montré si entreprenant ! Si vite ! Il lui fallut plusieurs secondes pour comprendre que la réaction de Maja n'avait aucun lien avec son inconduite. Il se retourna prestement, portant par réflexe la main à la poignée de son épée.

Sur les hauteurs de la falaise, un minuscule point lumineux s'était allumé au bénéfice de l'obscurité naissante. Ils coururent jusqu'au campement et remontèrent la vallée à la hâte, accompagnés des plus valides des fuyards.

Le filet d'eau avait grossi à mesure qu'il dévalait la pente. De ru, il était devenu ruisseau, puis torrent lorsqu'il était passé devant Rosa, concentrée sur sa tâche, les yeux fermés et les bras ouverts. L'eau avait serpenté entre les rochers de son ancien lit, emportant poussière et graviers sur son passage. Parvenu au rebord de la falaise, le torrent emporté par son élan s'était jeté dans le vide, interminablement, en une ligne floue et argentée qui aurait pu sembler suspendue si elle ne s'était écrasée en cataracte des centaines de coudées plus bas, dans un bassin à sec depuis des millénaires.

Maja, Ferrand et leurs compagnons arrivèrent essoufflés au bas de la chute d'eau. Le bruit était assourdissant et la bruine du flot qui éclatait sur la roche traçait en coulant des sillons pâles dans la poussière de leurs visages. Ils s'allongèrent au bord du torrent ressuscité pour s'abreuver tant qu'ils le purent, puis ils remplirent leurs outres en poussant de grands cris de joie. Ferrand leva les yeux et discerna une masse sombre dans l'eau qui dévalait de la falaise. Il suivit des yeux l'objet qui s'enfouit dans l'écume avant d'émerger plus loin et de flotter dans le torrent qui s'engageait vers l'aval, le campement et le désert. Le sergent avança dans l'eau jusqu'à mi-cuisse et saisit le paquet avant de le tirer sur la berge. Deux animaux de belle taille étaient attachés ensemble. L'un des deux était dépouillé et il lui manquait une cuisse. C'était une espèce rustique de chevreuil, un gibier qui, tombant de la falaise, tombait aussi à point nommé pour les sauver de la faim. Fernest et Rosa avaient prélevé leur part. Ils l'avaient bien gagnée.

Rosa était descendue du promontoire depuis lequel elle avait fait fondre une part infime de l'immense glacier. Fernest essayait d'entretenir le feu, mais le manque de combustible et sa mauvaise qualité rendaient difficile l'alimentation de la flamme. Rien de ce qu'il avait trouvé n'aurait de toute façon pu produire de braise. La jeune fille s'assit à côté de lui, le regard posé sur l'eau qui finissait de s'écouler. Elle avait senti la présence de ses amis, leur joie. Elle les savait sauvés de la soif et de la faim. Pour l'instant du moins.

Ils devraient se débrouiller seuls du capitaine-ambassadeur. Rosa le sentait de temps à autre, quand elle le cherchait. Il était encore loin, mais il gagnait du terrain. Ses hommes étaient moins nombreux qu'il y a quelques jours. La soif et l'empoisonnement avaient probablement eu raison des plus faibles. Peut-être en tuait-il lui-même pour le plaisir, ou pour économiser l'eau. Quel homme horrible ! C'est elle qu'il voulait, mais, là où elle était maintenant, il n'avait guère de chances de l'attraper. S'il prenait le groupe en otage, elle descendrait certainement pour se livrer, mais elle préférait ne pas y penser. Fernest lui avait raconté ce qu'il avait vu après le départ du monastère, et tout ce qu'elle avait entendu l'avait horrifiée. Le jeune Compagnon du Verrou avait de l'amitié pour les nonnes et les soldats avec lesquels il avait passé les deux dernières années, et la peine qu'il éprouvait à les savoir dans cette fâcheuse posture réchauffa le cœur de Rosa. Elle aimait qu'il soit fort, mais elle n'aurait pas aimé qu'il soit dur ou indifférent. Fernest jura.

— Je ne parviens pas à alimenter le feu. Au début, les herbes et la mousse sèches que j'avais récoltées en bas ont fait de belles flammes, mais ce combustible a brûlé en un instant. Il ne reste plus qu'un amas de cendres grises. Je n'obtiendrai pas de braise sans bois.

— Ce n'est pas grave, Fernest. Je n'ai jamais eu de feu chez moi. Ou pas souvent.

— Je ne suis pas habitué à manger la viande crue, Rosa, et un feu aurait été bien agréable.

Rosa le regarda, surprise.

— Je ne mange pas la viande crue non plus, j'ai une autre solution que le feu. Je vais te montrer.

Rosa disposa des pierres en cercle de manière à former une cuvette, puis elle posa dessus la peau de l'animal qu'elle avait demandé à Fernest de conserver. Elle pria Fernest de découper des lanières de viande tandis qu'elle versait de l'eau dans la marmite improvisée. Puis elle s'assit devant et ferma les yeux…

Au bout de quelques secondes, l'eau commença à fumer, puis elle se mit à bouillir. Fernest ne parvenait pas à admettre ce qu'il voyait. Qu'importe, il se précipita pour sortir de son sac les plantes qu'il avait déterrées tout au long de la journée et les plongea dans le ragoût.

Pendant que le repas cuisait, ils discutèrent de leurs amis qui s'étaient restaurés et seraient plus alertes pour poursuivre leur chemin. Fernest avait jeté dans le torrent une partie des outres qu'il avait emportées. Le sergent Ferrand les aurait probablement trouvées, et le groupe des chasseurs partirait le lendemain avec. Si le capitaine-ambassadeur ne les rattrapait pas, les fuyards avanceraient encore... Mais jusqu'où ? Que trouveraient-ils ? Parviendraient-ils jusqu'au quatrième royaume, et pour y trouver quel accueil ? Pour l'instant, ils couraient tous vers l'est en jetant des regards angoissés derrière eux. Et que feraient-ils si la menace venait à disparaître de ce côté ?

Les deux jeunes gens se couchèrent sur la mousse des hauteurs, enveloppés dans une bulle de chaleur que Rosa fabriqua sans même s'en rendre compte. Fernest, ne trouvant pas le sommeil, songeait à cette magicienne qui jugeait normal de faire cuire les aliments sans feu, de voir dans le noir complet, de deviner à des lieues de distance ce qui s'y passait, de lutter sans peine contre le froid mortel de la haute montagne, de chasser sans courir ni se cacher. Fernest brûlait d'envie de lui déclarer ses sentiments, mais Rosa dormait et il n'osait perturber son sommeil. Il se retourna pour s'assoupir.

— Au fait, Fernest. Je n'ai pas oublié ta promesse de me prendre comme apprentie. Nous commençons demain.

Maudites soient les filles...

*

Le capitaine-ambassadeur-militaire Cravan avait encore pressé le pas. Rien dans cette mission ne s'était passé comme prévu. Les Nonnes bleues avaient été empoisonnées par un théocrate qui était venu prier au temple, il aurait parié son espérance de vie là-dessus. Sur une intuition, il avait emmené les nonnes avec lui. Après tout, elles étaient nobles, et personne ne savait quel sort il leur réservait. Il avait donc pris la route la rage au cœur avec des femmes aux ventres fertiles et des soldats.

Puis il avait croisé ces inquisiteurs, la peste soit de ces corbeaux ! Il serait devenu l'un d'eux si son sang n'avait choisi une autre voie. Ils étaient *a priori* à la recherche d'une sorcière en fuite avec un théocrate. L'aubaine était trop belle, mais il ne pouvait laisser les inquisiteurs la trouver avant lui. Il avait donc récupéré des chevaux, des mules et un stock de bois qui trouverait un meilleur usage que l'érection d'un bûcher. Saillir en plein air sans même le réconfort d'un feu de campagne n'est guère confortable. Ces nonnes étaient jolies pour certaines d'entre elles, et leurs gémissements emplissaient Cravan d'une joie féroce. Puisque le Suprême n'était qu'une supercherie, il lui fallait gommer toutes ces années perdues. Il avait finalement enfermé les femmes sous bonne garde dans l'écurie d'un manoir dont il avait massacré les occupants, puis il était revenu à bride abattue à la rencontre des hommes qu'il avait envoyés à la recherche de la sorcière.

Mais il n'avait croisé personne. Cette vallée était pourtant un cul-de-sac, et il ne devait pas être difficile de pister un vieillard et une gamine. Il en aurait le cœur net. Il avait alors chevauché avec son escorte jusqu'au couvent dont il avait trouvé la porte close. Sentant la fille et le théocrate adresser leurs inutiles prières dans le temple du couvent, il s'était avancé tranquillement, certain qu'il n'aurait qu'à escalader le mur pour entrer, quand il avait été surpris par une volée de flèches. Il les avait toutes déviées, sauf une d'entre elles qui avait rebondi sur son front, entaillant sa peau et le défigurant à jamais. Si le sang bleu n'avait donné à ses os la solidité de l'acier, il serait mort à cet instant, tué par des ennemis qu'il aurait pourtant dû percevoir, lui, le premier éclaireur digne de ce nom de l'histoire de la Garde. Sa Clairvoyance avait été prise en défaut. Il faudrait en discuter avec Rufus. Peut-être ce phénomène était-il renseigné dans quelque rouleau de la bibliothèque du fort de la Garde ? Quand il avait donné l'assaut au couvent, tout s'était enflammé comme une torche et le brasier avait saturé sa Clairvoyance comme le soleil en plein midi. Il avait d'abord cru que les deux fugitifs avaient choisi la mort, ainsi que les traîtres qu'il avait envoyés pour les traquer et qui l'avaient attaqué depuis les remparts. Puis il avait attendu deux jours que les cendres refroidissent, tournant comme un ours devant une ruche. Quand hommes et chevaux étaient tombés malades pour avoir bu l'eau des citernes, et que lui-même avait été touché en dépit du sang bleu l'immunisant en théorie contre tous les poisons, il avait pris conscience que, s'il se blessait un jour, un des soldats pourrait en profiter pour lui loger une lame dans le dos. Il avait alors tué les deux plus forts, ceux qui représentaient le plus de danger.

Devinant que les fugitifs s'étaient réfugiés dans les souterrains, il avait attendu de pouvoir accéder à la crypte, et avait fait défoncer une à une les sept portes barricadées de l'intérieur, jubilant à l'avance de ce qui allait inévitablement se produire. Mais quand la dernière porte eut cédé, il dut admettre qu'il s'était fait berner par des soldats de basse caste, une fillette et un vieillard. Qu'importe, au bout du compte, il sortirait fatalement vainqueur. Quelles chances pouvaient-ils avoir contre un capitaine-ambassadeur-militaire clairvoyant ? Un reste de corde brûlée avait ruiné sa bonne humeur retrouvée et indiqué la voie qu'il devrait suivre.

Cravan avait alors forcé l'allure avec des chevaux malades et assoiffés, ses soldats qui ne valaient guère mieux, les misérables ! Il avait fait des exemples, mais rien ne les faisait avancer plus vite. Quand le dernier cheval mourut, ils marchaient en direction d'une source dont un des soldats avait fait état. Les salopards avaient détruit le point d'eau pour couvrir leur fuite. Maudits soient-ils ! Ils paieraient de leur vie cette forfaiture, sauf la fille à qui il réservait un sort bien pire. Personne ne lui avait jamais échappé, personne ne lui échapperait jamais, personne ne vivrait assez longtemps pour raconter que quiconque lui avait échappé !

Il fallut trois jours à Cravan pour tomber sur une trace fraîche. Les fuyards qui passaient d'arbrisseau en arbrisseau pour ramasser quelques branches avaient soudain couru droit devant eux. Ils l'avaient aperçu, le capitaine-ambassadeur en était sûr.

Une heure plus tard, la piste se divisait en deux. Le gros des fugitifs s'était dirigé vers l'est alors qu'une unique trace de pas descendait vers le désert. La sorcière... était-elle vers l'est ou vers le sud ? À sa place, qu'aurait-il fait ? Il aurait fui seul en emportant toute l'eau et serait parti dans le sens opposé des autres, laissant le moins de traces possible. Mais la mémoire du sable est tenace. Les premiers mètres avaient été plus ou moins effacés, ce qui rendait la piste plus visible que si rien n'avait été tenté. Puis, probablement après avoir réalisé la vanité de ses efforts, la sorcière avait pris ses jambes à son cou comme une biche pourchassée par une meute.

— Vous trois, vous poursuivrez les autres vers l'est. Les deux autres viendront avec moi. Nous nous retrouvons ici même. Donnez-moi vos outres, vous n'aurez de l'eau que si vous revenez ici assez rapidement. Tuez les hommes et ramenez les femmes, celles qui sont assez jeunes.

Cravan et ses deux soldats avançaient lentement dans le sable qui se dérobait sous leurs pieds. La fille était là. Il le savait. Cravan fatiguait et n'aurait pas cru que ce fût possible. Il était parti de Gradlyn il y a longtemps déjà et jamais il n'avait ressenti la moindre lassitude, mais il avait soif et sa langue semblait un morceau de cuir rêche. Il n'aurait pas pensé que les outres des trois soldats seraient si légères...

Deux heures déjà qu'il suivait la piste et la fille n'était toujours pas en vue. Cravan ne s'attendait pas à une aussi longue poursuite. Le gibier était d'abord descendu par une vallée sableuse pour obliquer vers l'est le long d'un affleurement rocheux. Puis Cravan avait retrouvé ses traces en direction du désert vers un chaos de roches déformées par l'érosion. Il l'aperçut soudain, ombre parmi les ombres durement projetées au sol par le soleil du Jourd. Cette course lui coûtait cher, pourvu qu'elle ne lui coûte pas la vie. Passé le chaos de roches, il lui sembla que la distance s'était raccourcie. Ses hommes n'avaient pas tenu le rythme. Il les tuerait pour ça au retour. Cette pensée le fit sourire. Aucun humain n'avait le centième de sa valeur. Quand la Clairvoyance lui permit enfin de percevoir la fille, il sut qu'elle ne lui échapperait pas. La distance se raccourcissait à chaque pas. Il accéléra, le cœur au bord des lèvres. Elle avait tourné derrière un rocher et l'escaladait, semblait-il difficilement, face à son destin. Cravan ralentit en approchant de la cachette, contourna un petit plateau et monta discrètement sur un rocher voisin, excité à l'idée de l'épouvante qu'il allait causer à la sorcière. Ses amis lui avaient dit qu'il se lasserait de ces petits plaisirs au fil des siècles mais, pour l'heure, inspirer la terreur restait hautement jouissif. Une fois qu'il l'aurait maîtrisée, il la violerait avant de la faire avancer devant la pointe de la lame. Il ne la tuerait pas, elle était trop précieuse. Les portées qu'il lui infligerait naîtraient avec le sang bleu et poseraient la première pierre de son élevage de soldats d'élite.

Ensuite, quand il serait assez puissant pour le faire, il irait revendiquer la comté de son père. Il réduirait au silence son frère aîné, tuerait ses neveux et prendrait la comtesse pour lui-même. Lothar le lui avait promis.

D'une traction puissante, il jaillit au sommet du rocher en poussant un grand cri de triomphe, qui se mua instantanément en cri de rage.

— Ne pourriez-vous faire moins de bruit, soldat ? Vous troublez ma retraite.

Le théocrate qui lui parlait ainsi était âgé, luisant de sueur et il cherchait son souffle. Assis sur une pierre, il buvait goulûment à une outre qu'il posait entre chaque gorgée, un massif bâton de marche appuyé sur son genou.

Cravan eut du mal à l'admettre, mais le doute n'était plus possible, il avait encore été berné et la fille était dans l'autre groupe… Il dégaina son épée au pommeau de saphir et s'adressa à l'homme, la voix enrouée par la soif.

— Ton heure est venue, théocrate. Je ne vais pas t'offrir une mort charitable. Je suis capitaine-ambassadeur-militaire et je vais te…

Pour toute réponse, ce ridicule vieillard vida son outre sur le sol d'un air tranquille.

— Le diable se nourrit de sang et de feu, il n'a que faire de l'eau que j'aurais eue à lui offrir. Vous n'en avez donc pas besoin.

L'homme, en souriant, jeta négligemment l'outre vide au bas du rocher. Hors de lui, Cravan prit son élan et sauta d'un bond prodigieux jusqu'au rocher. À peine avait-il quitté le sol qu'il réalisa l'erreur fatale qu'il venait de commettre. Le vieillard était plus rapide qu'il ne l'avait cru, et il possédait des rudiments de combat. Il avait redressé son bâton de marche et le tenait comme un double solde aurait présenté sa lance pour empaler les chevaux de guerre lancés contre lui, hampe coincée au sol et fer face à la charge. Le capitaine-ambassadeur ne put rien faire pour éviter l'impact qui lui brisa plusieurs côtes. Il rebondit sur le bâton et tomba lourdement au bas du rocher. S'il n'avait pas été un héritier du sang des rois, il serait mort sur le coup. Il se redressa avec difficulté, chaque respiration lui tirant un cri de douleur, puis il s'éloigna comme il put pour échapper aux pierres que le vieillard lui jetait en entonnant un chant religieux.

Cravan se rendit à l'évidence. Tant que cet homme ne descendrait pas de son rocher, il ne le vaincrait pas dans l'état où il se trouvait. Le théocrate l'avait compris, et il tirait son avantage du fait qu'il venait de boire alors que son adversaire était desséché comme une pomme sortie du grenier en fin d'hiver. Le maniement de son épée, qu'il avait ramassée dans la poussière, lui était si douloureux qu'il l'avait remise au fourreau. Quoi qu'il lui coûte de l'admettre, il avait perdu cette manche, et chaque minute supplémentaire dans ce maudit désert rendrait sa survie plus improbable. Le théocrate avait gagné, mais le prix de cette victoire serait élevé. Il n'y aurait pas de survivants dans le village de la sorcière une fois qu'il en partirait.

Cravan avançait dans le sable du désert, suivi par ses deux hommes. Il fallait rejoindre le ruisseau qui coulait vers le village. Le capitaine-ambassadeur n'était pas certain d'avoir assez d'eau pour y parvenir. Il allait mourir dans cet absurde désert, gâchant les siècles de vie qu'on lui avait promis en échange de sa foi perdue. La vie souriait dans son dos, ne lui épargnant rien de sa cinglante ironie. Profondément humilié, il se remémorait ce qu'avait dit le théocrate : « Le diable se nourrit de sang et de feu. » Il se retourna subitement vers les deux soldats exténués. Le pire des vents souffla soudainement sur le désert, gonflant sa cape dans un bruissement d'étoffe.

CHAPITRE VI

POUR LE MEILLEUR

Ferrand se tenait en retrait du groupe. Les chasseurs n'étaient pas rentrés. Rosa l'avait prévenu de l'inexorable approche du capitaine-ambassadeur-militaire. Il avait sous-estimé la rapidité de la progression des poursuivants et n'avait que peu d'espoir de revoir vivants ceux qui étaient partis en quête de nourriture et de bois. La mort dans l'âme, il secoua la tête et rejoignit les autres. C'est souvent quand on entrevoit un espoir que les ennuis reviennent, plus forts et d'autant plus amers.

— Nous ne pouvons plus attendre, il faut partir !

Il était maintenant le seul homme, et trois veuves venaient de naître, perdues et hagardes dans un monde soudainement plus hostile.

Éliette sanglota doucement en ramassant son sac. Ismène lui prit des mains avec douceur, l'aida à se relever et passa son bras autour de sa taille pour lui apporter un peu de réconfort.

— Nous ne pouvons rien faire de plus, Éliette. Rien de plus qu'espérer. L'avenir est dans ton ventre, ton avenir comme celui de Jean. Et l'avenir arrivera bientôt au monde.

Éliette répondit, la voix secouée de sanglots :

— Je le sens, mais mon enfant naîtra dans un monde sans père. Aura-t-il même le temps de naître ? Le monstre est sur notre piste. Je l'ai compris quand le sergent Ferrand nous a commandé de nous mettre en route. Et j'ai peur.

Ismène soupira.

— Nous savions tous qu'il était à nos trousses et qu'il marcherait plus vite que nous. Puisse-t-il seulement ne jamais sortir du désert. Notre sacrifice aura servi à quelque chose.

Les cailloux crissaient sous les sabots et le groupe progressait à grand-peine dans la chaleur étouffante de la fin de l'après-midi. Bientôt, il faudrait s'arrêter ; ils ne pouvaient pas marcher de nuit, le sol ne s'y prêtait pas et la fatigue ne peut éternellement s'ignorer. L'eau et la viande tombées du ciel comme un cadeau des dieux avaient apaisé la soif et la faim, mais les pieds étaient en sang, les muscles tétanisés par l'effort et les âmes épuisées par les épreuves et la peur. Ils s'arrêteraient ce soir sans feu et sans nourriture. Ismène se porta à la hauteur de Ferrand.

— Sergent !

Il se retourna et l'attendit, portant machinalement un regard sur les monts qu'ils avaient traversés. Tant de chemin, tant de courage…

— Je t'écoute, Ismène.

— Le chacal est derrière nous.

— Oui. Il l'est depuis le début, mais il n'est plus loin.

— Nous en sortirons-nous ?

— Qui peut savoir, Ismène ? Tout dépendra de ce qu'auront fait les chasseurs et des réserves d'eau des poursuivants. N'oublie pas que nous avons tous bu de l'eau fraîche en abondance. Les soldats sont quasi morts de soif. Ces hommes bleus boivent comme nous, Ismène, sinon les nonnes bleues ne seraient pas mortes. Elles n'auraient pas bu l'eau du réservoir. Il faut garder espoir. Plaise au Suprême que demain le soleil rôtisse les collines et fasse rougir le sable.

— Et pour les chasseurs ?

Ferrand réfléchit aux mots qu'il allait prononcer.

— Mes soldats avaient des consignes avant leur départ. Ils ne devaient nous rejoindre que si personne ne les avait repérés.

Ils ont donc été repérés, mais ça ne signifie pas qu'ils sont morts, ni ceux et celles qui sont descendus avec eux. Le capitaine-ambassadeur-militaire n'avait plus à son service que cinq hommes.

— Comment le savez-vous ?

— Rosa me l'a dit.

Ismène sentit une incompressible fureur monter en elle. Elle parvint à la contrôler et parla avec la froideur d'une nuit d'hiver.

— Et vous avez envoyé les hommes en bas sachant qu'ils allaient tomber sur le diable ?

— Ismène, combien d'entre nous seront en vie demain, quand la nuit aura gelé le sol et nous aura vidés du peu de chaleur qui nous reste ? Pensez toujours que la moins mauvaise des solutions est depuis notre départ la seule que nous ayons. Nous nous sommes divisés. Rosa et Fernest survivent dans la montagne alors que la plupart d'entre nous n'auraient même pas pu y monter. C'est toujours deux parmi nous qui pourront peut-être s'en tirer. Nous sommes la fausse piste qui éloigne le capitaine de Rosa. Et puis ceux qui sont descendus chercher du bois et chasser sont les plus à même de se défendre. J'ai envoyé mes trois hommes et les autres se sont joints à eux. Ils ont de l'eau. S'ils parviennent à emmener le capitaine à leur poursuite dans une autre direction, il ne pourra plus nous rattraper. S'ils ne peuvent pas éviter le combat, ils ont ordre de vider leur eau dans le sable avant d'être rejoints. Ils sont notre propre fausse piste comme nous sommes celle de Rosa. Si tout ça ne suffit pas, nous nous diviserons encore pour tenter de sauver quelques-uns d'entre nous.

— Et vous, sergent ? Vous n'êtes pas avec vos hommes ?

— Non, je suis ici car, si mes hommes échouent, il n'y aura plus que moi entre le capitaine et vous, pour ce que ça vaut. Je n'aurai de chances face à un tel combattant que s'il est le plus affaibli possible, et si je puis donner le meilleur de moi-même. Si tu as une meilleure idée, Ismène, fais-le-moi savoir…

Ismène rejoignit les autres et marcha en silence, pensive.

Le soir venu, Ferrand choisit pour le bivouac un endroit qui ne ressemblait pas aux lieux précédents. Quand ils avaient jusque-là privilégié les abris sous roches, les vallées sèches protégées du vent, il opta pour un petit promontoire. Il n'y aurait eu à brûler ce soir-là que le bois des sabots, mais, sans rien aux pieds, ils seraient condamnés à mourir sur place. Les femmes et les enfants partagèrent le peu de nourriture qui leur restait, puis ils se blottirent les uns contre les autres sous le vent du rocher, les plus faibles au centre du cercle. Le vent nocturne tombait des hauteurs glacées, léchant le relief et lui arrachant la maigre chaleur accumulée le jour durant. Ferrand monta sur le promontoire, enveloppé dans sa cape. Si le capitaine arrivait malgré tout, le sergent ferait monter les fuyards sur cette roche. Il en faut parfois peu pour vaincre. Combien de batailles ont été gagnées ainsi, sur le fil, par l'obstination des uns à ne pas succomber, par hasard ou à l'usure ? Jamais il ne renoncerait. Ferrand s'assit. Il défit ses bottes et massa ses pieds douloureux qui, comme ceux de ses compagnons d'infortune, n'étaient plus que lambeaux. Maja le rejoignit, examina ses plaies, et lui offrit un sourire compatissant pour seul baume.

— Reviendront-ils ?

— Je ne sais pas, Maja. Ils ont été repérés, c'est indéniable, mais ceux qui nous poursuivent doivent aussi être à bout. Nous avons eu deux ravitaillements en eau. Ils n'en ont eu aucun. Je souffre d'avoir ainsi tué tant d'hommes avec qui j'ai partagé ces années à la garde du couvent, tant d'amis. Mais je ne peux pas me montrer faible, nous n'avons pas le choix. Les femmes ne tiennent qu'à un fil.

Maja sourit.

— Ferrand, tu es bien un homme. Tu surestimes ta force et sous-estimes celle des femmes. Regarde, je te vois ici, épuisé et fragile, tout au chagrin d'avoir perdu tes amis et souffrant dans ta chair. Il y a peu, tu étais mourant dans le lit où je t'avais traîné et j'étais soulagée que maître Lambret arrive pour m'aider à creuser ta tombe ; je craignais de ne pas y parvenir seule. Je sais maintenant qu'avec mes ongles j'aurais griffé la terre tant qu'elle ne m'aurait pas cédé un tombeau digne de toi. Regarde ces femmes, en bas. Elles n'ont presque rien à manger, mais elles raisonnent. Aussi froidement que toi. Le peu de baies que nous avions a été partagé entre les enfants et Éliette, puis elles se sont toutes blotties contre eux, le ventre vide et pleines de fierté d'avoir fait ce qu'il convenait. Les femmes ont ramassé des pierres. Elles ne dormiront pas et attendront la rage au ventre l'arrivée du chacal. Il les tuera peut-être, mais il n'achèvera pas des brebis grelottantes de peur. Il lui faudra affronter des lionnes qui défendent leur portée, qui défendent la vie.

Elle s'allongea près de lui et lui effleura le dos. Elle savait que les plaies de son torse le faisaient aussi souffrir. Certaines étaient rouges et gonflées là où les sangles de son sac frottaient. Elle dégrafa la veste de Ferrand pour les examiner. Celui-ci posa alors sa main sur la cuisse de Maja. Elle ferma les yeux tandis qu'il remontait sa robe, lentement, la dénudant presque jusqu'aux seins. Ferrand la caressa doucement, puis, ayant délacé ses chausses, il se coucha sur Maja pour s'unir à elle dans le souffle d'un baiser.

La nuit était tombée quand les trois soldats arrivèrent ; personne ne dormait. Ils avançaient dans la nuit sans prendre garde au bruit des pierres qui roulaient sous leurs pieds. Tous, poursuivants comme fuyards, savaient que leur histoire était proche du dénouement. La lune brillait dans l'air froid comme mille soleils, et personne parmi les fugitifs ne se berça de l'illusion que ces hommes ne les trouveraient pas. Ferrand et Maja voulurent faire monter les femmes, mais elles refusèrent. Éliette, le ventre rond d'une grossesse presque à terme, les traits du visage tirés, arborait un masque de plomb, un caillou serré dans chaque poing. Ses compagnes, transfigurées par la haine, se tenaient debout, chiffonnées, magnifiques et dérisoires. Tournant le regard, Ferrand vit les enfants, le visage crispé dans une grimace savamment travaillée. Il voulut les raisonner, mais Maja lui posa la main sur l'épaule avant qu'il ne parle.

— C'est fini, Ferrand. Ils sont là et nous ne fuirons plus. Les enfants mourront peut-être en combattant avec nous, mais ils mourront de toute façon si nous sommes vaincus. Cette fois-ci, nous allons attaquer, nous ne périrons pas d'une flèche dans le dos.

Le sergent les regarda, frêles silhouettes dans la pénombre, et leur adressa la parole comme on parle à des guerriers.

— Soldats, vous avez l'autorisation de mordre si nous engageons le combat.

Les enfants glapirent de joie, se montrant mutuellement leurs crocs, mimant des coups de griffes.

Après un regard à Maja, Ferrand dégaina et sortit de l'abri du promontoire, l'acier de son épée luisant sous la lune. Les soldats montaient une petite colline à deux cents pas environ. Ferrand fit signe de s'accroupir. Dissimulés derrière la petite crête rocheuse, les fuyards attendaient le signe du sergent pour se présenter aux soldats. Alors que les poursuivants n'étaient plus qu'à quelques pas, ils se dressèrent tels des spectres.

Les soldats s'étaient arrêtés, l'épée à la main, faisant face. Ferrand avança d'un pas.

— Où est votre maître ? Je ne vois ici que trois soldats égarés loin de chez eux.

L'un d'entre eux répondit d'une voix rauque.

— On ne veut que les filles.

Ismène avança d'un pas dans leur direction.

— Il n'y a que des filles, ici. Penses-tu que nous te laisserons choisir celles que tu voudras ?

— On doit prendre les femmes et tuer les hommes. Bien sûr, on vous tuera pas, sergent.

Ferrand avança d'un pas, couvrant Ismène qui s'exposait trop à son goût :

— Je te connais, soldat. Tu empruntes un mauvais chemin. Joins-toi à moi. Et tu retrouveras la fierté qu'on t'a volée.

— Sergent, si nous ne ramenons pas les femmes, le capitaine ne nous donnera pas d'eau et nous allons mourir dans ces cailloux.

— Où est-il ?

L'homme indiqua le désert, au-delà des contreforts.

— Quand nous avons vu les fugitifs, nous les avons coursés, mais, au bout d'un moment, le chemin s'est divisé en deux, un groupe d'un côté et la sorcière de l'autre. Le capitaine a pris deux soldats et a filé la piste. Il nous a ordonné de poursuivre le groupe, de tuer les hommes et de ramener les femmes. Alors seulement il nous rendra nos outres. Nous nous sommes égarés, puis nous avons retrouvé votre piste au bas du pierrier.

— Dans quel état est le capitaine ?

— Il ne semble pas affecté par la fatigue, mais il souffre autant de la soif que nous. Quand il a trouvé la source bouchée, il est entré dans une colère terrible.

— Soldat, il ne vous rendra pas vos outres. Il ne vous les rendra pas car il n'a pas assez d'eau pour vous tous. Il vous tuera ou vous abandonnera et s'en retournera avec sa proie.

Ferrand hésita avant de poursuivre, mais il devait savoir. Tous devaient savoir.

— Les hommes et femmes que vous avez suivis, les avez-vous tués ?

L'homme secoua la tête.

— Je pensais que c'était vous !

Ferrand posa la pointe de son épée sur le sol.

— Posez vos épées et vos dagues, puis reculez de cinq pas. Ensuite, je vous donnerai de l'eau. Si vous retournez avec le chacal, vous mourrez de toute façon. Joignez-vous à moi. Trois braves ne seront pas de trop. Nous avons besoin de chasseurs et de ramasseurs de bois. Voyez, nous avons faim et froid car ceux que vous avez poursuivis n'ont pu nous rejoindre. Mais nous survivons. Vos chances sont meilleures en restant avec nous.

— Le capitaine est quelque part en bas, il viendra nous chercher et nous coupera en morceaux.

Jean était probablement vivant, sauf si c'est lui qui s'était sacrifié en égarant le capitaine pour sauver sa femme et son enfant. Éliette ne pouvait en supporter plus. Elle intervint d'une voix glaciale.

— Nous allons descendre. Nous retrouverons les autres et traquerons le chacal s'il est encore dans cette montagne. Venez-vous avec nous ou voulez-vous mourir sous nos pierres ?

Les femmes et les enfants avancèrent lentement, farouches et obstinés, spectres échevelés vêtus de guenilles et se découpant sur fond de lune, drapés dans le vent froid qui coulait de la montagne. Les soldats levèrent leurs épées, jaugeant Ferrand qui fouettait l'air de sa lame en avançant vers eux au rythme des autres.

— Bien, sergent, nous rendons les armes !

Les trois soldats avaient bu et le groupe s'était remis en marche, malgré la nuit, à la recherche des chasseurs. Quand ils arrivèrent dans les contreforts où poussaient quelques buissons épars, ils ramassèrent sans cesser leur progression tout ce qui était susceptible de brûler. Maja se porta au niveau de Ferrand.

— Comment les retrouver ? Nous ne sommes que d'infimes détails dans la montagne noyée dans la nuit.

— Ils n'ont pas pu beaucoup s'éloigner. Nous avons peu marché aujourd'hui. Je pense qu'ils sont devant nous. Quand nous aurons trouvé l'endroit le plus propice, nous ferons un feu. Il faut peu de flammes pour être visible à de grandes distances. En attendant, je choisis des passages bien en vue sur les crêtes. En franchissant une colline, il se peut qu'ils nous aperçoivent. Nous ne pouvons rien faire de plus pour l'instant.

— Regardez !

Dans la nuit froide éclairée par la lune, une ligne claire et scintillante se détachait de la masse sombre de la falaise.

— De l'eau, Rosa fait couler l'eau.

Ferrand regarda dans la direction qu'Ismène indiquait. Il n'y avait aucun doute possible. Cette chute d'eau n'était pas là quelques instants auparavant.

— Venez ! Allons dans cette direction. Nous pourrons remplir nos outres et, si les autres voient la même chose que nous, il est probable que nous nous y retrouvions.

La lassitude des fuyards se mua en énergie. La peur de ne pas arriver à temps pour boire, la fébrilité à l'idée de retrouver les êtres chers, l'angoisse de ne pas savoir le nom de celui ou celle qui s'était sacrifié… Ils coururent plus qu'ils ne marchèrent, une horde de silhouettes boiteuses qui faisaient chanter les cailloux des pierriers. Bientôt, ils ne furent que grimaces, et c'est pas à pas qu'ils parvinrent sur la rive du torrent. Le combustible glané çà et là fut divisé en deux, un tas pour le feu qui réchaufferait les corps dans le creux du vallon et un autre pour le fanal qui serait allumé sur une petite éminence non loin du campement.

Les trois soldats semblaient soulagés. Tous ici avaient compris qu'ils étaient plus des esclaves libérés que des prisonniers de guerre. Ils discutaient avec Ferrand comme des compagnons d'armes, échangeaient des nouvelles des uns et des autres. Toutes étaient mauvaises. Ferrand fut particulièrement troublé par l'hécatombe provoquée par l'eau des citernes du couvent. Il avait du mal à comprendre quel poison pouvait faire autant de dégâts en étant aussi dilué. S'il croisait de nouveau un maître en poison de la Compagnie du Verrou, il ne manquerait pas de le lui demander. Les citernes seraient-elles un jour réutilisables ? Le fort et les souterrains devaient être intacts et il serait bon de conserver cette information dans un coin de son esprit. La voix de Maja le tira de ses réflexions.

— Ferrand, ne crois-tu pas que le feu sur le promontoire nous met en danger ? Le capitaine rôde peut-être dans les parages.

Ferrand secoua la tête en signe de dénégation.

— C'est fort peu probable. Rosa n'aurait pas fait couler d'eau sachant que nous ne sommes pas assoiffés. Ce que j'espère, c'est que le feu permettra aux nôtres de nous apercevoir et de nous rejoindre.

L'angoisse les étreignit. Ferrand frotta sa dague contre le silex. Une gerbe d'étincelles voltigea jusqu'à l'amadou et quelques secondes furent suffisantes pour enflammer les herbes sèches. Quand le feu eut bien pris, Ferrand en sortit un brandon et se dirigea avec Maja vers le promontoire. Il posa le bâton embrasé et le recouvrit de brindilles. Attisé par le vent, le combustible s'enflamma, puis Ferrand posa sur le feu des branches d'arbustes épineux qui s'embrasèrent instantanément, produisant une onde de chaleur intense et une gerbe d'étincelles crépitantes qui monta vers les étoiles. La chaleur, la lumière et le bruit s'évanouirent aussi vite qu'ils étaient venus, laissant des cendres voletant dans l'air glacé et le regret d'un embrasement bienvenu, un embrasement qu'on ne pouvait tenir qu'un instant. Mais c'était si beau. Le miracle se reproduisit tant que Ferrand eut des buissons à brûler, puis il posa sur le feu les quelques pièces de bois qui feraient ce qu'elles pourraient pour affronter l'obscurité. Il prit Maja par la taille, ils se serrèrent l'un contre l'autre et s'engagèrent sur le chemin du campement.

— Il va falloir s'arrêter un peu, Maja. Si mes pieds doivent encore me porter, c'est sur les os que je marcherai. Je n'ose penser à l'état des pieds des enfants et des femmes.

— Les enfants vont bien. Ils devaient souvent marcher pieds nus avant de fuir, et ils n'auraient pas besoin de souliers si les pierres n'étaient pas si tranchantes en altitude. Quant aux femmes, elles marchent depuis plus longtemps que nous. Leurs pieds se sont endurcis tandis que nous attendions tranquillement dans le couvent que l'ennui nous fasse vieillir.

— Il va falloir s'arrêter. Au moins deux jours pour nous reposer et nous soigner. Nous avons de l'eau. Si Rosa et Fernest trouvent du gibier et le partagent avec nous, nous devrions pouvoir tenir. Le capitaine-chacal ne reviendra pas. S'il retourne au ruisseau et tente de nous rattraper ensuite, nous aurons une telle avance qu'il lui faudra marcher des semaines sans eau ni ravitaillement avant de nous affronter. Nous allons donc pouvoir avancer à un rythme et une altitude plus raisonnables. Nos pas dans le sable n'intéresseront maintenant plus personne.

— Si nous survivons, Ferrand, je veux un enfant, comme Éliette. Un enfant de toi. Durant ces années au couvent, je n'ai pensé qu'à être mère, à l'injustice d'être née dans la noblesse pauvre. On ne se soucie pas de savoir si une paysanne est riche pour la marier, avoir une vie de femme et des enfants.

— Je n'y avais jamais songé, Maja… je suis un soldat. Je ne m'y opposerai pas, mais tu sais que les nouvelles du monde ne sont pas bonnes. Comment te promettre que je n'y retournerai pas pour aider ceux que nous avons laissés derrière nous ?

— Je respecterai ton choix, Ferrand, et j'attendrai ton retour.

— Je respecterai le tien, Maja. Nous aurons des enfants, de beaux enfants du désert.

Ils arrivèrent enlacés auprès du campement. Les soldats avaient repris leurs dagues et dépeçaient dans le noir un animal de taille respectable.

— Il flottait dans le courant, sergent. Les femmes ont dit qu'une fée nous l'envoyait depuis les montagnes.

Les trois hommes rirent de bon cœur en menant près du feu les premiers quartiers de viande. Tout à coup, leur dague leur tomba des mains de stupeur, l'eau avait soudainement cessé de couler.

Au lever du jour, on entendit du bruit dans la petite vallée, en direction du désert. Ferrand et les femmes prirent leurs armes, les trois soldats des branches dont les extrémités avaient durci au feu. Les enfants dormaient en boule et Éliette était assise, se tenant le ventre, le souffle court et le visage marqué par l'anxiété. Quand les premiers marcheurs débouchèrent de derrière un gros rocher qui obstruait la vue, à quelques dizaines de pas, on reconnut tout de suite Jean à la tête de la colonne, l'arc de Ferrand passé autour de sa poitrine et du menu gibier accroché à la ceinture. Les deux groupes coururent l'un vers l'autre dans un concert de cris de joie. On conduisit les chasseurs près du feu, chacun racontant sa propre version des événements de la veille. Les six soldats se retrouvèrent comme se retrouvent des amis rescapés d'une aventure qu'on pensait sans espoir. On agrandit le camp et mit à boucaner la viande qui n'avait pas été consommée dans la nuit.

Fernest revenait de la chasse. Les hauteurs de la crête n'avaient rien de forêts giboyeuses, mais des animaux s'étaient accommodés aux conditions rigoureuses de la montagne. Les glaciers ne fondaient pas autant que dans la crête de l'ouest mais, sous ce ciel sans nuage, les rarissimes précipitations maintenaient une végétation rase qui enracinait la vie. Fernest chassait des sortes de chèvres et des rongeurs à la chair grasse et savoureuse. Il ramassait aussi des plantes dont les bulbes ou les racines étaient comestibles. Rosa et lui respectaient un accord tacite. Elle s'occupait de l'eau et le laissait chasser sans recourir à la magie quand il s'agissait de les nourrir, eux. Par contre, s'il s'agissait de nourrir le groupe, seul le résultat comptait.

La nuit avait été longue. Depuis les hauteurs, Rosa avait suivi le trajet de chacun dans la montagne. Sur le bord de la falaise, les bras ouverts et les yeux fermés, elle avait senti la Clairvoyance s'étendre au-delà de ce qu'elle avait cru possible. Quand un des membres du groupe de chasseurs s'était séparé des autres, elle l'avait suivi, comme elle avait suivi le capitaine lancé à ses trousses. Son aura n'était pas la même que celle des autres humains. Quand le capitaine avait été sur le point de rejoindre le fuyard, elle avait pesé de tout son pouvoir pour équilibrer leurs forces, mais elle était très loin. Toujours est-il que le capitaine avait été vaincu et qu'il était reparti vers l'ouest, blessé. Puis elle avait fait couler l'eau pour que tous puissent se regrouper dans la même vallée, un torrent à suivre comme un fil d'argent pour trouver son chemin dans la nuit.

Maintenant, Rosa se reposait, étendue dans l'herbe drue. Fernest posa sa chasse et s'assit près d'elle. Le soleil repoussait le froid de la haute altitude, mais le vent rappelait à qui ne s'en était pas protégé que l'air restait glacial. Fernest sentit une onde de chaleur l'envahir.

— Tu es réveillée, Rosa, je le sais.

La jeune fille s'étira comme un chat.

— Oui, depuis un certain temps. Nos amis ont trouvé le gibier que nous leur avons envoyé. J'ai eu plus de difficulté à leur faire parvenir, car il s'était coincé derrière une roche. J'ai dû fondre plus de glace pour gonfler le torrent. Il est arrivé à bon port pendant la nuit. Le chacal est reparti. Il a tué un de ses hommes et poursuit sa route avec l'autre.

— Cet homme est un monstre. La vie n'a aucune valeur à ses yeux.

— C'est vrai, Fernest. Il ne brille pas comme les autres dans ma deuxième vue. C'est peut-être pour ça.

— Peut-être. Ne faut-il pas se mettre en route ?

— Non, il n'y a plus de danger. Il faut se reposer. Les hommes qui se sont joints au groupe sont malades et exténués. Ferrand aussi.

Fernest sourit, il ramassa une herbe et en mâchonna l'extrémité.

— Il ne se plaindra pas ! Si le sergent faiblit, les hommes se découragent. Si le sergent se sauve devant un danger qu'il juge trop grand, les hommes courront deux fois plus vite que lui. Le chef donne le ton, il doit prendre sur lui pour transmettre de l'énergie aux autres, même quand il n'en a plus pour lui-même.

— Je comprends ça, Fernest. Nous avons donc du temps.

— Oui, nous avons de quoi manger et ce repli du terrain nous protège du vent.

— Nous allons avoir du temps pour commencer.

— Pour commencer quoi, Rosa ?

— Pour commencer à m'apprendre à me battre.

— …

Maudites soient les filles.

La matinée avait été consacrée aux soins, à laver les vêtements dans l'eau qu'avait recueillie une vasque naturelle. Les femmes s'étaient déshabillées tour à tour derrière un gros rocher tandis que d'autres lavaient leurs haillons. Ismène, la robe encore mouillée collée sur son corps amaigri par les épreuves, avait entrepris de distribuer la nourriture à ceux qui s'étaient allongés au soleil, les pieds à l'air libre pour hâter la cicatrisation des plaies. Lassé d'attendre qu'on s'intéresse à lui, Lambret dont on n'avait pas remarqué l'arrivée posa ses outres et s'adressa à l'assemblée.

— Mes amis, je vois combien je vous ai manqué. Puisque personne ne s'intéresse au sort que j'ai réservé au capitaine, je vais donc me reposer à l'ombre et repenser aux côtes que je lui ai brisées d'un coup de ce bâton. Ce capitaine est solide, mais pas indestructible. La prochaine fois, peut-être…

Il se dirigea vers un recoin ombragé, feignant de ne pas entendre les acclamations et les questions pressantes de ses compagnons. Il s'assit lourdement en soupirant profondément, puis il commença à raconter son histoire. C'est alors qu'on entendit Éliette crier.

— Mon bébé va naître !

Les femmes avaient allongé Éliette sur un matelas constitué de tout ce qu'elles avaient pu réunir de tissu sans être nues elles-mêmes. Ça ne représentait pas grand-chose. Si les vêtements des soldats étaient convenables malgré leur crasse, ceux des fuyards étaient élimés et déchirés en maints endroits.

Jean trompait son agitation en réparant comme il le pouvait souliers et sabots. Le soleil du début de l'après-midi chauffait dur et l'ombre des rochers soulageait les voyageurs. Hier encore, ils détalaient dans la fournaise. Que le chacal crève ! Maja et Ferrand étaient allongés, côte à côte, pieds nus, ils regardaient le ciel azur en devisant calmement.

— Tu fais confiance à ces trois soldats, Ferrand ?

— Oui, il ne faut pas les juger. Qui sait ce qu'on peut faire faire aux hommes sous la terreur ? Même Fernest obéissait au chacal. C'est un capitaine ; s'il ne m'avait pas lardé de plaies et laissé pour mort, peut-être serais-je aussi parti sur le chemin avec lui. Comment aurais-je pu m'opposer sans perdre la vie ?

— Il y a des choses plus importantes que la vie, Ferrand.

Maja semblait contrariée.

— Oui, beaucoup plus importantes, mais, si tu es mort, tu n'es plus là pour les défendre. Fernest a bien réagi en te poussant dans cette fosse d'aisance, mais aussi en voulant livrer Rosa. Peut-être avait-il peur du capitaine-chacal aussi. Comment faire autrement ? En tout cas, dans ses deux décisions, il préservait l'avenir, et c'est là l'essentiel. Il lui manquait seulement une partie de ce qui lui fallait savoir pour choisir la meilleure voie.

— Tu l'aimes bien, n'est-ce pas ?

Ferrand se tourna sur le flanc pour soustraire ses yeux à la lumière aveuglante du sable.

— Oui. C'est un brave garçon. Il est vif d'esprit, droit, très doué pour le combat. Parfois un peu rapide dans ses décisions. C'est un rêveur, un rêveur parfois impulsif.

— Notre fils sera peut-être comme lui.

— Peut-être. Le chemin est encore long. Si long que nous ne savons pas où il s'arrêtera. Sur les rives du quatrième royaume. Où faudra-t-il fuir après ? Vers les terres du Grand Nord ?

— Les troubles cesseront bien un jour.

— Ils cesseront, oui. Mais sera-ce quand la raison l'aura emporté sur la folie, ou quand la folie aura écrasé la raison ? Quel ordre s'établira alors, et quelle pourra y être notre place ? Nous savons si peu de ce qui se passe. Nous étions tranquilles au couvent, dans la montagne. Et puis ce type est arrivé, les nonnes étaient mortes, je ne savais même pas qu'elles étaient là. Et je me suis réveillé avec deux anges à mon chevet.

— Flatteur !

— Il y avait Lambret aussi, c'est vrai. Tout ce que nous savons est que le chacal tue comme on respire, qu'il viole tout ce qui est fécond et qu'il a l'agilité et la force du diable en personne. Quelle conclusion pouvons-nous en tirer sur notre place dans le monde, Maja ? J'ai bien entendu le témoignage de Fernest et les confessions de Lambret, mais le tableau reste difficile à composer. Je ne sais que trop peu de chose.

— Il y a ce que rapportent nos compagnons de route. Les gens souffrent, partout dans le royaume. Ils sont des centaines à se sauver et racontent tous la même chose. On déporte des villages entiers réduits à l'esclavage et on fait sortir au grand jour les possédés au sang bleu. Ce sont eux qui tiennent le fouet. Le diable a peut-être remporté la guerre contre le Suprême ?

— Peut-être. En tout cas, il nous faudra reprendre la route bientôt. Nous ne marcherons que le matin. J'espère que Rosa et Fernest vont bien là-haut. Le climat doit être rude et la marche dangereuse.

Quelques dizaines de pas plus haut dans la vallée, Éliette était adossée à Ismène qui la tenait sous les bras. Sa robe était relevée et, faute de matrone, les femmes se succédaient pour l'assister. Plusieurs d'entre elles avaient déjà enfanté et prodiguaient maladroitement les soins dont elles avaient bénéficié jadis. La plupart de leurs enfants étaient morts dans la fuite, et on n'entendait aucun des rires et des plaisanteries qui accompagnaient ordinairement les accouchements. Jean était prostré sur une pierre et les autres faisaient comme si ce qui se passait à deux pas n'avait pas d'existence. Un autre monde. Puis on entendit un cri aigu et chevrotant, le cri d'un enfant qui bravait la vie, né sans rien au beau milieu de nulle part. Jean se leva et courut vers Éliette. Les femmes l'éconduisirent gentiment, arguant que la secondine n'était pas enterrée et que, par conséquent, le temps du père n'était pas encore venu. Il tourna les talons pour reprendre place sur sa pierre, regardant les hommes, femmes et enfants occupés à refaire les nœuds de leurs ceintures qu'ils avaient déliés pour que le cordon ombilical ne s'enroule pas autour du bébé.

En haute altitude, la température était presque printanière, de celles qui annonceraient l'été. Rosa travaillait avec son stylet d'or contre la dague de Fernest. Elle répétait au ralenti les gestes qu'il lui expliquait. Rosa apprenait vite, mais elle n'était pas puissante. Ses bras d'enfant posés sur un tronc de jeune fille n'avaient pas la vigueur de ceux d'un guerrier, même débutant. Elle était en sueur et souriait, prise dans l'effort et le jeu. Tout à coup, elle baissa la lame et se précipita sur le rebord de la falaise.

— Fernest, le bébé est né !

— Éliette est-elle en vie ?

— Oui, elle va bien. Comme j'aimerais être avec elle et son petit garçon. Je suis sûre qu'il est adorable.

Elle s'assit dans l'herbe, bientôt rejointe par Fernest. Rosa posa la tête sur son épaule. Le jeune guerrier passa le bras autour d'elle et la serra contre lui.

— Tu n'es pas une fille, Rosa, tu es un miracle.

Il se pencha et cueillit une petite fleur qu'il lui glissa dans les cheveux.

— Rosa, tu es la maison de mon âme, mes yeux pour voir le monde quand il est trop loin. Je t'aime, Rosa.

Rosa se blottit contre lui.

— Pourquoi m'aimes-tu ?

— Je t'aime... parce que tu en as besoin.

— Ce n'est pas une raison.

— Alors je t'aime, car j'en ai besoin.

Rosa essaya de voir les voyageurs en contrebas. Ils étaient trop loin et dissimulés par le relief. Elle ferma les yeux et sentit leur présence, leurs émotions, leurs douleurs et leurs peines. Elle revint sur Éliette et son bébé. Il semblait hésiter entre téter sa mère et s'endormir. La chaleur était écrasante dans le défilé rocheux, mais il n'avait pas chaud. De minces filets rouges partaient de son corps pour se diffuser dans l'air environnant, comme des nuages s'effilochent dans le ciel sous l'effet du vent. Rosa n'avait jamais vu ça, peut-être était-ce parce qu'il ne faisait pas aussi chaud dans son village. Le bébé était si calme alors que son cœur battait si vite. Un homme, Jean probablement, se tenait à leurs côtés.

Rosa s'écarta pour regarder Fernest, puis elle détourna les yeux comme pour se mesurer au glacier, colossal nuage pétrifié sur le flanc de la crête. Elle resta ainsi longuement avant de reprendre la parole.

— On ne m'a jamais aimée, Fernest.

CHAPITRE VII

HAUTTERRE

Le vicomte de Hautterre chuta lourdement sur le sol du cachot. Le capitaine-ambassadeur l'avait traité sans ménagement et tous ses membres étaient douloureux. Il n'en avait cure. Sa vie venait de basculer. Par sa faute… Trois mois plus tôt, Iban, qu'il avait laissé en route pour espionner les capitaines-ambassadeurs nouvellement arrivés, lui avait dressé un rapport alarmant. Il n'en avait rien cru et l'avait renvoyé dans ses quartiers. Des officiers du roi ne pouvaient agir de la sorte contre un vicomte au service du roi… Il se traîna en direction d'un des murs, s'y adossa et se prit la tête dans les mains. Hautterre chercha à mettre de l'ordre dans ses idées, mais elles avaient disparu. Il n'y avait plus que le vide à ranger, le vide, le silence, le noir du cachot.

— Monseigneur, je viens au rapport.

Iban s'était présenté au beau milieu de la nuit. Hautterre ne dormait pas. Il avait débouché une de ces coûteuses bouteilles de vin qu'il avait pris l'habitude de déguster le soir pour chasser l'amertume de sa vie bouleversée.

— Je t'écoute, Iban.

Il s'était relevé. À chacun de ses mouvements, la lueur de l'âtre nimbait sa silhouette d'un nuage de poussière pourpre. Il avait galopé sans relâche depuis le relais du Treuil.

— Monseigneur, j'ai espionné comme vous me l'avez ordonné. Les capitaines-ambassadeurs ourdissent un complot.

Ils comptent prendre la place des nobles. La crête est une forteresse qu'ils construisent pour fomenter un coup d'État.

— C'est une accusation très grave, Iban.

— Ils déportent des gens pour les faire travailler et envisagent de les laisser mourir cet hiver dans la crête afin de ne pas avoir à les nourrir. La liste des villages à vider au printemps est prête.

Hautterre s'était retourné vers la flambée, il s'était resservi du vin et assis dans son fauteuil.

— Qu'ont-ils dit d'autre, Iban ?

Le soldat avait hésité un instant.

— Monseigneur, ils ont parlé de votre femme et de vos fils.

Hautterre s'était redressé, comme piqué par un insecte.

— Parle.

— Monseigneur, le capitaine Bartlan et un de ses amis ont discuté de votre femme et de l'éventualité de vous la prendre pour engendrer une descendance noble. Bartlan a dit préférer attendre la génération suivante avec la femme de votre fils. Mais il n'a pas exclu de s'en prendre à votre épouse. Pour l'instant, il envisage de se reproduire avec la mère de la petite qui a été enlevée, et avec d'autres femmes qu'il a choisies parmi celles que ses compagnons ont convoyées. Il veut faire de ses enfants des soldats, des ventres. Je ne sais pas bien ce que ça signifie.

— Es-tu certain d'avoir bien compris, Iban ?

— Oui, monseigneur. Je vous ai fidèlement rapporté ce que j'ai entendu.

— Bien, sors maintenant !

Iban était un tiers fils, probablement fâché avec son aîné et parti gagner sa solde sous un autre toit. Il ne tarderait pas à devenir sergent. Enfin, si toutefois lui-même sortait un jour de sa cellule. Hautterre ne savait s'il n'avait pas cru son espion, s'il n'avait pas voulu entendre. Toujours est-il que, le matin même, un messager avait déposé un pli du capitaine Bartlan au château. Les termes en étaient simples et courtois.

Vicomte de Hautterre.

Vous nous ferez l'honneur de vous joindre à moi pour le dîner de ce soir, accompagné de votre charmante épouse. Un messager viendra vous chercher une heure après la tombée de la nuit.

Capitaine-ambassadeur-militaire Bartlan, au service du roi Hartrold IV.

Aurait-il encore été temps de fuir ? Hautterre n'en avait pas même eu l'idée. Il rit de sa naïveté. Il s'était jeté dans la gueule du loup alors qu'Iban l'avait prévenu que Bartlan chauffait la marmite et affûtait ses dents.

Le messager était accompagné d'une escorte. Comme s'ils avaient risqué quoi que ce soit… Heureusement, l'ancien fort n'était distant que d'une lieue à peine. Aléïde n'aimait pas chevaucher. Elle était la seconde fille d'un comte d'une basse vallée et le père de Hautterre l'avait choisie pour lui. Elle n'avait pas démérité, mais ne s'était jamais faite à la vie dans la montagne dont la rudesse était à l'image des manières de son époux.

Arrivés au vieux fort, les soldats les avaient conduits dans la salle des gardes où ils avaient attendu plus d'une heure que le capitaine-ambassadeur Bartlan les fasse demander. Les soldats qui logeaient là semblaient tendus et leur malaise s'était bientôt communiqué aux deux époux. Il y avait longtemps que le vicomte n'était pas monté au vieux fort et tout lui semblait exigu et rustique – l'un des murs n'était autre que la paroi de la montagne et l'humidité suintait de la roche. Quand un serviteur était descendu les chercher, ils avaient gravi l'étroit escalier en colimaçon jusqu'à la salle seigneuriale. Les aïeux du vicomte avaient vécu là, une salle unique dont une partie s'enfonçait dans les entrailles de la montagne. La première chose qui avait frappé Hautterre était les barreaux qui condamnaient désormais l'accès à la grotte. Une fois ses yeux habitués à la pénombre, il avait distingué une porte aménagée dans la grille et des traces de pas qui se dirigeaient vers les profondeurs du boyau. Aurait-il pu comprendre à ce moment qu'ils étaient pris au piège ? Et qu'aurait-il pu faire en ce cas ?

Le dîner avait été excellent. Le capitaine avait exposé froidement l'avancée des travaux dans la vicomté. Au cours de la soirée, il s'était insidieusement rapproché d'Aléïde. Elle n'avait osé bouger, et Hautterre avait compris avec horreur quelles étaient les intentions du maître des lieux. Hautterre n'était pas un lâche. Pour autant, il était pétri d'un monde où l'obéissance à la hiérarchie était une règle indéfectible. Quand le capitaine s'était levé pour passer derrière Aléïde, qu'il avait posé ses mains sur ses épaules et les avait fait glisser lentement dans son corsage en le fixant, Hautterre avait perdu son sang-froid. Les domestiques étaient sortis et seuls quatre soldats étaient restés en faction près de la porte. Aléïde fixait son époux, de l'effroi dans les yeux et les mains tremblantes alors que le capitaine lui soupesait les seins et lui pinçait les mamelons. Le vicomte savait qu'il s'agissait d'un piège ; il s'était tout de même levé sans même réaliser qu'il avait porté la main à son épée. Le capitaine l'avait toisé en souriant méchamment. Pour seule réponse, il avait empoigné la robe d'Aléïde et en avait arraché le tissu d'un geste brutal, dévoilant la poitrine de la vicomtesse. Hautterre avait dégainé et s'était jeté sur lui. Il était bon escrimeur et, en présence d'un danger, les hommes accomplissent parfois d'instinct des choses dont ils n'auraient pas été capables, alourdis par la pensée. Le capitaine n'en fit pourtant qu'une bouchée.

Il s'était effacé devant la lame, avait cueilli le vicomte d'un coup violent du plat de la main dans le thorax et l'avait frappé avec tant de vigueur que Hautterre n'avait bientôt plus eu pour se protéger que la solution de se rouler en boule comme un chiot. Puis le capitaine l'avait fait saisir par les soldats, ordonnant de le maintenir face à lui tandis qu'à l'aide d'une dague il découpait la robe d'Aléïde, morceau par morceau. D'une poussée brutale, il lui avait plaqué le torse sur la table, avait délacé ses chausses et l'avait violée interminablement tandis qu'elle pleurait en silence. Bientôt, Hautterre avait cessé de se débattre. Il avait assisté, impuissant et horrifié, au supplice de sa femme. Quand le capitaine-ambassadeur eut terminé sa besogne, il avait traîné Aléïde avec rudesse jusqu'à la grotte, en avait ouvert la grille avec une clé qu'il dissimulait dans son habit et l'avait enfermée, nue, dans le boyau.

Hautterre avait été traîné jusqu'au château, attaché derrière un cheval, et jeté dans un des cachots du donjon. Un cachot sans fenêtre et sans autre mobilier qu'un dallage froid comme la mort.

— L'imbécile ! Il ne m'a pas cru !

Iban fulminait. Le jeune homme avait guetté les allées et venues de son maître depuis leur retour du relais du Treuil. Quand le messager du capitaine-ambassadeur avait délivré l'invitation, Iban s'était imaginé qu'Hautterre prendrait femme et enfants et fuirait de toute la vitesse de ses jambes. Mais non ! Il avait pourtant vu ce que voulaient ces hommes, vu ce qu'ils faisaient aux femmes, Hautterre avait écouté ce qu'il lui avait relaté de sa mission d'espionnage… Était-il donc stupide au point de ne pas sentir le vent tourner ?

Furch, un soldat avec qui il avait entrepris la poursuite dans la crête sous le commandement d'Orville, était dans l'ombre à ses côtés.

— Que pouvons-nous faire, Iban ? Ce sont les soldats du capitaine-ambassadeur-militaire.

Iban s'assit sur un tonneau qui traînait là. Les soldats étaient maintenant redescendus vers le vieux fort et le risque était passé.

— Nous ne pouvons rien pour Hautterre, Furch, ni pour sa dame. Mais peut-être pour les enfants. Nous allons rentrer au château comme après une soirée un peu arrosée, et nous verrons une fois à l'intérieur.

— Ce n'est pas le tout de sortir les gamins de la cour ? As-tu une idée pour nous évader de la vallée ?

— Non. La poterne est tenue par ce salopard, les alpages par ses sbires. Nous sommes coincés.

Furch se leva et s'étira.

— Eh bien, moi, je connais au moins deux autres issues à la vallée. Il sera difficile de s'éclipser du château. Mais après, si nous disposons d'un peu d'avance, il est possible que nous puissions disparaître. Nous emporterons ce que tu as dissimulé dans l'écurie de la Cardhus. Ce sera suffisant dans un premier temps.

— Par où comptes-tu nous faire passer, Furch ?

L'homme sourit dans la pénombre.

— Je suis né ici.

Le vicomte de Hautterre n'avait pas trouvé le sommeil. La geôle était basse de plafond et sans autre ouverture que la grille ménagée dans la porte. Elle donnait sur une sombre salle circulaire qui distribuait cinq cellules disposées en étoile. Une lampe dispensait une faible lumière grasse, et Hautterre gardait les yeux rivés sur l'ouverture noire de l'escalier donnant accès aux étages supérieurs du donjon. Les cellules étaient froides et humides. Bien qu'il ne les ait pas conçues pour lui-même, elles convenaient à merveille à son âme défaite. Qu'il fût enfermé dans la geôle d'une forteresse du septième royaume, son sang de guerrier pouvait accepter ce sort funeste, mais il était chez lui et son roi l'avait trahi. Quand il entendit des pas dans l'escalier, il resta ainsi le front contre la grille, emmuré dans ses pensées et dans les entrailles du donjon. Le capitaine-ambassadeur entra dans la pièce et alluma des torches qu'il disposa dans des cerclages de fer enchâssés dans les murs épais.

— Pourquoi ?

Bartlan laissa longuement le silence répondre à sa place, au point que Hautterre finit par reposer sa question.

— Pourquoi, Bartlan ? Vous n'êtes pas descendu ici pour m'apporter des torches.

— Si les torches ne vous conviennent pas, je peux les faire retirer.

Il sourit et s'approcha de la grille.

— Pourquoi, Bartlan ? Pourquoi avez-vous violé ma tendre épouse, pourquoi m'avez-vous emprisonné ? Quel sort nous réservez-vous, Bartlan ? Où sont mes fils ?

— Je vois, vicomte, que vous ne respectez plus les convenances et feignez d'ignorer mon titre.

— Quel titre faut-il donner à qui viole la femme de son hôte ?

— Vous parlez de ce malheureux incident ? Auriez-vous oublié que mon titre me confère le droit de cuissage sur votre femme, vicomte, comme vous pouvez exercer ce même droit sur vos gens ? Que vous a-t-il pris de m'attaquer ainsi ? J'étais en droit de vous tuer sur-le-champ.

— Misérable !

Bartlan éclata de rire. Hautterre hurla.

— Où est ma femme ?

— Oh, elle n'est pas loin. Elle est même dans ces murs et ne tardera pas à nous rejoindre. Vous parlez de viol, mais il ne m'a pas semblé qu'elle s'était refusée. Pas plus hier soir qu'aujourd'hui même. Comment savoir si une femme qui tremble et crie pendant l'amour le fait de terreur ou de plaisir ? Je l'ai prise par trois fois depuis ce matin. Et pas plus loin qu'ici même, au milieu de la cour devant vos gardes réunis. Peut-être certains d'entre eux auront-ils éprouvé quelque plaisir au spectacle et voudront la prendre eux-mêmes. Rassurez-vous, je la réserverai cependant aux plus méritants. Elle ne m'intéresse pas plus que ça. J'en ai de plus jeunes et de plus belles dans mes appartements. Gardes !

Hautterre entendit des bruits de pas dans l'escalier, des bruits de pas et des cliquetis d'acier. Des soldats entrèrent, tirant Aléïde par une chaîne qui lui enserrait le cou. Le capitaine saisit Aléïde par le bras et la maintint face à la grille. Elle était nue et couverte d'ecchymoses. Du sang lui coulait du sexe et son regard n'exprimait qu'une infinie stupeur. Hautterre ne dit rien.

— Alors, vicomte, avez-vous perdu tout savoir-vivre au point d'oublier de saluer votre épouse ? Où peut-être avez-vous besoin d'un peu d'intimité ? Je gage que vous aurez des choses à vous raconter. Gardes, enfermez-la dans une autre cellule. J'ai à faire sur le chantier des granges. De nouveaux convois arriveront au printemps.

Il ne resta bientôt plus que le grésillement de la poix dans les flammes vacillantes des torches. Hautterre n'osa tout d'abord pas parler à sa femme. Ce regard vide ! Tout à sa crainte qu'elle eût perdu la raison, il finit par s'approcher de la grille.

— Aléïde, m'entendez-vous ?

Elle répondit d'une voix lasse.

— Comment pouvez-vous imaginer que je ne vous entende pas à quatre pas de distance ?

— Me voilà rassuré, ma douce amie.

Elle partit d'un rire aussi terrifiant qu'inattendu.

— Rassuré ! Vous êtes rassuré alors que votre… douce amie est enfermée dans une oubliette avec un furieux qui en détient la clé. Jamais nous n'en sortirons, mon mari. Peut-être viendra-t-on me sortir de temps à autre pour servir de catin à Bartlan, pour mieux m'y enfermer de nouveau quand il n'aura trouvé d'autre manière de m'humilier. On ne fait pas ce genre de choses à qui on veut laisser la vie.

— Il m'a raconté.

— Que vous a-t-il raconté ? Qu'il m'a violée à six reprises et que, quand il n'a plus été capable de le faire, il a continué avec la poignée de sa dague ? Ou qu'il m'a traînée nue, attachée derrière un âne depuis la redoute jusqu'au château, contraignant tout le village à assister à mon humiliation. Ou encore qu'une fois au château, il m'a jetée à quatre pattes au milieu de la cour pour me violer de nouveau devant vos hommes. Je ne sais ce qu'il inventera pour m'humilier plus. Que vous devez me mépriser ! Personne ne m'avait vue nue depuis l'enfance, et on me présente ainsi comme une bête qu'on mène à la saillie.

— Comment pourrais-je vous mépriser, Aléïde, que pouvez-vous au sort qui vous est fait ?

— Vous ne m'entendrez pas me plaindre, mon mari, et je n'accepterai pas que vous me plaigniez. J'ai crié quand la douleur était trop forte, mais je n'ai jamais supplié. Je mourrai, mais ne demanderai grâce.

— Vous ne mourrez pas, ma mie, je vous en fais le serment.

— Et comment le tiendrez-vous ? Seigneur, que les hommes sont stupides ! Ils s'octroient tous les droits quand ils sont les plus forts et donnent des promesses qu'ils ne pourront tenir quand ils sont vaincus.

— Je ne vous reconnais pas, Aléïde.

— J'ai changé, probablement... Ou peut-être ne me connaissez-vous pas autant que vous l'imaginez.

— Savez-vous quel sort on réserve aux garçons ?

— Les gardes m'en ont parlé à voix basse avant qu'on me descende dans cet immonde trou. Je n'y étais jamais venue. Comment avez-vous pu commander la construction d'un tel lieu ? Vous méritez assurément d'y finir vos jours, si vous l'aviez pensé pour d'autres... Les enfants ont disparu. C'est la raison de la fureur de Bartlan, la raison pour laquelle il m'a traînée ainsi et violée, de si vilaine manière. Le capitaine avait posté deux de ses hommes devant la porte de notre logis. On les a retrouvés morts ce matin. Une flèche dans le front de chacun d'eux. Deux de vos soldats sont portés disparus. Il faut supposer qu'ils vous sont restés fidèles et auront emmené les enfants pour les protéger. Cette idée m'a donné la force de résister. S'ils sont en fuite, s'ils sont en vie, alors je peux tout endurer et attendre de les retrouver. Dans ce monde ou dans l'autre. Bénis soient ces hommes, puissent-ils échapper aux soldats qui sont à leur poursuite.

— Quels sont ces soldats, Aléïde ? A-t-on cité des noms ?

— Ce sont ces hommes qui sont revenus de la patrouille dans les alpages, une idée bien curieuse que vous aviez eue là.

— Iban et Furch ?

— C'est ça. Ils ont tué les gardes puis sont partis avec les garçons vers la montagne. C'est du moins ce qui circule.

— Ils n'iront nulle part, les soldats du capitaine sont partout.

— Taisez-vous, mon mari ! Tant qu'on ne m'aura pas montré leurs dépouilles, mes enfants seront en vie, et on ne pourra s'en prendre qu'à mon corps, c'est-à-dire à rien du tout.

— J'aimerais avoir votre force, ma mie.

Aléïde répondit d'une voix lasse.

— Vous avez perdu bien plus que moi. J'ai perdu mon honneur, mais vous avez perdu vos biens. Vos biens dont je faisais partie.

— Vous ai-je fait du tort ?

— Non, sauf celui de ne point exister, restant éternellement dans l'ombre de la vicomté qui était tout pour vous. Je n'étais pas plus qu'un champ où semer un héritier. Vous n'avez donc plus rien, alors que je n'avais déjà rien que le temps en pâture.

— Vous devez avoir froid, Aléïde.

— Pensez-vous… je brûle d'une colère qui rôtirait les enfers. Que je vive, et je fais le serment qu'il ne restera rien de ce château, rien de cette vicomté, et que Bartlan mourra dans les flammes du bûcher dont il a lui-même entassé le bois.

Une patrouille montait vers la mine d'où on extrayait la pierre nécessaire à la construction du fort du capitaine-ambassadeur, un monstrueux édifice, sombre et vertigineux, qui boucherait la vallée. Le soldat qui dirigeait la colonne s'adressa à un ami de longue date, un compagnon de ronde et de fin de quart.

— Dis, drôle d'idée de creuser une mine là où il suffit de ramasser des cailloux.

— On dit que c'est parce qu'ils veulent continuer à construire pendant l'hiver. La neige ne gêne pas au fond d'une mine.

— N'empêche, c'est un sacré chantier.

— Par où serais-tu passé, toi, si tu avais dû fuir avec les gosses ?

— Eh bien, je ne serais pas allé vers la falaise. Il y a trop de soldats. Je ne serais pas passé par l'ouest non plus. Trop difficile pour des enfants.

— Bien ce que je pense aussi !

— Il vaut mieux ne rien dire.

— Oui, d'autant que s'ils sont passés par où tu penses, ils seront un moment à découvert. Très haut, mais à découvert.

— Ils pourraient y passer de nuit.

— Oui, ce serait mieux. Habillés en sombre. Il n'y a pas de neige sur le Pierreux à cette saison.

— Pas facile, mais jouable. C'est raide, mais pas difficile. Sauf les pierres qui roulent sous les pieds après la forêt.

— Ce n'est pas par là qu'on nous envoie. Je ne sais pas si d'autres y sont allés. Furch est du pays et Iban connaît le monde. Ils ont leurs chances à deux. Ça dépend de qui les suit de ce côté. Si c'est un gamin d'ici qui guide, ils sont faits comme des lapins. Sinon, ils ne trouveront jamais.

— Ouais. Les gars d'ici ne diront rien... La vicomtesse a passé un sale quart d'heure.

— Elle n'a pas laissé échapper une plainte. J'en connais qui s'la serait bien tapée, mais comme ça, c'est pas digne. Le capitaine n'a pas plus d'honneur qu'un chien errant.

— Sale période.

— Ouais.

Le guerrier cracha par terre et poursuivit son ascension vers la mine.

— Tu vas y arriver, Arman ! Tu es drôlement débrouillard pour un garçon de sept ans.

— Non, je ne veux pas, c'est trop haut.

— C'est vrai, c'est très haut, mais si on ne tombe pas, la hauteur n'a aucune importance. Alors il faut faire attention et bien se tenir d'une main avant de lâcher l'autre. Tu sais, je venais souvent ici gamin. C'est le meilleur passage.

— C'est trop haut, j'ai peur.

— Écoute. Quand tu seras au sommet, nous marcherons un peu pour nous cacher dans la forêt, puis nous nous reposerons en attendant la nuit. Pendant ce temps, je te ferai une épée en bois, une vraie et, une fois hors de danger, je t'apprendrai à t'en servir.

— Père dit que je serai théocrate. Les théocrates n'ont pas l'usage d'une épée.

— Nous verrons bien ce que tu seras quand tu seras grand, Arman, mais, si tu ne montes pas bien vite, tu ne vivras jamais assez pour le devenir. Prends ma main.

Furch tendit sa grosse patte de soldat.

— J'en veux pas, de ta main. Je peux grimper tout seul.

Arman monta de quelques coudées avant de reprendre son souffle, suivi de près par Furch. L'escalade n'était pas difficile mais, à mesure qu'on s'éloignait du sol, elle devenait vertigineuse. Vue de loin, la barrière rocheuse paraissait minuscule ; à son pied, elle était colossale. À la moitié de l'ascension, cela avait de quoi effrayer un gamin rarement sorti de son château.

Ils étaient passés chez le vieux Traban. Le pauvre était devenu à moitié fou d'avoir perdu sa petite fille et sa bru. Il était remonté dans sa cabane et cultivait son lopin plus par réflexe que pour se nourrir. Les voyant passer, il avait pourtant semblé aux deux hommes qu'il comprenait vaguement la situation. Il leur avait donné de l'eau et quelques légumes puis s'était rassis sur une pierre à regarder le ruisseau couler. Peut-être voyait-il en rêve sa femme battre le linge, ou son fils, sa petite fille jouer les pieds dans l'eau. Peut-être ne voyait-il plus rien que l'attente de la mort. Il se tairait. Tout le monde au pays saurait par où ils fuyaient, mais personne ne dirait rien. Les deux guerriers étaient partis en direction d'une faille bien connue que les enfants pourraient franchir. Puis ils obliqueraient par une forêt implantée par miracle sur une paroi presque verticale. Il y avait un passage qui serpentait entre les arbres et menait vers un pierrier. Parvenus à l'aplomb du château, ils y seraient protégés par la distance et les arbres rabougris. On ne savait pas bien ce qu'il y avait au-delà du col Pierreux, mais, de toute façon, il n'existait aucun autre passage accessible et non gardé.

Quand Furch prit pied sur la petite corniche inclinée, les deux soldats installèrent les enfants dos à la falaise et sortirent de quoi se restaurer.

Une fois rassasié, Yvan, l'aîné du vicomte de Hautterre, prit la parole d'un ton hésitant.

— Pourquoi nous avez-vous enlevés, messires ?

Iban se retourna vers lui, le visage grave.

— Tout d'abord, je ne suis pas un messire, mais un tiers fils qui combat en échange d'une solde. Furch est un soldat également, il est né ici, c'est un sujet de ton père. Ensuite, nous ne vous avons pas enlevés.

— Vous avez tué les soldats de mon père.

— C'était les soldats du capitaine Bartlan. Nous n'aurions pas tué nos compagnons.

Iban soupira et regarda vers la vallée. On devinait dans les lointains la masse sombre du château, le village et le chantier de la redoute. Il se retourna vers les deux enfants.

— Rien ne sert de vous mentir ou de vous cacher la vérité. Votre père est emprisonné et nous ne savons pas ce qu'il en est de votre mère. Elle n'est pas ressortie hier soir du fort d'en bas. Furch et moi-même avons la certitude que nous vous sauvons de la mort en vous prenant avec nous. Je ne puis vous certifier que vous survivrez en partant, mais entre deux solutions, il faut choisir la moins mauvaise. Alors nous allons essayer de vous mettre à l'abri en attendant que les choses redeviennent normales. Nous marcherons longtemps et nous nous cacherons. Pour l'heure, nous allons poursuivre votre formation au combat. Il faudra que vous puissiez vous défendre, et peut-être aussi attaquer et mordre quand l'heure sera venue.

— Où allons-nous, maître Iban ?

— Dans un premier temps, il faut s'échapper de la vallée. Tu as compris que nous ne pouvons descendre par le chemin ni monter dans les alpages. Il faut donc fuir sans le soutien des chemins, par la montagne. Cette nuit nous aurons quitté le val et chercherons un passage pour descendre plus à l'est. Puis nous réfléchirons. Je crains qu'on nous cherche dans le pays d'où je viens. Nous n'irons pas par là. Pour le reste, je n'ai pas encore décidé. Soit je vous trouverai une retraite assez sûre pour vous laisser et partirai de mon côté pour accomplir mon devoir. Soit nous devrons nous séparer. Deux hommes avec deux enfants sont trop repérables. Un homme et son enfant peuvent passer inaperçus.

La voix enfantine d'Arman protesta en tremblotant.

— Je veux rester avec mon frère.

— Écoute, Arman, je ne peux te le promettre. Tu as sept ans et, si tout avait été normal, tu aurais dû partir pour étudier et devenir théocrate. Vous auriez alors été séparés de la même manière. Mais, quoi qu'il advienne, n'oublie jamais au fond de toi que tu es Arman de Hautterre. Ce sera ta force pour affronter la vie. Qui es-tu, Arman ?

— Je suis Arman… de Hautterre.

— C'est bien, Arman. Et toi, Yvan, qui es-tu ?

— Je suis Yvan de Hautterre.

Le guerrier se releva.

— Bien, à partir de cet instant, aucun de nous ne doit plus prononcer ce nom. Est-ce entendu ?

Les enfants acquiescèrent. Iban leur sourit douloureusement. Il se leva, chargea son sac et tous reprirent l'ascension.

Au même moment, au beau milieu des montagnes, une colonne d'hommes, de femmes et d'enfants quittait le chantier du donjon de Lothar. Leurs haillons étaient tout ce qui restait des vêtements qu'ils portaient quand ils avaient été raflés par des soldats tout aussi faméliques et terrorisés qu'ils l'étaient maintenant eux-mêmes. Parmi eux se trouvait un architecte, celui qui les avait dirigés durant ces mois de travaux, celui qui les avait défendus au début, puis avait pris lui-même le fouet pour qu'ils bâtissent plus rapidement. Quand on lui avait dit que lui aussi devait partir avec les esclaves, il s'était fâché et avait demandé à voir le capitaine-ambassadeur-militaire pour dissiper le malentendu. Le maître des lieux était apparu peu après. Il avait écouté, puis il avait ri. Alors qu'il se détournait pour regagner le donjon, l'architecte l'avait attrapé par son riche manteau pour le supplier. Le capitaine s'était alors retourné et l'avait projeté au sol d'une simple gifle. Puis s'était épousseté d'un air dégoûté à l'endroit où l'homme l'avait touché. L'architecte privé de son fouet s'était alors joint docilement à la colonne des esclaves en pleurant. Personne ne put le plaindre, mais personne ne le blâma. Sur un signe de la main du capitaine, la colonne de spectres s'était engagée sur le chemin de l'ouest.

Ils marchaient depuis deux heures maintenant, et le soleil déclinait à l'horizon. Ce qui restait d'un homme s'approcha d'un soldat.

— Dis-moi, guerrier, où allons-nous ? Il va faire nuit, et je ne vois pas de quoi manger dans ce que nous avons emporté.

L'homme le regarda d'un air amusé et triste.

— Vois-tu quoi que ce soit que nous ayons pris avec nous ? Il n'y a rien à manger. Rien à boire, rien pour se protéger du froid.

— Mais pourquoi ? Pourquoi ne pas nous avoir renvoyés chez nous, ou nous avoir au moins donné de quoi survivre, ou nous avoir tués pour nous éviter la souffrance ?

— Mon pauvre ami, nous n'avons pas été libérés, on nous envoie mourir un peu plus loin pour ne pas gaspiller les provisions. Le convoi d'approvisionnement n'est pas arrivé à la date prévue, et vous étiez désormais trop faibles pour travailler efficacement. Voilà tout ce que nous valons à leurs yeux, rien.

— Mais qui reste-t-il donc dans le donjon ?

— Le capitaine, quatre soldats d'origine noble et une trentaine de jeunes femmes.

— Et vous qui étiez leurs chiens de garde, soldat ?

— Nous n'avions pas le choix, l'ami. Ceux qui se sont révoltés ont été tués et, vois-tu, nous ne vous gardons plus. Nous sommes sans armes, sans vivres, sans armures, et allons droit devant nous comme vous tous ici.

Il cracha par terre et se détourna avant de poursuivre.

— Et si tu veux m'adresser des reproches, ne t'en prive pas. Tant d'entre nous ont fini sur le charnier du donjon... Crois-moi ou pas, si c'est ton choix, mais nous n'avons pris nul plaisir à vos tourments, et nous ne pouvions faire autrement. Nous étions entre l'épée et l'esclave, esclaves nous-mêmes et poussés par la peur. J'ai préféré mourir de faim et de froid dans la montagne qu'écorché sur la poussière du chemin. Mon âme est écrasée sous ce poids. Maintenant je suis libre, libre d'aller mourir dans la prison de la montagne sans fin. Je n'aurais pas voulu mourir sous les fers.

— Nous devons lutter pour notre survie.

Le soldat fit la moue.

— En dépit des mauvais traitements, nous sommes encore une quarantaine. Disons que, pour survivre, nous avons besoin de deux livres de nourriture par jour. Soit quatre-vingts livres en tout. Il faudrait pour cela chasser sans relâche. Si tant est qu'il y ait du gibier en abondance dans ces montagnes. Mais nous sommes faibles et affamés, nous n'avons pas d'armes pour chasser, pas même de quoi confectionner un collet.

— Nous devons quand même tenter quelque chose !

— Très peu pour moi, compagnon. Je ne veux plus vivre.

— Alors pourquoi marches-tu ? Tu pourrais t'asseoir et attendre que la mort te prenne.

— J'ai trop faim pour m'arrêter. Je ne veux plus vivre car je n'ai plus d'espoir. Maintenant, je veux mourir aussi loin que possible de cette maudite tour, et de ce maudit charnier. Chaque pas que je fais est une victoire sur moi-même, une infime raison pour retrouver un peu de fierté avant de rencontrer le Suprême. Je pourrai ainsi lui dire que je n'ai pas eu la force de m'opposer à nos bourreaux, mais que, quand j'ai recouvré ma liberté, je suis allé aussi loin que possible.

— Je te comprends, mais je ne me résignerai pas pour autant. Je vais proposer à ceux qui voudront me suivre de tenter la descente vers le sud. Plus bas dans la montagne, il fera moins froid, et peut-être pourrons-nous atteindre la plaine.

— Je ne sais pas. Avant l'ouverture de ce maudit chemin, tout le monde pensait qu'il n'était pas possible de monter dans ces montagnes et toi, tu comptes y trouver une voie ? Cette haute vallée est enchâssée entre deux massifs que personne n'a jamais franchis. C'est courageux et désespéré, mais je te suivrai. Mourir vers l'est ou vers le sud ne changera rien pour moi. Quand les premiers d'entre nous tomberont, je leur donnerai une sépulture, vous épargnerez ainsi vos forces.

— Merci, soldat.

L'homme remonta la colonne et discuta quelques instants avec ses compagnons. Les esclaves laissèrent le soleil couchant sur leur droite pour se diriger vers une vallée en contrebas.

La nuit achevée, le soldat empila proprement des pierres sur le corps d'un homme qui avait expiré, il chantait des psaumes devant ses camarades recueillis. Tous avaient faim. Un peu à l'écart du groupe, une petite fille n'avait pas froid.

CHAPITRE VIII

LOTHAR

Toujours plus nombreux, des bataillons d'hommes hagards suivaient comme des ombres leurs cruels chefs de guerre le long des chemins parsemés de cadavres.

De partout, les convois convergeaient en direction de Hautterre et de la crête. Des nobles s'étaient rendus auprès de leurs suzerains pour protester, qui à leur tour en avaient référé à leurs rois. Dans les sept royaumes, la réponse avait été la même. Il fallait consentir les efforts nécessaires afin d'assurer à la descendance des hommes un monde délivré des rebelles. Si le prix était lourd, l'heure n'était pas au choix mais au sacrifice. Le long des routes, les cadavres de théocrates ou d'hommes s'étant opposés aux déportations gisaient écorchés, pourrissaient dans des cages à corbeaux ou empalés sur des pieux. Les capitaines-ambassadeurs-militaires, qui avaient tout d'abord acheté une partie des récoltes, pillaient maintenant au nom du roi tout ce qui leur tombait sous la main pour nourrir leurs armées.

Dans le fort de la Garde, sur les hauteurs de Gradlyn, Rufus se reposait dans sa chambre. Durant des siècles, il était resté infatigable. Depuis une cinquantaine d'années, il sentait le temps qu'il avait toujours ignoré le rattraper inexorablement. Le sablier avait commencé à le grignoter discrètement, comme l'aurait fait une souris d'un habit au fond d'un coffre. Quand il avait accepté cet état de fait et qu'il avait étalé sa vie en pleine lumière, le tissu était rongé par les mites et le jour pointait au travers du cuir de toute part. Son temps était passé. Il lui fallait maintenant dormir plus et ses membres s'étaient affaiblis. Bientôt, d'ici une vingtaine d'années, ses articulations le trahiraient et il ne serait plus qu'un vieil homme attendant la fin. Triste issue que la déchéance au terme d'une vie de Gardien.

Il fut tiré de sa somnolence par des coups discrets frappés au dos de sa bibliothèque. Il se leva, frotta son visage ralenti par le sommeil et s'avança vers les rangées de livres. Rufus ouvrit le passage et salua Lothar.

— Bonjour, Lothar. Je m'attendais à te voir.

— Bonjour, Rufus. Je pense que nous devrions faire le point sur la situation. Puis nous recevrons Cravan qui souhaite nous parler. Il est revenu hier de sa mission sur le plateau du Jourd. À en juger par son humeur, les choses qui s'étaient mal engagées avec la mort des reines ne se sont pas arrangées.

— J'ai lu rapidement les faits qu'il a commencé à relater dans la chronique. Ce n'est guère réjouissant, en effet. Mais nous apprendrons de vive voix ce qu'il n'a pas encore eu le temps d'écrire.

— Allons dans la crypte du général, Rufus. J'y ai fait porter une collation et un brasero nous y attend.

Les deux hommes s'engagèrent dans l'étroit escalier. Parvenus dans un couloir éclairé de torches, ils délaissèrent les portes des cellules privées des Gardiens pour descendre par une rampe qui s'enfonçait régulièrement dans la montagne. Au bas d'un escalier taillé dans la roche dont les nez de marche usés avaient été remplacés par de fortes pièces de chêne, ils parvinrent devant une porte bardée de fer. Lothar sortit une clé ouvragée de sa bourse et l'engagea dans une serrure qui paraissait minuscule au regard de la masse de l'ouvrant. Le cliquetis résonna faiblement dans les profondeurs du souterrain et la porte s'ouvrit en silence.

— Cette porte est une merveille, Lothar. Je ne m'explique pas comment une si petite clé peut ouvrir une telle serrure. Je ne suis pas entré souvent dans la crypte du général, et c'est en vieillissant que cet honneur m'est advenu.

Ils entrèrent dans la pièce. Elle était circulaire et mesurait une quinzaine de pas de large. Creusée à même la roche, sa voûte était si parfaitement polie qu'elle reflétait comme un miroir de cuivre tout ce qui s'y trouvait. Les murs étaient finement ciselés de motifs végétaux et de profondes niches abritaient des coffres qui recelaient des manuscrits que les Gardiens eux-mêmes ne pouvaient lire. Six portes sans serrure ouvraient sur des couloirs, dont la légende disait qu'un seul offrait une issue. En cas de danger, le général de la Garde pouvait ainsi s'enfuir avec une longueur d'avance sur ses poursuivants. Lothar présenta à Rufus un petit plateau d'or orné de mets fins artistement disposés, puis prit une tasse de vin chaud.

— Rufus, j'ai reçu une lettre de Sylvan.

— Je me disais bien qu'il pourrait y avoir un problème de ce côté.

— Je pense qu'il faut le supprimer.

Rufus but une gorgée de vin. Les arômes d'épices et d'alcool se diffusaient délicieusement jusque dans ses sinus. Il prit une grande inspiration.

— Si tu envisages cette solution, Lothar, c'est que tu l'as déjà mise en œuvre. Je ne l'approuve pas. Sylvan est intègre ; cette intégrité ne nous aide certes pas pour le moment, mais il est intelligent et il finira par admettre que les choses changent. De plus, il est prodigieusement rapide. Peut-être davantage encore qu'Aldemond. Si les Gardiens que tu as missionnés pour accomplir cette tâche sont ceux que je suppose, alors tu les as envoyés à la mort comme un enfant qu'on projette sur un mur.

— Tu lis en moi, Rufus. Je regrette de leur avoir confié cette mission.

— À peu de chose près, je t'ai vu naître. Que dit cette lettre ?

— Sylvan s'accroche à la loi. Il n'accepte pas que les Gardiens renversent Orville et prennent possession de l'île du Goulet. Selon lui, la Garde n'a pas à posséder de terres et ne doit pas influer sur les décisions des hommes.

— Orville devient encombrant. Nous ne savions pas qu'il existait il y a un peu plus d'un an, et voilà qu'il devient notre principal problème. Il en coûte souvent de se montrer charitable ! Mais Orville n'est qu'un détail que nous pouvons effacer d'un trait.

— J'ai reçu un autre courrier, Rufus, un rapport de Tarman que je lui ai commandé avant son départ.

— C'était ton ami, Lothar, et tu sais qu'il désapprouve tes projets.

— Il n'en sera que plus franc dans sa relation des événements.

— Tu parais inquiet, que se passe-t-il sur l'île du Goulet ?

— Gralden est mort. Assassiné dans des conditions étranges. Sa dague était plantée dans son front avec ce billet intercalé. On attribue ce message à ce même Orville.

Il tendit à Rufus un petit parchemin tâché de sang en son milieu. Rufus passa le doigt dans le trou qu'avait laissé la lame, puis il se plaça dos à une torche pour prendre connaissance du texte.

Les Gardiens ont profané la terre des mages, saigné ses murs et bu son sang.

Mais de quoi le rédacteur de ce billet parlait-il ? Que signifiait cette histoire de mages et de sang ? Pris d'une soudaine angoisse, il replongea à la hâte dans sa lecture.

Ambassadeurs qui avez trahi vos serments, jamais cette maison ne vous offrira la sécurité, car vous n'êtes plus ambassadeurs de rien. Fuyez tant qu'il en est encore temps, car tôt ou tard la justice des mages s'appliquera, où que vous soyez, quels que soient votre force et votre nombre.

Le sang bleu a trahi les hommes. Chaque brutalité faite aux hommes, chaque brutalité faite aux femmes vous sera rendue au centuple et votre trahison vous rend comptables de leur mauvaise fortune.

Les hommes sont des enfants devant les Gardiens, les Gardiens ne sont rien devant les mages. Les enfants obtenus par la force ne sont déjà plus les vôtres. Les mages vous renverront dans le néant que jamais vous n'auriez dû quitter.

Rufus releva le regard pour croiser celui de Lothar.

— Mais qui est cet Orville ? Un sergent perdu dans un trou perdu qui connaît l'existence des mages et de la Garde ? Je suis surpris.

— Sylvan pense que l'enseignement qu'il lui a dispensé en tant que roi lui a soufflé ses arguments, l'imagination faisant le reste. Mais il y a autre chose. Sylvan lui-même ne l'exclut pas. Il y a la manière dont il a sauvé sa peau face aux soudards de Vallade dans la crête. Puis la malédiction qui a touché le marquis après qu'il l'eut trahi. Vallade l'a accusé d'avoir usé de sorcellerie pour tuer son fils et geler ses jambes. Il y a aussi le capitaine qui commandait l'île qui est maintenant cartographiée comme l'île au Bois. C'était le fils aîné de Vallade. On l'a retrouvé la tête gelée dans sa tente entourée de soldats, ce n'est pas une mort ordinaire. Enfin, les circonstances de la mort de Gralden sont tout aussi étranges. La porte de son alcôve était barrée de l'intérieur quand on a retrouvé son cadavre. Soit Orville a traversé le mur, soit il est entré par un passage dérobé qui donne dans les souterrains, ce qui signifierait qu'il en a connaissance. Dans un cas comme dans l'autre, Orville pose un problème.

Rufus réfléchit un instant, puis il se renversa sur son siège.

— Orville est un mage, Lothar, je suis d'accord avec toi. Un indice n'est rien, mais six indices valent une preuve. Il doit mourir au plus vite.

— Il s'est enfui après le meurtre de Gralden. Ou alors il se cache dans les souterrains. Les frères les fouillaient quand ces messages sont partis.

— Qu'ils ne l'approchent pas de trop près, Lothar. S'il a fait ce dont on l'accuse, il est peut-être plus puissant que nous tous réunis. Il semble pouvoir accomplir des choses dont nous ignorions même qu'elles étaient possibles.

— Se peut-il qu'en inventant des mages rebelles pour convaincre cet imbécile d'Hartrold, nous ayons réveillé quelque chose qui nous dépasse ? Orville parle des mages qui nous renverront dans le néant.

Rufus balaya l'argument d'un revers de main.

— Ce ne sont pas les quelques cercles que nous avons ajoutés sur les monnaies qui auront pu faire émerger les mages. Ou cela signifie qu'il faut revoir notre position sur l'existence des dieux issus de l'imagination du bas peuple. Ce petit tour a cependant été assez efficace pour persuader les frères de reprendre le pouvoir. Peut-être pourrions-nous persuader Orville de se joindre à nous ?

— Non, je ne suis pas favorable à l'intégration des mages adultes dans notre confrérie, Rufus. Pour les enfants à naître, nous verrons à l'usage. S'ils représentent un danger, nous les supprimerons. S'ils sont dociles, ils nous serviront et en seront récompensés.

— Soit… Quelles sont les autres nouvelles ?

— Les travaux ont bien avancé. Des convois arrivent pour remplacer les esclaves qui sont morts et les frères tentent de se reproduire dans les fermes de la crête. Les listes généalogiques avancent, grâce aux théocrates que nous avons mis aux fers. Nous avons sur les sept royaumes plus de six mille hommes et femmes potentiellement proches du sang. En comptant la population de leurs villages, ce sont plus de deux cent mille personnes qu'il faudra déplacer au printemps prochain.

— À ce rythme, Lothar, nous ne pourrons nous permettre de les laisser mourir à l'ouvrage, ou il n'y aura plus personne pour travailler les années suivantes, et la régénération de la lignée sera compromise.

— Nous n'avons pas les moyens de les nourrir et de les conserver en bonne santé, Rufus. Si nous les relâchons en mauvais état, les nobles et les rois s'alarmeront plus vite. J'ai expliqué à Hartrold que nous déplacions les populations pour les implanter dans la crête, mais il est vrai que nous ne pourrons prélever autant d'esclaves chaque année. Le vivier n'est pas inépuisable.

— D'ici un an, les fermes de reproduction commenceront à donner des naissances. Les mères que nous garderons tant qu'elles seront fertiles fourniront de la main-d'œuvre pour les mines quand elles ne le seront plus.

— Certes, Rufus. Déjà, un petit groupe de soldats au sang bleu est au travail dans le village des cimes. Ce sont des enfants et des adolescents cachés par leurs familles, ainsi que des rebelles qui se sont joints à nous. Nous les avons mis à la reproduction et les entraînons. Au cours de l'année à venir, ils partiront plus loin dans la crête avec des reproductrices et un frère pour les former. D'ici un an, ils auront une caserne, et dans cinq ans nous aurons des escadrons. Ils s'endurciront sur les esclaves.

— Fort bien.

— J'ai une autre nouvelle. Un pigeon m'a prévenu ce matin d'un incident en Hautterre. Le vicomte a essayé de tuer Bartlan. Il a été mis aux fers.

Rufus enregistra la nouvelle. Il but une lampée de vin et reposa sa tasse sur le plateau, produisant un bruit sec trahissant son agacement.

— C'est surprenant, Lothar. Bartlan a dû l'y pousser. C'est ce qui était prévu, mais c'est bien trop tôt.

— Hautterre est un petit noble sans envergure et sans imagination, il rampe plus qu'il ne marche. C'est probablement ce qui s'est passé ; je devrais recevoir sous peu les rapports des espions que j'ai envoyés là-bas. Mais, bien entendu, ils mettront deux à trois jours de plus pour me parvenir. Je te tiendrai au courant. Allons voir ce que Cravan peut avoir à nous raconter.

Les deux hommes se levèrent. Ils sortirent de la pièce et engagèrent la remontée vers le fort de la Garde. Bien qu'âgé, Rufus avait le pas rapide et souple. Tout en gravissant les dernières volées de marches, il songeait aux années à venir, quand il devrait ralentir pour laisser son cœur se reposer, quand ses articulations solliciteraient l'aide d'une canne pour monter dans sa chambre, quand il faudrait lui porter son repas pour ne pas trop le fatiguer. Lothar avait la vie devant lui. Rufus songea qu'il n'était pas né à la bonne époque, ou encore avait-il rencontré trop tard celui qui donnerait une forme politique à son désir le plus cher…

Ils débouchèrent dans la cour et gagnèrent le bureau du général de la Garde. C'était une pièce d'apparat à l'allure austère dont les fenêtres donnaient sur la cour. Un lourd bureau faisait face à la porte et deux fauteuils monumentaux attendaient d'accueillir les visiteurs dans leurs bras de chêne. Le général de la Garde disposait d'un deuxième bureau, plus petit et plus facile à chauffer, dont l'entrée était dissimulée derrière un panneau de bois. Quand Lothar arriva avec Rufus, Cravan attendait devant la porte. Le général de la Garde le salua avec une autorité non dénuée de chaleur, comme pour lui rappeler qu'ils étaient de la même famille mais pas du même rang.

— Entre donc, Cravan, voyons ce que tu as à nous dire.

Les trois hommes s'installèrent autour du bureau. Rufus sortit du parchemin et s'installa pour prendre note de ce qui serait dit. Cravan semblait tendu. Il s'exprima ensuite comme quelqu'un qui a longuement préparé son discours mais qui, le moment venu, a du mal à organiser sa pensée tant les éléments se bousculent dans son esprit.

— Mes frères, les nouvelles que je vous apporte ne sont pas bonnes. Vous savez que les reines sont mortes. Elles ont été empoisonnées avant mon arrivée. Je suppose que le théocrate venu prier quelques jours plus tôt a versé du poison lent dans le réservoir qui alimentait la crypte. Cela dit, tous les réservoirs étaient empoisonnés et les autres habitants n'en sont pas morts.

— Et comment sais-tu qu'ils l'étaient tous, Cravan ?

— Nous avons bu de cette eau, hommes et chevaux ont été malades.

Rufus hésita avant de donner son avis.

— Mais ils ne sont pas morts.

— Certains, pas tous. Pourtant il n'a pas plu, ce qui aurait pu diluer le poison.

— Alors que toutes les Nonnes bleues sont mortes et que les autres habitants du couvent sont restés indemnes.

— Je n'avais pas pensé à cela, Rufus.

— Les fuyards ont donc empoisonné tous les réservoirs avec l'eau des nonnes en vous attendant. Ce n'est pas l'idée d'un théocrate et d'une paysanne tels que tu les décris dans ton courrier. De plus, ça ne résout pas le fait que nous ne connaissons aucun poison capable d'affecter le sang bleu des résurgentes.

Le vieil homme hocha la tête, satisfait. Il n'est jamais inutile de rappeler à son interlocuteur qu'on possède le recul et l'expérience. Il encouragea Cravan à poursuivre.

— Je suis parti avec les soldats et les nonnes. Elles sont nobles, en général tierces filles de fiefs trop pauvres pour constituer une dot convenable. Il m'a semblé qu'elles feraient des reproductrices aptes à fonder ma descendance noble.

Lothar hocha la tête en signe d'approbation.

— Poursuis, Cravan. Jusque-là, je ne vois pas de mauvaises nouvelles dont je n'ai eu connaissance.

— Oui, en effet. En redescendant vers le village en contrebas du plateau du Jourd, j'ai croisé une caravane inquisitoriale à la poursuite du théocrate et de la jeune fille en fuite. Sa mère avait été brûlée comme possédée. J'ai tué les inquisiteurs et ai équipé mon convoi avec leurs montures et leurs biens. Puis j'ai dépêché des hommes pour partir à la poursuite de la fille. J'ai ensuite convoyé mes esclaves dans un modeste château de la région, puis je suis moi-même parti à sa recherche.

Rufus semblait contrarié.

— Laisser le convoi dans un château est imprudent, les gens parlent. D'autre part, tu n'aurais pas dû tuer les théocrates. Il faut les conserver comme esclaves.

— Je reconnais mon erreur pour les théocrates, mais, pour le château, j'ai réduit ses occupants au silence avant d'en prendre possession.

— Bien, mais il faudra en partir au printemps, pour ne pas dévoiler nos plans trop tôt, et imputer le massacre à des brigands.

— C'est un sage conseil, Rufus, je m'y conformerai. Je suis donc parti à la suite des hommes que j'avais envoyés chercher la fille. Leur piste m'a conduit à nouveau jusqu'au couvent. La porte était fermée, mais je sentais la présence de deux personnes dans le temple. Je me suis donc avancé vers la porte quand j'ai reçu une volée de flèches. Je suppose qu'elles étaient tirées par les hommes que j'avais renvoyés, mais je ne les avais pas sentis.

Rufus voulait être certain d'avoir bien compris.

— Donc, ton don de Clairvoyance a été pris en défaut. Est-ce à cette erreur d'inattention que tu dois cette grande cicatrice qui te barre le front ?

— Rufus, je n'ai pas commis d'erreur d'inattention. J'étais tous sens aux aguets, mais quelqu'un a leurré ma Clairvoyance. Je ne pouvais pas sentir mes agresseurs alors que je sentais très clairement le prêtre et la fille dans le temple. Sinon, oui, j'ai été surpris. J'ai dévié toutes les flèches, sauf une qui m'a touché au front. Si mes os n'avaient pas eu la robustesse du sang bleu, je serais mort.

— Poursuis, Cravan !

— J'ai battu en retraite pour attendre la nuit. J'avais dans l'idée de m'infiltrer et de tromper la vigilance des gardes. Alors que j'avançais dans l'ombre avec quatre soldats, une odeur de fumée a attiré mon attention, plusieurs feux ont envahi ma Clairvoyance. Le temple et le logis se sont embrasés, et je ne percevais plus rien qu'une formidable quantité de chaleur. C'était un peu comme dévisager le soleil en plein midi. Une fois dans la place, j'ai dû attendre deux jours pour approcher des ruines tant la chaleur était vive. C'est là que nous avons bu l'eau des réservoirs et que les hommes et les chevaux sont tombés malades. Sept hommes sont morts. J'ai mis les autres au déblaiement des décombres du temple, persuadé que les fugitifs s'étaient réfugiés dans la crypte. Je ne les sentais pas, mais j'en étais venu à douter de mon don. Puis nous avons défoncé les sept portes qui avaient été barricadées de l'intérieur. Personne. Les fuyards avaient quitté les lieux par une corde qu'ils avaient brûlée après être descendus. Une fois au pied de la montagne, nous avons suivi leur piste vers l'est.

— Vers l'est, mais qu'essayent-ils de trouver dans cette direction ?

— Je l'ignore, Lothar. Peut-être n'avaient-ils d'autre issue. Bientôt, les chevaux sont morts de soif, et c'est à pied que nous sommes arrivés à une source. Les scélérats l'avaient détruite et nous étions presque à court d'eau, qui de toute façon était contaminée. Nous avons suivi des traces à la limite entre le désert et les montagnes. Au bout de deux jours, j'ai aperçu un groupe. Nous nous sommes hâtés. Quand nous avons rejoint les traces des fuyards, ils s'étaient divisés. Un groupe d'un côté et un individu de l'autre. J'ai envoyé une partie des hommes poursuivre les fugitifs, et j'ai coursé moi-même l'individu isolé.

J'ai fini par le rattraper, mais j'étais épuisé. Il ne s'agissait pas de la fille, mais d'un vieux théocrate. Il s'était perché sur un rocher et je ne suis pas parvenu à le déloger. Je n'avais plus d'eau. Je ne pouvais pas attendre qu'il redescende.

— Tu respires avec difficulté. Serais-tu blessé ?

— Oui, des côtes brisées. Quand j'ai sauté, il m'a opposé un bâton qu'il avait fiché en terre et m'a rejeté au bas du rocher. Ce théocrate savait que j'étais du sang. Il m'a maudit comme une créature diabolique.

Lothar et Rufus sourirent. Cravan poursuivit.

— Je ne pouvais rester plus longtemps sans eau dans le désert. J'ai donc dû partir, et je ne sais pas comment y retourner. Pour porter de l'eau, il faut des hommes ou des bêtes, mais des hommes ou des bêtes boivent. Il y a donc une limite que nous ne pourrons franchir dans cette direction.

— Cette difficulté est connue. C'est pour ça qu'il n'y a personne dans cette région.

— Je pense que la fille est une mage. Sinon, je ne sais pas comment ils auraient pu leurrer ma Clairvoyance.

Rufus réfléchit un instant et laissa sa voix grave et pensive traîner le long de la voûte.

— Comment as-tu pu sortir du désert sans eau ? Tu as bu le sang de tes hommes ?

Cravan tressaillit.

— Oui, Rufus, je n'avais pas d'autre solution.

Le vieux Gardien hocha la tête.

— L'animal est fait pour nourrir l'homme. À son tour, l'homme peut nourrir le Gardien. Il faudra que tu en fasses état dans ton récit. Cela pourrait sauver la vie d'un frère ultérieurement. Ton texte l'évoque, mais il n'est pas assez explicite.

— Oui, en effet. Je le corrigerai. Il y a autre chose, Rufus.

— Je t'écoute.

— Le poison utilisé m'a rendu malade. Pas autant que les soldats dont la moitié sont morts, mais j'en ai senti la morsure.

Lothar se leva et se dirigea vers la fenêtre, puis il revint devant son bureau pour s'asseoir dans le monumental fauteuil. Rufus rompit le pesant silence qui s'était installé.

— Il est normal que tu aies été indisposé. Si les Nonnes bleues en sont mortes, la dilution extrême t'aura sauvé la vie. Je ne connais par ailleurs aucun poison qui tue qui que ce soit en étant si dilué… en dehors du venin des serpents-troupeaux, un venin qu'on ne sait pas prélever.

Lothar sentait qu'il fallait mettre fin à la discussion.

— Cravan, je te laisse passer l'hiver dans le château dont tu as pris possession, puisses-tu engendrer quelques pousses… Par ailleurs, nous avons un problème avec un capitaine-ambassadeur-militaire du nom d'Orville. Il s'agit de celui qui est parti à la poursuite des deux enfants enlevés l'an passé en Hautterre. Nous avons des raisons de penser que l'homme est quelque part dans la mer intérieure. Tous les ports sont sous surveillance, et, si nous le trouvons, nous essaierons de le tuer. Il semblerait que l'homme soit très dangereux. Il a tué ou fait tuer trois des nôtres ainsi que de simples hommes. La manière dont il s'y est pris nous fait soupçonner qu'il possède des pouvoirs de mage. Ce sera ta mission. Attends que nous trouvions sa trace. Dès lors, tu te mettras en chasse pour me ramener sa tête.

— Bien, Lothar. J'attendrai ton messager.

— Si tu ne vois rien venir la troisième semaine du printemps, prends la route avec ton troupeau et rends-toi dans le fief de ton frère. Il te reconnaîtra, mais ça n'aura plus aucune importance. Nous allons entamer la reconquête des fiefs qui nous reviennent.

Une lueur de satisfaction passa sur les traits de Cravan, déformant d'une manière imperceptible l'affreuse blessure de son front.

— Tu peux te retirer, maintenant, nous avons à faire, et toi également.

Cravan s'inclina et sortit du bureau.

— Cravan est jeune et impulsif, il apprendra de ses erreurs. Ce poison… m'inquiète, Lothar, et cette prétendue mage qui trompe la Clairvoyance… Je ne vois pas comment tout ça est possible. Alors qu'on n'en a pas vraiment croisé depuis Kradath, je trouve qu'on parle beaucoup de mages en ce moment, depuis que nous en avons reparlé nous-mêmes.

Lothar entra dans ce qui avait été le palais du premier prélat du culte du Suprême. Il parcourut rapidement le scriptorium. L'odeur y était insoutenable. Des théocrates étaient enchaînés à de lourds bancs, tandis que d'autres, des fers aux chevilles, leur portaient les registres des naissances accumulés au long des siècles. Nul seau d'aisance n'avait été mis à leur disposition, et ils déféquaient là même où ils écrivaient sans relâche. Face aux théocrates enchaînés, la dépouille disloquée par le bourreau du dernier prélat, Karlus Hofnar, poursuivait sa momification clouée au-dessus du lourd linteau de la cheminée. Quand un théocrate mourait, des esclaves le portaient sur un charnier qui emplissait maintenant l'essentiel de la cour. On le remplaçait alors par un de ceux qu'on avait entassés dans les caves et qui arrivaient sans cesse de tous les marquisats du royaume. Convoqués par leur hiérarchie, ils venaient sans crainte pour être empoignés et jetés dans un cul-de-basse-fosse, dans l'attente que la mort libère pour eux une place sur un banc. Ils travailleraient alors sans relâche jusqu'à ce que leur corps n'en puisse plus et cède au néant. Des soldats circulaient de temps à autre pour ramasser les feuillets qu'ils remplissaient inlassablement, puis ils les portaient à l'étage supérieur dans le logement du premier prélat. Ils étaient alors pris en charge par des Gardiens qui dressaient d'interminables listes de noms.

Rufus observait, pensif, une liste qu'un secrétaire venait de lui transmettre.

— Bonjour, Rufus, le travail avance-t-il comme il le devrait ? Faut-il sortir le fouet pour motiver nos amis théocrates ?

— Le travail avance, Lothar, à ceci près que nous avons exploré les pistes les plus prometteuses et que, plus nous nous en écartons, moins les probabilités sont importantes de repérer une famille dans laquelle trouver des descendants ou des cousins de résurgents. La ressource s'épuise.

— Montre-moi donc où en est la carte du sang.

Les deux hommes entrèrent dans la chambre du premier prélat dont on avait vidé la plupart des meubles pour libérer sur le mur la place d'une gigantesque carte du royaume. On y voyait les contours des marquisats, l'emplacement des bourgs et des villes. Un escabeau de bois muni d'une rampe permettait d'accéder au moindre morceau de vélin de la carte. Un troupeau entier avait dû être sacrifié pour confectionner un tel support. En regard de chaque ville, une liste de noms était écrite avec la plus grande minutie. En plusieurs endroits, les noms étaient barrés à l'encre noire, alors qu'une pile de messages s'entassait sur un bureau près de la fenêtre. Rufus monta sur l'escabeau et pointa du doigt un village non loin du plateau du Jourd.

— La fille qui s'est sauvée devant Cravan vient d'ici. J'ai calligraphié son nom en rouge. Nous ne lui avons pas trouvé de famille. Elle doit être morte de soif à l'heure qu'il est, mais je ne la rayerai pas tant qu'elle ne sera pas elle-même venue m'annoncer son trépas. Ainsi, je garderai en vue que la menace n'est jamais éteinte. La menace se nomme Rosa. Sa mère était une résurgente, et on ne connaît pas son père.

Rufus se tourna vers Lothar.

— J'essaie de comprendre dans quelles circonstances apparaît le sang bleu, et dans quelles circonstances apparaissent les mages. Nous avons peu de cas, mais les généalogies sont complètes jusqu'au moins sept générations. J'espère un jour élucider le lien. Je pense que nous ne trouverons bientôt plus de descendants directs du sang dans ces archives. Nous pourrons alors éliminer les théocrates qui nous restent ou les déporter vers la crête. Durant l'hiver, je planifierai les rafles à l'aide de nos secrétaires et des Gardiens qui voudront bien nous aider. C'est dommage que nous n'ayons pas récupéré les archives secrètes des théocrates. Nous ignorons qui les a prises et comment, mais le coffre était vide, comme tu le sais. Peut-être ne contenait-il rien de sérieux. Voilà, je ne pensais pas cette tâche possible, mais nous venons à bout du dépouillement des généalogies.

— Fort bien, Rufus. Tu as fait des merveilles. Aldemond demande à me voir. Il semblerait qu'il ait avancé dans ses recherches.

Rufus descendit de son escabeau et s'approcha de lui.

— Ce serait une bonne chose, Lothar, sinon, tu finirais par faire s'effondrer les murailles du fort de la Garde, à creuser partout pour trouver la tombe de Kradath.

Lothar encaissa la remarque. Ils prirent le chemin de la cour où une chaise à porteurs les attendait. Ils montèrent face à face, puis les huit porteurs manœuvrèrent pour contourner le charnier tandis qu'un sergent faisait claquer son fouet.

Aldemond tenait dans ses bras une grande quantité de parchemins. Lothar l'invita à poser son fardeau sur le bureau et à s'asseoir avec eux pour leur exposer l'état de ses recherches. Le jeune Gardien obtempéra et s'assit sur le lourd fauteuil de chêne.

— Conformément à vos demandes, je me suis attaché à regrouper tout ce qui concerne la mort de Kradath et le sort qui fut fait à sa dépouille et à ses effets personnels. La principale difficulté réside en deux points. Tout d'abord, les documents de seconde main ne sont de prime abord que de peu d'utilité car ils narrent cette période comme une épopée. Pour dégager les faits de l'emphase, il faudrait d'autres documents plus objectifs que nous ne possédons pas. J'ai donc étudié tout ce que ces récits exposent en accordant plus d'importance aux plus anciens, puis éliminé toutes les informations que l'on ne retrouve que dans peu de versions.

Aldemond marqua un temps de pause.

— La seconde difficulté réside dans le fait que les documents contemporains de la mort de Kradath ont plus de huit cents ans, qu'ils sont peu nombreux et rédigés dans la langue des anciens dont nous avons perdu la connaissance. L'alphabet nous en est inconnu, ainsi que la structure de la langue. Nous avons cependant des écrits en langue courante intégrés dans la chronique, mais leur signification est obscure. La langue a beaucoup évolué au fil des siècles, et certaines tournures sont ambiguës pour le lecteur d'aujourd'hui. Cependant, si l'on ne se contente pas de traduire littéralement et qu'on note pour chaque imprécision ou chaque doute toutes les solutions envisageables, il est possible de comprendre ces textes de plusieurs manières différentes, donnant des hypothèses qu'on peut croiser avec des récits plus anciens.

Le jeune Gardien leur tendit un parchemin exposant ces thèses.

— J'ai trouvé une dernière source d'information dans les vieux manuscrits dont le parchemin a été réutilisé après grattage. J'ai étudié attentivement tous ceux qui sont encore manipulables et qui pourraient dater de cette époque reculée. L'action du temps fait parfois remonter des traces de l'encre d'origine préalablement poncée. J'ai pu retranscrire, notamment, des fragments de livres de comptes de cette époque… La conclusion de ces recherches m'amène à penser que le tombeau de Kradath ne se trouve pas ici. Il me semble qu'il y a une série de confusions. Tout d'abord entre le long voyage qui correspondrait à un voyage de l'âme dans un contexte de croyance, et le long voyage qui se mesurerait en lieues. Je me suis basé sur le fait que les Gardiens des premières années n'avaient pas encore inventé le Suprême. Ils ont probablement parlé dans leurs écrits d'un long voyage, terme qui aura au fil des siècles changé de sens. Selon moi, ce n'est pas l'âme de Kradath qui a voyagé, mais sa dépouille. Reste à savoir où…

Aldemond laissa la question en suspens quelques secondes.

— Vient alors la question de la tombe qui serait dissimulée dans les fondations de la Garde. Nous connaissons tous ce texte. Si l'on élargit les hypothèses, comme je l'ai énoncé au début de notre entretien, il faut considérer deux ou trois traductions possibles. Les fondations, comme celles de ce bâtiment, ou encore les fondements, comme acte fondateur. Il est aussi possible de spéculer sur le fondement pris comme fond, dans le sens du fond de l'océan ou du fond d'un puits. Enfin, un jeu de mots, ou une formulation énigmatique n'est pas à proscrire de notre raisonnement. Le fond du fondement par exemple... Dernier argument avant de conclure. Les monstruosités de Kradath n'étaient pas uniquement l'affaire du premier royaume, et la fondation de la Garde fut une réponse au danger de voir un nouveau roi tel que lui arriver au monde. Il n'y a aucune raison pour que le tombeau de Kradath ait été creusé sur les terres d'un autre royaume que le sien. Il existait en revanche un lieu qui n'appartenait à aucun royaume, ce qui était le cas encore il y a une année : l'archipel du Goulet. Un fragment de vieux registre de comptes que j'ai retranscrit dans un de ces rouleaux fait état de frais engagés à cette époque pour la restauration du fort du Goulet.

L'expression passionnée du jeune Gardien laissa place à une calme assurance.

— Mon hypothèse est donc la suivante : Kradath meurt empoisonné, puis on convoie sa dépouille au fort du Goulet en terrain neutre. Enfin, on descend le corps au fond des grottes. Le fort du Goulet a connu la fondation de la Garde, et ses souterrains sont les tréfonds de l'île. Je pense que les logements des royaumes n'étaient à l'origine pas faits pour les hommes, mais pour les Gardiens des différents royaumes. Ainsi, tous pouvaient veiller la dépouille et ses reliques en dehors du monde des hommes. Plus tard, les Gardiens disparaissant progressivement grâce à la politique de non-reproduction, le fort s'est retrouvé quasi vide. Les Gardiens ont donc dû s'installer dans l'aile droite, laissant le reste du bâtiment aux hommes. Puis les hommes en sont partis. Les Gardiens, eux, ont doucement oublié le tombeau qui n'intéressait plus personne, se concentrant sur la récolte de l'arghot devenue la seule fonction de l'île.

» Je pense donc, en résumé, que le tombeau de Kradath se trouve sur l'île du Goulet, et que la recherche de l'épée doit commencer par là. On y trouve de nombreux manuscrits en langue ancienne. Je ne sais pas les lire mais, maintenant que j'ai une idée de ce qu'ils racontent, je pourrais peut-être parvenir à les déchiffrer, au moins dans les grandes lignes. Si rien ne s'y oppose, j'aimerais me mettre en route pour le Goulet, afin d'y poursuivre mes recherches.

Impressionnés, Lothar et Rufus peinaient à sortir de la démonstration d'Aldemond. Au bout de quelques secondes, Lothar émergea de ses pensées.

— Oui, bien entendu, Aldemond. Tu partiras le plus rapidement possible. Je t'accompagnerai dans ton voyage. Si tes recherches sont fructueuses, je veux être là pour le savoir. J'avais prévu de rencontrer les frères dans les six autres royaumes pour mettre au point nos actions à venir. Nous partons dans deux jours.

Aldemond s'inclina, il ramassa ses rouleaux et sortit du bureau. Rufus termina de prendre en note ce qu'il avait entendu. Puis il posa sa plume, répandit du sable sur son parchemin avant de rompre le silence.

— Aldemond est un homme remarquable. Il allie malgré son jeune âge l'érudition et le sens de la déduction.

— Il est également le plus rapide d'entre nous. Peut-être plus encore que Sylvan. C'est une qualité qui pourrait nous servir.

— Il y a d'autres moyens pour nous débarrasser de Sylvan. Crois-moi. Aldemond est un brave garçon, mais il n'aime pas le combat. Je trouve toujours étrange quand un homme préfère l'encre au sang, mais c'est ainsi. Je lui ai réservé une femme de très bonne provenance. Le croisement de leurs sangs peut donner d'excellents résultats.

— Dis-m'en davantage, Rufus.

— C'est une fille de sang royal. Elle sera bientôt sous bonne garde.

— Excellent choix.

— Je le pense. Aldemond est très puissant et la fille est proche du sang par une autre voie que celle de Kradath. Elle est jeune et féconde, j'espère qu'elle contrebalancera le peu de fécondité du sang bleu. Aucune grossesse n'est actuellement en route en dépit de nos efforts. Je veux vérifier si les mages ne naissent pas dans certaines conditions, quand les sangs des premiers rois se recroisent, par exemple.

— Fort bien. Je vais dans ma crypte préparer mon voyage. Je te souhaite le bonsoir, Rufus.

Lothar descendit lestement dans le réseau souterrain du fort de la Garde. Parvenu devant la porte de sa crypte, il engagea la torche dans un logement prévu dans la roche. Il sortit alors la petite clé d'or en pensant à ce qu'il avait entendu. L'épée de Kradath… Le mécanisme joua et Lothar poussa le lourd vantail. Il entra et referma derrière lui, alluma les bougies à la flamme de sa torche et se retourna pour gagner la grande table circulaire.

Trois formes humaines revêtues de toges l'observaient, immobiles dans l'ombre de la pièce. Lothar sentit son cœur s'arrêter. Il se jeta à genoux et se prosterna.

— Pitié, maître. Je ne vous avais pas vu dans l'obscurité.

L'homme répondit d'une voix tranquille.

— Tu semblais joyeux quand tu es entré ?

La voix de Lothar tremblait.

— Nous sommes peut-être sur la voie de l'épée, maître. Je pars demain pour l'île du Goulet.

— Je te conseille de réussir, cette fois-ci. Ramène-moi ce que les esclaves nous ont volé, et je saurai te récompenser. Ne faillis pas… je n'ai que trop attendu…

— C'est mon seul souhait, maître. Si l'épée est là-bas, je vous l'apporterai moi-même. Les réserves d'arghot sont presque au niveau que vous exigez.

Les trois hommes passèrent devant lui sans un bruit. Le choc de l'ouvrant de la septième porte contre le bâti s'était depuis longtemps éteint dans l'écho de la pièce que Lothar restait prostré, tremblant de tout son être.

CHAPITRE IX

LE LIVRE DE LULIUS NEVER

Le radeau se comportait bien dans les eaux calmes de l'archipel. Les coques effilées des deux bateaux sur lesquels il était construit laissaient un sillage à la douce sonorité. La voile, confectionnée à partir des hamacs, remplissait son usage sans forcer sur la structure dont Pétrus avait assuré qu'elle serait plus robuste qu'elle n'en avait l'air. Orville était tout de même effrayé par ce curieux voilier qui virait à plat, n'attendant qu'une occasion favorable pour se retourner et les jeter à l'eau. Malgré des débuts difficiles, les deux hommes avaient compris intuitivement qu'ils devaient se tenir au vent de l'embarcation pour faire contrepoids.

Quand le son de la trompe du guetteur avait résonné contre les falaises des îles alentour, Orville et Pétrus avaient cru la partie perdue. Ils avaient contourné l'île par l'est, puis viré vers le nord-ouest jusqu'à être gommés du paysage par la nuit. Depuis des heures, maintenant, ils scrutaient anxieusement l'univers sombre et hanté de rochers, bien décidés à avaler des lieues avant le lever du jour. De temps à autre, ils apercevaient la lueur blafarde d'un feu de veille sur les hauteurs d'une île escarpée, mais dans la nuit noire aucun signal de fumée ne pourrait parvenir à Clarisse ; il n'en serait pas de même d'ici quelques heures...

— Tant que nous avons ce vent d'est, nous devrions pouvoir maintenir l'allure.

Sans ouvir les yeux, Orville répondit d'une voix calme, bercé par le doux mouvement du bateau.

— Il faut surtout craindre que le vent ne tombe. Les avirons que nous avons emportés nous permettront de manœuvrer, mais pas de rivaliser avec un bateau comme celui de Clarisse.

— Je suis assez optimiste. Les vents sont réguliers dans cette zone. Ils tournent un peu autour du relief, mais sans excès, c'est plutôt une bonne chose pour nous. Le réglage de la voile est moins fréquent.

Orville s'enfonça un peu plus dans la somnolence avant de poursuivre la conversation d'une voix pâteuse.

— Sais-tu au moins où nous allons ?

— Pour ça, il faudrait au moins savoir où nous sommes.

— Donc, tout va bien…

Orville s'endormit.

Clarisse était debout sur la proue, les mâchoires crispées et le regard rivé sur la minuscule tache que la vigie venait d'apercevoir. Elle se retourna, attentive aux réactions du bateau, aux craquements du bois, elle huma le vent et reprit sa veille. Rien ne pouvait permettre d'accélérer l'allure. Il faudrait attendre le jour pour estimer avec précision l'avance de Pétrus. Salaud de Pétrus ! Elle lui avait tout donné… La vie, tout d'abord. Allez savoir pourquoi elle l'avait épargné. Puis elle s'était donnée à lui. Ce n'était certes pas le premier, mais en tout cas le seul qu'elle n'avait pas eu le temps de tuer après s'en être lassée. Un amant surdoué au verbe fin, un guerrier convenable qu'elle n'avait jamais sous-estimé. Un beau parleur qui avait su endormir sa méfiance pour la laisser un jour nue sur le sable, seule avec une grosse bosse sur le crâne. Le rouge lui en montait encore au front. Elle avait dû attendre que ses marins vinssent la chercher, inquiets de ne pas la voir rentrer. Elle était alors apparue devant eux telle qu'elle était, grande et fine, ses longs cheveux blonds ondulés encadrant la peau blanche de son corps si bien dessiné, une main pudiquement posée sur son pubis tandis que l'autre masquait ce qu'elle pouvait de ses seins lourds. Des deux rameurs et du pilote, un seul avait détourné le regard et s'était dévêtu pour la draper de ses frusques, alors que les deux autres auraient plutôt soufflé avec le vent pour écarter le tissu de son corps sans défaut. Tout en s'écorchant les pieds sur les coquillages brisés dissimulés traîtreusement dans le sable, elle avait décidé quelle mort affreuse elle offrirait aux deux voyeurs. Si elle s'était montrée faible, les rires sous cape et autres confidences d'ivrognes auraient ruiné sa réputation jusque-là sans tâche de pirate au cœur dur. Il est difficile d'exister quand on est une femme dans un milieu d'hommes.

Pétrus devait mourir. Les longues boucles blondes parcourues de fils blancs de Clarisse flottaient dans le vent noir de nuit et de haine.

Orville se réveilla difficilement. Le jour pointait, Clarisse était en vue et son quart ne tarderait plus à venir. Il s'adossa à un des coffres que Pétrus avait fixés sur le pourtour de la plateforme en guise de sièges. Il en ouvrit un et en sortit du pain humide et du fromage dur. Mer et gastronomie ne font en général pas bon ménage. Ce serait suffisant pour reprendre des forces. Il mâchait lentement, observant la voile qui reprenait des couleurs au bénéfice du jour naissant.

— Ils se sont rapprochés ?

— Un peu, Orville, un peu. Pas tant que ça. Ils ne nous rattraperont pas aujourd'hui, mais la nuit prochaine, peut-être. Demain matin, dans le meilleur des cas.

— Dis-moi, Pétrus, la nuit t'a-t-elle soufflé une destination salvatrice ?

— Pour l'instant, mes efforts se portent sur la recherche du meilleur cap en fonction du vent et de notre petite voile.

— Donc, nous détalons droit devant nous avec le loup à nos trousses ?

— C'est un peu ça, Orville. Ne t'y trompe pas, Clarisse nous avait condamnés au supplice du marnage, car jamais personne n'en avait réchappé. Elle ne commettra pas deux fois la même erreur. Cette fois-ci, elle nous écorchera vifs attachés au mât de son navire.

— Je ne suis pas certain d'en avoir très envie.

Orville ouvrit le coffre du capitaine Never et en sortit le grand sabre qu'il examina dans la lumière orangée du levant. C'était plus une faux qu'une épée. Il pesait au bas mot cinq livres et pourrait s'avérer très efficace, mais il lui faudrait repenser sa technique. Il fouetta l'air d'un mouvement rapide. Pour peu qu'on ait de l'espace autour de soi, le poids de cette lame donnait une puissance hors du commun. Orville grimaça au souvenir de ses excellentes épées perdues lors du naufrage. Étrange idée que d'abriter dans un coffre un sabre aussi grossier… Le métal en était sombre, presque noir, et la poignée gainée de cuir semblait en bois. Quant au livre de mer de Lulius Never, c'était un bel ouvrage au cuir patiné, à la reliure solide et décorée de souvenirs d'or seulement évoqués par la trace du fer. Orville en feuilleta les premières pages d'un air distrait. Il leva le regard sur Pétrus, concentré. Le poète jouait avec le grossier gouvernail pour gonfler au mieux la petite voile sur laquelle il misait sa vie.

— Dis-moi, Pétrus, as-tu déjà pensé à écrire ton testament ?

Pétrus fit une grimace qu'Orville ne lui connaissait pas.

— Le moment ne me semble pas bien choisi pour en parler, mais plutôt pour le rédiger. Pourquoi cette question ?

— Lulius Never nous livre le sien sur la première page de son livre de mer. Je trouve ça assez drôle. Je t'en fais la lecture :

» *Les gens, en général, parlent beaucoup de la mort, mais ils n'admettront que difficilement qu'ils n'y connaissent à dire vrai rien du tout. En revanche, moi qui suis mort, je peux me vanter de posséder une certaine expertise en la matière. L'envie me vient à l'instant de vous rendre visite pour vous en toucher un mot ou deux, mais malheureusement, la Mort est d'un tempérament jaloux et pudique, un peu comme ces femmes qui gardent leur mystère dans l'espoir de rester désirables. Si vous lisez ces lignes, c'est probablement que vous m'avez tué ou dévalisé, ou encore plus probablement tué et dévalisé, l'un allant souvent avec l'autre. En bon pirate, c'est une chose que je peux admettre et, pour preuve de mon empressement à vous pardonner cette petite farce, je vous lègue en guise de testament ce sage conseil par-delà les abîmes de la mort. Le salut est un petit peu plus à l'ouest.*

Lulius Never.

» Et dessous, il a esquissé une rose des vents. Il ne dessinait pas très bien, de toute évidence, pas mieux qu'il n'écrivait. On retrouve bien ce personnage un peu fou qui gribouillait frénétiquement entre trottinements et vociférations.

— Tu sais, Orville, ce n'était qu'un pirate, pas un imagier. Mais prends donc la barre que je jette un coup d'œil à ce livre. J'y trouverai peut-être quelque chose d'utile. Never parcourait ces eaux depuis une éternité et doit avoir laissé des notes sur le secteur.

Clarisse avait pris un peu de repos, laissant le quart à Jof, son second. L'homme, rompu aux poursuites et d'un calme qui tranchait avec le caractère impulsif de son capitaine, s'était installé à l'avant du navire. Il avait allumé sa pipe de terre, et n'avait quitté des yeux le radeau des fuyards que pour donner des instructions à l'homme de barre. La nuit avait été tranquille, l'eau était profonde et le vent régulier. Quand, sans faire le moindre bruit, Clarisse se glissa à côté de lui, il ne se retourna pas pour l'accueillir, sentant son odeur de goudron, de femme et d'alcool de fruit. Clarisse était dure avec tout le monde, avec elle-même, avec son équipage, avec lui. Il n'en avait cure. Quand il avait choisi la piraterie, il savait dans quel monde il posait son coffre. Il jouissait depuis d'un certain confort, et de plus de sécurité qu'en vivant dans le monde. À bien y réfléchir, c'est la piraterie qui l'avait choisi. Il la servait depuis trois siècles et demi, une petite éternité.

Quatre siècles auparavant, il avait réchappé du massacre dans la crête, s'était caché dans les montagnes puis était redescendu par le septième royaume pour se sauver vers le nord. Les armées des hommes n'avaient pas fait de quartier, mais elles n'étaient pas allées assez loin pour le rattraper. Six mois à se cacher et à courir l'avaient persuadé qu'il ne serait plus rejoint. Dans une île du nord du septième royaume, non loin du désert, il avait trouvé du travail comme manœuvre chez un charpentier de marine. Il aimait ce métier, mais dans ce monde d'hommes on ne pouvait rester longtemps au même endroit. Ne pas vieillir n'a pas que des avantages.

Jof avait alors changé de ville, encore et encore, mais les hommes, ceux pour qui il construisait des bateaux, étaient les mêmes qui avaient tué sa femme, avaient incendié sa demeure et assassiné son fils. Peu à peu il se mit à les haïr et se renferma sur les drames de son passé.

Un jour il en avait tué un, un soldat ivre et brutal qui molestait une prostituée de sa connaissance. Plus Jof rejetait les gens de bien, plus il se rapprochait des gueux, des insignifiants, de ceux que le monde écrase comme il avait écrasé la crête. Le soldat avait jeté la femme au sol et l'avait battue, les clients de l'auberge qui assistaient à la mise à mort plongeaient le nez dans leur chope, trop heureux de ne pas être à sa place à recevoir en cadeau les bottes ferrées du soudard. Jof s'était levé alors que la malheureuse ne hurlait plus, et qu'elle ne rendait à chaque coup de pied que le son mat d'un matelas qu'on bat pour en chasser la poussière. Il avait insulté l'homme pour sa lâcheté et sa cruauté, bras croisés, sans hausser le ton. L'assemblée pétrifiée savait qu'un malheur allait se produire. L'homme avait ricané, exhibant les crochets noirs des ruines de ses dents, il s'était mis en garde et avait tenté maladroitement d'embrocher Jof.

Le soldat était si lent que le charpentier l'avait esquivé, saisi par le col et propulsé contre une table. Il s'était relevé en jurant, avait vomi avec force hoquets son trop-plein de vin avant de fondre à nouveau sur Jof. Alors que le soudard s'était relevé pour la troisième fois, il s'était approché de la fille allongée et avait dégainé une petite dague. Il avait alors approché la lame du cou de la jeune femme puis regardé Jof, l'air cruel et comblé. Quand il avait saisi les cheveux de la fille pour lui tirer la tête en arrière, Jof était déjà sur lui. De ses grosses mains de charpentier, il avait saisi la tête du soldat et l'avait appliqué sur le sol. Ses muscles irrigués par un sang plus bleu que l'azur s'étaient contractés lentement, et Jof n'avait cessé d'appuyer que quand les hurlements du soudard s'étaient effacés devant les craquements secs des os de son crâne, comme on écrase une mouche avec le pouce. Jof s'était relevé, abattu, regardant ses mains gluantes de sang et de cervelle. Il les avait essuyées sur les flancs de sa veste et avait réalisé que l'auberge était vide. La fille respirait faiblement, mais elle était en vie. Il l'avait ramassée comme on soulève une enfant et s'en était allé dans la nuit.

Des gens l'avaient aidé. Alors qu'il fuyait sans but dans les rues boueuses, il avait entendu qu'on l'appelait par son nom, s'était retourné et avait suivi un mendigot qui l'avait fait descendre dans une cave.

La fille s'était réveillée, salement amochée, choquée mais vivante. Le soir venu, le mendiant était revenu avec du pain et quelques vêtements. À la nuit tombée, ils étaient partis en direction du port. Le bruit avait couru qu'il s'était enfui à pied dans le nord de l'île pour s'embarquer vers le continent, si bien que personne ne les avait aperçus quand ils avaient gravi la passerelle d'un navire marchand qui avait aussitôt levé l'ancre.

Depuis bien des générations, il avait perdu le compte de sa descendance dans les îles. Il avait embarqué un jour, lassé du travail du bois, puis gravi les échelons, le plus lentement possible. Matelot puis bosco, lieutenant, second. Il n'avait jamais voulu de son propre bateau. Assis à la proue du navire, il observait les fuyards sur leur radeau comme un chat guette une souris qu'il sait hors de sa portée, pour l'instant...

— Qu'en dis-tu, Jof ?

— Nous gagnons du terrain, Clarisse ! Lentement.

Il était le seul à bord à l'appeler par son prénom.

— Oui, Jof, pourtant le vent est bon. Ils vont vite.

Le second opina du chef sans quitter le radeau des yeux.

— C'est surprenant. En fonction du cap qu'ils choisiront, nous sortirons peut-être les rames. Tant qu'ils sont vent arrière, elles ne feraient que nous ralentir.

Clarisse s'assit sur le plat-bord du navire.

— Comment ont-ils fait, Jof ?

— Je ne sais pas bien. Les chaînes étaient solides et l'eau était froide. Quand nous les avons repérés, ils sortaient de la passe de l'île du vieux Lulius, mais il n'a pas de bateau à voile ici. De plus, j'ai peine à croire que Never se soit fait dérober son bien. C'est un coriace. Ils n'ont pas pu partir s'il est encore en vie.

— Et ces gravures sur la roche ?

— Elles n'étaient pas bien jolies, mais l'une d'elles me dit quelque chose. Un très vieux souvenir. Un signe venu d'un temps que je croyais oublié et qui me redonne le goût du sang.

— En attendant, il faut rattraper Pétrus. Je veux sa peau avant la tombée du jour.

— C'est ton combat, Clarisse. Quand nous retournerons sur l'île Verte, il te faudra trouver un autre second. Je vais prendre un bateau.

Orville barrait depuis trois heures, et le navire pirate gagnait indubitablement du terrain. Pétrus lisait le livre de mer de Never. Les sourcils froncés, il dardait à intervalle régulier ses regards sur les îles alentour pour replonger aussitôt dans les pages jaunies.

— Orville, il faut prendre sud-ouest et passer entre les deux îles que tu vois là-bas. C'est une nasse. Les notes de Never font état d'une jauge quasi nulle de l'autre côté des deux îles. C'est une barrière rocheuse sous-marine comme celle que nous avons passée la première nuit.

— Où comme celle sur laquelle nous avons fracassé notre bateau ?

— Oui, effectivement, mais notre tirant d'eau est bien moindre avec ce radeau-là.

Orville examina la structure du bateau à l'aide de la Clairvoyance.

— En dehors de la dérive, oui.

— Elle se démonte. La difficulté est que sans elle il faudra propulser le radeau à la rame si le vent ne vient pas de l'arrière.

— Si nous avons assez d'avance, ça devrait fonctionner. Dis-moi, qu'y a-t-il dans ce livre de mer ?

— C'est un livre de mer comme tous les capitaines en ont un. Ils notent les amers, les mouillages, les points d'eau pour le ravitaillement, les zones dangereuses. Il y a des dessins que je ne comprends pas, mais ce qui est plus classique est déjà très précieux. Il va nous falloir user de la même tactique que quand nous nous sommes fracassés sur les rochers, à cette différence qu'il serait préférable de passer, cette fois-ci. Ce livre nous donne les emplacements des lieux dangereux de cette zone. Clarisse les connaît, mais elle ne pourra pas y passer pour autant. Nous irons de zones de rochers en zones de rochers. Elle devra faire le tour à chaque fois. À ces occasions, il y aura bien un moment où nous serons masqués par une île et pourrons lui échapper. En attendant, il faut pagayer.

Pétrus attacha la barre à l'aide d'une corde et les deux hommes prirent place à cheval sur les coffres de chaque côté de la plate-forme.

— Dis-moi, Orville, tu pagayes bien pour quelqu'un qui avait une flèche dans l'épaule hier.

— Oui, tant mieux. Je ne m'en ressens presque plus.

Il fit un grand moulinet du bras gauche pour démontrer sa forme. Pétrus replongea la pagaie dans l'eau sombre.

— J'ai déjà vu des hommes avec de telles blessures. En général, ils ne s'en remettent pas, la flèche brise les os. Même si la plaie ne s'envenime pas, bien souvent le blessé ne peut plus se servir de son bras.

— On dirait que tu t'en offusques, Pétrus. Faudrait-il que je sois mourant pour te complaire ?

— Certes non, mais j'aimerais quand même voir tes plaies. Parfois, le blessé perd la sensibilité quand le mal blanc s'installe. Mais dans ce cas il a la fièvre.

Orville s'emporta.

— Je vais bien, te dis-je, Pétrus. Mais puisque tu y prends goût, je vais te montrer mon corps.

Il posa sa pagaie, défit sa chemise, qui craqua quand il parvint à s'en extraire, et Orville arracha le bandage. La plaie s'était refermée, et une cicatrice ornait son épaule comme une étoile rose et nacrée. Pétrus s'approcha et palpa les boursouflures.

— Diantre, je n'ai jamais rien vu de tel. Cette cicatrice a l'air de s'être refermée il y a plusieurs mois. La peau reste un peu fine, mais je jurerais que ce n'est pas le même homme que j'ai soigné hier.

Pétrus examina les pieds d'Orville, puis il lui adressa la même expression dubitative.

— Tes plaies aux pieds sont refermées également. Il te reste à m'expliquer comment tu fais ça. Ce ne sont pas des guérisons ordinaires.

Orville se tortilla dans sa chemise déchirée pour s'y faire une place puis il ramassa sa pagaie, qu'il plongea vigoureusement dans l'eau.

— Comment veux-tu que je le sache ? Je n'avais jamais été blessé.

— Clarisse, ils font cap vers la nasse.

La capitaine observa le radeau.

— Ils font la même chose que dans le lagon.

— Nous avons eu de la chance. À une heure près, ils auraient pu passer, pas nous.

— S'ils passent, Jof, il nous faudra revenir vent de face pour faire le tour d'une des îles, puis nous les retrouverons derrière, mais ils auront pris de l'avance.

— Sans compter qu'ils sauront laquelle des deux nous contournerons. Ils choisiront alors l'autre direction.

— C'est un risque. Ils peuvent aussi remettre cap à l'est une fois que nous serons hors de vue. Nous n'avons d'autre choix que de les pousser vers les récifs. S'il le faut, nous les y poursuivrons avec les chaloupes.

— Le vent a molli.

— Il faut sortir les avirons.

Jof acquiesça. Il se leva et partit donner des ordres à l'équipage. Quand il revint auprès de sa capitaine, il observa le radeau, ne comprenant pas immédiatement la manœuvre qu'il avait entreprise.

— Clarisse, ils ont changé de cap. Ils cherchent la plage.

La grande femme blonde se retourna. La lumière orange du lever jaunissait déjà. Ce serait une bonne journée. Elle s'embellit d'un sourire carnassier.

— On maintient le cap. Nous avançons bien. S'ils débarquent, ils sont morts. S'ils suivent la côte, ils perdront du temps et nous leur couperons la route.

— Il n'y a pas de fond devant la plage, capitaine.

— Quand tu m'appelles capitaine, c'est que tu désapprouves mes décisions. Je le sais bien, Jof. Quelles sont tes réserves ?

— Je ne sais pas bien. Sur le papier, ils sont cuits. Une fois devant eux, nous mettons les deux chaloupes à l'eau, et ils sont pris en tenaille.

Clarisse cherchait ce qui chiffonnait son second, un peu frustrée de voir que sa solution à la faible profondeur était éventée.

— Alors, qu'est-ce qui ne va pas ?

Jof regarda ses mains et les frotta lentement l'une contre l'autre, réflexe de charpentier qui s'accorde quelques secondes pour réfléchir à un problème. Il regarda le radeau des fuyards, puis dévisagea Clarisse.

— Je ne sais pas bien. En fait si, je sais ce qui me chiffonne. Je connais Pétrus comme toi, ou presque… Il est fort de son sang bleu, mais pas tant que ça, finalement. Même s'il avait été le plus fort des sangs bleus, il n'aurait pas pu briser des chaînes comme celles d'hier. Son compagnon est bien bâti, mais je ne l'imagine pas briser des maillons que ton équipage entier ne parviendrait pas à casser. Et puis il y a ce radeau qu'ils se sont construit. Le vieux Never était un mage, il était rapide, et ses hommes étaient des sangs bleus. Tous. Crois-tu que Never se serait laissé dépouiller tranquillement ? Ceux-là ont pris leur temps sur l'île. Ils sont partis une bonne vingtaine d'heures après l'avoir accostée. Je ne vois pas bien comment ils ont pu repartir ainsi s'il reste qui que ce soit de vivant de la bande de Lulius… Ils étaient au courant, ce sont eux qui ont déclenché le signal. Alors je me dis que si ces deux-là ont raccourci Never et ses lieutenants, s'ils ont cassé les chaînes, il n'est probablement pas prudent de les approcher. Je t'ai parlé du dessin sur le rocher. L'étoile, pas l'espèce de renard avec des ailes. L'étoile était le signe des démons, dans la crête. Sur leurs drapeaux. Je ne l'ai jamais oublié. Je ne sais pas pourquoi il resurgit dans ma vie quatre cents ans plus tard, là où je m'y attendais le moins. C'est un présage, un avertissement. Il se passe quelque chose, Clarisse.

— C'est pour ça que tu veux armer ton propre bateau ?

— Oui. Mon temps est venu. Je ne peux plus me cacher derrière les autres.

Clarisse acquiesça.

— Bien, je vais quand même faire ce que je pense. Cap à l'ouest. À leur hauteur, je lâche une chaloupe, puis la deuxième plus loin. Après, je resserre la nasse, mais j'ai entendu ce que tu as dit. Nous les criblerons de flèches avant d'approcher.

— Orville, ils ont mis une chaloupe à la mer, ils vont nous prendre en tenaille.

Orville regarda vers le vaisseau pirate sans cesser de pagayer.

— C'est probable. Il faut réfléchir. Il y aura une chaloupe derrière et le navire sur notre flanc droit.

— Et une chaloupe devant, Orville. Il y en a une deuxième à bord.

— Par goût, je préfère combattre au sol, mais j'ai retenu qu'on ne peut se passer d'un bateau dans un archipel. Pétrus, il faut fortifier d'un côté en empilant les caisses. Nous ne pourrons pas combattre sur trois côtés alors que nous ne sommes que deux.

Pétrus ne perdit pas de temps à discuter la proposition d'Orville – il n'en avait pas d'autres à lui opposer – et il commença à démonter les coffres bâbord pour les empiler sur ceux fixés à tribord. Ayant posé le premier, il jugea sa construction d'un air dubitatif.

— Ce ne sera pas assez haut, Orville. Il serait préférable de confectionner des boucliers. Le navire ne pourra pas nous aborder avec si peu de fond. Tout ce qu'ils pourront faire, c'est nous envoyer quelques volées de flèches pour nous empêcher d'avancer alors que les chaloupes approcheront.

Orville ne semblait pas l'écouter, il avait manifestement une autre idée et manipulait les coffres comme quelqu'un qui hésitait entre deux options.

— Pétrus, aide-moi. Nous allons mettre les coffres bâbord debout sur ceux de tribord et les attacher au mât. Il faut également laisser un passage pour la pagaie. Sinon, nous tournerons en rond. Maintenant, nous allons faire comme tu l'as suggéré. Prenons les deux plus grands couvercles pour nous servir de boucliers. Reste à savoir comment nous fabriquerons une poignée en si peu de temps. D'ici une dizaine de minutes, tout au plus, nous combattrons les pirates.

— Bien. Fixe les coffres, je me charge des poignées.

Orville se tenait à la proue, un bouclier dans une main et le grand sabre de Never au côté.

— Pétrus, les hommes dans la chaloupe n'ont pas de boucliers. Comment peut-on être aussi négligent ?

— Tu ne connais rien au combat en mer, Orville. Un marin a besoin d'une main pour ferrailler et de l'autre pour se tenir.

Orville secoua la tête en signe de dégoût. Il posa lame et bouclier et ramassa l'arc qu'il avait pris sur l'île.

— Décidément, je préfère combattre à terre. Il n'y a pas de place ici.

Il banda son arc, visa longuement et décocha une flèche qui monta haut dans le ciel, puis il la perdit de vue, minuscule dard perçant l'immensité d'azur. Peut-être rencontrerait-elle quelque chose de solide qui interromprait son vol avant de tomber en mer. On ne savait jamais.

Clarisse et Jof observaient à distance le curieux crustacé qu'était devenu le radeau. La première chaloupe était déjà à l'eau. Quatre hommes souquaient tandis que quatre autres attendaient, arcs bandés, que leur lieutenant ordonne de lâcher les traits. Bientôt, le navire pirate aurait dépassé la position des fugitifs et Clarisse commanderait la mise à l'eau de la seconde chaloupe. Pétrus et son acolyte étaient cernés. Ils allaient payer. D'ici une heure, ils seraient plus nus qu'elle ne l'avait été sur cette île. Plus nus d'une épaisseur de peau. Elle palpa machinalement sa dague qui battait le long de sa jambe, celle qui lui servait pour couper la viande. Un bruit sec la fit sursauter. Une flèche s'était plantée au beau milieu du mât. Une flèche ordinaire qui vibrait en produisant un son désagréable.

— Qu'est-ce que c'est, Jof ?

Le second arracha la flèche et la tendit à son capitaine, l'air soucieux.

— C'est un avertissement, Clarisse, je te le répète. J'ai déjà connu des situations semblables. Qui à ton avis est capable d'une telle précision et d'une telle puissance ? Si ces deux-là ont le sang rouge, je reste second pour le siècle à venir.

Clarisse ricana méchamment.

— Tu ne cours aucun risque, pirate, tu sais que Pétrus a le sang bleu comme toi.

— Pétrus n'est pas capable de réussir un tel tir. Moi non plus, et je n'ai jamais vu quiconque planter une flèche dans un mat qu'il peut à peine distinguer. J'ai toujours ce pressentiment néfaste, Clarisse. Il faut rappeler la chaloupe.

Clarisse attrapa son second par le col, l'attira à elle et lui hurla son refus, l'aspergeant d'embruns de salive aux relents de poisson séché. Puis elle le lâcha.

— Non, Jof. L'occasion m'est donnée de laver le seul affront qui m'ait jamais été fait. J'irai jusqu'au bout. Regarde, la chaloupe est presque sur eux.

Elle secoua les boucles blondes qui sortaient de son chapeau à ample bord, inclina légèrement la tête vers l'arrière en prenant une large inspiration, puis elle expulsa ses ordres d'une voix claire et forte.

— Mettez l'autre chaloupe à la mer ! Barreur, rapproche-toi de la côte, barre au sud, bosco, à la sonde.

— Il y a neuf hommes qui viennent à nous, Orville. Je ne sais pas s'il faut parler de chance. Tu sais, il y a des hommes au sang bleu sur ce navire. Je les connais pour avoir navigué des années parmi eux. Ils sont parfois assez forts, souvent plus que moi.

— Nous verrons. J'ai vu faire Sylvan dans des conditions un peu similaires.

— Sylvan n'est pas ordinaire. Il est d'une rapidité diabolique. Je n'ai jamais rien vu d'aussi terrible. Tu as le sang chaud, Orville, mais il est rouge.

— Ne sous-estime jamais un guerrier, Pétrus. J'ai plus de victoires à mon actif que la plupart des vieux soudards de la garde du roi.

— Tente alors d'en ajouter quelques-unes avant de mourir.

Ils se turent. Orville se concentra. Il examina ses blessures et n'en trouva aucune trace, puis il visualisa le fond sous le bateau, la masse tiède de l'eau de l'archipel, il poussa la Clairvoyance en direction de la chaloupe. Le soleil qui dardait maintenant ses rayons l'avait trop réchauffé pour qu'il puisse leur prélever beaucoup de chaleur sans courir de danger. Il se concentra sur le barreur.

Orville prit son arc, imité par Pétrus. Il ajusta son tir et lâcha la corde, qui claqua dans l'air comme une gifle. La flèche partit à une étonnante lenteur. Alors qu'elle traversait la gorge du barreur, Orville puisa de la chaleur dans le cerveau d'un des rameurs qui hurla avant de s'effondrer sur le banc de nage. Pétrus avait atteint un pirate au bras.

Les assaillants décochèrent leurs flèches. Elles arrivèrent si lentement qu'Orville eut le temps de ramasser le bouclier qu'il avait posé sur le plancher du radeau et de le placer sur leur trajet. Il ne bougea que pour attraper celles qui seraient passées au-dessus de lui. Pétrus avait décoché un deuxième trait. La chaloupe était maintenant à une quinzaine de pas. L'eau de la mer semblait comme gélifiée. Orville s'abrita derrière son bouclier hérissé de flèches pour saisir son grand sabre, qu'il jugea lourd et bien équilibré, comme fait pour sa main, sinon à son goût. Sa forme légèrement courbe le décontenançait un peu. Il verrait à l'usage.

Orville s'accroupit et attendit une éternité que la chaloupe soit à portée de saut. Les pirates avaient sorti des planches pour se protéger des flèches de Pétrus et la distance diminuait à chaque mouvement des rames. Le corps à corps devenait inévitable. Orville poussa violemment sur ses jambes, faisant dangereusement osciller le radeau. Tandis que Pétrus s'agrippait au gouvernail pour ne pas chuter, Orville dévia du plat de la main deux flèches qui visaient son abdomen. Il atterrit au terme d'un vol stupéfiant à l'avant de la chaloupe et faucha quelques têtes de son grand sabre. Le poids de l'arme démultipliait sa force. Alors qu'il se retournait vers Pétrus, qui lui sembla aussi lent que les hommes qu'il venait de tuer, Orville comprit ce qui s'était passé dans la crête, quand il avait survécu à l'attaque nocturne qui avait coûté tant de vies. En saisissant la Clairvoyance, il devenait aussi rapide qu'un guerrier comme Sylvan, aussi invisible qu'une flèche en vol. Orville abattit son sabre sur le fond de la chaloupe comme il l'eût fait d'une masse. L'eau bouillonna mollement dans la voie qu'il avait ouverte, puis le guerrier massacra les survivants, faisant voler têtes et membres en tous sens. Il sauta d'un bond vers le radeau pour reprendre sa place auprès de Pétrus.

— Orville, que s'est-il passé ? J'ai cru un instant que nous nous étions échoués, ça a secoué dur. Regarde ! Ils étaient là il y a un instant ! Le temps que je retrouve mon équilibre, il n'en reste plus que des cadavres dans une chaloupe qui coule ! Quel est ce maléfice ?

Il tourna les yeux vers son compagnon. Orville était couvert de sang rouge et bleu, son sabre dégoulinant et ses vêtements poisseux.

— Que t'arrive-t-il ? Es-tu blessé ? Montre-moi !

— Calme-toi, Pétrus. Je n'ai rien. Un gros animal a frotté notre radeau et nous a attaqués. Je l'ai frappé de mon sabre pour me défendre. Peut-être est-ce pour cette raison qu'il s'est détourné vers la chaloupe. Toi qui as navigué dans ces eaux, peut-être connais-tu cette créature du diable ?

— Des légendes. Mais, en tout cas, des légendes qui nous ont sauvé la mise. Attention !

Une nuée de flèches venait de s'élever du navire.

— Tirez, bon sang, tirez !

Clarisse gesticulait, debout sur le plat-bord. Jof contemplait abasourdi les débris qui flottaient à la surface de l'eau. Une ombre grise s'était abattue sur la chaloupe. Il n'aurait pu dire avec exactitude d'où elle venait, c'était un peu comme les turbulences au-dessus d'un feu de bois. Et puis les morceaux de ses hommes avaient volé en tous sens, teintant l'air de rouge et de bleu. Et puis plus rien. La chaloupe avait coulé, ne laissant à la surface que des corps flottants et des ailerons qui convergeaient vers leur festin.

Au loin, sous la grêle de flèches que Clarisse, hystérique, offrait généreusement au fond de la baie, Jof distinguait une petite pagaie qui sortait d'entre deux caisses pour barboter en rythme sur le flanc du radeau. Tandis que la deuxième chaloupe faisait demi-tour, les deux fuyards, quoi qu'ils soient, avançaient doucement vers les récifs où le navire ne pourrait les suivre. Jof, persuadé que la folie de Clarisse les enverrait talonner les cailloux, se dirigea à l'arrière du navire et donna un tour de barre sur tribord. La chasse était terminée.

CHAPITRE X

MANUSCRITS

La navigation avait pris plus d'un mois. Lothar et Aldemond avaient appareillé de Gradlyn et avaient fait escale dans les capitales des deuxième, troisième et quatrième royaumes. À des degrés divers, ils représentaient avec le premier royaume la majorité des terres cultivables du continent. Dans leur moitié sud, les cinquième et septième royaumes étaient riches, mais le nord n'était que désert, désert de sable, désert de glace, parfois montagnes ou toundra à la végétation rase balayée par le vent – Lothar n'irait pas jusque-là. Il avait dépêché un frère dans chacun des royaumes à l'exception du sixième qui ne présentait aucun intérêt.

La lourde chaloupe accosta au ponton de l'île du Goulet. Lothar et Aldemond s'installèrent dans le panier de hissage tandis que les marins s'attachaient à manœuvrer la chaloupe pour la remonter sur le plateau. Tout en haut, on emplissait le contrepoids de cailloux pour faire monter le panier. Bientôt, les deux Gardiens virent défiler la falaise grise. Quelques dizaines de secondes d'ascension avaient suffi pour que le panier s'arrête et que les hommes à la manœuvre l'arriment. Lothar et Aldemond descendirent et prirent sans un mot le chemin du fort.

Parvenu à mi-chemin, Aldemond s'émerveilla devant l'ingéniosité de ceux qui avaient inventé le procédé de levage. Lothar ne répondit pas, il resta silencieux encore quelques instants avant d'aborder un tout autre sujet.

— Aldemond, tu as deux missions d'importance ici. Trouver l'épée de Kradath, avant tout. Le plus tôt sera le mieux. Mais il te faudra aussi tuer Sylvan s'il refuse de coopérer à notre projet.

Aldemond prit le temps de la réflexion avant de répondre.

— Je vois. Pourquoi faut-il qu'il meure ? En quoi peut-il te gêner tant qu'il reste sur l'île ?

— Il y a bien des choses que tu ignores, Aldemond. Bien des choses… Contente-toi pour l'instant de savoir que je ne peux me permettre d'avoir ici un Gardien qui s'oppose à moi. Cette île est vitale, du fait de l'arghot qu'on y récolte. Qu'il s'oppose à ma volonté, et c'est tout mon projet qui s'effondre. Privés d'arghot, les rebelles pourront nous vaincre sans mal. Ils sont probablement plus nombreux que nous, nous ne savons rien d'eux. Contrairement à nous qui sommes visibles, ils peuvent nous prendre par surprise. Il me faut avoir la main sur l'arghot.

— Je comprends. Nous verrons bien comment les choses se présentent.

— Tu le tueras avant que je parte.

— Nous verrons comment les choses se présentent.

Les deux hommes furent accueillis par Tarman et Sylvan à l'entrée du fort.

— Lothar, Aldemond, je ne m'attendais pas à vous voir parmi nous.

— Tarman, mon vieil ami. J'ai grand plaisir à te revoir. Bonjour, Sylvan. Il y a bien deux siècles que nous nous sommes rencontrés.

— À peu près, effectivement. C'était hier, je m'en souviens parfaitement.

La tension était palpable, les deux hommes ne s'étaient jamais appréciés. Tarman rompit la glace en invitant les voyageurs à l'accompagner dans les appartements des Gardiens. Tous quatre traversèrent la cour avant de s'engager dans le couloir et, sans prononcer une parole de plus, franchirent la porte de l'appartement.

Une cheminée dispensait une faible lumière sur les murs humides. D'épais tapis protégeaient autant que possible du froid du sol, et des draperies au mur tentaient d'apporter un peu de chaleur. Ils s'installèrent autour de la table tandis qu'un Gardien leur servait à boire. Aldemond se souvenait du rapide passage qu'il avait fait sur l'île cinq ans auparavant. S'il était né quelques siècles plus tôt, il serait resté ici cinquante années ou plus, mais il n'y avait plus assez de Gardiens et en laisser tant au fort du Goulet aurait impliqué de dépeupler les ambassades des royaumes. Il se souvenait surtout de cette grande bibliothèque dans laquelle il avait déroulé ces anciens manuscrits mystérieux à l'alphabet élégant, tracé par des mains habiles qui avaient emporté leur secret dans la tombe. Les mages, peut-être... Aldemond espérait tant de ces manuscrits qu'il en venait à oublier sa deuxième mission. Après avoir bu son vin chaud, Lothar entama la discussion.

— Nous avons plusieurs choses à régler. Tout d'abord, Sylvan, nous avons eu le rapport de trois frères que tu as mutilés, nous savons donc que tu as tué Franken. Qu'as-tu à dire pour ta défense ?

Sylvan s'était préparé à cette entrée en matière si prévisible.

— Pour avoir à me défendre, Lothar, il faudrait que je sois attaqué. Or qui vois-tu ici qui en ait le pouvoir ? La charge de général ne te fait le supérieur d'aucun de nous. Ce qui nous distingue et nous hiérarchise, c'est notre force. Et, pour en juger, seul un duel est de nature à nous départager.

Lothar ne souhaitait pas s'engager sur cette voie. Il n'était pas de taille à affronter Sylvan en duel, lequel le savait fort bien.

— Nous ne sommes pas nombreux, Sylvan, et tu nous prives de quatre guerriers. Que s'est-il passé ? Je cherche seulement à comprendre.

— Tu n'as jamais su mentir, Lothar. Il faut supposer que, quand tu étais roi, tes sujets avaient assez peur de toi pour faire semblant de ne pas le voir. Ces quatre fripouilles étaient là pour me tuer. Ils ont torturé le régent de ce royaume, mais, plus grave encore, ils l'ont contraint à s'asseoir sur le trône. J'avais dit on ne peut plus clairement que quiconque attenterait aux sujets du huitième royaume aurait à en répondre devant ma lame. De fait, Kraven a sorti la sienne avant que je ne le fasse. Il m'a donc provoqué en duel. Sur un signe de sa part, les trois autres se sont mêlés au combat. Ils s'y étaient donc préparés. Le code de l'honneur n'autorise pas les duels à plusieurs contre un. Il s'agissait donc d'une tentative de meurtre. Aucun serment n'exige d'un Gardien qu'il accepte de mourir pour faire plaisir à ses frères.

— Tes accusations sont graves. Pourquoi ces hommes en auraient-ils voulu à ta vie ?

— Lothar, ne fais pas l'enfant. Ils l'ont fait car cela leur a été ordonné. Et celui qui leur a donné cet ordre n'aura de cesse qu'il n'ait été exécuté. Or il n'y a que peu de monde qui ait un grief contre moi, Lothar. Il n'y a que toi.

— Tu dépasses les bornes, Sylvan, tu…

— Que viens-tu faire ici, Lothar ?

— Je viens voir ce qu'il y a de vrai dans ces histoires de mage. Où est Orville ?

— Orville est le roi, il va où bon lui semble. Surtout quand une bande de brigands sans honneur envahit son royaume pour l'assassiner.

— Il n'y a pas de huitième royaume, Sylvan. Orville a été chassé.

— Lothar, tu ne mesures pas la gravité de ce que tu profères. Qui a chassé le roi, sinon les Gardiens ? Or les Gardiens ne peuvent être une force d'occupation. Si tel est le cas, alors il n'y a plus ni Garde ni Gardiens. Lothar, les Gardiens sont-ils ici une force d'occupation ? Réponds à cette question ! Si tel est le cas, je vous tuerai jusqu'au dernier comme mon serment me l'impose.

Lothar hurla sa réponse plus qu'il ne la prononça.

— Les temps ont changé, Sylvan, et les lois ont changé. La Garde est sortie de sa réserve et nous sommes au pouvoir. Au diable ces serments d'un autre âge. Nous devons conserver le pouvoir sur l'île pour garder la main sur l'arghot, c'est là tout ce que tu dois voir, puisque c'est le lieu que tu as choisi pour vivre.

Lothar balaya de la main les verres vides, qui se fracassèrent sur la porte de la bibliothèque. Laissant passer quelques secondes d'un silence que seuls animaient les sifflements du charbon dans l'âtre, Sylvan reprit l'initiative d'une voix douce, mais déterminée.

— Lothar, tu es devenu fou. Un Gardien ne peut être roi et tu sais pourquoi, comme nous tous. Tu as peut-être perdu beaucoup en découvrant que ton sang avait tourné, mais la voie que tu as choisie ne mènera nulle part.

— Tu t'es aveuglé à vivre à l'écart si longtemps. Les rebelles sont à nos portes, ils se sont réorganisés, ils ont des mages, et toi… toi tu t'accroches à des règles qui furent établies en temps de paix il y a tant de siècles, plus personne de cette époque n'est encore en vie pour en évaluer la pertinence.

— Les bruits du continent résonnent jusqu'ici, Lothar. Nous savons le sort des pauvres femmes qui sont enfermées dans les logis comme du bétail dans une étable. Nous savons les stupides constructions que tu bâtis dans la crête. Comment penses-tu approvisionner une population dans un si grand espace montagneux ? Les ressources des sept royaumes n'y suffiraient pas, et tu le sais ! La menace des rebelles est issue de ton imagination. Tu en parlais déjà il y a bien longtemps. Le temps a fait son œuvre en cultivant cette idée et te voilà prêt à détruire le monde. Tu ne cherches qu'à redevenir le roi que tu fus jadis. Il faut renoncer, Lothar.

— Tu ne sais rien, ermite, tu ne sais rien. Nous n'avons pas le choix… Quoi qu'il en soit, il nous faut plus d'arghot que tu n'en produis ! Beaucoup plus !

— Lothar, tu exiges plus que cette île ne peut produire. Déjà, certaines zones montrent des difficultés à se régénérer. Nous avons dû les laisser au repos et exploiter des galeries plus éloignées. Si nous prélevons plus, la ressource s'épuisera et sera perdue à jamais.

— C'est faux ! Ne t'oppose pas à ma volonté, Sylvan !

— Puisque tu n'entendras pas raison, Lothar, je vais te laisser face à toi-même.

Sylvan se leva. Il sortit de la pièce et gravit l'escalier menant au bureau du commandant du fort qu'il avait investi. Une fois enfermé, il ouvrit un des placards d'angle et sortit deux volumineux sacs qu'il transporta dans l'alcôve, puis il se glissa dans le passage souterrain, les tira à lui et approcha une torche de la flamme d'une chandelle qu'il avait posée au sol. Une fois la poix bien embrasée, il referma le panneau et disparut dans les profondeurs de l'île.

Aldemond était depuis deux jours dans la bibliothèque pour étudier les rouleaux rédigés en ancienne langue dont les textes étaient parfois assortis d'annotations inintelligibles. À l'époque, il ne leur avait porté qu'une attention distraite, mais, maintenant qu'il devait retrouver la trace de Kradath, il misait sur ces documents afin de trouver des indices. À mesure qu'il progressait, il classait ses découvertes, prenait des notes, mais plus le temps avançait, plus Lothar devenait nerveux et désagréable.

— Aldemond, combien de temps penses-tu encore consacrer à l'étude de ces vieux rouleaux avant de te mettre vraiment à chercher ?

— Lothar, les frères ont parcouru les souterrains des siècles durant sans rien remarquer de notable. Si nous n'avons pas la moindre piste, à quoi bon en arpenter les couloirs pour faire le même constat ? Il est préférable de parcourir les lignes de ces écrits anciens. J'essaie pour l'instant de reconnaître des familles de mots et de les classer en ce sens. Après, je verrai.

— Le temps de la recherche n'est pas compatible avec le temps de l'action, Aldemond. Il me faut cette épée pour le jour de notre départ, quand le bateau passera. C'est-à-dire dans cinq jours à compter de ce matin.

— Très bien, Lothar. Je vais me mettre au travail. Donne-moi une pelle et indique-moi où creuser.

S'il n'en laissa rien paraître, le général fulminait intérieurement. Il était grand temps de rétablir une hiérarchie réelle dans la Garde. Chacun faisait ce qu'il voulait sans se soucier de ses choix à lui. Pour l'heure, il devait s'avouer vaincu.

— Bien, Aldemond. Pendant que tu cherches une piste, je vais descendre avec quelques frères dans les galeries. Si dans cinq jours nous n'avons rien trouvé ni l'un ni l'autre, je te laisserai ici tant que tu n'auras pas localisé la tombe de Kradath et son épée. D'ici là, n'oublie pas ta deuxième mission. Au fait, une femme arrive par bateau, elle t'est destinée. Si tu n'as pas rempli cette mission, tu ne la verras jamais. Je la tuerai de mes mains quand nous nous croiserons lors du transbordement entre les deux chaloupes. Pense que son corps dérivera jusqu'au milieu de la mer intérieure.

Il sortit sans attendre de réponse d'Aldemond, qui était de toute manière trop interdit pour poser la moindre question. Une femme pour lui ? Cela avait-il quelque chose à voir avec ce qu'avait dit Sylvan ? Les femmes enfermées comme du bétail… La vie d'une femme qui lui était destinée suspendue à l'assassinat qu'il devait perpétrer sur Sylvan. Ceci ressemblait fort à un chantage. Perplexe, il se replongea dans l'étude des rouleaux. Ne parvenant plus à se concentrer, il roula un dernier manuscrit et sortit prendre l'air sur le chemin de ronde. L'été arrivait et quelques fleurs sauvages poussaient çà et là dans les fissures de la roche. Ses sens l'avertirent que quelqu'un se trouvait près de lui ; Sylvan, appuyé au parapet, observait la côte vers le nord, les mains posées à plat sur la pierre comme sur le bastingage d'un navire. De temps à autre, il laissait tomber un petit caillou qu'il détachait du parapet usé, suivant sa chute du regard jusqu'à ce qu'il crève la surface de l'eau.

— Je me demande si Lothar n'a pas raison, Aldemond. Je suis ici depuis bien longtemps. Peut-être devrais-je partir pour voir de mes yeux le monde tel qu'il se porte aujourd'hui ?

— Peut-être, Sylvan. Puisses-tu aimer ce que tu y découvriras.

Sylvan laissa un long moment s'écouler avant de poursuivre la conversation.

— Tu sais, j'ai eu une autre vie, jadis. Je suis revenu ici pour me protéger de mes souvenirs, pour retrouver une situation antérieure à celle qui m'a tant donné, mais qui m'a tout pris. Peut-être n'est-ce pas ici, la vie.

— Je ne sais pas, Sylvan. Pour l'instant, je me réjouis d'y rester quelque temps. Ces manuscrits annotés par les premiers Gardiens me fascinent, comme si l'ancienne langue n'attendait qu'un peu d'attention pour se livrer. J'ai la certitude que les anciens écrivaient les choses importantes en ancienne langue et consignaient les questions courantes dans celles de la région d'où ils venaient. Puis l'usage de l'ancienne langue a été perdu. Je pense que des Gardiens ont alors tenté de regrouper leurs souvenirs pour sauver ce savoir en annotant les rouleaux mais qu'ils ont échoué dans leur entreprise, laissant à la postérité le soin d'achever leur travail. Je me sens… leur continuateur.

— Lothar ne partage pas ta soif de savoir, il reste obsédé par le pouvoir. Je sais ce qu'il cherche… Je ne sais pas où est l'épée de Kradath, mais réfléchis bien, si tu la trouves, à l'usage qu'il en fera.

Aldemond tourna le regard vers le sud, là où la crête baissait sa garde pour chuter dans l'océan. Sylvan lui parla sur un ton détaché.

— Et si tu me parlais de cette seconde mission ?

Aldemond rit nerveusement.

— Lothar exige ta mort. Mais tu le sais.

— On te dit très rapide. Je n'ai pas cru un seul instant qu'il t'avait emmené ici dans un autre but. Que vas-tu faire ?

— Je ne sais pas obéir. Lothar en est informé. Quand je pense qu'une chose est justifiée, je l'exécute. Il ne peut me contraindre à faire une chose que je ne souhaite pas faire.

— Mais il te fait chanter.

— Il faudra que tu me montres le passage où tu te dissimulais tout à l'heure. Je suis curieux de ces choses.

Sylvan sourit.

— Dans le bureau du capitaine du fort, il y a une carte dissimulée qui pourrait t'aider. Je ne t'en dirai pas plus, sinon d'être très prudent. Lothar ne trouvera rien dans les souterrains, il n'ira pas assez loin et ne cherchera pas là où se situe ce qu'il désire. Tu trouveras peut-être la tombe, Aldemond, mais l'épée n'y est pas. Elle a été ouverte il y a des siècles. Et pour ta mission ?

— Qu'en penses-tu ?

— Je ne sais pas si tu seras assez rapide pour me vaincre. Je ne le crois pas, mais il n'est peut-être pas nécessaire de chercher à le découvrir. En ce qui me concerne, je tuerai n'importe quel Gardien, toi y compris, pour sauver une innocente. J'ai exécuté Franken et mutilé ses trois compagnons pour cette même raison. Il te faudra donc en passer par là. Laisse-moi seulement choisir le lieu de la fin du combat et exiger une condition.

— Je t'écoute.

— Sur ta gauche, près du parapet, là où la mousse se développe. C'est ici, précisément. C'est l'endroit où je te laisserai gagner. Partout ailleurs, si tu cherches à me tuer, je prendrai ta main d'épée ; pense que c'est celle dont tu te sers pour écrire. Imagine les siècles de ta vie sans elle… Ma condition, maintenant : promets-moi en échange du sacrifice de ma vie de prendre soin des hommes et des femmes qui sont sur cette île. J'ai prêté ce serment que je ne pourrai tenir, je te le transmets donc.

— Je n'aime pas la violence. Je te donne ma parole de Gardien qu'on ne leur fera pas de mal. Mais je ne serai pas là des siècles comme toi.

— Qui sait ? ces lieux sont attachants. Bonsoir, Aldemond.

— Bonsoir, Sylvan.

Sylvan descendit l'escalier maçonné sur le flanc du mur d'enceinte, puis il se dirigea vers son bureau. Aldemond resta seul longtemps après que le soleil eut disparu à l'ouest, embrasant les cimes de l'archipel du Goulet comme des langues de feu montant des enfers.

Toute la matinée, Aldemond avait supervisé l'installation de tables dans la salle des gardes. On les avait confectionnées à la hâte avec du bois de construction, elles étaient brutes, mais Aldemond n'en avait cure. Il avait ignoré les réticences des autres Gardiens à laisser sortir les documents des appartements de la Garde – qui de toute façon pouvait les lire ? Qui de toute façon pourrait sortir de l'île du Goulet pour raconter ce qu'il avait vu ? Si la bibliothèque était aveugle, la salle des gardes paraissait claire du fait des minces archères pratiquées dans le mur et qu'on avait équipées de vitres. Des chandeliers s'avéraient tout de même nécessaires pour rendre le travail de lecture confortable. Aldemond avait étalé sur la longue table les rouleaux annotés et les maintenait ouverts à l'aide de pierres ramassées dans la cour – il trouverait des poids plus esthétiques quand il en aurait le loisir. À quelques pas de la table, il avait disposé l'écritoire dont se servait Sylvan pour tenir les chroniques du huitième royaume. À l'aide d'une plume, et faute de trouver une autre idée pour démarrer ses recherches, il avait commencé à recopier scrupuleusement les passages en langue ancienne, puis il traçait en regard les annotations qui avaient été ajoutées. Sur un autre parchemin, il avait entrepris l'inventaire des mots et notait leur fréquence dans l'espoir de comprendre sinon leur sens, du moins la syntaxe des phrases. À partir de là, il caressait l'espoir d'identifier les verbes en fonction de leur place et d'en comprendre la forme. Aldemond se moquait bien de l'épée de Kradath. Il se disait qu'il pourrait consacrer plus d'attention à la finalité de sa quête, mais seule lui importait la saveur de la question posée : que signifiaient ces textes ? Alors qu'il travaillait à son écritoire, Lothar entra d'un pas décidé dans la salle des gardes.

— Te voilà au travail, Aldemond. Je ne suis pas certain que cette manière de t'y prendre te permettra d'aboutir. Mais si tu n'en vois pas d'autres, je n'en ai pas à te proposer non plus. J'ai parcouru le réseau de galeries durant quatre jours sans rien trouver.

— C'était prévisible, Lothar, mais il fallait essayer tout de même.

Le général de la Garde fit mine de s'intéresser aux antiques rouleaux.

— Dire que la réponse à nos questions se trouve peut-être ici, dans ces lignes... Aldemond, as-tu songé que je pars demain avec le bateau ? Tu sais que je tiens mes promesses.

— Je ferai ce qui est convenu.

— Quand ? Et comment ?

— Je vais le provoquer en duel. Ce soir.

Lothar détacha son regard du parchemin et parcourut les traits juvéniles d'Aldemond. Le jeune Gardien traçait ce qui passait pour des lettres, des traits en tous sens regroupés en carrés savamment alignés. Concentré sur son travail, il semblait ne pas donner d'existence à ce qui l'entourait, ni aux mots qu'il venait de prononcer. Il terminait sa copie, le temps suspendu à sa tâche. Enfin, il posa sa plume, saupoudra son feuillet de sable et s'étira longuement.

— C'est un bel alphabet. J'ai commencé à comparer les dessins pour différencier les graphies. (Il tendit un parchemin à Lothar.) Vois, j'ai pu identifier une soixantaine de lettres. Pas plus. Maintenant, je vais voir quelles sont les plus fréquentes, puis relever celles qui leur sont associées le plus souvent, j'aurai probablement ainsi déterminé les voyelles et les consonnes.

— Mais tu ne sais pas si tu trouveras.

— Qui sait en engageant un combat quelle en sera l'issue. Il est possible que cet adversaire-là soit hors de ma portée.

— Et Sylvan ? Penses-tu pouvoir le tuer ?

— Comment savoir ? S'il me tue, tu ne pourras pas m'en faire le reproche. Ce qui se passera alors ne me concernera plus. Tu feras ce que tu voudras de la fille, et ce que tu pourras de ces obscurs parchemins.

— Pourquoi un duel ? Une escarmouche serait moins risquée.

— Car je suis un Gardien qui s'attaque à un frère. Je préfère mourir aujourd'hui que de me haïr le reste de ma vie.

Piqué au vif, Lothar se dirigea vers l'escalier. Avant de dévaler les marches, il se retourna d'un geste théâtral.

— N'oublie pas, Aldemond, que si tu ne l'emportes pas ce soir, la fille mourra de ma main.

Aldemond se renversa sur son fauteuil, perplexe. Se pouvait-il que Sylvan lui offrît sa mort ? Pourquoi ce cadeau et pourquoi ces étranges conditions ? N'avait-il plus goût à la vie ? Aldemond se leva et décrocha sa lame qui pendait à l'antique râtelier. Une magnifique épée. Devant ses incroyables capacités, on lui avait choisi la meilleure lame disponible dans l'armurerie du fort de la Garde.

L'aisance d'Aldemond l'avait bien vite privé de maître d'armes. Comment enseigner le bruit au tonnerre ? Dès lors, il avait travaillé sa technique avec d'autres, lui-même au ralenti tandis qu'eux se déchaînaient comme de beaux diables. Aldemond avait ensuite participé à des missions dangereuses pour s'aguerrir, il n'aimait pas ça, mais était devenu redoutable. On disait que Sylvan était le Gardien le plus rapide de l'histoire de la Garde. Ce serait donc intéressant de tester enfin sa valeur. Pourvu seulement qu'il oppose ce qu'il pourrait de résistance.

Le bruit des esclaves remontant du travail le tira de ses pensées. Ainsi donc, c'était à ces hommes que Sylvan donnait tant d'importance. Ils passèrent lentement devant la table où les parchemins étaient déroulés. Aldemond sentit chez eux comme une avidité inattendue. Ils ne pouvaient quitter les parchemins des yeux, furetant dans les lignes comme si la table était garnie de plats goûteux et eux affamés. Alors qu'ils approchaient du vestibule, une voix s'éleva parmi eux.

— Vous ne trouverez pas comme ça, Gardien. Vous grillez les étapes.

Aldemond fut saisi.

— Halte, gardes. Menez-moi celui qui a dit ça !

Les soldats hésitèrent un instant, puis ils détachèrent un homme de taille moyenne et le traînèrent devant Aldemond.

— Comment t'appelles-tu ?

— Je me nomme Astier, Gardien.

— Peux-tu répéter ce que tu viens de dire ?

— Certes. Vous n'y arriverez pas en vous y prenant de cette manière.

— Et, selon toi, comment devrais-je m'y prendre ?

— Je ne puis répondre à cette question qu'avec l'accord du régent Asèrtimas, Gardien. Mais il est malheureusement maintenu en captivité. Son état de santé nécessiterait quelques soins et un peu plus de nourriture pour qu'il reprenne des forces.

— Qu'on mène cet homme ici séance tenante.

Les soldats s'inclinèrent, puis ils tirèrent avec regret Asèrtimas de sa cellule. L'homme était gigantesque et sa démarche évoquait plus le glissement de quelque spectre que la marche d'un vivant. Quand il se fut approché, Aldemond vit qu'un bandeau lui recouvrait l'œil gauche ; il était maigre et pâle, mais ne semblait pas mourant.

— Eh bien, Astier. Tu as quelque chose à demander à cet homme, il me semble ?

— Oui, Gardien (il se retourna vers Asèrtimas). Grand régent, me donnez-vous l'autorisation de divulguer à ce Gardien les raisons pour lesquelles il ne trouvera pas la solution à son problème en s'y prenant ainsi ?

Asèrtimas regarda les rouleaux maintenus ouverts sur la table, puis les listes qu'Aldemond avait dressées sur ses feuillets. Enfin, il examina le Gardien avant de répondre à Astier d'une voix grave et profonde.

— Astier, mon bon ami, je te donne l'autorisation d'expliquer à ce Gardien la première des évidences à laquelle tu as pensé en guise de bienvenue. Guère plus. Nous évaluerons en conseil s'il mérite notre aide et l'hospitalité du huitième royaume.

D'un geste lent, il salua Aldemond de la tête, puis il se retourna et glissa en direction de sa cellule en demandant aux soldats de l'accompagner à ses appartements. Ces gens-là jouaient… Aldemond en était certain. Ils étaient brimés, mais ils s'amusaient. Peut-être était-ce cela qui les aidait à survivre. Il se retourna vers Astier, qui ne se fit pas prier.

— Eh bien, en tant que grand cryptographe du huitième royaume, ancien grand cryptographe du quatrième royaume et actuellement éleveur de chèvres, je pense que vous ne trouverez rien de cette manière car vous cherchez dans le détail et ne regardez pas l'intégralité des documents à votre disposition.

— Est-ce là tout ce que tu as à dire, Astier ?

— Gardien, vous êtes trop pressé, c'est pour cela que vous passez à côté de l'essentiel. Par exemple, sur le troisième document en partant de l'autre extrémité de la table, vous semblez vous être attachés à la correspondance entre les mots en ancienne langue et les mots en langue récente. Mais vous n'avez pas observé le texte à un niveau plus primitif, technique, si vous voulez. Vous constaterez à la lumière que les annotations postérieures n'ont pas été tracées à l'aide d'une seule encre, mais de deux encres de même couleur. L'une est plus brillante que l'autre, probablement une adjonction de vernis. Si vous reliez les mots les plus brillants par des traits, vous n'avez plus un texte, mais un dessin et ce dessin pourrait bien être une carte. Mes mains sont liées et je n'ai rien pour dessiner, mais je dirais, intuitivement, qu'il s'agit du contour du troisième marquisat en partant du nord du septième royaume. Ce peut être une clé. Je ne peux vous dire quel coffre elle ouvre, bien entendu, car je ne sais ce que vous cherchez, mais, en partant de cette simple observation qu'il convient de vérifier, il faut entrer dans les autres documents et regrouper ceux qui usent de ce procédé. Ainsi, sans même vous demander de quoi parlent ces textes, vous partez d'une vision d'ensemble qui vous donnera une clé, et vous entrerez ensuite dans le détail avec cet outil. Gardien, je vous souhaite la bonne nuit.

Astier se retourna vers ses compagnons, qui ne laissaient paraître aucune marque d'étonnement. Une fois les prisonniers hors de vue, Aldemond se dirigea vers le parchemin dont Astier avait parlé. Neuf mots étaient effectivement plus brillants que les autres. Il prit un feuillet et recomposa le tracé. Le troisième marquisat du septième royaume… Il lui faudrait vérifier cette hypothèse sur une carte. Il examina l'encre des autres parchemins. Si la plupart ne présentaient pas de disparités dans la qualité de l'encre, neuf autres pourraient être, selon les dires d'Astier, des cartes géographiques.

Les soldats traversaient la salle pour regagner leurs quartiers. Aldemond les interpella.

— Soldats, vous ferez porter du vin à ces hommes. Par ailleurs, que savez-vous des rumeurs de fantômes dont on a fait état dans des rapports ?

Derrière les légendes, on trouvait parfois des faits véridiques issus de l'histoire d'un lieu. Ils pouvaient indiquer d'autres pistes. Les soldats parurent soudain inquiets.

— Le fantôme de l'île, monseigneur, c'est un monstre. Il s'ennuie, alors il congèle les gens. Il vient avec la brume et pousse les soldats de la falaise. On l'entend hurler quand il y a du vent. Il a tué à quatre reprises depuis que nous sommes arrivés, monseigneur. Un Gardien, le capitaine Vallade et puis deux soldats qu'on n'a jamais revus. Une nuit, on l'a vu tourner autour de l'île au Bois en bateau avec un autre spectre. Il naviguait dans les cailloux, poussé par un grand vent froid. Un ami l'a aperçu l'autre soir près des chèvres. Nous ne dormons plus, monseigneur. Ce lieu est hanté. Nous avons trouvé sa tombe, mais pas de corps dedans. Je peux vous montrer si vous voulez.

— Avec grand plaisir.

Aldemond sortit avec les soldats tremblants de peur. Ils passèrent le pont, puis obliquèrent à travers la lande jusqu'à une petite butte de terre au bord de la falaise. Elle avait été retournée et Aldemond craignait que les soldats n'aient détruit quelque chose d'important. Ils lui racontèrent avec force détails l'histoire de ce soldat oublié qui n'entendit pas la mort l'appeler, fixant si bien le chenal dans l'attente d'un bateau qu'elle s'en fut sans son âme. Aldemond tourna autour de la modeste butte et s'adressa aux soldats.

— Demain, nous creuserons plus profond. Je veux en avoir le cœur net.

La voix de Sylvan trancha dans la conversation, agressive et déterminée.

— Vous n'en ferez rien, Aldemond, laissez les morts en paix !

Aldemond ne comprit pas immédiatement qu'il s'agissait du signal pour leur combat, mais le ton que Sylvan employait l'aida à réaliser que l'heure était venue. Il répliqua sur un ton non moins glacial.

— Qui êtes-vous pour m'interdire quoi que ce soit ?

— Vous arrivez au monde, vous arrivez sur cette île, Aldemond, et vous allez en partir une fois votre travail effectué. Nous, moi, les soldats que vous voyez ici autour de vous, nous allons rester avec ce spectre sanguinaire que vous aurez réveillé. Voilà quatre mois qu'il n'a pris personne. Laissez-le reposer en paix. Si vous voulez creuser, il faudra me passer sur le corps !

— Pensez-vous m'effrayer, avec vos histoires de grands-mères ou vos menaces ? Eh bien, je relève le défi ! Soldats, qu'on porte des torches sur la grande terrasse du fort, qu'elle soit claire comme en plein jour, et que les témoins soient présents pour assister à mon triomphe !

— Soit, jeune Gardien. D'ici une heure, je vous aurai réduit au silence et le fantôme de l'île du Goulet aura un compagnon pour lui faire la conversation.

Dans l'ombre d'un bâtiment, Lothar souriait.

Aldemond et Sylvan se tenaient face à face sur la terrasse. La flamme des torches ondoyait dans le vent, projetant des ombres mouvantes sur le dallage de pierre. Les deux combattants tournaient l'un autour de l'autre, l'épée basse et la garde ouverte. Aldemond porta la première attaque. Vive, mais hésitante. Sylvan n'eut aucun mal à dévier la lame et porta un coup du plat de son arme sur la cuisse de son adversaire. Aldemond savait maintenant à quoi s'en tenir, Sylvan partirait avec panache. Il accéléra, ne cherchant pas à toucher Sylvan. Personne au monde n'ayant l'acuité visuelle pour suivre sa lame, il ne courait aucun risque qu'on le soupçonne de retenir ses coups. Sylvan para tout ce que le jeune Gardien put lui servir, ne contre-attaquant pas, se contentant de jauger son adversaire. Aldemond était rapide, mais il comptait sur sa vitesse et n'avait pas appris à se couvrir. Sylvan passa à l'attaque. Il déconstruisit la défense d'Aldemond, impitoyablement, le touchant délicatement à chaque fois qu'il aurait pu le tuer. Les spectateurs ne pouvant voir que le flou des lames et des corps, comment auraient-ils pu imaginer que Sylvan donnait à Aldemond une leçon d'escrime ? Le jeune Gardien se déchaîna et porta dans une fraction de seconde tous les coups qu'il connaissait. Sylvan donnait l'impression qu'il aurait pu combattre les yeux fermés, miraculeux d'aisance et de souplesse. Il répéta inlassablement le même enchaînement d'attaques, comme pour mieux laisser à Aldemond le temps d'imaginer des parades.

Le combat s'éternisait et les témoins ne saisissaient rien de ce qui se jouait. Insensiblement, assaut après assaut, le jeune Gardien apprenait les passes que Sylvan lui montrait, et il les reproduisait avec une stupéfiante précision. Aldemond étudiait les variations que Sylvan élaborait face à une attaque toujours identique. À chaque assaut, Sylvan reculait un peu plus en direction de la pierre brisée. Bientôt, il lança un assaut foudroyant, faisant siffler sa lame à trois reprises à la hauteur du front du jeune Gardien. Ainsi, c'était comme ça qu'il voulait que le combat se termine.

Aldemond recula pour se remettre en garde. Il répéta mentalement la botte que Sylvan venait de lui montrer. Il fit le vide en lui avant de lancer l'attaque la plus rapide qu'il avait jamais portée. Sylvan recula en hâte pour échapper à la lame mortelle, trébucha à hauteur des cuisses contre le parapet et bascula dans le vide, poussant un long hurlement qui s'éteignit dans un lointain bruit d'éclaboussure. Aldemond se précipita pour assister à sa chute et vit nettement sous la lumière de la lune une tache blanche à la surface de la mer. Sylvan ne reparut pas.

Aldemond se redressa pour faire face aux témoins. Il se retourna et déclama pour que tous entendent :

— Qu'il soit inscrit dans les chroniques de la Garde de l'île du Goulet que justice a été rendue. En récompense, Aldemond recevra une femme de toute première noblesse, une fille de roi pour engendrer sa descendance. Qu'il s'installe dans les quartiers du capitaine du fort, charge qu'il occupe désormais.

Lothar descendit le cœur léger vers sa destinée. Il n'avait pas encore l'épée de Kradath, mais il avait tout de même effacé une page encombrante de son passé.

L'eau était glacée, et le choc du froid l'avait étourdi quand il avait percuté la surface. Sylvan nagea vers la masse sombre de la falaise et y posa les mains. Ses tympans le faisaient souffrir ; peut-être s'était-il immergé plus profondément qu'il ne l'avait cru.

En cherchant Orville, des mois auparavant, il était venu en premier dans ce boyau qui aboutissait sous l'eau. Les traces dans l'arghot étaient visibles, et il ne faisait pas de doute pour lui qu'Orville était passé par là. Il était revenu plus tard pour tenter de sortir par la galerie noyée. Il y était parvenu, mais le retour lui avait semblé plus difficile. Il avait ensuite patiemment cherché à évaluer quelle partie du fort était à l'aplomb de la galerie. Il devait en être certain. Quelques semaines auparavant, il avait sorti un flotteur de la galerie, maintenu par une corde à l'autre extrémité. Puis il avait laissé tomber des pierres de la terrasse du fort pour déterminer sa verticale exacte. Il avait alors choisi un point de repère six brasses en amont du courant pour ne pas passer à côté de l'orifice.

Sylvan se laissa emporter par le courant le long de la falaise, les mains glissant sur la roche gluante jusqu'à ce qu'elles accrochent dans le noir la corde qu'il avait posée le matin même. Le flotteur maintenait la ligne de vie quatre coudées sous la surface de l'eau. Il tira d'abord doucement sur la corde pour s'enfoncer jusqu'à l'ouverture, puis, une fois dans le couloir, se déhala frénétiquement, craignant à tout moment que ses poumons ne s'emplissent d'eau dans un réflexe de survie. Quand il arriva à l'air libre, il s'effondra sur la roche, à bout de souffle. Il tendit le bras et préleva une noix d'arghot qu'il posa sur sa langue. Il sentit alors la substance se diffuser dans son corps, épongeant sa fatigue.

Sylvan monta quelques marches et retrouva un premier sac à tâtons. Il en sortit une couverture, une courte dague et un silex, puis il disposa à même le sol une poignée d'amadou et de l'herbe sèche. Il frappa le caillou de sa dague, faisant pleuvoir les étincelles sur la fibre inflammable. Quand un minuscule point rouge s'épanouit sur l'amadou, il le saisit délicatement entre ses doigts engourdis et souffla dessus pour qu'il s'étende. Puis il l'enveloppa avec l'herbe sèche. Il souffla alors plus vigoureusement. En très peu de temps, il obtint une belle flamme sur laquelle il embrasa une torche. Il s'habilla de sec et retourna près de l'eau pour récupérer la corde et le flotteur, puis il effaça les traces de son passage.

Sylvan gravit en silence le couloir qui remontait vers le réseau de galeries. Il restait un passage dangereux. Si Lothar avait un soupçon, il pouvait lui avoir tendu une embuscade dans la salle qui distribuait les premiers couloirs et l'escalier venant du fort. Il n'y trouva personne et emprunta le large boyau qui partait vers l'ouest. Sa connaissance du réseau avait beaucoup progressé. Il pouvait maintenant s'y déplacer rapidement. Pour se rendre là où il l'avait décidé, il fallait tout d'abord emprunter un couloir ordinaire, un de ceux qu'il avait parcourus des milliers de fois.

À mi-chemin, Sylvan trouva un second sac qu'il avait empli de torches et de victuailles. Il s'assit un instant pour se restaurer et examiner la paroi. L'arghot disparaissait du fait d'un trop grand prélèvement. La couche s'amincissait et les traces des racloirs qui servaient à la récolte ne se refermaient plus, laissant la roche à nu. À quoi bon un tel empressement aveugle ? Depuis des siècles, probablement, des Gardiens prélevaient de l'arghot sans épuiser la ressource, mais Lothar en voulait tant qu'il n'y en aurait bientôt plus du tout. Sylvan en concevait de la peine pour cette compagne qu'il avait saignée et respectée durant des siècles et qui mourait par cupidité et ignorance. Il se remit en route.

Après la douzième salle, il descendit par une fondrière au niveau inférieur et marcha vers le sud pendant quelques minutes. On trouvait alors un ruisseau souterrain qu'il fallait suivre un bon moment jusqu'à une roche à la forme étrange, un peu comme une citrouille posée sur une colonne. Depuis ce point de repère, Sylvan avait noté un passage qui donnait à l'étage supérieur dans une pièce circulaire d'où partaient trois couloirs. L'un d'eux menait à un escalier descendant en colimaçon jusqu'à une petite plage au bord d'un lac souterrain, un lac salé assez grand et assez profond pour y naviguer avec un navire de bonne taille. De jour, une faille sous-marine éclairait faiblement une partie de la grotte.

À l'extrémité de cette plage, Sylvan avait compté dix-sept tombes très anciennes. Des tombes aux formes brutes : une simple dalle surmontée d'une stèle de petite taille sculptée d'une étoile à cinq branches enserrant un cercle. Une d'entre elles portait un tout autre motif, une épée en forme d'éclair. C'était celle de Kradath. La première fois que Sylvan était parvenu jusqu'ici, il y avait deux mois environ, il avait été frappé par l'étrangeté de la nécropole. Il n'avait pu identifier les noms des seize tombes inscrits en ancienne langue, mais celle de Kradath portait des lettres dans un alphabet des plus ordinaires. Elle avait été profanée dans un passé lointain et ne contenait plus que des ossements réduits en poussière. Sylvan éprouvait une impression étrange, celle d'être à ce jour le seul au monde à connaître l'emplacement de la sépulture de ce roi de légende.

Il posa sa torche, qu'il recouvrit de charbon, puis réfléchit un long moment. Le lendemain, il se reposerait ici même. Ensuite, au milieu de la nuit suivante, il sortirait par la faille et longerait la falaise jusqu'au ponton. Il avait dissimulé un petit bateau léger de sa fabrication sous le plancher. Sylvan avait conservé de sa vie dans le Grand Nord ce savoir-faire ordinaire. Il avait confectionné l'embarcation à l'aide de branches et de peaux de chèvres cousues, enduites de graisse. Il n'emporterait de cette vie au Goulet que le strict minimum, abandonnant tout ce qui avait tant compté pour lui. Le jour était venu où se cacher de lui-même n'était plus possible et où il devait prendre sa part de souffrance dans ce monde. Sans doute était-ce mieux ainsi.

Lothar entra dans la salle des gardes du fort où Aldemond avait étalé des cartes en regard des rouleaux de parchemin. Il était penché sur son écritoire et travaillait en silence. Entendant les pas du général de la Garde, il se retourna.

— Bonjour, Lothar. Te voilà sur le départ ?

— En effet, j'ai trop à faire pour rester plus longtemps. Envoie-moi régulièrement des nouvelles, et prends un peu de bon temps.

La grivoiserie du propos n'échappa pas à Aldemond ; il ne releva pas.

— Je te sais gré de ta sollicitude et te souhaite bon voyage.

— Bon séjour, Aldemond.

Lothar tourna les talons et descendit dans la cour. Quand la chaloupe se fut posée sur la mer à l'issue de la vertigineuse descente, il gagna la proue et huma profondément l'air marin. Il n'avait pas l'épée, mais la récolte d'arghot était bonne, les maîtres seraient satisfaits. De plus, il s'était débarrassé de Sylvan et d'Aldemond, deux guerriers qui lui étaient tellement supérieurs… Rien ne devrait plus s'opposer à son triomphe.

Moins d'une heure après, les deux chaloupes s'amarrèrent à couple, et les tonnelets passèrent d'un bord à l'autre sous le contrôle de Lothar. Puis une jeune femme d'une incroyable beauté prit pied sur la chaloupe de l'île. Lothar en fut saisi. Il la salua gauchement puis donna à regret l'ordre de larguer les amarres. Il se mit en poupe avec à la main une bouteille d'alcool qu'il avait confisquée dans le chargement destiné aux Gardiens de l'île, un alcool âpre et puissant comme un regret.

Dès que la chaloupe de Lothar avait disparu de la falaise, Aldemond avait fait chercher Astier, occupé à la réparation d'un enclos. Le soldat l'avait conduit, les poignets entravés, jusqu'au nouveau capitaine du fort.

— Bonjour, Astier. Tout d'abord, vous aviez raison, et je vous remercie de m'avoir mis sur la voie. Neuf parchemins présentent les caractéristiques de celui que vous m'avez indiqué. Vous avez prouvé votre valeur. Voulez-vous travailler avec moi au décryptage de ces textes ?

Astier parut réfléchir. Quelques détails dans son attitude hurlaient sa joie, mais il faisait son possible pour rester de marbre.

— C'est que, Gardien, je suis au service du huitième royaume, et qu'il faut que je demande l'autorisation au grand régent Asèrtimas pour m'engager dans cette tâche. Le souci étant qu'il est actuellement emprisonné, et que dans cette situation il n'est pas libre de sa réponse.

Aldemond sourit intérieurement ; il était évident que ces hommes avaient anticipé sa demande et qu'ils voulaient en tirer parti. S'il tenait à bénéficier des compétences d'Astier, il faudrait en échange qu'il entre dans leur jeu. Il aurait pu le contraindre, mais comment alors savoir s'il lui dirait la vérité, ou s'il lui ferait part de ses découvertes ?

— Bien, nous allons le lui demander immédiatement.

Suivi d'Astier, Aldemond se dirigea vers son bureau, entra dans le couloir des cellules et tira le verrou de celle d'Asèrtimas.

— Maître Asèrtimas, auriez-vous l'amabilité de nous suivre ? Nous avons une requête à vous adresser.

Il attendit que l'homme déplie ses longs membres maigres, se lève et glisse jusqu'à la salle des gardes. Astier s'inclina alors devant lui et, une fois échangées les politesses d'usage, formula sa demande.

— Grand régent, le Gardien que voici souhaite mon aide afin de décrypter les manuscrits que vous voyez déroulés sur cette table. Jugez-vous que je puisse m'acquitter de cette tâche au mieux de mes capacités et de mes compétences ? Je m'en remets à votre sagesse.

Aldemond assistait à une grossière pièce de théâtre. Peut-être étaient-ils des professionnels compétents dans leur domaine, mais il était difficile de concevoir plus piètres acteurs. Asèrtimas hocha gravement la tête.

— Il faut réfléchir, sujet Astier. Nous avons donné une fois, qu'avons-nous reçu en échange ?

Les deux hommes faisaient comme si Aldemond n'était pas là. De fait, il était retourné à son écritoire, faisait mine de s'occuper d'un parchemin tout en écoutant avec attention les boniments échangés par les deux hommes.

— Eh bien, rien, ou pas grand-chose, grand régent, que ce vin que nous avons bu hier soir.

— Le vin des soldats. (Il fit une grimace de dégoût.) Est-ce ainsi qu'on considère la valeur de notre présent ?

— Pourrions-nous négocier la libération du régent ?

— Non, mon cher Astier. La libération du régent n'aurait pour effet que de le renvoyer à des tâches peu conformes à son statut. Mais je suggère une autre demande. Il ne sied pas aux premiers sujets de dormir enfermés comme des bagnards. Il nous faut recouvrer notre liberté de mouvement, ainsi que l'accès à notre salle commune du bout du couloir.

— Je lui transmettrai cette condition, grand régent, mais il y a un autre souci.

— Je t'écoute, Astier.

— Tandis que je travaillerai à ces documents, si compté que nos demandes soient acceptées, qui fera mon ouvrage ? Les chèvres ne méritent pas qu'on les néglige, et les premiers sujets sont déjà écrasés par le travail alors que les soldats ne font rien. Il faudrait suggérer que l'un d'eux prenne ma part de besogne.

— Je loue ta conscience professionnelle, Astier, et je t'autorise à présenter cette requête.

Dans un geste ample et dépourvu de grâce, Asèrtimas se retourna et se dirigea vers sa cellule. Aldemond et Astier le suivirent. Une fois le verrou tiré, Aldemond prit la parole.

— Bien sûr, je n'ai rien perdu de votre conversation. Je vais réfléchir, mais, si l'aide d'Astier n'est pas à la hauteur, rien dans vos conditions de vie ne s'améliorera. Venez Astier !

Aldemond et Astier travaillaient, chacun poursuivant son idée. Quand il était arrivé dans la salle, le cryptographe s'était approché des documents, il les avait levés à la lumière, les avait sentis, palpés puis reposés sur la table. Depuis, il passait de l'un à l'autre, la concentration ridant son front et pinçant ses lèvres. Aldemond, lui, comparait les tracés qu'il avait obtenus en reliant les mots brillants avec les cartes qu'il avait en sa possession. Ils ne réagirent pas quand des bruits de pas résonnèrent dans le couloir. Un soldat entra dans la salle et se mit au garde-à-vous. Il attendit plusieurs minutes avant qu'Aldemond ne s'adresse à lui, comme sortant d'un rêve.

— Je t'écoute, soldat.

— Maître, une femme attend au bas de l'escalier pour vous être remise.

Aldemond mit un instant avant de comprendre.

— Ah oui, la femme. Fais-la monter.

Pris dans son travail, il n'avait pas repensé à cette sombre histoire. Il était tout de même soulagé que Lothar s'en soit tenu à sa parole et l'ait épargnée. Elle entra, les mains liées et sévèrement encadrée par deux soldats. Aldemond leva les yeux. Dans la pénombre, elle semblait jeune et svelte. Il fut choqué de la manière dont on la maintenait prisonnière. Les seules femmes qu'il avait côtoyées étaient les Nonnes bleues du couvent du Jourd qui l'avaient élevé jusqu'à l'âge de sept ans. À l'idée de leur mort, son cœur se serra autant que les lacets qui meurtrissaient les poignets de la jeune femme. Toutes les nonnes n'étaient pas gentilles, mais il n'avait pas pour autant grandi sans tendresse.

Aldemond approcha d'un pas résolu et trancha les liens, s'adressant fermement aux soldats.

— Pourquoi l'entraver de la sorte ? Que craignez-vous donc qu'elle fasse ?

Les soldats reculèrent pendant qu'Aldemond achevait de libérer la prisonnière. Il les congédia et proposa un siège à la jeune femme. Il lui servit un verre de vin maintenu au chaud dans la cendre d'un brasero avant de la questionner.

— Quel est votre nom, jeune fille ?

Elle répondit d'une voix brisée.

— On me nomme Armine, fille d'Arcol de Palisser, souverain du quatrième royaume, épouse du marquis de Vallade.

Aldemond resta pensif.

— Que signifie ceci, madame ? Que faites-vous ici, à me tenir lieu de présent, présent que je n'ai par ailleurs aucunement sollicité ?

— Je n'en ai pas la moindre idée, monsieur. Un capitaine-ambassadeur-militaire est arrivé, puis il m'a placé sous bonne garde. Certaines de mes servantes ont disparu, les plus jeunes. Puis on m'a conduit dans un bateau où l'on m'a enfermée dans un cachot avant de me déposer ici. Je suppose que je me trouve sur l'île du Goulet.

— Vous supposez bien, madame.

— Le capitaine-ambassadeur-militaire use de femmes à sa guise sur le bateau, et m'a promis le même sort au service d'un autre homme que lui. S'agit-il de vous, monsieur ?

— Je n'ai rien demandé, et jamais obtenu de relations par la force. Ni celle de mon corps ni celle de mon insigne. Vous êtes sous ma protection, et je ne prendrai rien que vous ne m'offririez de vous-même, soyez-en assurée. Je vais vous conduire dans mes appartements. Vous ne trouverez pas de luxe ici, cependant ma chambre est vôtre. Je dormirai dans mon bureau. Je vais vous faire porter de l'eau chaude et un baquet.

L'eau était aussi froide que la nuit était sombre. Sylvan émergea de l'autre côté de la faille, poussa son sac devant lui et rejoignit le ponton en quelques minutes. Il se glissa dessous pour détacher la minuscule embarcation de peau qui flottait entre deux eaux, puis la hissa sur le plancher au bois sommairement dégrossi. Une fois le bateau vidé puis remis à l'eau, Sylvan embarqua et poussa le ponton de la main pour s'en écarter. Il plongea l'aviron dans l'eau et partit se fondre dans le courant de la passe sud. Il contournerait alors l'île comme le faisaient les navires de ravitaillement, puis il pagaierait vers le nord-est pour rejoindre le cinquième royaume. Il devrait fournir un effort terrible pour ne pas être emporté par le courant, et il n'était pas certain de réussir. Une fois à terre, il avait l'intention de voyager d'auberges en bivouacs jusqu'à retrouver les contrées sauvages du Nord, voyager jusqu'à retrouver une raison de vivre.

CHAPITRE XI

LA TRAQUE

Quarante-quatrième jour de fuite.

Je n'imaginais pas combien écrire m'avait manqué et, alors que je trace ces lignes, je remercie du fond du cœur Lulius Never de m'avoir, à son corps défendant, fait présent de ces liasses de parchemin vierges. Je les pense comme un espace à explorer, un temps de dialogue avec moi-même dissocié du corps, pesant, comme une conversation d'âme à âme. J'ai longuement hésité à reprendre la plume, de crainte d'en dire plus sur moi-même que je ne souhaiterais qu'on en sache, mais j'ai trouvé une issue à ce dilemme. Mon journal ne sera pas lu de mon vivant. Je suis capable de tuer quiconque se l'approprierait contre mon gré, ou de détruire le volume.

Ainsi donc, mes dons me permettent de prendre le temps en défaut. J'ai cette capacité à agir selon une autre échelle que le temps des hommes ordinaires, au point qu'ils ne me voient parfois qu'à peine. Je n'ai pas la sensation d'aller plus rapidement que d'habitude, mais plutôt que le temps des autres s'est alourdi. Quand j'entre dans cette dimension, la mer cesse de frémir pour se mettre à ramper mollement comme une boule de pâte s'étale sur le marbre d'un boulanger, les mouvements des autres hommes se font si lents que je pourrais dormir une nuit pendant qu'ils se mouchent. Peut-être que les animaux évoluent ainsi dans des sphères de temps qui leur sont propres. Ces insectes qui vivent une journée, par exemple, trouvent-ils leur existence trop courte à leur goût, ou la goûtent-ils pleinement de l'âge juvénile jusqu'au moment de leur mort ? Les limaces qui sont si lentes ont-elles conscience de cette lenteur ? Les faucons qui fondent du ciel, et dont les mouvements du cou sont si vifs, ont-ils la même perception du temps qui passe que la nôtre ? Quelle est donc la part du faucon chez moi, ou la part du pigeon ?

Le bateau avance bien. Il est un peu léger et nécessite que nous utilisions notre poids pour renforcer son assiette, mais c'est un fidèle compagnon. Nous naviguons maintenant depuis plus d'un mois, et l'archipel semble n'avoir pas de fin. Au début du voyage, les observatoires des pirates pullulaient, mais, maintenant que l'archipel est beaucoup plus large, nous traversons un désert de pics rocheux et d'eau. Pétrus connaît cette zone, même si nous ne sommes pas dans les passages ordinaires. Et surtout, le livre de mer de Lulius Never regorge d'informations capitales quant aux moyens de se repérer et aux points d'eau. Dès que cela est possible, nous tirons le bateau à sec pour y faire quelques réparations, mais dans l'ensemble il se comporte plutôt bien. D'après le livre de Never et les affirmations de Pétrus, il nous faudra dans peu de temps mettre cap au nord et chercher un navire marchand. Notre coque de noix ne peut affronter la haute mer et nous ne trouverons aucun secours auprès des habitants de l'archipel. Déjà, il nous arrive d'apercevoir le large entre deux montagnes. Je m'en remets au capitaine Pétrus pour décider de la conduite à suivre.

Orville Ier, roi en exil, marin occasionnel.

— Vois, Orville, cette petite île basse, là-bas. C'est de là que nous chercherons un navire.

— Tu sembles connaître les lieux.

— Cela fera un bon observatoire. C'est ici que Clarisse et moi nous sommes séparés. C'est un pèlerinage.

Les deux hommes se regardèrent.

— Clarisse ?

Pétrus fit une horrible grimace.

— Cap au sud !

Le bateau tourna sur place dans un claquement de voile. Orville se précipita à bâbord pour faire contrepoids tandis que Pétrus protestait de son innocence.

— Je n'avais jamais promis à Clarisse de lui être fidèle, ni de passer le reste de mes jours avec elle ! Tout comme elle n'avait jamais promis de ne pas me trancher la gorge un jour de mauvaise humeur. Quant à la robe, ce n'était qu'une petite farce bien innocente en regard des années qu'elle m'avait prises.

— Apparemment, son avis n'est pas conforme au tien.

— Bien entendu, mais comment pouvais-je imaginer qu'elle m'en tiendrait rigueur à ce point. Bon, de toute façon, Clarisse est réputée pour sa rancune, et elle m'aurait pourchassé ainsi, même sans cette anecdote savoureuse. Je me reproche en revanche de ne pas avoir cherché à penser comme elle. Il est évident que son navire est au mouillage depuis au moins quinze jours dans l'anse face à l'île. C'est le meilleur endroit pour attendre le passage d'un navire, qu'il s'agisse de le détrousser ou de lui demander à embarquer.

— En connais-tu d'autres où nous pourrions guetter sans risque ?

Pétrus réfléchit un instant.

— Oui, mais il faudrait passer par une zone que j'aurais préféré éviter.

— Quels sont les dangers qui nous y attendent ?

— Disons que nous avons vu la campagne, les faubourgs, mais que nous approchons de la capitale. Les navires y sont plus fréquents et les îles plus souvent habitées. Le relief de l'archipel n'est pas homogène. Dans la zone que nous avons traversée, les montagnes sont très hautes et les eaux profondes, les lieux où vivre font exception. L'ouest de l'archipel est plus clément, on y trouve souvent un relief moins accentué où des habitations ont pu être construites. Beaucoup plus de récifs également.

— Dis-moi, Pétrus, combien de gens vivent ici ?

— Disons, moins que dans une comté, mais plus que dans une ville comme Gradlyn, pour en citer une que tu connais.

— Je ne suis jamais allé à Gradlyn.

— Ah ! Eh bien, il faudra y passer un jour ! C'est une ville… intéressante.

Orville revint à la question qui l'occupait.

— Donc, il y a des villes, des bourgs ?

— Oui, dont plusieurs que nous ne pourrons éviter, car ces zones sont infestées de cailloux et il vaudra mieux emprunter un chenal connu de tous. Bien sûr, les gens se sont installés tout le long avec leurs familles, leurs tavernes, leurs échoppes… leurs ports, leurs armureries également…

— Je préférais le début de ta phrase.

— Clarisse n'aura pas pu à la fois naviguer jusqu'à l'île et venir ici pour porter la nouvelle de notre présence.

— Et les signaux de fumée ?

Pétrus nia de la tête.

— Les signaux de fumée servent à faire venir des navires, pas à transmettre des messages. De toute façon, il n'y a pas d'autre solution. Nous serons vus, charge à nous de passer sans donner l'impression de fuir ou d'espionner. Il y a des petits bateaux qui vont d'île en île pour commercer. En naviguant tranquillement en plein jour, nous avons des chances de passer inaperçus.

Les habitations en rondins étaient accrochées sur le flanc d'une île escarpée. Chaque maison n'avait pour terrain qu'une modeste terrasse de bois sur laquelle les voisins passaient pour rejoindre leur propre demeure. Des passerelles permettaient ainsi de circuler dans le village de balcon en balcon alors qu'un ruisseau dévalait bruyamment la pente, sinuant entre logis et rochers. De modestes bateaux oscillaient le long d'un ponton duquel montaient des échelles qui s'accrochaient au village. L'ensemble ressemblait un peu à ces échafaudages de bois que l'on installe le long des murs d'un château ou d'un temple en construction. Orville poussa la barre pour s'approcher de la côte.

— Tu es sûr qu'il est nécessaire d'accoster ? N'est-ce pas dangereux ?

— Je t'ai expliqué, Orville, que nul ne navigue ici s'il n'a rien à y faire. Il faut donc nous faire passer pour des marchands. Qu'importe la marchandise, à partir du moment où elle permet de justifier notre présence.

— Et que nous commercions avec nos sabres sur nous ne surprendra pas ces villageois ?

Pétrus sembla perdre patience.

— Mais enfin, Orville, nous sommes chez les pirates ! Même les enfants sont armés. Comment crois-tu pouvoir encaisser tes gains si tu ne peux les défendre ?

— Quel monde étrange !

— Nous devons changer de nom. Comment vais-je t'appeler ?

Orville réfléchit.

— Pourquoi pas Lulius ?

— Non, il est célèbre ici. Ça pourrait attirer l'attention. Tu seras Hagrold. Ce nom a une consonance un peu sauvage qui inspire le respect. Pour ma part, je répondrai au nom de Lothaire.

Ce disant, il sauta sur le ponton et arrima le petit voilier tandis qu'Orville descendait une caisse contenant quelques babioles.

Pétrus se mit à haranguer la foule pour vanter sa marchandise. Conformément aux consignes de Pétrus, Orville restait en retrait, les bras croisés et le regard de glace, la poignée du gigantesque sabre de Never bien en vue.

— Vous ne trouverez plus d'aussi belles lames, messieurs, plus d'aussi beaux objets. Venez acheter et troquer. Voyez ces armes, prenez-les en main, on n'en fait pas de meilleures dans les sept royaumes. Les forgerons du Suprême en personne se sont penchés sur la braise pour en attiser le feu…

Il continua ainsi ses boniments durant quelques minutes tandis que les pirates le regardaient dédaigneusement. Ces hommes à l'air brutal et au visage hâlé par le soleil présentaient de curieux accoutrements, sordides reliquats des prises qu'ils avaient dû faire dans l'année : délicates chemises de soie, vestes militaires, vêtements de gentilhomme tachés de sang, bandeaux de tissu colorés… Une bande de brigands chamarrés comme une troupe de théâtre. Une bien mauvaise troupe sur une bien mauvaise estrade. L'un d'entre eux s'approcha, menaçant, il saisit un sabre, le soupesa et le fit siffler dans l'air marin.

— Dis-moi, beau parleur, qu'est-ce qui nous empêche d'essayer la marchandise sur vous et de nous servir après ?

— La prudence, pirate. Vois-tu mon ami Hagrold derrière moi ? Il a combattu les armées de trolls des contrées du Nord dont il est natif. L'un de vous a-t-il déjà affronté un redoutable troll des glaces ? Hagrold en a affronté dix d'un coup ! Puis il est parti, lassé de ne plus trouver d'adversaire à sa hauteur pour voir ce que le monde avait à lui opposer.

Le pirate avança, agressif, suivi par une dizaine d'autres. Pétrus recula d'un pas, portant la main à la poignée de son sabre. Le chuintement d'une lame sur le cuir leur fit marquer un temps d'arrêt. Orville souriait, l'arme à la main, l'air détaché.

— Recule, Lothaire. Tu m'as promis que le prochain combat était pour moi. La dernière fois, tu les as tous tués alors que j'avais le dos tourné. C'est mon tour cette fois-ci.

Il se rua à l'assaut avec une telle férocité et une telle vitesse qu'avant d'avoir pu réagir, les hommes, indemnes, avaient qui une manche qui lui tombait sur le poignet, qui un pan de sa veste qui reposait au sol... Orville avait repris sa place près du coffre, la pointe du sabre posée au sol, nonchalamment appuyé sur la poignée comme il l'eût fait avec une canne. Décidément, ce sabre avait le poids qui convenait. La sensation de puissance qu'il communiquait était purement diabolique.

— Messieurs, j'offre toujours un avertissement, c'est fait. La prochaine fois, j'appuierai plus mes coups et je mordrai la chair de deux bons pouces de profondeur. La troisième fois, je ferai tomber les membres et rouler les têtes.

Pétrus reprit son boniment comme si rien ne s'était passé jusqu'au moment où un des pirates l'interrompit pour s'adresser à Orville.

— Dis-moi donc, Hagrold le puissant, où as-tu trouvé cette lame ?

Pétrus vint au secours de son compagnon, prenant un air choqué.

— Cher ami, depuis quand un pirate dévoile-t-il ses sources d'approvisionnement ? Regarde plutôt ces sabres, leur équilibre et leur finesse te gar...

L'homme lui fit signe de se taire.

— Tu as volé cette lame à Never ? Comment as-tu fait ?

Orville se contenta de sourire d'un air gourmand et féroce. L'homme le regarda, l'expression indéchiffrable, puis son visage s'éclaira.

— Tu as tué Never ! C'est ça ? Tu as tué cette fripouille de Never ?

Orville ne changea pas d'expression, Pétrus passa devant lui et fixa le pirate, l'air méchant, roulant les yeux comme un comique de foire.

— Oui, pirate, nous avons pris son île d'assaut, puis nous avons tué tous les hommes qui s'y trouvaient. Le capitaine

Lulius Never a succombé sous les coups de mon ami Hagrold que voici. Le lendemain, nous sommes repartis avec ses canots que nous avons liés entre eux pour venir vers vous et vendre ou échanger les armes que nous avons prises sur l'île. Quel mal y a-t-il à cela ?

— L'île de Never, seulement à deux. As-tu des preuves de ce que tu avances ?

Pétrus sortit du bateau un coffre de plus modestes dimensions. Il étala proprement sur le ponton le livre de mer de Never et les baguettes de buis, puis il ouvrit le coffret. À la vue du grossier cristal maintenu par sa chaîne d'argent, l'homme recula parmi ses compagnons. Il les regarda un instant puis s'adressa aux deux fugitifs en ouvrant les bras.

— Nous sommes vos hôtes, Hagrold et Lothaire, et vos obligés. Venez donc nous raconter autour d'une chopine comment vous avez pu tuer à vous deux autant d'hommes bleus commandés par un mage aussi nuisible que Never.

Il agrippa l'échelle et monta en direction du premier balcon en appelant à tue-tête qui pouvait l'entendre.

Chaque maison était une auberge, un magasin d'objets hétéroclites, un garde-manger et une armurerie. Ni lit ni paillasse, mais des hamacs accrochés un peu partout aux murs. Si les deux fuyards avaient été accueillis par des hommes, les maisons étaient tenues par les femmes. Il fallait à chaque nouvelle porte que l'homme négocie longuement avec sa femme l'entrée de la demeure. L'huis ne s'ouvrit pas à chaque fois. Quatre hommes montaient la garde autour de l'étrange bateau. Toutes les heures, ils étaient relevés par d'autres, tandis que les pirates libérés de leur charge rejoignaient la veillée.

Dix fois, Pétrus et Orville racontèrent leurs aventures, enrichissant l'histoire et remontant dans le temps au gré de la conversation, en évitant soigneusement d'évoquer le petit différend qui les avait opposés à Clarisse. Tard dans la nuit, alors que la soirée était sur le point de se terminer, un pirate de taille moyenne qui revenait de son tour de garde apostropha Pétrus.

— Dis-moi, Lothaire, le vieux Never était un mage puissant et très ancien, et ses hommes des sangs d'ardoise, comment as-tu fait pour les tuer ? Il faudrait que vous soyez des mages vous aussi.

Orville et Pétrus se regardèrent. L'homme poursuivit.

— Car si vous n'en êtes pas, je dirais en ce qui me concerne que vous avez menti. J'ai vu de mes yeux ces hommes combattre. Ils étaient invincibles, pour ce que j'en ai constaté. Ils étaient les seuls à attaquer les navires militaires.

Pétrus sentit que les choses allaient mal tourner s'il ne donnait pas de gages. Il se coupa légèrement l'avant-bras pour montrer le sang trop sombre qui coulait de ses veines. L'homme secoua la tête.

— Moi aussi, mon sang est bleu. Je ne suis pas pour autant en mesure de faire ce que vous avez fait. Explique-moi.

Pétrus darda sur Orville un regard impératif. Sa démonstration sur le ponton avait pris les pirates de cours. Ils ne se laisseraient pas prendre une deuxième fois. Orville remplit sa chope.

— Tu as raison, l'homme. Je suis le mage que tu cherches. Never et ses hommes n'avaient aucune chance.

— Peux-tu le prouver ?

Orville le regarda en souriant.

— Goûte donc ce vin doux qu'on vient de te servir. Tu me diras après ce que tu en penses.

Le pirate porta la chope à ses lèvres, mais rien n'en coula. Il regarda surpris l'intérieur du récipient.

— Nom des os, il est gelé !

Orville but le reste de son vin sucré et tiède. Puis il traqua d'un doigt impitoyable et gourmand une goutte qui refusait de sortir de la chope. Il le suça goulûment.

— Imagine qu'au lieu de geler ton vin, j'aie gelé tes rognons. Tu sauterais au plafond en poussant des cris de goret.

Orville leva le regard vers le pirate d'un air satisfait – l'homme avait porté instinctivement la main à ses testicules – puis, tournant la tête, il aperçut Pétrus qui le fixait, surpris.

— Pourquoi me regardes-tu ainsi ? Est-ce mon vocabulaire qui te choque ? Je suis un chasseur de trolls, pas un secrétaire particulier.

Pétrus secoua la tête comme pour chasser une pensée fugitive. Il revint sur le pirate.

— Es-tu satisfait ? Oui, nous sommes de taille à accomplir ce que nous prétendons avoir accompli !

Le pirate regarda sa chope, l'expression dégoûtée.

— Oui, je suis satisfait. Je le serai plus encore quand on m'aura servi du vin chaud à la place de ce glaçon.

Orville et Pétrus larguèrent les amarres le lendemain en milieu de matinée. Les affaires avaient plutôt bien marché. Pétrus avait échangé quelques armes contre un luth richement décoré à la sonorité délicate. Il avait choisi pour Orville un grossier tambourin, qui conviendrait plus à son approche musicale, et avait complété l'équipement de quelques flûtes. Probablement qu'un musicien malchanceux avait croisé la route de ces pirates-là.

Vent de travers, ils n'avaient pas de difficulté à manœuvrer le bateau. Pétrus, en proie à une migraine tenace, rompit la glace.

— Orville, n'as-tu rien à dire qui m'explique ce qui s'est passé hier soir ?

— Majesté Orville, s'il te plaît, Pétrus. Et que s'est-il passé hier qui te pose question ?

Pétrus comprit qu'il ne tirerait pas grand-chose de son ami.

— Oh, presque rien, mais je ne connais pas grand monde capable de geler du vin chaud dans une chope.

— Il faisait froid, tout de même, un vent coulis malencontreusement dirigé vers le breuvage aura fait son œuvre. Il suffisait de le repérer et d'utiliser cet argument.

Orville ne dirait rien.

— Peut-être, majesté Orville, mais il ne gelait pas. Je ne m'explique donc pas ce fait.

— Eh bien, s'il te plaît que je sois un mage, que j'en sois un. Aussi vrai que tu es un ivrogne et que tes souvenirs de cette soirée parmi tes semblables ont excité ton imagination.

— Tout de même. Depuis notre départ, vous avez accompli, majesté, nombre de prodiges.

— Comme tout roi, le sang bleu coule dans mes veines, cher Pétrus. Enfin, c'est une façon de parler, car il coule plutôt dans les tiennes. Quand perdras-tu donc l'habitude déplaisante de questionner ton souverain ? À ton tour. Puisque nous sommes censés faire du commerce, que t'es-tu encombré de ces instruments de musique ? Penses-tu les vendre dans le prochain village ? Au demeurant, je trouve ces pirates fort sympathiques, ils préfèrent les armes aux luths, c'est un signe de bon sens. C'est un bon début, si je veux les compter un jour parmi mes sujets.

Pétrus était indécis. D'une part, les mages étaient extrêmement rares, et d'autre part, il n'était pas faux qu'il avait bu plus que de raison, de même qu'Orville et l'ensemble des hommes présents. Il trouverait bien une autre occasion de vérifier ses soupçons.

— Dis-moi, Orville, qu'est-ce donc que le baiser de la veuve bleue ? Never en a parlé, mais je ne sais ce qu'il a voulu dire quand il t'a traité de mage de pacotille.

— Je n'en ai pas la moindre idée. Il était complètement cinglé. En tout cas, il a bien parlé de pacotille, il ne prenait donc pas ces choses au sérieux, lui. Je reste surpris de l'accueil que ces pirates ont fait à l'annonce de la mort de Never.

— Crois-tu que les pirates ne se volent pas entre eux ? Ceux que tu as rencontrés vivent dans une île isolée. Ce sont des pauvres, très mal payés et maltraités par les capitaines qui les emploient. De plus, il n'est pas rare que des gens comme Never pillent des villages pirates pour finir la saison.

Orville se leva et contempla les îles le long du chenal.

— Un monde idéal où les plus forts mangent les plus faibles… Je vois des maisons çà et là. Je gage que nous ne nous arrêterons pas dans chacune d'entre elles. Quelles sont les prochaines escales ?

— Eh bien, nous allons naviguer toute la journée et nous arrêter dans un bourg, enfin, un village d'une soixantaine de cheminées. Nous nous y ferons passer pour des musiciens. Je connais quelques grossières gigues au texte paillard qui devraient être de ton goût. Puis nous contournerons largement l'île Verte. C'est en quelque sorte la capitale des îles pirates. Il y a plusieurs milliers d'habitants, et le château du marquis.

— Du marquis ?

— Un homme avisé ne met pas tous ses œufs dans le même panier. Une de tes vieilles connaissances prend parfois ses quartiers sur l'île Verte.

— Vallade ?

— En effet. L'homme applique à la mer ce que tu m'as décrit du chemin des cols. Les commerçants sont escortés ou attaqués, sur terre comme sur mer, et l'or tombe toujours dans la même poche.

— Il a donc un château ici.

— C'est un bien grand mot pour une petite forteresse avec de hauts murs bâtie sur un piton rocheux. On dit qu'une grande partie de sa richesse est ici. Il y entretient une petite armée de brigands.

— Le roi n'est donc pas venu jusqu'ici car Vallade en avait décidé autrement. Je ne m'explique toujours pas pourquoi il m'a empêché de poursuivre ma mission.

— Ne cherche pas trop loin. Les rebelles ne nuisent pas au commerce.

— Ils commercent avec lui ? Mais que me caches-tu encore ?

— Patience. Il y a un temps pour les questions et un temps pour les réponses. Toujours est-il que nous éviterons l'île Verte où on me connaît trop et que nous passerons par des eaux plus dangereuses. D'ici trois jours, nous irons mouiller dans une crique au-dessus de laquelle se trouve un promontoire. Nous y surveillerons les bateaux qui descendent le long de l'archipel.

— Comment sais-tu que Clarisse ne nous y attend pas ?

Pétrus sourit.

— C'est ce bon Lulius, cher ami. Le chemin n'est pas facile pour un gros navire, et il a précisément documenté l'approche dans son livre de mer. En revanche, ce sera un jeu d'enfant pour une coquille de noix comme la nôtre.

— Eh bien, levons un toast à Never !

Tandis qu'Orville brandissait une bouteille de vieil alcool, Pétrus grimaçait aux relents acides de prune qui lui brûlaient l'estomac.

Orville attrapa l'amarre qu'on lui avait lancée.

Deux jours auparavant, le bateau de ravitaillement et celui de la Garde étaient passés toute voiles dehors. Orville et Pétrus les connaissaient suffisamment bien pour ne pas s'y laisser prendre. Ils avaient attendu leur chance, et ce bateau-ci était le bon. Pétrus l'avait aperçu alors qu'Orville dormait. Aussitôt, il avait dévalé la pente et poussé leur bateau à l'eau. Orville n'avait eu que le temps de sauter à bord avant de prendre la mer. De fait, le grand navire avançait rapidement, poussé par le courant et le vent d'est et ils avaient eu bien du mal à se positionner en travers de sa route. La vigie avait alors averti le capitaine, qui s'était porté à leur rencontre.

— Vite, Orville, le bateau ne ralentira pas pour nous !

Il attacha le bout à l'avant du petit voilier puis tira la corde vers le haut pour amortir la secousse au moment où elle se tendrait.

Le capitaine, penché à la poupe, observait Pétrus d'un air amusé.

— Alors, Pétrus, on cabote ?

— Ris donc, Baudouin, mais envoie-moi une corde pour remonter mes coffres.

— Je t'en envoie même deux. Ne vas-tu pas mettre ton matelot au travail ?

Orville et Pétrus buvaient du café dans le carré du capitaine Baudouin, un breuvage rare dont on cultivait la plante dans les contreforts de la crête de l'est. Il ne leur avait pas posé de question et avait vidé la cabine d'un lieutenant, qui à son tour avait vidé celle d'un quartier-maître qui était allé poser son sac dans l'entrepont avec ceux de ses hommes et une rancœur tenace. Un événement, parfois, bouleverse toute la chaîne de commandement, ou dans le cas présent la chaîne du logement.

— Dis-moi, Pétrus, pouvons-nous parler devant cet homme ?

— Il n'y a pas de problème, Baudouin, je m'en porte garant.

— Bien, je te fais confiance. As-tu trouvé ce que nous cherchions ?

Pétrus secoua la tête.

— Je n'en ai pas eu le temps. Les soldats de Vallade et une poignée de capitaines-ambassadeurs ont contrarié mes plans. Cela dit, j'ai acquis la certitude que cette île est la clé.

— Dommage. Nous avons vu que les Gardiens ont armé leur navire pour assurer les rotations en double avec le ravitailleur.

— Oui, ça s'est produit au moment où nous avons dû fuir.

— Vous avez traversé tout l'archipel sur ce radeau, au milieu de tes anciens amis ?

— C'est une longue histoire, Baudouin, et nous avons eu beaucoup de chance. Quelles sont les nouvelles du monde ?

— Rouault va bien, pour autant que je sache. Elle est actuellement dans la Cité-Vieille, ainsi que son fils Évid.

Pétrus fit la grimace. Baudouin prit la bouteille d'alcool et emplit la chope de Pétrus.

— Ne fais pas cette tête-là, Pétrus, il n'a pas que des défauts… Bon d'accord, il n'a que des défauts, mais il est là et il te faut faire avec.

— Quelle idée, enfin, de concevoir un enfant avec ce roquet alors que nous n'y étions pas parvenus pendant deux siècles ?

— Tu étais parti depuis, disons, une soixantaine d'années. Tu n'es pas resté chaste non plus, je suppose ? Combien de rejetons as-tu engendrés toi-même ?

Pétrus sourit.

— Je n'en ai pas la moindre idée. Mais il est vrai que quand je suis en voyage, je laisse libre cours à ma nature. Je chante et je raconte des histoires. Qu'y puis-je si les dames aiment les poètes ?

— Et si tu aimes les dames qui aiment les poètes ! Bien, vous devez être fatigués. Avant de vous laisser vous reposer, je dois vous informer du fait que tout le littoral de la mer intérieure vous cherche. Vos têtes sont mises à prix pour leur poids d'or. Vos poursuivants auront donc intérêt à laisser une large part du cou quand ils vous le sectionneront. Il est trop risqué d'accoster. Je vais me dérouter vers le sud pour vous déposer en Arcédia avant de débarquer ma marchandise dans un port du septième royaume.

» En quelques mois, la situation a bien changé, et les rapports que nous recevons sont tragiques. Beaucoup des nôtres ont été raflés par les Gardiens. Ceux des villages en particulier. Nos informateurs écrivent que des villages entiers sont déportés pour aller travailler dans la crête. Partout, on saigne des gens pour nous démasquer. À ce qu'on en dit, on ne revoit jamais ceux qu'on trouve. Ils sont tués ou emmenés dans les montagnes. La quantité de nourriture qu'on convoie vers les sommets ne peut pas suffire pour tous les gens qui y sont montés et nous craignons pour leur vie. Les théocrates sont aussi pourchassés partout dans le royaume. Ceux qui ont fui ont trouvé refuge en se fondant dans la population. Nous les y avons aidés tant que nous avons été en mesure de le faire. Non que nous les aimions, mais nous ne pouvions les laisser ainsi à la merci des Gardiens qui les écorchent vifs ou les enferment dans des cages à corbeaux le long des routes. Ils cherchent à constituer un réseau, mais cette initiative reste fragile. Il a fallu que leurs cheveux repoussent avant qu'ils ne sortent au grand jour. Quant aux nobles, ils restent inactifs. Ils ne croient pas à ce qui se déroule pourtant sous leurs yeux. Les Gardiens ou leurs représentants s'implantent dans les fiefs, et on dit qu'en Hautterre, le vicomte n'est plus qu'une marionnette manipulée par un certain Bartlan. Les rois eux-mêmes ne semblent pas considérer la menace. Les Gardiens ont fait du ménage dans la hiérarchie du royaume pour infiltrer le pouvoir. Lothar revient aux affaires.

Pétrus fit une moue dégoûtée.

— Il était déjà lâche, cruel et incompétent comme roi. Ça n'augure rien de bon.

Orville les écoutait parler, ne comprenant qu'à mi-mots ce qui se jouait.

— Mais combien sont-ils donc, les Gardiens, pour imposer ainsi leur volonté sur les sept royaumes ?

Baudouin et Pétrus se tournèrent vers lui, comme surpris de sa présence qu'ils avaient laissée se consumer dans le feu de la discussion. Le capitaine Baudouin s'excusa.

— Ah oui, vous ne devez pas bien comprendre ce dont nous parlons. Désolé.

Orville secoua la tête pour indiquer que ça n'avait pas la moindre importance.

— Pétrus, quelle était donc la nature de ta mission sur l'île du Goulet ? Tu ne m'en as jamais parlé.

— Je peux maintenant t'en faire part sans dévoiler un secret que tu ne connaisses déjà. Les Gardiens ont le sang bleu, mais ils sont plus rapides et plus puissants que nous. Nous pensons que ça a un rapport avec l'île du Goulet qu'ils occupent sans raison apparente. Mais je n'ai rien trouvé, je ne suis pas resté assez longtemps, je pense.

Orville resta un instant songeur, pesant les implications de ce qu'il s'apprêtait à dire. Puis il prit la parole d'un ton grave.

— J'ai l'information que tu cherches.

Pétrus le jaugea du regard, méfiant. Compte tenu de sa position et de ses relations avec Sylvan…

— Consentiras-tu à me la donner ?

— Je consens à un échange.

La tension monta perceptiblement.

— Et que demandes-tu ?

— Tu as une mission et j'en ai une également. C'est donnant-donnant. Je veux tout savoir sur l'enlèvement des enfants.

Pétrus se gratta le menton, rugueux d'une barbe naissante.

— C'est cher.

— C'est mon prix. À toi de voir ce que vaut l'information que j'ai à te donner.

— Je ne peux décider seul. Nous en parlerons une fois arrivés à la Cité-Vieille.

CHAPITRE XII

LE PACTE DU DÉMON

La patrouille revenait d'une exploration de six jours à l'ouest du chantier du donjon. Le chemin semblait s'y faufiler entre des sommets toujours plus hauts, parsemé d'anciennes constructions en ruine et distribuant de profondes vallées infertiles. Quelques soldats d'un contingent nouvellement arrivé escortaient un des savants dont la tâche consistait à répertorier les richesses minières que l'on pourrait trouver dans la crête.

Hommes et bêtes s'arrêtèrent devant l'écurie, une grande tente dressée à l'écart du campement, une tente regorgeant de fourrage et de paille. Si les hommes dormaient dehors, les animaux avaient droit à un abri. Le sergent laissa les mules aux soins de ses hommes et monta au donjon pour faire son rapport.

Il demanda à voir le capitaine-ambassadeur-militaire Llarson de toute urgence. Ce dernier ne sortait pas beaucoup de la forteresse en construction. On le voyait parfois inspectant le chantier, maussade de n'avoir plus d'esclaves à maltraiter. Un homme dur et sadique, au point que le sergent en avait peur. Le garde le salua et l'accompagna vers l'échelle provisoire qui permettait d'atteindre le second étage. Quand la première courtine serait bâtie, on y accéderait par un petit pont-levis manœuvré de l'intérieur de la fortification. Le garde prit pied sur une plate-forme et frappa à la porte. Un serviteur vint lui ouvrir. L'homme paraissait prématurément voûté, comme si ses épaules voulaient se replier dans son corps pour disparaître en lui-même. Il écouta, acquiesça, comme pour s'excuser, et disparut derrière la lourde porte de chêne bardée de ferrures.

Le serviteur traversa une pièce sobrement meublée d'une table, d'une chaise, d'une grande armoire et d'un lit à baldaquin, au sol recouvert de maints tapis dont la pénombre estompait les motifs. Cette pièce à vocation militaire était aveugle et des chandelles y dispensaient une lumière avare. Il emprunta un escalier pour rejoindre la cave où se trouvait Llarson. Il se prosterna devant lui longuement puis se redressa, genoux au sol et regard rivé sur le dallage grossier. D'un ton presque inaudible, il lui exposa la requête du sergent et ne vit pas en retour l'expression méprisante qui passa sur le visage du capitaine.

Llarson était assis dans un grand fauteuil et des femmes en haillon recroquevillées dans les zones d'ombre. Deux d'entre elles, entièrement nues, avaient le cou et les poignets engagés dans un pilori de forte section. Toutes, chacune à son tour, subissaient ce supplice chaque fois que le sang menstruel indiquait qu'elles n'attendaient pas d'enfant de Llarson. Elles restaient là tant que leur bourreau ne leur donnait pas congé – une journée, parfois une semaine. L'une d'entre elles était même restée attachée jusqu'à ce qu'elle meure de soif, de faim et de froid. Un tel châtiment montrait à toutes ce qu'il en coûtait de dire tout haut qu'une femme ne peut décider de concevoir – le prix de la franchise. Presque une année à forniquer, et pas une n'avait été capable de lui donner le moindre marmot ! Dix mois, douze femmes, cent vingt chances de concevoir et pas une seule grossesse en vue. Était-il stérile, ou si peu fécond que ses chances étaient négligeables ? Avait-il choisi les femmes trop jeunes ? C'était vrai pour certaines d'entre elles, mais les autres avaient déjà procréé... Qu'importe ! Il irait écouter ce que ce sergent avait à lui dire, pourvu que ce soit intéressant... pour lui.

Llarson apparut, ses cheveux attachés volèrent au vent alors que le sergent gravissait l'échelle pour s'agenouiller devant lui.

— Qu'as-tu à me dire ? Bien d'autres qui m'ont dérangé pour des broutilles ont fini leurs jours sur les cailloux en contrebas de cette porte.

— Monseigneur, je commandais la patrouille qui s'est rendue vers l'est.

— As-tu trouvé de l'or, du fer ? Quelque chose qui puisse m'intéresser ?

— Nous n'avons pas trouvé de métaux, maître, mais je dois vous relater une étrange observation. À deux jours de marche, nous avons trouvé des sépultures récentes.

— Celles des esclaves que nous avons *libérés*. Ils n'ont pas tout à fait oublié qu'ils étaient des hommes. Nous pouvons donc en demander davantage à leurs successeurs. Est-ce tout ?

— Non, maître. Nous avons poursuivi notre chemin de tombe en tombe, et nous sommes parvenus dans une basse vallée en cul-de-sac, une vallée avec des bosquets épars et quelques zones herbeuses. Rien de remarquable, si ce n'est ce cimetière, des tombes simples constituées de cailloux entassés sur les corps. Ce qui m'a surpris, c'est qu'autour de ces tombes, nous avons trouvé les restes de plusieurs loups. Nous avons alors poursuivi sur une demi-lieue : il y avait des cadavres d'ours des montagnes, de loups ou de lynx, morts carbonisés. Tout est brûlé autour de leurs dépouilles, parfois sur dix pas de large. Quelque maléfice est à l'œuvre dans ce vallon et tue les carnassiers, maître. Sinon, nous avons repéré des traces de pas. Des pieds d'enfant, ou d'une toute petite personne.

Llarson resta un instant songeur. Un enfant qui tuerait un ours, ce serait étrange, mais un enfant qui en tuerait dix, des meutes de loups… Un enfant capable de carboniser des animaux, mais surtout qui aurait survécu au froid montagnard du printemps, seul et démuni de tout. Se pourrait-il que la première pierre de son armée se soit posée là où il ne l'attendait pas ? Il se fit apporter son épée à pommeau de gemme bleue et rejoignit le sergent dans l'humus fangeux de ce qui deviendrait la cour.

— Tu vas me montrer l'endroit. Nous partons tout de suite.

Puis Llarson héla les hommes qui s'étaient agenouillés dans la tente servant d'entrepôt, alarmés par sa venue.

— Intendant ! Des mules, deux tentes et du ravitaillement, vingt soldats et quatre sergents en plus de celui-ci. Prévenez le capitaine-ambassadeur-militaire Sulion.

Le convoi était en route depuis la veille. La nuit avait été froide, et les soldats faméliques s'étaient endormis à même le sol autour du maigre feu de cuisine. Sulion était dans sa tente où son aide de camp lui avait servi un luxueux repas. Né dans un château du Sud, presque à la frontière avec le deuxième royaume, il ne présentait pas de qualités physiques particulières. Bien que n'étant promis à aucune grande destinée, il avait été élevé au couvent du Jourd. De taille moyenne, lymphatique, il dégustait un gruau à base de lait et d'avoine agrémenté d'un hachis des dernières pommes que l'on pouvait trouver en cette saison, à prix d'or. On y avait ajouté une mesure de miel et des épices précieuses qui, mêlées avec celles du vin chaud, embaumaient la tiédeur de la tente. Sulion n'aimait pas la crête. Né non loin de la mer et bien qu'il n'y ait vécu que le temps d'être confié aux théocrates, il avait décidé que l'altitude et ses excès ne lui convenaient guère. Mais il n'était pas dans son caractère de contester l'histoire en marche, on lui avait ordonné de venir, il était là, et tout ce qui lui serait demandé serait fait, pourvu qu'on le laisse en paix… et qu'il puisse reprendre la place qui lui était promise par sa naissance. Il lui faudrait probablement tuer ce frère cadet qu'il n'avait jamais vu et qui l'avait remplacé. Ce serait un travail sale et ennuyeux, mais il aurait ensuite un fief à lui, c'était la seule chose qui l'intéressait. Une fois son assiette terminée, il renversa sur le sol le reste du gruau qui tiédissait dans le petit chaudron de voyage et sortit pour surveiller les préparatifs. Llarson était à pied d'œuvre. Il marchait autour du camp tandis que les soldats trempaient du pain rassis dans un bouillon clairet.

— Sulion, cher ami, nous voici sur le départ. Le voyage me fait le plus grand bien après ces longs mois à surveiller le chantier.

— Je n'ai pas été reclus comme toi, Llarson. J'ai passé l'année dans un bourg au pied de la crête, à surveiller des esclaves qui travaillaient dans les forêts avoisinantes pour amasser ce bois de chauffage que nous avons monté jusqu'ici. L'épidémie de peste en ayant décimé une bonne moitié, il faudra compléter le convoi en passant dans les fiefs des basses vallées au printemps. Bien que j'aie senti leur réticence, les nobles n'ont pas protesté. Je n'attendais pourtant que ça pour les mettre à mort, conformément à la consigne de Lothar. Peut-être l'ont-ils senti.

— Peut-être. Ils n'en bénéficieront pas eux-mêmes, mais leurs fiefs sont idéalement placés. Cette saignée dans la paysannerie va nous permettre de mener à bien la construction dans la crête et, ainsi, ceux d'entre nous qui évinceront les nobles dégageront un revenu suffisant pour acheter des esclaves et des chevaux aux fiefs plus éloignés.

— Effectivement. La raison de ces fortifications m'échappe un peu. Je ne vois pas pourquoi construire ici, alors que tout y est si difficile. Nous aurions pu prendre le pouvoir plus facilement sans ces immenses chantiers, et nous serions en train de boire une chope dans un estaminet de Gradlyn.

— Lothar a ses raisons, Sulion. Certaines choses doivent se faire loin des yeux des hommes. Quand ils se rendront compte que les choses ont changé, il sera trop tard. Ils seront affaiblis, leurs caisses seront vides et nous serons plus puissants que jamais.

— Et les rebelles ?

— Les rebelles sont un prétexte. Il est si facile d'effrayer les hommes en agitant un épouvantail d'une main pour mieux les détrousser de l'autre. Si facile qu'il est légitime de le faire. Les rebelles existent. Ils enlèvent un résurgent de temps à autre et se terrent on ne sait où. Mais ils ne représentent pas un danger. Ceux que nous avons trouvés dans la population ont été tués ou ont rejoint les rangs de nos soldats du sang. Nous leur avons trouvé une place.

— N'ont-ils pas de mages, comme ce qu'on nous en dit ?

— Pas plus qu'il n'y a de kraken dans les mers du Grand Nord, mais nous en tenons peut-être un. Nous le découvrirons après-demain dans ce vallon. Il faut partir.

Le convoi s'ébranla, les deux capitaines en tête sur leurs chevaux de guerre et les hommes derrière, tirant pour certains la longe d'un mulet.

Ils arrivèrent le lendemain en milieu de journée en vue du cimetière. Douze amoncellements de cailloux formaient un cercle imparfait. Ils étaient tous semblables, à l'exception de l'un d'eux dont les pierres du tumulus étaient plus petites. Llarson descendit de cheval et marcha entre les tombes sur lesquelles de petites fleurs de printemps étaient disposées çà et là. La zone était couverte d'un boisement épars et un torrent coulait à proximité. Le capitaine supposa que les esclaves livrés à eux-mêmes avaient cherché un passage vers le bas et que, parvenus dans ce cul-de-sac, ils s'étaient installés pour tenter de survivre, ou pour attendre que la mort les prenne. Il posa la main sur le tronc d'un arbre et sourit à cette idée. Puis il s'éloigna pour examiner un des cadavres calcinés. Il s'agissait bien d'un loup. Il ne restait de son corps que quelques os sur une large tache noire. Llarson gratta le sol de la pointe de sa dague. La terre était cuite sur une main de profondeur. Il avait pensé en venant que ces gens avaient peut-être brûlé les prédateurs une fois morts pour s'en nourrir, ou pour détruire les carcasses. Mais il n'y avait nul charbon, nulle trace d'une activité humaine. On eût dit que la foudre était tombée sur les animaux, les réduisant à l'état de trace. Llarson se releva, vaguement inquiet. Si cet enfant était un mage, quel accueil réserverait-il à celui qui les avait tous condamnés à mort ? Sulion serait peut-être utile à ce moment. Il s'adressa au sergent qui avait relaté cette découverte.

— Je t'accorde que c'est étrange. Conduis-moi aux traces de pas que tu as trouvées.

Le sergent marcha entre les troncs jusqu'au torrent. À cet endroit, l'eau contournait un gros rocher en bouillonnant, épargnant une longue portion de la rive en aval. Le sergent indiqua une petite plage de graviers fins bordée de pousses qui ondulaient dans la brise. À proximité, on distinguait nettement des pas dans l'humus détrempé.

— L'enfant a fait des allers-retours entre le torrent et la dernière tombe. Il ne pouvait probablement pas rapporter de gros cailloux du pierrier, il en a trouvé ici à la mesure de sa force.

Llarson rejoignit le cimetière distant de quelques dizaines de pas et s'adressa à Sulion.

— Tout ceci est fascinant. Cette vallée n'est pas grande. Nous allons faire une battue (il se retourna vers les hommes, pétrifiés par la peur et la faim). Nous allons nous diviser en sept groupes et progresserons en ligne. Si l'un de vous aperçoit l'enfant, qu'il me prévienne !

Les sergents répartirent les hommes et la battue commença. L'étroite vallée descendait dans un chaos de rochers et de conifères. Le torrent se faufilait joyeusement jusqu'à une cuvette au fond de laquelle se trouvait un petit lac. En son milieu, on voyait distinctement un tourbillon là où l'eau s'engouffrait dans les entrailles de la crête. Peut-être qu'en fonction des saisons le débit du torrent faisait varier le niveau du lac et qu'il devenait possible de descendre dans le gouffre. C'était probablement là que les esclaves avaient réalisé qu'ils n'iraient pas plus loin. Une des patrouilles repéra une trace bien visible. L'herbe drue des montagnes était piétinée. Il fallait bien que le gamin boive. Llarson prit la tête de la colonne et s'engagea dans le sentier. Quelques centaines de pas plus loin, il se trouva nez à nez avec une fillette en haillons qui le dévisageait. Une fille ! Voilà bien une chose qu'il n'avait pas imaginée. Il faudrait faire avec. Elle était d'un blond presque roux, la peau blanche parsemée de taches de son. Sa maigreur tenait sans doute autant à sa morphologie naturelle qu'aux privations. Peut-être avait-elle dix ans. Onze, mais pas plus. Ce fut elle qui engagea la conversation.

— Vous me faites peur.

Llarson repensa aux loups et aux ours ; un frisson le parcourut.

— Tu ne dois pas avoir peur de nous. Nous sommes là pour t'aider.

— Vous avez tué tout le monde.

— C'est vrai. Je l'avoue. Mais si j'avais voulu te tuer aujourd'hui, je l'aurais déjà fait. Or, tu vois, je parle avec toi, mais je ne sors pas mon épée.

— Moi aussi j'aurais pu vous tuer.

La fillette ne savait visiblement que faire. Son regard sautait d'un visage à l'autre.

— J'aurais pu vous tuer depuis longtemps. Tous.

— Je le sais. Et pourtant, je suis ici. Comment t'appelles-tu ?

La fillette hésita.

— Braseline.

— C'est un nom qui te va bien. Je suis Llarson. Voici ce que je te propose, Braseline, nous allons t'apporter des provisions et des couvertures, puis nous établirons notre campement un peu plus loin et te laisserons réfléchir. Demain, nous parlerons de mes projets pour toi. Es-tu d'accord ?

L'enfant acquiesça. Llarson salua, se retourna et partit en sens inverse avec les soldats. Quand il fut revenu au cimetière, il choisit des couvertures dans sa réserve personnelle, préleva des provisions dans celles des soldats et envoya un sergent et deux hommes lui porter ces présents. Puis il se prépara à écrire.

Sulion entra dans la tente de Llarson après y avoir été autorisé par le sergent de garde.

— Que me vaut le plaisir, Sulion ?

— J'aimerais savoir ce que tu envisages, Llarson.

Llarson réfléchit un instant. Jusqu'où pouvait-il confier ses projets à ce balourd né bleu par erreur ?

— Certainement, Sulion. Certainement.

Il poursuivit son travail d'écriture tout en répondant.

— Je veux l'apprivoiser. L'apprivoiser comme on apprivoise un animal sauvage. Ainsi, le premier jour, je lui donne des présents, de la nourriture, des couvertures... Demain, je lui proposerai un avenir.

— Et quel est mon rôle, quelle est ma place dans ce projet ? Je suppose que tu ne m'as pas traîné ici par hasard.

Que risquait Llarson à révéler ses plans à ce nigaud ? S'il devenait gênant, il aurait tout le loisir de mettre fin discrètement à... leur collaboration.

— Tu supposes bien, Sulion. Je veux bâtir une caserne non loin du donjon pour entraîner les commandos du sang. Déjà, des résurgents sont en route pour nous rejoindre. Des résurgents de tous les âges, des nourrissons, des adultes. Ce sont d'anciens rebelles et des paysans dont je veux faire des guerriers. Tu dirigeras cette caserne.

Sulion ne cacha pas sa surprise.

— Moi ? Mais je ne suis pas le plus compétent pour former des guerriers ! Tant d'entre nous sont plus forts et plus rapides que moi, et tant ont le goût de la chose militaire... Il y a fort à parier que certains enfants résurgents seront plus puissants que moi !

— Tu es le seul que j'aie sous la main, et tu auras de l'alcool d'arghot. Eux n'en auront pas et doivent en ignorer l'existence à jamais. Mais, si l'entreprise te déplaît, je te remplacerai au plus vite. En attendant, tu commanderas l'entraînement et la garnison qui gardera les murs, mais tu n'auras pas autorité sur les résurgents.

— Alors qui les commandera ?

— Moi-même, et Braseline en second... tant que nous n'aurons pas de mage mâle. N'as-tu pas compris qu'elle a des pouvoirs considérables en ce qui concerne la magie ? Elle peut carboniser un homme à des lieues. Elle est toute jeune. Imagine ce que sera son pouvoir d'ici cinq ans. Il va sans dire que tout ceci est un secret, même pour les frères.

Llarson regarda fixement Sulion, jusqu'à ce qu'il acquiesce.

— Je ferai ce travail, mais il faudra des moyens.

— Tu les auras. Nous verrons bien demain ce qui pourra être négocié avec Braseline.

— Ne peut-on plutôt la capturer et la contraindre ?

— Cette gueuse brûle tout ce qui l'effraie. Qui peut capturer le feu, Sulion ? Personne, pas plus qu'on ne peut le mettre en cage. On l'élève, on le dirige, on le nourrit. Même quand on l'enferme dans une boîte à sable, on ne l'emprisonne pas, on le protège pour qu'il vive – une lueur cruelle passa sur son visage plissé –, mais quand on le lui demande... alors il alimente les bûchers, il fait rougir les pinces du bourreau, il porte la mort jusqu'au milieu des combats, il consume le monde de son infernal baiser... (Llarson essuya sa plume et la posa sur son bureau de voyage.) Tu ne regretteras pas de rester ici. Parmi ces enfants au sang bleu qui avaient été cachés par leur famille, il y a des garçons et des filles. Ce lieu sera à la fois un élevage et l'arme de la reconquête du pouvoir. Quand ces soldats auront été multipliés, personne ne pourra plus rien contre nous. Les résurgents du peuple convergeront des sept royaumes pour grandir dans ces montagnes. Ils s'endurciront et se reproduiront, et, quand nous aurons une armée et une pouponnière, plus rien ne pourra nous arrêter.

Llarson et Sulion s'étaient approchés avec de la nourriture. Braseline les attendait assise sur une roche. Elle avait enfilé une veste trop grande pour elle, que les soldats lui avaient déposée la veille, et l'avait serrée autour de sa taille d'enfant à l'aide d'un ruban de tissu coupé dans l'étoffe d'un autre vêtement. Llarson s'arrêta à bonne distance. La même expression de méfiance agitait les traits de son visage amaigri. Le capitaine-ambassadeur s'inclina devant elle.

— Bonjour, Braseline. As-tu apprécié la nourriture que nous t'avons déposée ?

Elle les observait, prête à prendre la fuite. Llarson tenta un sourire, un exercice dont il n'était pas coutumier.

— Nous t'en avons encore apporté. Peux-tu maintenant me dire ce que tu sais faire ? J'ai vu les cadavres des loups et des ours. Que sais-tu faire d'autre ?

— Je sais où vous êtes, même quand je ne vous vois pas, et je peux brûler les animaux qui me font peur. Je peux aussi prendre de la chaleur pour ne pas avoir froid.

— L'as-tu dit à quelqu'un d'autre par le passé ?

— Non, pourquoi l'aurais-je fait ?

— Tu sais que c'est très rare de faire des choses comme ça ?

— Non, je ne sais pas.

Llarson tenta de s'approcher. Braseline monta prestement sur un rocher, prête à déguerpir. Le capitaine-ambassadeur-militaire leva les mains en signe de paix.

— Écoute, je vais t'emmener pour te protéger.

— Non, je ne veux pas partir d'ici. Mon papa est ici.

Llarson réfléchit un instant.

— Ne fuis pas. Si tu souhaites rester ici, je ne m'y oppose pas, je ne te veux aucun mal. Voici ce que je propose. Nous avons monté un campement à côté du cimetière. Nous allons partir bientôt, presque tous. Seuls Sulion qui est derrière moi et quelques soldats vont rester. Ils te serviront et t'obéiront. Nous te laisserons une tente. D'ici quelques jours, des gens vont venir pour apporter de la nourriture, puis au printemps ils construiront un château. Un grand château. Il sera pour toi, et tu y auras une grande chambre. Les soldats et le capitaine seront là pour te protéger et te servir. Puis d'autres viendront, des garçons, des hommes. Tu les commanderas. Nous te dirons alors ce qu'il faut faire. En tout cas, dis-toi qu'il ne te sera fait aucun mal et que nous allons nous occuper de toi. Es-tu d'accord ?

Braseline ne répondit pas.

— Bien, poursuivit Llarson, j'en conclus que tu ne t'opposes pas à ma proposition. Dès aujourd'hui, je prendrai la route et la tente sera pour toi. Il y fait chaud, et tout ce que tu voudras te sera donné. Si un soldat ne veut pas t'obéir, tu peux le brûler comme si c'était un loup ou un ours. Je dépose par terre ce paquet. Il contient du pain et de la viande séchée. À bientôt, Braseline.

Alors qu'il descendait le sentier sous le regard de la fillette, il se retourna, un sourire contraint aux lèvres.

— Dans la tente, il y a un lit et un brasero qui n'attendent que toi.

Llarson s'inclina légèrement, puis il descendit avec Sulion vers le fond de la vallée où leurs chevaux attendaient. Une fois sur le sentier qui sinuait entre troncs et rochers, Sulion desserra les dents.

— Donc, tu me laisses ici avec cette gamine et une poignée d'hommes ?

— Effectivement.

— Et combien de temps cela va-t-il durer ?

— Tant que je n'aurai pas trouvé un frère digne de cette tâche. Tu as raison, en fait. Il faudra quelqu'un pour entraîner les jeunes soldats. Et puis il y aura de jeunes résurgentes à saillir. Ton sang est bleu, mais il n'est pas assez fort pour cette tâche.

Sulion ne répondit pas à l'insulte. Ravi de l'humiliation dont il l'avait délibérément giflé, Llarson poursuivit.

— D'ici deux semaines, un convoi arrivera. Si la petite désire rester ici, je n'y vois pas d'inconvénient. Il est préférable que ce que nous y ferons ne se sache pas et, finalement, que la caserne soit bâtie un peu à l'écart est une bonne chose. Je ferai monter un architecte que j'aurai choisi, ainsi que des artisans et des esclaves. Puis viendront les résurgents dont je t'ai parlé. Ils ont convergé vers la crête et passeront l'hiver dans le village près du lac.

Puis il prit l'air grave.

— Je ne parviens pas à procréer, Sulion. Nous nous savions peu fertiles… Pourtant, ce n'est pas faute d'y travailler. Dans le même temps, les humains, eux, ont donné naissance à de nombreux nourrissons résurgents, mais ils ne seront pas en mesure de se reproduire avant une petite quinzaine d'années… La reconstitution de la lignée avance, mais cela prendra du temps. Les rebelles qui ont préféré la crête à la mort sont, quant à eux, en âge de se reproduire. Ces premiers soldats et ces premiers ventres qui arrivent me mettent du baume au cœur. Puissent-ils être aussi productifs que les terres grasses des plaines de Gradlyn !

CHAPITRE XIII

LA CITÉ-VIEILLE

Le capitaine Baudouin observait la falaise depuis le gaillard d'arrière de son bateau. Les eaux froides sinuant depuis les puissants glaciers de la crête de l'ouest traçaient d'immenses chutes blanches floues sur la roche sombre. Plus bas, elles s'écrasaient à la surface de la mer intérieure en grondant et en soulevant d'impénétrables nuages d'embruns.

Comme partout le long des montagnes, le relief et la côte découpée rendaient l'approche dangereuse et le débarquement hasardeux, l'ascension des falaises semblait impossible. Pourtant, le marin tirait des bords face au vent dans l'attente d'un amer invisible aux yeux du profane. Orville, pour qui le paysage se ressemblait sur des milliers de lieues, cherchait l'air de rien la passe que le capitaine attendait. Quant à Pétrus, il jouait du luth adossé au mât, une pièce joyeuse qui jurait avec l'expression inquiète de son visage. Orville s'approcha et fit mine de prendre une inspiration pour accompagner la musique. Pétrus l'arrêta d'une grimace tandis qu'Orville riait de bon cœur.

— Allons, Pétrus, ce n'était qu'une farce. Pourquoi fais-tu cette tête ? Ne nous approchons-nous pas de chez toi ?

Pétrus rangea le précieux instrument dans son coffre.

— Précisément. Orville, il faut que nous parlions.

Il s'assit sur le coffre, le souffle court. Tandis qu'il fixait les montagnes comme pour y puiser de la force, il déposa sur le pont le poids qui lui comprimait le cœur.

— Quand nous débarquerons, Orville, tu devras te constituer prisonnier. Puis nous serons escortés à la Cité-Vieille. C'est un lieu connu des seuls rebelles. Tu n'es pas un rebelle.

— Au son de ta voix, je pressens que c'est de nature à poser problème.

— Ne ris pas de cette situation, Orville. Une fois à la Cité-Vieille, tu seras enfermé le temps que le conseil décide de t'accorder sa confiance, ou non.

Orville se tourna vers la côte, comme pour chercher sur le mur de la crête quelle était sa marge de manœuvre.

— Je n'ai pas demandé à venir, je peux ne pas débarquer et poursuivre ma route.

Pétrus secoua la tête d'un air désolé.

— Hélas ! non. Le simple fait d'avoir connaissance de la cité constitue un danger pour nous tous. Et, de toute manière, nos têtes sont mises à un tel prix que nous n'avons nulle part où aller.

— Et si je suis accepté ?

— Si tu es accepté, Orville, tu devras suivre la formation des soldats pour devenir l'un des nôtres. Puis tu seras libre.

— Et dans le cas contraire ?

— Tu seras tué. Nous ne pouvons prendre aucun risque. Tant de choses dépendent de notre retraite que le conseil ne peut se permettre la moindre imprudence.

Orville hocha la tête.

— C'est assez logique pour un soldat comme moi. Tout comme il est logique que je ne promette pas de me laisser faire.

— Les rebelles ont le sang bleu, Orville, et sans être aussi rapides que Sylvan, ils sont forts et entraînés.

— Et quand arriverons-nous ?

— Nous y sommes presque. Compte tenu des deux issues possibles, je peux te montrer les amers. Il y a des centaines de chutes d'eau. Celle que nous cherchions est là-bas, la plus basse des deux grandes. Le courant n'est pas fort ici mais, compte tenu des récifs, il faut être précis dans l'alignement. Vois-tu cette montagne avec deux sommets ? Il faut aligner celui de gauche avec la chute et avancer doucement. Puis on mesure la profondeur régulièrement avec une sonde. À un moment donné, le fond remonte. Il faut alors attendre que la sonde indique soixante coudées avant de jeter l'ancre. Alors nous mettons une chaloupe à la mer. Pour la suite, je te réserve la surprise.

— Bien. Et qui siège dans ce conseil pour statuer sur mon sort ?

— Ce ne sont pas toujours les mêmes. Je ne suis pas revenu depuis plus d'un siècle. Nous verrons en arrivant.

— Soit !

Orville s'intéressa à la manœuvre. L'amer était facile à suivre, mais l'eau sombre ne révélait rien des pièges qu'elle dissimulait au regard. La côte s'élevait à mesure que le navire ralentissait et que les matelots ferlaient les voiles. Ils ne tarderaient plus à mouiller les ancres. À grande distance, la côte ressemblait à un mur ; vue de près, elle était vertigineuse, au point que la falaise de l'île du Goulet eût semblé un jouet si on l'avait déplacée en ces lieux.

Les ancres dérapèrent sur le fond puis finirent par crocher sur un quelconque rocher. Les cordages se tendirent, ébranlant la structure du lourd navire qui grinça de toutes ses membrures, sinistres plaintes de bois sous la traction du chanvre. Puis le bateau stoppa, recula doucement tandis que le capitaine Baudoin vérifiait la bonne tenue du mouillage.

Orville examinait la falaise à la recherche d'un passage. S'il n'avait accordé sa confiance à Pétrus, il eût assurément douté qu'il fût possible de débarquer là. Pétrus s'affairait déjà autour de la chaloupe, chargeant leurs caisses tandis que la vigie, une femme de l'équipage, pleurait le beau poète. Abandonnait-il ainsi une femme dans chaque endroit qu'il fréquentait ? Orville, lui, ne pouvait s'empêcher de songer à Armine, un sentiment étrange qui, sans le hanter, ne le quittait jamais vraiment. S'il survivait à la Cité-Vieille, il irait la chercher. Se souvenait-elle même de son existence ? N'était-il qu'un prisonnier entrevu parmi tous ceux que Vallade avait pris plaisir à humilier ? Orville ne s'expliquait pas pourquoi il ne pouvait lâcher une tâche tant qu'elle n'était pas achevée. Ces deux enfants, par exemple, qu'il avait poursuivis et qui étaient peut-être maintenant à sa portée. Que ne pouvait-il, comme Pétrus, les oublier une fois pour toutes et décider pour lui-même du cours de sa vie ! Orville ne leur devait plus rien, pas plus qu'aux sujets du huitième royaume. Il ne pouvait cependant se résoudre à laisser ces gens. C'était un peu comme la solidarité envers un camarade blessé au combat. Obéir, aller au bout de la mission, coûte que coûte. Son éducation l'avait-elle tant façonné qu'il ne pouvait penser sans elle ? Orville se leva à l'invitation de Pétrus. Il descendit dans la chaloupe et avança en quelques bonds à la proue où son ami se tenait fièrement.

— Orville, frère d'armes, nous arrivons maintenant chez moi. Non que j'y sois né, mais mon âme est là.

Orville posa la main sur son épaule pour ne pas perdre l'équilibre dans la légère embarcation chahutée par le clapot.

— S'il m'est donné l'occasion de quitter ces lieux vivant, il se pourrait que je tienne le même discours à l'avenir.

Pétrus se rembrunit.

— Je suis confiant, Orville. Il n'est pas arrivé souvent qu'un brave soit… refusé. Mais tu dois savoir qu'il y a un risque. Il y a longtemps que je ne suis venu, la composition du conseil change souvent. Tout peut dépendre de qui y siège.

— Comment sont choisis les conseillers ?

— Oh, c'est assez simple en fait. Ils sont douze à siéger sous le commandement d'un chef. Une chef en l'occurrence. Quand il ou elle s'en va, les onze autres élisent son remplaçant. Les rebelles ne restent pas longtemps au même endroit. Rarement plus d'un siècle. Puis ils prennent la route, choisissent un métier et vont l'exercer dans le monde. Quand ils sont fatigués de changer sans cesse de vie et de pays, ils viennent ici pour redevenir eux-mêmes un certain temps. Ils en profitent pour consigner dans la bibliothèque ce qu'ils ont fait de la période de leur vie qui vient de s'achever. Certains finissent par ne plus savoir qui ils sont tant ils se construisent d'existences au fil des siècles.

— Et que racontent-ils de beau dans leurs récits ? Leurs histoires de cœur ?

— Non, bien entendu. Quand nous allons dans le monde, nous travaillons là où il est possible d'apprendre quelque chose d'intéressant, ou de préparer le terrain pour une action future. Par exemple, les hommes qui ont enlevé les deux mômes qui te tiennent tant à cœur ont dû consigner le détail du rapt, ainsi que la nature réelle de leur travail en Hautterre.

— Ils étaient tailleurs de pierre, bûcherons, théocrates, chirurgiens barbiers et colporteurs, cette information ne vaut pas bien cher.

Pétrus sourit en regardant la côte, ils ne tarderaient pas à accoster.

— J'ignore tout de leurs activités, mais sache qu'ils étaient venus remplacer d'autres rebelles dans une tâche plus secrète que celle des métiers qu'ils exerçaient.

Bientôt, le bruit de la chute d'eau devint si violent qu'ils durent se taire. Quand le pilote manœuvra pour contourner l'eau qui bouillonnait à la surface de l'océan, Orville comprit soudain : un quai avait été ménagé derrière la chute, invisible du large, inaccessible à qui ne connaissait pas le chenal. Les roches qu'on voyait poindre de la surface au gré des reliefs sous-marins et des vagues formaient la première ligne de défense. La chaloupe accosta et s'amarra. Pétrus descendit sur la roche, frottant ses mains l'une sur l'autre pour signifier à Orville que la pierre était glissante. On déchargea les caisses, puis Orville et Pétrus s'engagèrent dans un tunnel aux parois lisses qui montait vers la lumière, quelques centaines de pas plus haut. Il ne fallut pas plus de quelques minutes pour parcourir le boyau et parvenir dans une cour fermée dont le sol formait une cuvette, et dont les hauts murs étaient percés d'archères. Un homme en armes apparut sur le mur d'enceinte. Son casque était orné de cornes, et l'acier de son armure ne souffrait d'aucune négligence. Fût-elle disposée contre un mur qu'on n'eût pu la distinguer d'un miroir.

— Je te reconnais, Pétrus, ainsi que les camarades qui vous aident à porter votre fardeau. Mais qui est ce guerrier qui se présente à nos flèches ?

Orville utilisa la Clairvoyance. Il sentit derrière les murs des guerriers assis sur des bancs, arcs en main, n'attendant qu'un signal pour se mettre en position. Le commandant ne plaisantait donc pas. Pétrus leva la main en signe de reconnaissance.

— Bonjour, Landry. Mon ami se nomme Orville. Je m'en porte garant jusqu'à son jugement à la Cité-Vieille.

— Bien. Je te ferai escorter.

Sur un signe de sa main, les lourds vantaux de la porte s'ouvrirent sans un bruit. On les fit entrer dans une deuxième cour semblable à la première, quoique plus large. Sur la gauche, face à un mur percé d'archères, un escalier taillé dans la roche permettait de monter jusqu'à une porte défendue par un assommoir et deux tourelles. Des soldats qui tenteraient l'assaut seraient des cibles faciles.

Pétrus devisa cordialement avec le capitaine au casque cornu, puis ils traversèrent un véritable labyrinthe de fortifications. Chaque couloir, chaque courette semblaient avoir été conçus pour être défendus. Une patrouille ne tarda pas à les rejoindre, des jeunes gens vigoureux, à vrai dire comme tous les résurgents qu'Orville avait eu le loisir de fréquenter. Leurs longs cheveux sortaient de casques à la facture raffinée et ils étaient armés de lancettes et d'épées de grande taille ; leur discipline stricte déplut immédiatement à Orville. Les armées fortes sont faites de caractères forts, obéissants malgré leur tendance indocile. Il voyait en eux une armée de moutons. De beaux et puissants moutons, mais il ne sentait pas la présence d'un fauve. Le convoi, après un long couloir sombre, sortit au grand jour. Face au château, un vaste lac où se miraient les montagnes s'emplissait de milliers de torrents de toutes tailles. Un canal convoyait l'eau qui s'en écoulait sur une demi-lieue pour se perdre en bordure de la falaise, tandis qu'un autre, à sec, avançait en ligne droite jusqu'au fort. Il partait du lac au niveau d'un fortin massif pour se jeter dans la cour qu'ils venaient de traverser. Pétrus posa la main sur l'épaule d'Orville pour attirer son attention.

— Vois-tu ce fort devant le lac ? Il protège un système d'écluse très simple. Jadis, le torrent descendait par le tunnel que nous avons emprunté. Les deux cours que nous avons traversées en sortant du tunnel sont à l'emplacement des gorges où l'eau s'engouffrait. Mais nous avons dévié le torrent de manière à ce qu'il forme une chute d'eau et dissimule le tunnel. En cas d'attaque, nous pouvons très facilement l'inonder en restituant au torrent son lit d'origine. La première cour sert, elle, de réservoir, et on peut libérer son contenu d'un coup pour chasser du tunnel tout ce qui s'y trouve. L'enfer n'est pas fait que de feu.

Orville souffla d'un air admiratif.

— Simple et diablement efficace.

— Effectivement. Très peu d'hommes ici suffisent pour tenir la place. Tu verras, tu n'es pas au bout de tes surprises.

— Dis-moi, Pétrus, tu ne m'as pas expliqué comment le refusé est éliminé.

— Oui, c'est un point important pour toi, je le conçois. Eh bien, ce peut être le poison, la pendaison, en général on lui laisse le choix. Sauf si le choix est déraisonnable, sa volonté est respectée.

— Alors tout va bien.

*

Un chemin rejoignait le lac. Posé sur le plateau herbu comme un miroir sur un lit, il ne semblait pas profond mais occupait une vaste étendue autour de laquelle des pâtres gardaient des troupeaux. Dans les lointains, on devinait accrochées aux contreforts de la crête des fermes autour desquelles des champs cernés de murets composaient des motifs complexes, dont la fonction n'apparaissait pas au premier regard. Par endroits, quelques arbres de petite taille luttaient contre les vents marins, plongeant leurs racines dans la faible couche d'humus jusqu'au moment où, atteignant la roche, elles poursuivaient horizontalement leur lente reptation à la recherche des nutriments nécessaires à leur survie. Orville contempla un instant ce monde où le génie des hommes rendait la nature prospère, contre toute évidence.

Une lieue plus loin, le chemin se dirigeait vers un castelet bâti sous une falaise. À l'approche du bâtiment, Pétrus se présenta au sergent qui dirigeait la place et quelques secondes suffirent pour que la porte s'ouvre. La longue plainte d'un cor résonna sur la roche avant de se perdre dans l'immensité de la crête. Le convoi s'engagea alors sur un chemin en corniche qui partait de la bâtisse pour gravir lentement le flanc de la montagne. Orville laissait courir sa main de guerrier sur le parapet, évaluant à chaque pas le potentiel défensif du lieu. Partout où c'était possible, on avait ménagé des chicanes de pierre avec des créneaux, des microfortifications simples qui transformaient en fortin chaque lacet du chemin ; elles seraient diablement efficaces. Le long des murets, de gros cailloux attendaient, prêts à être jetés en contrebas en cas d'attaque.

Une heure fut nécessaire pour atteindre un sentier empierré sur un mince plateau flanqué de deux précipices. Orville s'y engagea à la suite de Pétrus jusqu'à une longère en pierre. Orville sentit à cent pas l'odeur bienfaisante du crottin. Il n'avait pas réalisé à quel point les équidés lui manquaient. Peu importe si les animaux au repos dans cette écurie étaient des ânes, des mules ou des chevaux de bât, mais il n'était pas un homme des îles. Un chien au pelage beige aboya pour les annoncer, le regard ouvert et la queue agitée d'un balancement amical. Orville s'était toujours demandé pourquoi les chiens remuaient la queue quand ils étaient contents. Un cheval bat de la queue pour chasser les mouches quand un chien préfère les gober d'un claquement sec des mâchoires. Il est des choses qui échappent à l'entendement. La langue pendante, le mâtin les poussa de la truffe jusqu'au logis de l'auberge.

La pièce était sombre et calme, un petit feu crépitait joyeusement dans une cheminée. Sur le mur qui lui faisait face, des paillasses superposées permettant de coucher plus de dix personnes et, au milieu de la pièce, une table et des bancs indiquaient clairement la destination austèrement fonctionnelle de l'édifice : manger et dormir.

Alors qu'ils étiraient leurs membres fatigués par l'ascension, un homme entra avec un plateau chargé de pain et de fromage, puis il amena une cruche d'un vin qu'Orville jugea très ordinaire. Quand ils se furent restaurés, le guerrier observa longuement Pétrus qui semblait se renfermer à mesure qu'ils avançaient vers la Cité-Vieille. Le poète avait guidé la marche, mais la conversation qu'Orville souhaitait initier était retombée comme un mortier taloché sur un mur trop sec. Il s'assit sur un petit tabouret et défit ses bottes pour sécher ses pieds devant la braise. Depuis qu'il avait échoué dans les oubliettes de Vallade, Orville avait peu marché et ses pieds avaient souffert de l'exercice. Il resta ainsi silencieux tandis que les soldats prenaient leurs quartiers. Ce fut Pétrus qui brisa le silence, un silence habité par le craquement des bûches qui se consumaient dans la cheminée.

— Orville, t'es-tu déjà demandé pourquoi les tabourets ont en général trois pieds et non quatre ?

Orville regarda son ami, surpris, puis il tâta sous l'assise de bois poli pour les compter.

— Eh bien non ! Je ne l'avais jamais remarqué. Je suppose que c'est moins cher à fabriquer.

Pétrus but une gorgée de vin et posa une bûche dans le foyer. Une gerbe d'étincelles monta dans le conduit en pétillant.

— Mon cher Orville, les tabourets ont trois pieds car, sinon, il y en a toujours un qui ne repose pas par terre et on se balance. C'est instable et bruyant. Comment se fait-il qu'on ne voie jamais les choses simples, et qu'on soit sans cesse contraint de corriger les histoires mal engagées ?

Orville se resservit du vin et en but une lampée. Il était tout aussi étrange que les premières gorgées d'un mauvais vin semblaient acides ou amères, alors qu'un pichet plus tard la sensation devenait plus agréable.

— Je ne sais pas, Pétrus. Quelles sont ces choses simples que tu n'as pas vues ?

— Il faut au préalable que tu comprennes comment nous vivons. Chez les hommes, un couple dure dans le meilleur des cas quelques décennies. Les époux se rencontrent et engendrent une descendance, puis ils vieillissent et finissent par laisser la place à leurs enfants. Chez nous, c'est différent.

Il but lentement une gorgée de vin, faisant circuler le liquide entre sa langue et son palais. Orville sentait qu'il s'agissait là d'une plaie ancienne qui peinait à se refermer. Il le laissa reprendre son récit.

— Quand deux personnes se rencontrent et se mettent en couple, chez les résurgents, le temps passe sans qu'ils vieillissent. C'est merveilleux, et les gens ordinaires ne rêvent que de cette jeunesse qui se compte en siècles. Un jour, j'ai rencontré Rouault. Rouault est une femme généreuse, une femme admirable. Nous avons vécu des choses très dures, puis nous nous sommes aimés et mis en couple.

— Et que s'est-il passé ?

— Oh… un peu comme dans tous les couples, Orville. Au début, nous ne vivions que des moments d'exception. Des instants fragiles, forts et beaux, urgents et tragiques à leur manière. Puis, avec le temps, ces moments sont devenus plus rares, se transformant en sages rituels qui finissent par pouvoir attendre une occasion plus propice, de celles qui ne surviennent plus que par hasard. Des simulacres, probablement, agréables et tièdes. Jusqu'à ce que nous nous apercevions que les seuls moments exceptionnels que nous vivions encore, nous les vivions avec d'autres. Avec des amis, avec des ennemis devenus compagnons d'infortune, au hasard des lieux et des temps. Chacun à notre tour, nous avons cherché à combler l'écart, mais ce ne fut qu'illusions et déceptions. Nous n'avons pu que recréer de nouveaux rituels qui se sont effacés avec le temps, reportés à jamais dans l'attente improbable du meilleur. Alors que nous aurions juré brûler de la passion qui nous tenait tous deux dans sa poigne, l'espoir déçu tant de fois nous a peu à peu consumés… La réalité, Orville, c'est ça qui nous a étouffés, plus sûrement que n'importe quel bâillon, comme le confort tue l'urgence.

— Il y a longtemps, Pétrus ?

— Trois siècles environ. Une éternité. Les hommes ordinaires ne connaissent pas leur chance de vivre si peu de temps. Trois siècles que j'erre comme une coquille vide à la surface de mon existence. Je te souhaite de retrouver Armine, Orville. En fait, non ! Je ne te le souhaite pas. La réalité des jours détruit trop sûrement le rêve d'un instant, et j'échangerais sans ciller un tonneau de vie pour une gorgée d'amour.

— Et qu'as-tu fait de ces trois siècles ?

— J'ai appris quelques métiers, je suis allé partout où les pieds d'un homme pouvaient se poser, je me suis empli d'affaires importantes, de choses qui m'ont occupé depuis.

— N'as-tu pas retrouvé l'amour, Pétrus, depuis toutes ces années ?

Pétrus se redressa sur sa chaise et regarda Orville dans les yeux. Il garda un instant le silence, comme s'il hésitait. Il secoua la tête doucement.

— Orville, il est des bouteilles qui ne s'ouvrent qu'une fois. Il faut alors choisir si on la boit cul sec ou si on la dilue pour qu'elle dure. Si on la dilue, elle n'a pas de saveur, si on l'avale d'un trait, elle nous regarde mourir de soif le restant de nos jours, froide et vide, sans espoir de retour. Aucun nectar ne peut me faire oublier le goût de ce flacon-là.

— Vous vous êtes séparés quand la dernière goutte s'est évaporée ?

Le poète regarda les braises s'écrouler sur elles-mêmes. Le bois de sapin brûle si fort, mais il n'en reste bientôt que des cendres et le souvenir du feu.

— Non, Orville, nous ne nous sommes pas séparés. Nous nous sommes mariés. Dès que je m'éloigne, elle me manque à en mourir, et quand je la retrouve, je nous cherche trop souvent dans deux histoires devenues parallèles. Nous ne sommes pas des étrangers, je la porte en moi et je sais que j'emplis son cœur, mais nous n'éprouvons plus l'amour que quand la distance nous sépare. Alors je voyage.

— Es-tu devenu artiste pour retrouver ces instants ?

— C'est une longue histoire, Orville. Je n'ai pas toujours été artiste. Je l'ai pourtant souhaité très jeune. Dans le monde, on accorde du crédit à qui fait pousser de beaux légumes ou de belles fleurs, à qui fabrique des sabots ou sait les vendre, pas à qui ne produit ni biens ni richesses. Les artistes ne produisent pas de biens matériels, mais des instants, des instants de partage et d'émotion. Nous vivons dans un drôle de monde, Orville, où il faudrait avoir honte de chanter, d'enluminer ou d'écrire alors qu'on glorifie la capacité de tuer. Il faut donc se cacher pour jouer du luth ou écrire des histoires, car l'exercice de ces activités vous range parmi les farfelus, les oisifs ou les fous. Ceux qui y réussissent brillamment sont portés aux nues alors que ceux, moins talentueux, moins chanceux sont méprisés car leur activité ne rapporte pas assez d'or. D'une certaine manière, les artistes inspirent la peur, l'adulation, le rejet ou le mépris, mais ils ne peuvent être considérés comme des gens ordinaires. Quand j'étais enfant dans la crête, on m'a formé au métier de tonnelier. Ce n'était pas un mauvais métier. Puis j'ai grandi et j'ai fabriqué des tonneaux. Un jour, les soldats sont venus et nous avons combattu pour nos vies. Il a fallu fuir, il a fallu trouver une couverture pour échapper encore et toujours aux soldats. Le hasard voulut que je passe quelque temps avec une troupe de cirque où j'ai appris les rudiments du luth. Les nomades, Orville, les nomades ont été notre refuge : les cirques, les colporteurs, les chirurgiens barbiers, les armées. Un tiers des survivants de la purge s'est dilué dans le monde qui marche. Le plus surprenant est que les Gardiens ne s'en soient jamais rendu compte. Ils cherchaient un repaire alors que nous les croisions par les chemins. Puis nous avons trouvé Arcédia.

— Et les deux autres tiers des rescapés ?

— Dans mon enfance, il y avait une mage. Elle était d'un village assez éloigné de chez moi, vers l'ouest. Dès que les soldats sont apparus, nous avons dépêché un messager aux villages voisins pour prévenir du danger. Tous sont venus, armés de bâtons, d'outils, de cailloux, mais nous n'avons rien pu faire. Les Gardiens appuyés par des milliers d'hommes ont remonté la vallée comme un raz-de-marée. Ils tuaient tout le monde, hommes, femmes, enfants. La fumée des bûchers s'élevait jusqu'aux cieux. J'ai fait partie de ceux qui ont cherché le salut vers le sud, et nous avons trouvé la voie passant par Hautterre. C'est dans cette fuite que j'ai rencontré Rouault. La mage est partie avec les autres survivants pour les cacher, mais, ne t'y trompe pas, ça ne représentait qu'une poignée de gens. Je ne sais pas ce qu'ils sont devenus. Il faudrait en parler au Conseil des Anciens de la Cité-Vieille. Peut-être l'un de nous est-il venu consigner à la bibliothèque quelques indices qui répondraient à ta question.

— Peut-être. Pétrus, on me confisquera tout si l'on veut quand on me mettra aux fers, mais je garde mes livres et mon écritoire. Je tuerai qui essaiera de me les prendre, ou alors mon vainqueur lira assis sur ma dépouille.

— Excuse-moi, Orville. Je m'appesantis sur ma peur de retrouver ma vie, et j'oublie celle que tu dois éprouver à l'idée de, peut-être, perdre la tienne.

— Ce n'est rien. C'est très beau ici, et Arcédia est un joli nom. Si je vis, je pourrai dire que je suis déjà venu en Arcédia.

Pétrus sourit.

— Tu ne crois pas si bien dire. Ce mot n'indique pas un lieu sur les cartes. Alors nous l'avons mis en chanson. Un chanteur des rues parfois entonne une mélopée, contant la douce vie en Arcédia, ses souvenirs d'une vie antérieure où les moutons vivent en liberté et s'abreuvent dans le lac des mille fleurs. S'il chante que l'orage dévaste de sa fureur les bois et les champs, c'est qu'il est en danger, s'il chante le vide de son cœur, c'est qu'il veut entrer en contact avec des amis, s'il parle des cimes enneigées dans le froid de l'hiver, c'est qu'il a besoin d'un toit. Si, en revanche, il ne chante pas et cherche une jeune fille nommée Sédia dans les rues de la ville, c'est qu'il doit se cacher car il est poursuivi. Les codes ne sont pas fixes, mais le mot Arcédia est le déclencheur qui éveille le rebelle de passage. On peut de cette manière trouver du soutien dans des milliers d'endroits.

— Vous êtes si nombreux ?

— Quelques milliers de résurgents, mais beaucoup de rebelles sont comme toi des hommes au sang rouge. Les hommes normaux ont parfois des enfants qui ont été brûlés, ou des parents, des voisins. Les théocrates, cette vermine à la botte de la Garde, ne cherchent pas au bon endroit la viande qu'ils veulent rôtir. De fait, nous sommes un peu partout. Demain, nous partons sur la grande piste, celle qui mène à la Cité-Vieille. Une fois arrivé, tu le sais, tu seras enfermé. Moi, j'irai de mon côté rencontrer les douze sages. Il faut que tu saches que la femme qui commande notre communauté est Rouault, ma chère épouse.

— Est-ce un bon ou un mauvais signe ?

— Difficile à dire. Tout dépend de qui siège. Le chef ne décide pas, c'est le conseil. Il suffit que Rouault souhaite t'épargner et qu'un conseiller influent soit en désaccord avec elle sur tout autre chose pour que ta tête soit posée sur un des plateaux de la balance. Nous verrons demain.

— Alors, allons nous reposer.

Soixante-huitième jour de fuite.

Je ne sais ce qui m'attend demain. Le cachot, j'y suis habitué. Je n'ai guère de prise sur les événements à venir, mais je sais que je ne mourrai pas sans avoir défendu chèrement ma peau.

Ce journal seul sait combien retrouver la trace des enfants m'obsède, comme un problème qui m'empêcherait d'avancer tant qu'il ne sera pas résolu. Peut-être pour pouvoir dire un jour à Hartrold IV : « Majesté, les deux enfants que vous m'avez demandé de suivre gardent actuellement des chèvres sur la lune. » Je m'inclinerais alors devant lui et sortirais la tête haute pour… je ne sais pas bien pourquoi. J'espère que Pétrus tiendra sa parole et qu'il me permettra d'accéder à ces informations dont je ne sais en fait à quoi elles pourraient me servir. Reste qu'elles cloraient un chapitre de ma vie.

Même s'il semble l'avoir oublié durant ces semaines de navigation, j'ai une monnaie d'échange. Cette substance sur les parois des souterrains de l'île du Goulet que Pétrus n'a pas pu trouver. Je ne donnerai pas cette information sans de solides garanties.

J'ai beaucoup pensé à ces pouvoirs que je me suis découverts cette dernière année. Comment Never a-t-il appelé ce que je fais quand je puise la chaleur dans le cerveau de ma victime ? Le baiser de la veuve bleue, je crois. Il a résisté à ça sans ciller. Je n'ai pas la moindre idée de comment il s'y est pris, alors que les autres hommes meurent instantanément sans faire d'histoires. Je sens qu'il y a en moi d'autres choses à découvrir, mais je n'ai pas même l'idée de ce que cela peut être.

Pétrus a l'air d'avoir oublié ces histoires de mage. Un guerrier est plus dangereux quand il a un couteau dans sa botte et que son adversaire ne le sait pas, je verrai donc quel parti je pourrai tirer de tout ça demain, mais, une fois que j'aurai abattu mes cartes, je ne pourrai plus les reprendre.

Je crois que tout est aussi mélangé dans mon esprit que les sentiments dans le cœur de Pétrus. Entre ses vieilles douleurs, ses doux sentiments pour sa Rouault… D'ailleurs, il faudra que je lui demande pourquoi une femme porte un nom de garçon. Elle ne doit pas être bien féminine… en tout cas, la raison m'échappe. Je crois que je ne sais plus ce qui est important. Les enfants, ma vie, Armine, la substance du Goulet, mes compagnons laissés dans les griffes des Gardiens.

Je ne sais dans quelle direction partir, mais demain je n'irai pas dans ce cachot, je ne mourrai pas et personne ne lira mon journal.

Orville se leva du banc. Il répandit du sable blanc sur la page pour en sécher l'encre, puis il referma le volume et se dirigea tranquillement vers la cheminée. Il coupa avec sa dague toutes les pages qu'il avait écrites et les posa délicatement dans la braise, puis il souffla dessus tant que les flammes n'eurent pas achevé leur travail de purification. Il prit place sur le tabouret dont l'énigme résolue des trois pieds le ramena à la raison.

Pourquoi l'évidence ne nous apparaît-elle jamais clairement ? Il lui fallait vivre, car chacun veut vivre et terminer ce qu'il a commencé pour entamer autre chose l'esprit tranquille. Et c'est tout. Cette pensée et le parchemin en feu le réchauffèrent un instant, puis le froid de la montagne descendit lentement avec la nuit. Orville entra dans la Clairvoyance, il préleva un peu de chaleur dans l'âtre, jeta une bûche dans le brasier et se leva pour rejoindre sa paillasse.

Pétrus conduisait la colonne depuis deux bonnes heures maintenant. Le soleil qui avait dissimulé, un peu trop longtemps au goût d'Orville, sa timidité rougissante derrière l'horizon s'était enfin décidé à gravir le ciel, réchauffant les marcheurs et précisant le chemin. Trois mules portaient leurs caisses, et les soldats avançaient comme des statues animées, froides et insensibles. Si Pétrus marchait sans sembler s'apercevoir de la pente, Orville, lui, partageait le sort des bêtes, cherchant à chaque nouveau pas le peu d'air que l'effort leur permettait d'inspirer. Mais de quoi ces hommes bleus étaient-ils faits ?

— Excuse-moi, Orville. J'oubliais que tu es un homme ordinaire. Nous allons faire une pause.

Pétrus sortit une outre de son sac tandis que les soldats déchargeaient les mules.

— Tu sais, il est arrivé que les bêtes meurent d'épuisement. Nous marchons des heures et ne nous rendons pas compte des limites du sang rouge.

Orville but longuement, essuyant la sueur qui coulait sur son front.

— J'ai marché beaucoup plus longtemps dans la crête, mais beaucoup moins vite. Ce n'est pas une cadence que je peux tenir en montagne.

— Le relief est accidenté, mais nous ne sommes pas hauts en altitude. Nous n'en avons plus pour longtemps, la Cité-Vieille n'est plus qu'à deux heures de marche.

— Mais pourquoi l'avoir installée si loin, dans un lieu aussi difficile d'accès ?

— Tu comprendras en arrivant. Elle a été bâtie bien avant que nous arrivions pour nous y installer. Mais l'implantation n'est pas illogique. Là où elle se trouve, la ville est presque inexpugnable. Le temps qu'une armée contrôle le plateau, c'est-à-dire une fois que des milliers d'hommes auront péri sur les brisants, auront été noyés dans le tunnel, ou auront reçu quelques flèches de notre fabrication, nous pouvons faire remonter gens et troupeaux dans les hauteurs. Les soldats se replieraient alors dans la corniche où ils pourraient occasionner des dégâts considérables sans subir de pertes. Puis il y a la dernière fortification que tu découvriras avant d'entrer dans la ville. Si on y ajoute la complexité que rencontrera une armée pour s'approvisionner dans un lieu aussi difficile d'accès, je ne suis pas certain que l'ensemble des sept royaumes puisse réunir les moyens nécessaires à un assaut, même en se limitant à un siège. Un blocus maritime ne mènerait à rien. Nous sommes chez nous. Un siège terrestre nécessite d'être plus fort que l'adversaire, et mieux nourri. Si nous retirons les troupeaux, il ne reste pour manger en bas que de l'herbe et les quelques poissons du lac. Je souhaite bon courage à qui voudrait prendre cette place.

— Il y a toujours un moyen, Pétrus. Les châteaux sont pris par la trahison ou par la faim en général, pas par les armes.

— C'est un fait. Nous ne faisons entrer en Arcédia que des personnes de confiance. La plupart des rebelles ignorent son existence et la considèrent comme un symbole et un signe de ralliement. Seuls les anciens et ceux dont on est sûrs de la confiance qu'on peut leur accorder viennent ici, et ceux qui y sont nés.

Le sentier sur lequel ils cheminaient sortit enfin des bois pour traverser une large prairie où des enfants surveillaient des troupeaux de chèvres et de moutons. Dès que le convoi passait devant l'un d'entre eux, il portait une corne à sa bouche et produisait un beuglement sonore. Orville prit ça pour un encouragement, puis il constata que chaque gardien de troupeau accompagnait les voyageurs d'une plainte lugubre. Pétrus devança sa question.

— Un coup pour prévenir que quelqu'un arrive en ami, deux pour prévenir d'un danger. Il y a des guetteurs tout le long du trajet. Cela permet à la muraille de savoir que quelqu'un approche, et d'avoir une idée de ses intentions. Le son unique permet en fonction de son atténuation d'estimer la distance de l'arrivant. Si deux coups sont donnés, tous les gardiens de troupeaux répercutent le signal et se précipitent vers la muraille avec leurs bêtes. En cas de souci, de toute façon, les forts en front de mer disposent de feux d'alerte relayés par une des fermes fortifiées qu'on aperçoit depuis l'auberge où nous avons passé la nuit. L'aubergiste alerte alors en enflammant un bûcher construit à cet effet un peu à l'écart du bâtiment, puis il attend la population qui monte avec ses biens pour charger les mules.

Orville souffla d'admiration.

— C'est un dispositif très efficace.

— Un dispositif qui nous aurait peut-être sauvés dans la crête il y a quatre siècles.

— Et la Cité-Vieille ?

— Nous y arrivons d'ici peu, après avoir tourné dans ce rétrécissement de la vallée.

Orville reprit sa marche et songea à ce qui pouvait bien l'attendre. Les possibilités ne lui semblaient pas si nombreuses ; Arcédia était un gigantesque piège aux allures de montagne riante. Il saisit la Clairvoyance et élargit ses perceptions autant qu'il lui était possible. Il n'avait guère eu besoin de s'en servir ces dernières semaines et fut surpris de l'ampleur qu'elle avait prise. Il clairvoyait maintenant plus loin et plus précisément. Il sentait distinctement les animaux dans les bosquets, ses compagnons autour de lui… Il examina les organes de l'un d'entre eux comme il avait exploré le corps de l'homme qu'on amputait sur le bateau qui l'avait mené sur l'île du Goulet. Orville faillit crier de stupeur. Aucun doute n'était permis, ce soldat était une femme. Il examina les autres avec la même attention. Sur huit soldats qui marchaient derrière lui, cinq étaient des femmes, avançant du même pas que les hommes sans signe de fatigue, Orville n'avait pas prêté attention à leurs visages noyés dans l'ombre de leurs casques rutilants. Il retint au dernier moment une question. Comment admettre qu'il avait remarqué leur féminité alors que ces jeunes soldates aux corps fins et musclés n'avaient pas parlé depuis le départ du fort ? Il revint à la vision ordinaire et se trouva devant le plus formidable mur qu'il avait vu de son existence.

— Diable, Pétrus, quel est ce prodige ?

Son ami sourit.

— Je savais que tu serais surpris. En fait, la vallée a été comblée, et le mur bâti ici retient la terre et les roches qui forment le barrage. Vois-tu cette faille qui divise le mur ? C'est l'unique chemin d'accès à la Cité-Vieille. Tout en bas, il y a le poste de garde auquel nous allons nous présenter. À partir de là, ton sort ne sera plus entre mes mains.

— Alors, prie le Suprême pour que ces gens soient polis avec moi. Je ne suis pas d'humeur, j'ai mal aux pieds et seule une cruche de vin frais me rendrait le sourire.

Ce disant, Orville cherchait en vain la moindre aspérité dans l'appareillage du mur. Malgré leurs contours irréguliers, les énormes blocs de pierre étaient ajustés avec une incroyable précision. Les artisans de cette fortification devaient être des titans. Devinant la question qui agitait Orville, Pétrus expliqua.

— Le mur était construit quand nous sommes arrivés, et la vallée était comblée. Nous avons seulement bâti le poste de garde. En fait, c'est la résidence du général de l'armée.

— Le général réside dans un poste de garde.

— Oui, Orville. Il paraît petit car la muraille est gigantesque, mais c'est une belle bâtisse. Le général doit être en première ligne en cas de problème, pour réagir rapidement. En réalité, c'est le logement qu'il occupe quand il vient à la Cité-Vieille. Son logement principal est dans le fort au-dessus de la chute, en front de mer. C'est de là que peut venir le danger.

— Les hommes ne font pas ainsi, les officiers supérieurs restent à l'abri derrière les lignes, et quand ils se lancent dans la bataille, c'est entourés de tant de gardes d'élite qu'ils ne risquent rien de plus qu'une chute de cheval.

— Nous y voilà. Maintenant, c'est à moi de parler.

Un fossé hérissé de piques de bois à pointe d'acier protégeait l'accès au portail, un pont-levis complétant le dispositif. Pétrus ne se fatigua pas à appeler, un officier en armure l'observait du haut du rempart.

— Bonjour, général. Je conduis par-devant le conseil mon ami dénommé Orville, ici présent.

Le général ne lui répondit pas, il disparut des créneaux, puis le pont-levis descendit dans un bruit de chaînes.

— Je te connais, Pétrus. Tu te souviens peut-être d'une jeune péronnelle qui répondait au nom de Margilie, séduite un beau soir de printemps par un musicien de trois cents ans son aîné ?

Pétrus faillit s'étrangler.

— Margilie, mais certainement, certainement. Je vois que tu as fait ton chemin, je t'en félicite. L'armure te va si bien, et...

— Trêve de mots, beau parleur, toutes ici savent ce que valent tes intentions. Et si tu imagines que Rouault a oublié tes petits travers, sache qu'elle a beaucoup appris du temps où elle ne voyait que par toi.

Pétrus sentit l'agacement monter. Il admettait que son attitude volage pouvait crisper, mais bon ! Depuis qu'il avait dû fuir ses responsabilités, un siècle avait passé, tout de même. Peut-être pouvait-on oublier tout ça.

Orville assistait à la scène, incrédule. Y avait-il un endroit au monde où Pétrus n'avait séduit quelqu'une et où sa vitalité ne leur attirerait pas d'ennuis ? Pour l'heure, c'était de sa tête qu'il s'agissait. Il s'avança d'un pas tranquille.

— Bonjour, générale, il est question que je me présente devant le conseil. Pouvons-nous régler ceci au plus tôt, afin que je prenne pension dans une auberge ? Je compte rester quelque temps.

Pétrus devint cramoisi devant la stupéfaction de la générale.

— Je l'avais oublié, celui-là ! Gardes, passez-lui les fers.

Avec une fulgurante rapidité, Orville dégaina son épée et la posa, pointe au sol et poings serrés sur la garde.

— Point de fers, général, je suis le roi Orville premier, monarque du huitième royaume en exil, et je demande à rencontrer sans délai le maître de la Cité-Vieille pour conclure une alliance. J'exige d'être reçu en fonction de mon rang.

La générale l'observa comme si elle parlait à un fou. Pétrus, pourtant soulagé que la conversation ait changé de thème, était terrorisé à l'idée qu'Orville puisse finir en pièce. Margilie leva la main comme pour donner l'ordre d'attaquer quand une voix d'homme résonna dans son dos.

— Il me semble connaître cet homme, Margilie. Je pense que nous pouvons faire l'économie d'un bain de sang.

La générale se retourna vers le nouveau venu.

— Êtes-vous certain de le connaître, père ? Je ne l'ai jamais vu en Arcédia.

— Pour la simple raison qu'il n'y est jamais venu. (Léo avança jusqu'à Orville.) Alors, jeune coq, on visite le monde ?

Il se tourna vers Pétrus.

— Voici donc le père de mon petit-fils ? Il a un siècle maintenant, il est grand temps que vous fassiez connaissance.

— J'ai été retenu dans le monde, et…

— Quant à toi, Orville, toujours aussi prompt à faire des âneries ? Roi Orville premier, huitième royaume, j'ai entendu parler de tout cela, mais je ne savais pas qu'il s'agissait de toi. Avec des idées pareilles, il n'est pas étonnant que tu sois à la rue.

Orville, les yeux écarquillés, regardait le vieux soldat venir à lui avec un air mi-amusé mi-contrarié.

— Léo ? Mais que fais-tu là ?

— Je sauve ta crétine de vie. Il me semble que tu as payé la dernière bière que nous avons bue ensemble avec l'argent que tu m'avais pris au jeu. Cette fois-ci, c'est ma tournée.

Il lui frappa l'épaule et l'invita à le suivre. Ils se dirigeaient vers la porte du poste de garde quand il se retourna vers Pétrus.

— Pas toi, Pétrus. Tu as à faire de ton côté. Tu devrais peut-être démêler tes problèmes de famille ; ton fils, celui de ta femme dont tu n'es pas le père, ta propre femme, ma fille qui est la mère de ton enfant et la générale de l'armée, avec le père de l'enfant de ta femme aussi… Ma fille et Rouault sont les meilleures amies du monde, mais les deux bambins ne se supportent pas. C'est dire que la situation ne pourrait être pire. Il est vrai qu'ils ont à peine un siècle, il faut que jeunesse se passe. Le père d'Évid est au conseil ainsi que son fils, ce qui signifie, tu l'as compris, qu'il a la majorité et qu'il peut prendre la vie d'Orville, démettre Rouault ou s'autoriser toute fantaisie qui lui passerait par la tête. Tu sais donc ce que tu as à faire. Si tu veux sauver la peau d'Orville, il te faut remettre les morceaux dans l'ordre. Le bonsoir, Pétrus.

Orville et Léo franchirent le pont-levis. La défense avancée se composait d'une enceinte haute d'une soixantaine de pieds derrière laquelle était adossé un bâtiment d'habitation. Puis le chemin s'engageait dans un défilé qui montait en pente douce dans l'épaisseur de la vallée. Tous les cent pas, une porte massive permettait de fermer le passage.

— Ces portes visent à bloquer la voie. En cas d'attaque, les assaillants se trouveraient coincés tous les cent pas. Ils devraient rester en place pour défoncer chaque porte. Alors, nous pouvons avec une grande précision leur faire tomber sur la tête des rochers de toutes tailles qui sont disposés sur le plateau six cents pieds plus haut. Rien ne peut résister à un tel impact. C'est comme pour le sentier qui monte sur le plateau, mais en plus puissant.

Orville retrouva sa voix.

— C'est... impressionnant.

— Oui, en effet. La première fois qu'on arrive ici, c'est toujours ce que l'on ressent. Par la suite aussi. C'est vraiment une réalisation hors du commun.

À mesure qu'ils montaient, les murs étaient moins hauts et la lumière du jour éclairait plus vivement leur chemin. Orville voyait maintenant distinctement les fortifications en haut de la muraille, les mâchicoulis qui permettaient à des archers de tirer verticalement, les rampes de pierre inclinées vers le bas servant de tremplins pour que les projectiles les plus lourds tombent au milieu du passage.

La Cité-Vieille ne ressemblait à rien de ce qu'Orville avait déjà vu ou imaginé. C'était un champ de ruines composé de bâtiments gigantesques de pierre claire bordant des rues pavées. Des maisons aux larges façades étaient ornées de colonnes soutenant des frontons triangulaires sculptés. D'autres, de taille plus modeste, formaient des îlots au cœur desquels ils traversèrent des cours communes. On y trouvait des bancs de pierre et des fontaines dont les sculptures fantastiques crachaient des gerbes d'eau avant de déborder dans des rigoles et disparaître en cascade dans des rivières souterraines.

— Léo, il n'y a personne ici.

— Patience, mon ami. Nous avons bien quelques habitants. Ce n'est plus loin maintenant.

Léo tira une nouvelle cruche du fût de vin qui leur tenait compagnie depuis des heures.

— Ainsi donc, Orville, c'est ton histoire que l'on m'a contée. Je savais pour la première partie. J'ai su que tu avais tué Viktor, un brave garçon. Il était là pour te faire la peau, c'était donc ton droit de te défendre, mais sache que tu ne t'es pas fait que des amis. J'ignorais en revanche que tu avais vécu sur l'île du Goulet. Il faudra que tu m'en parles, je n'y suis jamais allé.

— Évidemment, mais toi, mon ami, que fais-tu ici ? La dernière fois que je t'ai vu, tu sortais mécontent de l'intendance du château de Hautterre.

— Ah oui, c'est vrai. Je devais partir avec toi pour te surveiller, mais j'ai dû renoncer à ce projet. Tu sais pourquoi, et tu l'as bien dit à l'époque. Trop vieux ! Tu avais raison. J'ai maintenant neuf cents ans et, comme tu le vois, le temps qui m'a évité tous ces siècles prend désormais sa revanche. J'ai même eu une petite rallonge.

— Il y a deux ans, cette histoire t'aurait coûté cher en moquerie, mais j'ai vu tant de choses étranges depuis ce temps que je suis prêt à tout croire. J'ai vu en particulier ce que je ne croyais pas possible. Un vieux marin à barbe qui pratiquait la magie sur une île perdue. Un dur à cuire dont j'ai eu la peau. Un certain Lulius Never.

— Fichtre ! tu as vaincu Never ! Drôle de bonhomme. Voilà une nouvelle. Pourras-tu prouver ce que tu avances ?

Orville sortit de son sac deux livres qu'il tendit à Léo.

— Les mémoires du bonhomme. Le second volume n'est pas achevé car j'ai achevé l'écrivain.

— Ah ! Ça, c'est un jeu de mots. Dis voir, c'est là une belle prise qui trouvera une bonne place dans la bibliothèque.

— Que non, Léo, ce sont mes affaires personnelles, on ne touche pas.

— C'est vrai, Orville, tu n'es pas des nôtres et tu ne suis pas nos règles. Qu'avez-vous pris d'autre chez Never ?

— D'autres volumes, en particulier son livre de mer que Pétrus conserve jalousement.

— C'est probablement un document exceptionnel.

— Dis-moi, Léo, quelle a été ta vie ? Maintenant que la mienne est suspendue à la décision d'un conseil qui m'est potentiellement hostile, tu peux me la raconter.

— Peut-être en effet que le secret n'est plus utile. En fait, je suis né avec le sang rouge, et puis, un jour, un incident a changé ma vie. La première fois que j'ai fui, c'est une femme qui m'a dénoncé, la mienne. Je me suis coupé en travaillant au jardin, j'ai juré. Normal, ça fait mal. Elle a tourné le regard vers moi, anxieuse de ma blessure, puis, sans prévenir, elle a hurlé et s'est enfuie. Je suis resté là, interdit. Ma blessure ne me semblait pas aussi grave que ça. J'ai regardé ma main de plus près. Mon sang était devenu bleu. Pas bleu comme le ciel, mais comme le cassis, tu vois. Je l'ai un peu étalé sur la peau et, en couche fine, il paraissait plus clair. J'ai compris immédiatement. Alors j'ai posé mon outil et je me suis enfui, j'ai couru droit devant moi. J'ai couru un siècle environ, puis je me suis arrêté, réalisant que tous ceux que j'avais connus étaient morts depuis belle lurette. Je pouvais donc commencer à perdre le temps. Alors, faute de pouvoir rester en place, j'ai voyagé sans cesse et fait de très petites choses, très petites, mais je pense les avoir assez bien faites.

Léo resservit du vin dans les chopes qui étaient maintenant aussi pleines que leurs détenteurs.

— Je suis resté en place de dix ans en dix ans pour que personne ne s'aperçoive que le temps m'avait oublié dans son décompte. J'ai vécu ici ou là, un peu partout dans les sept royaumes. J'ai souvent voyagé seul. Dans le désert, dans les montagnes. J'ai fouillé ce monde jusque dans ses moindres recoins et je crois que pas un caillou ne m'est étranger. C'est une façon de parler. Disons que je suis passé au moins une fois partout où il est possible de passer.

— Et comment as-tu échoué en Hautterre ?

Léo sourit tristement.

— Mon nom de naissance est Clarence Léonidas Fend, d'où mon nom actuel de Léo, c'est plus discret. Parmi les métiers que j'ai exercés, j'ai souvent pris l'habit du soldat. Je combattais il y a un peu plus de quatre cents ans dans l'Est. Un conflit entre le premier et le deuxième royaume. Je ne sais plus bien à quel sujet ! Je me suis distingué au combat. En fait, quand on a le sang bleu, il faut à tout prix éviter d'être blessé. Alors on en fait un peu plus que les autres. Et comme on est nettement plus efficace, on sort du rang plus souvent qu'on le voudrait. On m'a d'abord fait chevalier, puis le roi en personne m'a attribué la vicomté de Hautterre. Quand j'y suis arrivé, je m'en souviens comme si c'était hier, il n'y avait rien. Rien que ce défilé qui rétrécissait la vallée, et puis des bois au-dessus. Dix ans durant, j'ai travaillé d'arrache-pied. J'ai fait bâtir le petit château que tu connais. Puis j'ai fondé le village. Il n'y avait que quelques maisons et pas grand monde à loger.

» Nous avons défriché pour semer des champs, mais la terre n'était pas bonne. Et puis il y a eu Wiberge. C'est un prénom qui n'est plus en usage de nos jours, on peut le trouver ridicule, mais elle était la plus gentille femme que j'ai pu connaître. Le roi m'a fait envoyer cette jeune fille pour que je l'épouse. J'étais un parvenu, un soldat sorti du rang fieffé d'un pan de rocaille, personne de l'ancienne noblesse ne m'aurait donné sa fille en épousailles. Le roi le savait. Elle était bien jeune et je savais mon temps compté auprès d'elle. Je savais qu'un jour il me faudrait partir, avant qu'elle ne soit plus vieille que moi et qu'on érige un bûcher. Rester et montrer à tous que je ne vieillissais pas aurait condamné tous mes proches, Wiberge comprise. C'était notre malédiction, mais elle n'en a rien su. Elle était douce et sensible. Tu sais que les résurgents sont très peu fertiles, contrairement aux résurgentes qui sont normales sur ce point. Je ne l'espérais guère, mais elle m'a donné le plus beau des cadeaux, deux enfants. J'ai dû les abandonner, Orville. Un jour, le roi a appelé ses vassaux pour combattre de nouveau à la frontière est. Je ne suis jamais revenu. Wiberge a fini sa vie dans la solitude, tenant ma mort pour certaine… Notre aîné a ensuite pris femme et la dynastie des Hautterre a poussé là où je l'avais plantée, dans une terre pauvre et rude, de celles qui font les hommes.

» Alors j'ai décidé de revenir chaque siècle passer dix ans de ma vie en Hautterre. Depuis quatre cents ans, je suis là le jour anniversaire de mon union avec Wiberge, et je suis là le jour anniversaire de mon départ. Je me rends dans la montagne, là où j'ai déplacé sa dépouille à l'occasion de l'un de mes passages. Wiberge n'aimait pas le fond de la vallée où le cimetière est implanté. Il y fait humide et sombre alors que dans la montagne l'air est clair et sec. Nous allions souvent nous y promener, faire l'amour dans les sous-bois, partager le temps qui passe ou un en-cas les jours d'été.

Léo marqua une courte pause.

— Au printemps, les herbes sauvages y parfument le vent comme elle parfumait ma vie. Ainsi, une fois par siècle, je monte et je m'allonge sur sa tombe, un insoupçonnable renflement sur une terrasse perdue, tout au bout de ce chemin que les ravisseurs des enfants ont partiellement défriché. Nous nous fondons alors dans une étreinte au-delà du temps, au-delà des mots. Et quand je n'ai plus de larme pour abreuver son âme, je retourne au château. Je demande mon compte au descendant du fruit de nos amours et je pars, saoul de chagrin, sur les chemins des royaumes, priant le ciel vide pour que le siècle suivant m'accorde la mort ou l'oubli… Avoir déplacé ses ossements est la plus belle chose que j'ai faite de ma vie, Orville. Les Hautterre d'aujourd'hui ne voient dans sa tombe vide qu'un lieu d'orgueil. Ils mesurent aux dates gravées dans la pierre la profondeur de leurs racines en ces lieux. Mais ils ne savent pas, enfermés qu'ils sont dans leur présent, le sentiment qui nous a liés, elle et moi, qui nous a déchirés après leur avoir fait don de la vie. Je ne passe jamais dans un cimetière sans retirer mon chapeau… Tu sais, Orville, la vie n'est pas toujours une agréable compagne, et maintenant que le temps me courbe, je n'aspire qu'à la rejoindre enfin, luttant à larmes égales avec ma Wiberge, unis dans ce même ciel au pied de la falaise, les pieds au levant et l'arme au côté.

Le silence s'installa dans la pièce. Orville chercha que dire, trouva une mauvaise idée et l'exprima sans grâce.

— N'as-tu pas retrouvé de soulagement auprès d'une autre femme en quatre siècles ? Il y a cette fille, Margilie.

Léo se leva pour emplir le pichet.

— Le sexe, Orville ? En besognant une femme qu'on n'aime pas, on allège ses génitoires, on n'embellit pas son âme. C'est une source infinie d'ennuis et de doute qu'on résout souvent par la violence. Si ça n'avait tenu des besoins physiques élémentaires, je m'en serais bien souvent passé. Nous ne parlons pas de la même chose. Pétrus, comme tant d'autres, imagine le monde comme un territoire où le gibier porte mamelle. Il use de ses charmes pour semer le désordre, c'est un garçon intéressant, mais en cela je le méprise. Il est inconséquent et n'a plus l'excuse de la jeunesse. La mère de Margilie est une rebelle, elle n'est pas ici en ce moment, mais dans le septième royaume, là où les arbres montent jusqu'au ciel et où les singes crient du lever au coucher du soleil. Elle est jeune d'à peu près trois siècles et nous partageons cette maison quand le hasard nous place ici en même temps. Il y a un peu moins d'un siècle, nous avons eu la surprise d'une enfant, Margilie. Nous l'avons élevée, puis nous sommes partis dans le monde pour faire ce que nous devions. Margilie est une chic fille. Mon petit-fils, Steven, vit dans une ferme en contrebas.

— Dis-moi, Léo, que peux-tu m'apprendre sur les membres du conseil ?

Léo se pencha un peu en avant. Il posa sa chope et se gratta la tête.

— Les hommes sont comme les champignons, Orville. Il y a ceux dont l'apparence s'accorde avec la nature, à savoir ceux qui sont beaux et bons, et ceux qui sont laids et mauvais. Ces derniers ne sont pas dangereux. Puis il y a ceux dont l'apparence jure avec la nature. Ceux qui sont bons et laids comptent parmi les meilleurs d'entre nous, ceux qui sont beaux et mauvais sont les plus dangereux, ils nous fascinent par leur grâce pour mieux nous manipuler ou pour mieux nous détruire. Ascelin est de cette espèce. Quand Pétrus s'est sauvé pour échapper à ma fille, qui soit dit en passant n'est pas générale pour rien, Ascelin a profité d'un moment de lassitude de Rouault. Il faut dire que de traîner Pétrus comme époux n'est pas un cadeau des dieux. Bref, ils ont eu Évid, un être médiocre en tous les points, court sur pattes, lâche et prompt à trahir pour améliorer son ordinaire pourtant déjà très confortable. Ascelin a progressivement placé ses amis au conseil puis a manigancé pour y faire entrer son fils. Il détient maintenant la majorité et ne tardera pas à faire tomber Rouault, j'en suis persuadé.

» Au-delà de la confiance que le conseil pourrait t'accorder, l'opposition entre Ascelin et Rouault pourrait bien te coûter la vie. Rouault veut poursuivre la lutte, sauver les résurgents de la barbarie et combattre pour les nôtres qui sont prisonniers des capitaines, alors qu'Ascelin ne souhaite que refermer notre communauté sur elle-même, s'enrichir et couper les ponts avec les royaumes et le danger. Orville, partout dans les sept royaumes on brûlait des bébés alors qu'ils n'avaient commis d'autre crime que d'être nés, maintenant, nous l'avons appris récemment, on les élève comme du bétail pour en faire une armée, ce n'est guère mieux.

— Et quelle est ma place dans ce conflit au sein du conseil ?

— Il se pourrait que tu sois l'ouverture vers l'extérieur, ce contre quoi luttent Ascelin et ses complices, que tu sois l'occasion pour eux de mettre Rouault en minorité.

— Je comprends. Pétrus m'a parlé de plusieurs choix possibles en ce qui concerne ma mise à mort.

— C'est une ancienne tradition. Jusque-là, la plupart des condamnés ont choisi le poison. Sauf quand leur sang est bleu. Nous sommes insensibles au poison.

— C'est une solution pour moi… (Orville changea de sujet.) Ta fille est générale. J'ai cru remarquer que certains soldats étaient des femmes également. Comment tolérez-vous cela ?

— Orville, là d'où tu viens, on combat quand on est le plus fort, mais surtout quand on est assez sot pour ne rien savoir faire d'autre. Ici, on combat parce qu'on a un idéal à défendre. Peu importe qu'on soit un homme ou une femme. Dans la crête, il y a quatre cents ans, les Gardiens ont tué hommes et femmes sans discrimination. Les femmes se sont battues, elles continueront à se battre tant qu'elles auront un avenir à construire.

— Je ne sais qu'en penser. Je n'ai jamais assimilé le combat à un idéal, mais à un ordre à exécuter. Je suis si prêt de finir la dernière mission que l'on m'a confiée… je ne saurai que faire après. Peut-être est-ce une bonne chose que ma vie se termine là, cela m'épargne d'avoir à affronter le vide.

Léo se leva péniblement, la cruche à la main. Il tourna le robinet de bois qui ne laissa couler qu'un mince filet de vin. Bientôt, il n'y eut plus que le bruit des gouttes qui ponctuaient le temps à la manière d'une clepsydre, puis s'espacèrent jusqu'à ce que le vin finît par manquer. Le vieil homme se tourna vers Orville, l'air désolé.

— Le fût… fut.

Orville écarta les bras d'un air résigné.

— Il en va ainsi de toute chose un jour ou l'autre !

CHAPITRE XIV

ÉLIETTE

Rosa et Fernest avaient établi leur campement pour la nuit derrière un escarpement rocheux, à l'abri du vent qui fouettait les hauteurs gelées de la montagne – un froid d'altitude à glacer un mort. Fernest avait posé la peau qui leur servait de marmite sur un cercle de pierres, puis il l'avait remplie de glace. Rosa l'avait fait fondre et bouillir sans même y prêter attention. Les réserves d'amadou des fuyards étant épuisées depuis longtemps, elle les cherchait en contrebas pour enflammer depuis les hauteurs le bois ramassé dans la poussière. Elle les trouva dans un bosquet aux troncs épars, maigres et millénaires. Rosa les imaginait deviser joyeusement ou partageant leurs inquiétudes, compter ce qu'il restait de nourriture, câliner les enfants. Les soldats racontaient-ils leurs vies d'aventures et de combats ? Le bébé d'Éliette occupait une grande partie de son attention. Il était en bonne santé, et ne semblait pas souffrir du voyage. Un si jeune enfant ne souffre pas dans les bras de sa maman, ou peut-être que si, Rosa n'en savait rien. Depuis la naissance de l'enfant, la jeune mage avait décelé chez lui une particularité qui l'inquiétait beaucoup. Contrairement à celle des autres, sa température intérieure restait constante, et un halo rouge irradiait de son corps. Il était arrivé que ce halo se transforme en flux qui reliait le bébé à un autre membre du groupe. Il coulait soit de l'adulte au bébé, soit du bébé à l'adulte, mais, à chaque fois que cela s'était produit, Rosa avait vu la peur saisir le groupe. Alors Rosa déviait le flux de chaleur et tout revenait à la normale, lentement, jamais complètement.

Mais ce soir la nuit devait être douce, les voyageurs étaient détendus et l'enfant calme.

— Je ne sais pas bien où nous nous trouvons, Éliette. Nous marchons bien, je dirais une douzaine de lieues par jour. Depuis près de deux mois, cela fait une distance d'un peu moins de huit cents lieues. La crête en fait beaucoup plus, nous ne sommes pas au bout de nos peines.

La jeune maman serra son fils contre elle.

— J'ai peur pour Delwynn, Ferrand. Nous avançons, mais aucun de nous ne peut me dire l'avenir que nos pas lui préparent. Nous avançons, c'est tout. Peut-être n'y a-t-il que la mort au bout du chemin ?

Le regard de Ferrand se perdit dans la contemplation des étoiles, vives et scintillantes dans l'air doux et sec. Ils voyageaient désormais à la limite entre le pierrier et la zone sableuse où poussaient quelques rares arbustes et où le sol était plus confortable pour dormir. Les cailloux, en revanche, étaient plus propices à la marche que le sable dans lequel les pieds s'enfonçaient. La question des chaussures ne se posait plus pour personne, les pieds avaient durci et une simple semelle de peau suffisait à se protéger des pierres les plus coupantes. Il avait fallu en revanche se débrouiller avec le peu de tissu que le groupe possédait. Même si la pudeur avait perdu de son charme au bout d'un si long chemin, les hommes avaient mis un point d'honneur à abandonner leurs chemises au profit des femmes dont les robes s'effilochaient et partaient en poussière. Ils se satisfaisaient depuis de peaux grossièrement tannées, qu'ils transportaient le jour pour s'en couvrir la nuit. Le groupe ne se séparait plus et serpentait en chassant, ramassant tout ce qu'il pouvait trouver de combustible. Rosa et Fernest progressaient dans les montagnes et se chargeaient depuis les hauteurs de leur faire parvenir le complément sans lequel ils seraient morts depuis bien longtemps. De l'eau, de la viande… et encore de l'eau. Éliette perdit patience.

— Et si nous arrivons un jour au quatrième royaume, que se passera-t-il, Ferrand ?

Le soldat tourna la tête vers elle.

— Excuse-moi, Éliette. Tu sais, la mort était au début du chemin, nous nous sommes joués d'elle et nous pouvons en être fiers. Elle peut aussi se trouver à la fin pour prendre sa revanche, et je te mentirais si je prétendais avoir la certitude du contraire… Je te mentirais également si je prétendais n'avoir pas pensé à ce qui peut se produire de l'autre côté du désert… Je doute que nous y soyons bien accueillis. Je raisonne toujours comme si j'étais l'ennemi. Celui qui nous pourchassait était puissant. Les ambassadeurs-militaires peuvent poster des guetteurs dix années à l'est de la crête au cas où nous en sortirions vivants un jour ou l'autre sans que cela leur coûte quoi que ce soit qui leur manquerait ailleurs.

Il ramassa une petite branche et l'avança sur les braises.

— Alors, quand nous arriverons, nous serons très prudents. J'irai en éclaireur. Et puis nous verrons… Tu sais, si nous avons fait huit cents lieues en deux mois, il nous reste encore plusieurs mois de marche devant nous. Nous aviserons d'ici là.

Éliette bougea doucement, faisant crisser le sable sous son corps.

— J'ai un bébé, Ferrand, je ne peux pas me contenter d'aviser.

— Je comprends, Éliette. Mais pour l'instant il faut survivre au jour le jour… Tu le sais. Nous avons chaud le jour, froid la nuit, nous marchons d'un pas plus lassé chaque matin. Personne ne se plaint, mais tout le monde souffre. La seule chose qui semble ne pas manquer est l'eau. Rosa en soit louée ! Quant à Delwynn, il est avec nous. Nous ferons tout ce qui sera possible pour qu'il vive et qu'il grandisse.

— Même s'il est… étrange ?

— Il est du clan, Éliette. Et quand nous arriverons dans le quatrième royaume, tous vêtus de peaux de bêtes à moitié décomposées, hirsutes, sauvages et faméliques, nous resterons ensemble et nous serons là pour Delwynn.

Éliette tira un pan de tissu sur son enfant, embrassa le petit être sur le front et regarda vers la montagne.

— J'espère que Rosa et Fernest n'ont pas de difficulté à suivre notre rythme, là-haut. Je regarde parfois vers les hauteurs et je les imagine sur une paroi, dans le froid et le vent. Je ne sais pas comment ils peuvent survivre. Ici, au moins, il fait bon dans la journée et le sable garde un peu de chaleur en début de nuit. Nous nous tenons chaud les uns les autres, et nous pouvons parler.

Ferrand sourit.

— Si la nature fait son œuvre, Éliette, je pense que Fernest et Rosa ont des sujets de discussion bien à eux et qu'ils se tiennent chaud également. Tu sais, si nous avançons trop rapidement pour eux, Rosa fera couler l'eau derrière nous et nous serons forcés d'attendre. Je ne sais pas ce qu'on peut trouver là-haut, mais je ne voudrais pas y être non plus, crois-moi. Je les y ai envoyés pour qu'ils échappent au chacal, et puis c'est de ces deux gamins qu'est venu notre salut, un salut bien précaire…

Rosa prit délicatement la main de Fernest et la pressa dans les siennes.

— Je crains que nous n'avancions trop rapidement pour le groupe. Nous sommes deux, et ils ont les enfants. Éliette doit porter son bébé.

— Nous pourrions ralentir.

Rosa remua la tête en signe de dénégation.

— Nous ne pourrions pas vivre en marchant moins vite. Il n'y a pas assez de nourriture. Le clan marche en cueillant et chassant le peu qu'il trouve, et en ramassant du bois. Il ne reste plus rien une fois qu'il est passé. Nous-mêmes, si nous tuons davantage de bêtes, il n'y en aura plus assez pour qu'elles survivent et repeuplent la crête. Plus nous avançons dans le désert, plus les bêtes sont rares et petites. C'est la faim qui nous pousse à marcher. Il y a à manger devant, il n'y en a plus derrière, ou plus assez. Je ne sais pas ce que nous trouverons encore dans les mois à venir, plus loin dans le désert.

— C'est bien que tu voies les choses, Rosa. Je ne sais pas compter les lapins quand ils sont dans leurs terriers.

Rosa sourit. Elle ne possédait rien. Elle n'avait jamais beaucoup intéressé les gens, sinon quelques hommes avinés qui cherchaient dans la noirceur de la nuit son corps frêle caché dans un recoin de sa cabane. Elle savait se cacher. Ça, c'était à elle, et elle savait compter les lapins sous la terre.

— Le matin où le clan n'est pas parti, j'étais en colère. J'ai fait couler l'eau bien loin devant pour qu'ils croient que nous étions plus avancés. Ils ont parcouru beaucoup de chemin ce jour-là. Il ne faut pas s'arrêter, Fernest, ou nous mourrons de faim.

Tout le monde s'était endormi autour du feu. Il fallait profiter du début de la nuit pour se reposer, tant que les maigres flammes réchauffaient le campement. Quand il n'y avait plus de combustible, les fuyards se cramponnaient alors au sommeil pour grappiller de quoi tenir demain, se recroquevillant sans grande conviction sur ce que le corps avait pu conserver de tiédeur. Les gens s'endurcissent et s'adaptent à tout, mais le froid nocturne du désert…

Delwynn se réveilla en sursaut. Les adultes dormaient encore profondément et quelques flammes verdâtres jaillissaient de la braise attisée par le vent. Le bébé sentait à travers l'étoffe le cœur d'Éliette qui battait lentement, elle respirait régulièrement d'un souffle de maman qui dort. Delwynn ne comprenait pas beaucoup d'autres choses dans ce monde étrange que ce rassurant langage du corps. Le lait, la voix, l'odeur maternelle, le cœur qui bat et les poumons qui s'emplissent et se vident, l'étreinte qui rassure. Dans le noir de la nuit, Delwynn ressentit une sensation désagréable comme une erreur dans l'ordre des choses. Une forme bougeait, mais qui n'était ni rose ni chaude. Delwynn leva maladroitement la tête de ses muscles encore faibles et tenta d'apercevoir l'anomalie. Il lui restait encore tant à apprendre du monde. La forme s'approcha dans un léger bruissement de sable frotté, puis elle se dressa devant lui. Delwynn détailla les yeux noirs reflétant la lumière du feu mourant, la tête écailleuse fendue d'un sourire aux deux crochets acérés, les deux curieuses oreilles sur les côtés. Le bébé, tout à sa curiosité, bougea la main pour attraper l'animal qui semblait indécis. Il émit un sifflement strident. Éliette ouvrit un œil et poussa un hurlement. Le serpent affolé se propulsa vers elle.

Il y eut un court éclair dans la nuit. Éliette ne bougeait plus, pétrifiée par la peur. Là où vivait un cobra l'instant d'avant, il n'y avait plus qu'une forme sinueuse à la tête carbonisée. Delwynn hoqueta, effrayé par l'agitation qui secouait subitement le camp. Éliette le serra contre elle, secouée de sanglots alors que la nuit s'était peuplée de formes noires et mouvantes, de coups de bâtons dans les fourrés et d'éclats de voix angoissés. Delwynn, désemparé, se mit à pleurer. Éliette desserra son étreinte, puis elle ouvrit sa chemise et offrit un sein au bébé qui trouva refuge dans la tétée. Le cœur de sa maman battait vite et Delwynn sentait le sang qui pulsait puissamment dans son corps. Les adultes couraient en tous sens, fouillant les environs à la recherche d'une menace qu'ils n'auraient pas vue, mais ils se calmaient à mesure que lui-même se gavait. L'agitation retomba, la nuit était froide, le sein était chaud, Delwynn se rendormit contre sa mère qui sanglotait doucement dans les bras de Jean.

CHAPITRE XV

LE JUGEMENT DES SAGES

Orville et Léo avaient un peu trop fêté leurs retrouvailles et s'étaient levés à l'heure de la nausée. Après avoir déjeuné sans entrain d'un gruau épais, la fraîcheur matinale avait redonné un peu de vigueur à Orville. Léo le guidait dans les rues sinueuses des hauts quartiers. Si le bas de la ville n'était que ruines, cette partie-ci accueillait une population éparse dont on entrevoyait les silhouettes pressées au détour des ruelles. D'anciennes demeures restaurées alternaient avec des maisons de construction plus récente, aux matériaux d'évidence récupérés dans les décombres des palais effondrés. Si sur quelques façades le bâtisseur avait témoigné d'un certain goût dans le réemploi des pierres, dans la plupart des cas seul le hasard avait déterminé l'agencement des décors. Orville s'en amusait alors que les deux hommes remontaient une large rue droite. Elle se ramifiait en venelles sombres de part et d'autre selon un plan plus ou moins orthogonal. La ville haute semblait le fruit d'un difficile compromis entre une intention rationnelle et une topologie montagnarde indocile. Orville s'arrêta soudain à la vue d'un vaste bâtiment en bon état dont la cour était cernée de colonnes.

— Qu'est-ce donc, Léo ? Je crois que c'est le premier grand bâtiment que je croise qui tienne debout.

— C'est le Saint des Saints, Orville, la bibliothèque. C'est ici que chaque rebelle consigne ce qu'il a acquis dans le monde. On entre par la porte que tu vois au milieu, dans un vaste hall où se tiennent quelques gardes. Dans l'aile droite se trouve le scriptorium et, dans l'aile gauche, les écrits que l'on peut consulter ou recopier. Les troupeaux que tu as vus en bas sur le plateau et en montant dans les alpages servent à la nourriture, mais surtout à la production du parchemin. Ceux qui ont préparé l'enlèvement des deux enfants de Hautterre ont commencé leurs recherches ici. Sois en sûr. Et ils y ont consigné leur mission en rentrant.

— Ne pouvons-nous y entrer ?

— Non, Orville. Il faut être rebelle et avoir participé comme guerrier à une mission. Une mission dure en moyenne une trentaine d'années pour laquelle il faut d'abord se former militairement puis apprendre un ou plusieurs métiers en fonction de la situation. Puis on suit un maître pour sa première mission. Parfois il faut s'installer des années quelque part pour pouvoir agir par surprise. Il peut s'agir d'une extraction, d'une mission de renseignement, de liaison, de commerce, de négociation… Ou seulement de s'infiltrer dans un pays à une place précise en attendant les ordres.

— Si je meurs aujourd'hui, je n'en aurai pas le temps.

— Ne prend pas cette hypothèse à la légère, Orville.

Les deux hommes avaient arpenté la ville et la fatigue se faisait sentir.

— Dis-moi, Léo, pourquoi ne m'a-t-on pas désarmé ? Je me promène comme un homme libre alors qu'une sentence plane au-dessus de mon crâne.

— Ah, en fait, il y a deux raisons à cela. La première est que tu es mon invité. Ma fille n'a pas osé aller au-delà de ma parole. Et puis, si tu devais juger un enfant, lui confisquerais-tu une épée en bois à laquelle il tient ? Comprends-moi bien, Orville, dans le monde des hommes, tu es un maître en fourberie au combat. Ici, tout ce que je t'ai appris et, je dois l'admettre, tout ce que tu m'as appris ne servira à rien. N'importe lequel d'entre nous t'aura désarmé avant que tu n'aies le temps de souffler.

N'y vois pas d'insulte, mon ami, c'est ainsi, le sang bleu présente des avantages.

Orville médita un instant les paroles qu'il venait d'entendre. Il était possible qu'il soit vraiment en danger.

— Dis-moi, Léo, n'est-ce pas une auberge que je vois sur cette place ? Le soleil se fait déjà haut. L'ombre de ce grand arbre et un pichet bien frais ne seraient pas de refus.

— C'est là que nous allons, justement.

Orville et Léo s'étaient attablés à l'extérieur de l'estaminet. Après les avoir servis, l'aubergiste s'était installée non loin d'eux, une chope d'eau fraîche à portée de la main. Elle était brune et sa robe simple révélait plus qu'elle ne dissimulait la finesse de son corps. Ses yeux verts mi-clos semblaient observer la forme changeante des nuages. Elle était venue à eux, les avait salués d'une voix douce avant de leur apporter un pichet de bière. Orville, saisi par sa beauté et sa grâce, n'eût pas manqué dans un lointain passé de lui faire remarquer combien elle était de nature à émouvoir les sens d'un soldat, mais il n'était plus ce jeune homme-là. Depuis combien d'années n'avait-il tenu de femme dans ses bras ? Ce n'était plus qu'un vague souvenir dans son esprit, et sa chair avait faim. Léo le tira de ses songes.

— Vois-tu ce bâtiment devant nous ? C'est la salle du conseil. Nous y sommes attendus en début d'après-midi. Pétrus sera là. Il te présentera et expliquera les raisons pour lesquelles il te propose pour le noviciat. Je te rassure, il ne s'agit pas de noviciat comme chez les théocrates. Le but est de sauver ta tête. Je serai là également, et je serai amené à parler de toi. Tu peux prendre la parole également… Mais, en fait, tout ça n'est que de pure forme. La décision a déjà été prise en coulisse. D'ici une heure nous entrerons par cette grande porte, nous attendrons dans un large couloir qu'on nous introduise dans la salle du conseil. Que tu sois des nôtres à l'issue du conseil ou que tu sois condamné à mort, la décision sera irrévocable.

Léo s'exprimait posément, comme s'il récitait une leçon bien apprise, mais Orville sentait l'émotion du vieil homme.

— Dis-moi, Orville, tu as toujours été une énigme pour moi. Je connais ta vie depuis le moment où mon descendant t'a gagné aux dés. Mais qu'as-tu vécu avant ?

Orville avait inventé tant de mensonges à ce sujet qu'il ne savait plus bien lequel choisir. Il opta pour la vérité.

— Mes jeunes années se sont déroulées entre la salle des gardes, l'écurie et le terrain d'entraînement. Je suis un des tiers fils d'un noble de la frontière nord. Un pays aux terres riches, mais sous la menace perpétuelle du septième royaume. Toute la région est sur le pied de guerre depuis plus de cent années et, tout jeune, je savais que mon destin était de finir comme tous les tiers fils des seigneurs du passé, embroché sur une lance ou piétiné par un cheval. Jamais on ne m'a parlé du lendemain. Mes parents m'ont confié au maître d'armes dès ma naissance. C'est lui qui m'a élevé. J'ai eu en main une toute petite épée en acier et au fil tranchant. Puis une épée moyenne, puis une grande épée. Quand je croisais mon père ou mes frères aînés, je ployais le genou. Pourtant, on m'a infligé des heures d'étude sous la direction du théocrate. La guerre, les épidémies peuvent avoir raison de l'ordre dans la fratrie. Il faut que les tiers fils soient prêts à prendre le relais en cas de besoin. Il faut donc les instruire. Je n'aimais pas ça. Tout jeune, j'aimais le vent et mes mains étaient calleuses d'avoir tant tenu les armes. Quand mon grand frère est mort, le cadet, de la peste me semble-t-il, on m'a envoyé à Folcross pour étudier les Saintes Écritures. Sept ans après, il ne restait rien, en apparence, du jeune guerrier qui était entré dans les hauts murs aveugles du monastère… Que je les ai haïs, avec leurs robes ridicules et leurs sermons ! J'ai attendu patiemment le jour où je serais assez grand pour sauter sur un arbre qui poussait le long du mur et m'évader. Au bout de deux ans, je parvenais presque à atteindre les premières branches.

» Un jour, je suis descendu dans la cour, comme chaque matin. Ils avaient élagué l'arbre. Nul ne comprit pourquoi je pleurais devant le tronc nettoyé de ses branches basses. On a mis ça sur le compte de ma sensibilité et on m'a expliqué que les arbres ne souffraient pas. C'était la première fois qu'on se montrait gentil avec moi, le tiers fils monté en grade. Les crétins ! Je m'en fichais bien, des arbres. Quand il a été abattu parce que les racines étaient passées sous le mur qui menaçait de s'effondrer, la nuit même je me suis levé de ma paillasse puis je suis descendu dans la cour. J'ai ramassé une branche et j'ai retiré des pierres que l'arbre avait détachées du mur. J'avais toujours vu l'enceinte du monastère comme celle du château de mon père, massive et invincible, mais il ne mesurait même pas un bras d'épaisseur. Pierre après pierre, j'ai agrandi les fissures que mon ami l'arbre avait patiemment pratiquées dans le mur de ma prison, travail de sape au long cours. Puis j'ai fini par faire un trou assez large pour me frayer un passage. Une fois dehors, j'ai couru. J'ai couru à n'en plus pouvoir respirer. Les théocrates m'ont cherché. Plusieurs jours. Mais je n'étais pas un de ces enfants élevés avec des livres à la main. Ils m'auraient marché dessus sans me voir, et aucun paysan des lieues à la ronde ne m'aperçut. Je n'ai pas erré. Je savais où aller : droit devant moi à l'opposé du château de mon père. Je n'y suis jamais revenu. J'ai trouvé à travailler sur un port, le long d'un fleuve. Puis je me suis engagé sur une gabarre. J'ai fait le mitron chez un boulanger, j'ai guetté le retour d'un mari jaloux, sifflet à la main, j'ai eu froid, et faim aussi. Et j'ai eu quelques bonnes amies. Ces relations ne durent pas longtemps dans le bas peuple. Un jour elles sont à vous et c'est merveille, un autre vous n'avez pas assez d'argent pour les faire vivre décemment et elles deviennent prostituées. Et quand vous n'avez même plus assez d'argent à donner à leur protecteur pour entrer les voir, vous pleurez de rage à la porte. J'ai passablement volé aussi, autant par jeu que pour manger. Puis je me suis battu, souvent. La suite, tu la connais… (Orville but une gorgée de bière.) Encore aujourd'hui je garde de ces années une haine contre ces hommes qu'on nomme théocrates. Je leur préfère les voyous des bas quartiers. Quand ils mentent, au moins, c'est pour manger, pour se protéger, plus rarement pour protéger un ami. Ce sont des humains. Voilà, Léo, tu sais tout ce qu'il y a à savoir de ma vie.

— En tout cas, tu es quelqu'un qui sait ce qu'il veut. Le conseil se passerait d'une grande aide en te condamnant.

— J'entends ta voix au-delà des mots, Léo. Elle dit que tu ne veux pas m'effrayer, mais que les choses sont orientées dans un sens qui ne m'est pas favorable.

— Je sais compter, voilà tout. Le vent tourne, je le sens depuis un certain temps. Le monde tremble, et ses secousses se font sentir jusqu'ici. Tiens, voilà Pétrus.

La jolie serveuse se leva comme si un scorpion l'avait piquée. Elle entra dans l'auberge sans lui jeter un regard. Léo apostropha le baladin.

— Pétrus, viens te joindre à nous !

Pétrus fit un signe de dénégation. Il s'approcha et sourit à Orville.

— J'ai terminé de consigner mes souvenirs dans les registres de la bibliothèque. L'heure approche où nous devrons te proposer au conseil, Orville.

— Je ne suis pas si pressé que ça.

— Je n'ai pas souvenir en quatre cents ans qu'un brave ne soit pas accepté. Bien entendu, il y a un prix à payer. Par exemple, il faut rester une cinquantaine d'années ici. Puis on part en mission et…

Orville le coupa, un sourire aux lèvres.

— Pétrus, même si je survis à cette journée, je ne serai plus là dans cinquante ans. Tout le monde n'a pas le sang bleu, je te le rappelle.

Le poète jura.

— J'oublie toujours ce détail. Bon, en tout cas je vais me restaurer ailleurs, il est des lieux qu'il me vaut mieux éviter encore quelque temps, disons, un siècle ou deux. À tout à l'heure.

Le soleil avait tourné suffisamment dans le ciel pour que l'heure de se présenter devant le conseil soit venue. Pétrus, Orville et Léo entrèrent dans le bâtiment, qui, comme la bibliothèque, faisait l'objet d'un entretien méticuleux. C'était un cube de pierre blanche dont le pignon était décoré de bas-reliefs aux motifs guerriers. Une porte à double battant donnait accès à un large vestibule où des bustes reposant sur des socles semblaient monter la garde. La lumière entrait par deux fenêtres latérales, révélant le relief du dallage de pierre dure polie par des siècles de pas. Les trois hommes s'assirent sur un banc. Orville ne savait que penser. Il était venu ici conduit par Pétrus. Celui-ci n'avait-il pas songé qu'il le mettrait ainsi en difficulté ? N'y avait-il pas d'autre solution envisageable ? Léo était agité. Orville eût mis sa main au feu qu'il brûlait de questionner Pétrus, mais qu'il n'osait pas de peur d'entendre de mauvaises nouvelles. Ils attendirent ainsi dans un silence tendu. Orville laissait courir son regard sur les étranges statues disposées le long des murs. Saturé de silence, Orville fit un clin d'œil à Léo puis il se tourna vers Pétrus.

— Dis-moi, Pétrus, pourquoi a-t-on sculpté le cadavre de ces hommes découpés ? S'agit-il de suppliciés ?

Pétrus, surpris, chercha un instant de quoi son ami voulait parler. Puis il éclata de rire.

— Non, Orville, ce sont des chefs des temps anciens. Ils n'ont pas été découpés. On n'en représentait que la tête et les épaules, voilà tout.

Le guerrier fit mine de ne pas en comprendre la raison.

— Manquait-on d'argent pour faire sculpter tout le corps ?

— Non, pas du tout. Vois-tu, on ne représente que la tête car elle est à la fois l'identité de la personne et le siège de la pensée. C'est une façon de renforcer la noblesse du personnage.

Orville feignit un long débat intérieur, puis il expliqua ce qui le gênait.

— Alors c'est ce qui différencie l'homme du cochon. Imagine que dans un cochon on ne conserve que la tête et qu'on laisse les côtes et le jambon...

— Orville, on ne peut pas comparer un roi et un cochon !

— Sous certains aspects, peut-être que si, crois-en mon expérience, mais ce ne sont pas les mêmes parties qui sont nobles. En tout cas, à tout choisir, prends ce que tu veux, mais je préfère les miches au groin.

Pétrus ouvrit la bouche pour protester, mais la porte de la salle du conseil s'entrebâilla sur deux soldats.

Trois chaises avaient été disposées devant une table. À quelques pas de distance, les douze conseillers avaient pris place sur une sorte d'estrade en forme de U. Ils se voyaient donc et pouvaient débattre sans changer de place. On ne distinguait d'eux que le haut de leur corps qui surmontait un long meuble de bois sombre. Orville ne put s'empêcher de repenser aux bustes du vestibule et pouffa discrètement, se demandant quels jambons pouvaient bien se cacher derrière ces panneaux de bois ouvragés. Le reste de la salle était absolument nu. Ni décor ni objet qui auraient pu contredire l'austérité du lieu.

Orville regarda attentivement les conseillers. Il aurait pu les croiser dans la rue sans les remarquer. À l'exception de deux d'entre eux, ils étaient habillés simplement. Les femmes semblaient jeunes, mais Orville savait que pour le sang bleu l'apparence ne signifiait rien du tout. Le siège central restait vide. Nul doute que c'était celui de Rouault. Orville s'attendait à voir entrer une reine, une chef de guerre en costume d'apparat, ou au moins dans une armure comme quand le vicomte de Hautterre sortait du château pour se rendre sur ses terres, au moins avec une garde rapprochée.

Au bout d'une minute d'attente, la porte s'ouvrit dans le dos d'Orville. Il se retourna. Les huit soldats, au garde-à-vous le long du mur à son entrée, n'avaient pas bougé d'un pouce, et une silhouette de femme se découpait en contre-jour. Elle contourna l'estrade, en gravit l'escalier et prit place sur le siège qui faisait face aux trois hommes. Saisi, Orville se tourna vers Léo.

— Mais c'est...

— La serveuse de l'auberge. Oui, mais il faut te taire maintenant.

Orville dévisagea la jeune femme aux yeux verts. Elle l'observait de son perchoir, les mains croisées, le visage impassible.

— Guerrier Orville. Le conseil se réunit à la demande du dénommé... Pétrus pour examiner si nous pouvons te faire confiance. Que Pétrus dise pourquoi il lui semble que cette confiance peut t'être accordée !

Pétrus se leva et regarda Rouault dans les yeux ; elle ne baissa pas la garde.

— Mesdames et messieurs les conseillers. Je me présente à vous aux côtés de ce garçon, Orville. Nous étions pourchassés et n'avons eu d'autre choix que de nous réfugier ici. Nos têtes sont mises à prix dans tous les ports de la mer intérieure comme dans les bourgs et villages des sept royaumes. Je demande donc le refuge pour cet homme qui présente toutes les qualités pour devenir l'un des nôtres. Il est brave, puissant pour un homme ordinaire, mais surtout il possède des connaissances qui nous font défaut et qu'il est prêt à partager. Orville a prouvé sa fidélité en tant qu'ami et en tant qu'ennemi des Gardiens. Je tiens à porter à votre connaissance le fait qu'il a tué l'un d'eux.

Pétrus laissa les conseillers intégrer la nouvelle, impressionnés pour certains d'entre eux. Un homme se leva et prit la parole à son tour.

— Pétrus, je te connais. Tu es parti pour échapper à tes actes, j'ai dû… consoler ta femme…

Rouault intervint aussitôt.

— Ascelin ! Il n'est pas digne de parler de ceci en ces lieux et en cette situation !

L'homme se tourna vers elle, esquissant un demi-sourire.

— Peut-être, ma chère, mais voilà un abcès qui ne fera plus souffrir personne. Je n'en parlerai plus en présence de votre… époux. Mon cher Pétrus, as-tu été témoin de l'élimination du Gardien par Orville ?

— Non, je n'y étais pas. Mais j'ai confiance en lui.

— Voyez-vous ça ? Un larron de ton espèce qui se porte garant d'un autre larron.

— Je n'ai pas de preuve de la mort du Gardien, mais je peux prouver qu'il a tué Never.

Pétrus sortit de son sac des petits morceaux de bois polis, un coffret dont il retira un cristal attaché par une chaîne et un livre à la couverture de cuir usée par des années de manipulation.

— Nous avons ramené de cette expédition ces objets auxquels Never tenait plus qu'à sa vie. Ainsi que ses mémoires qui sont la possession d'Orville.

Un autre conseiller intervint dans la discussion.

— Sont-ce bien des objets qui ont appartenu à Never ? Comment ce guerrier au sang rouge a-t-il tué Never, qui ne faisait pas mystère de ses dons de mage ?

Pétrus s'emporta.

— Eh bien, sachez, mesdames et messieurs les conseillers, que les mages sont des êtres plus délicats qu'on ne l'imagine et qu'ils n'envisagent pas de continuer à vivre avec un poignard planté entre les deux yeux. C'est une fort bonne chose, sinon nous ne serions pas en mesure de vous rapporter ces faits. J'ai vu Orville lancer cette lame qui s'est fichée jusqu'à la garde au beau milieu du front du pirate. Je n'aurais pas cru la chose possible, mais c'est un fait indiscutable.

Un jeune conseiller aux cheveux frisés, et dont les dents étaient aussi rectangulaires que mal brossées, se tourna vers le baladin. Il l'apostropha d'une voix sirupeuse.

— Soit, Pétrus, la mort de Never est une bonne nouvelle. Une très bonne nouvelle même, et je ne doute pas de ta parole, mais en quoi cet homme peut-il nous être utile ? Son sang est rouge.

Rouault s'emporta.

— Évid, nous sommes dans une grande majorité issus du sang rouge. Les hommes ont une vie plus courte, ils sont moins forts et moins rapides. Mais ils ne sont pas moins valeureux et ne méritent pas ton mépris.

Évid se tourna vers sa mère.

— Mes excuses, mère, mais ce n'est pas ce que j'ai dit. Je travaille ici au bien de tous. Un homme ordinaire mange autant que nous, mais il ne rendra pas le même service à la communauté. Il sera rapidement vieux et à notre charge. Il faudrait demander au conseil si nous avons les moyens de cette bonne action. (Il se tourna vers Orville.) Ne le prenez pas contre vous, guerrier, mais c'est aussi pour votre bien. Vous ne pourriez pas facilement vous intégrer ici, hors de votre monde.

Un autre conseiller se leva et prit la parole d'autorité.

— Je suggère que Léo, que nous connaissons tous ici, dise ce qu'il sait de cet homme. S'il est parmi nous, c'est qu'il a des éléments à nous apporter.

Il se rassit alors que Léo se levait lentement.

— Mesdames et messieurs les conseillers, veuillez excuser mes articulations qui tardent à m'obéir, et ne déduisez pas de ma jambe lourde une altération de mon jugement. Un jour viendra où, comme moi, vous entrerez dans votre dernier cycle, et où les maux des hommes deviendront votre lot. Cela étant dit, je connais Orville depuis plusieurs années. C'est un compagnon d'armes. Il s'est toujours montré fidèle envers ses hommes, ses amis et son seigneur. Orville n'est pas homme à affabuler. Il fait ce qu'on lui demande et dit ce qui est. C'est un homme de confiance qui a l'instinct du guerrier. Je ne puis que regretter qu'il ne dispose pas de quelques siècles pour apprendre l'indépendance qui lui fait parfois défaut. Il deviendrait alors un guerrier redoutable et un ami à l'indéfectible fidélité. Mais on ne peut reprocher à un être sa nature, et à un homme sa piètre longévité… (Il jeta un regard noir à Évid qui caressait son habit d'apparat.) J'ajouterai qu'il possède une science des autres qu'il a apprise au contact du vrai monde, et que ces connaissances seraient fort utiles à certains en ces temps de troubles. Plus en dire ne servirait à rien. Un homme honnête n'a nul besoin d'un long discours pour le défendre.

Une femme regardait Orville depuis un long moment en silence. Ses longs ongles vernis de gris tapotaient l'écritoire de bois sombre qu'elle avait posée devant elle.

— Dites-moi, guerrier, vos amis ont passé sous silence la mort de Viktor dans la crête. J'aimerais avoir votre version des événements.

Orville se tourna dans sa direction.

— Madame, nous avons été attaqués de nuit alors que nous campions dans un bâtiment en ruine. L'homme de garde a entendu des combattants approcher. Nous nous sommes mis en position. Quand ils sont entrés, nous avons décoché deux volées de flèches, puis nous avons chargé lame à la main. Je ne puis vous dire qui était Viktor, ni s'il est tombé sous mes coups ou ceux d'un de mes hommes, mais il n'y eut d'autre survivant que moi dans ce combat. Vous ne sauriez, je suppose, reprocher à un guerrier d'avoir combattu alors qu'il était attaqué ?

La femme secoua la tête en baissant le regard. Orville crut percevoir une larme qui vibrait à l'angle de son œil. Rouault reprit la parole.

— Quelles sont ces informations qui nous manquent et que vous pourriez partager avec nous ?

Orville lui sourit effrontément.

— Madame, dans ma situation, vous comprendrez qu'il s'agit d'une monnaie d'échange. Vous désirez cette information, il vous faudra m'en fournir une autre.

— Laquelle ?

— Quand je suis parti de Hautterre, j'étais à la poursuite des ravisseurs qui avaient enlevé deux enfants. Je veux consulter les archives de la bibliothèque pour comprendre ce qui s'est passé et découvrir ce qu'il est advenu des enfants.

— C'est impossible. L'accès à la bibliothèque n'est autorisé qu'aux rebelles ayant fait leurs preuves. Il y a trop en jeu pour que nous puissions prendre ce risque.

Orville se rassit d'un air tranquille.

— Alors vous ne saurez pas la raison pour laquelle les Gardiens sont plus rapides que vous !

Un silence de mort vida la pièce de son humanité. Rouault, livide, répondit d'une voix faible.

— Guerrier Orville, le conseil vous a condamné, car nous ne savons que faire de vous. Pétrus a eu tort de vous mener ici. Je vous conjure pourtant de me donner cette information. Il en va de la survie des hommes, de ceux qui comptent pour vous.

Orville plongea son regard de glace dans les grands yeux verts de Rouault.

— Madame, je suis un guerrier, pas un marchand de grain et je ne négocierai pas ! Ces terres n'appartiennent à aucun des huit royaumes, et on ne peut donc m'opposer aucune loi à laquelle je devrais légitimement me plier. Cette assemblée n'a aucune existence légale et ne concerne que votre communauté dont je ne suis pas. En revanche, j'ai une mission inachevée et je compte la mener à son terme. Vous détenez les informations dont j'ai besoin et j'irai les chercher là où elles se trouvent. Je refuse donc le poison et attendrai par courtoisie qui voudra m'ôter la vie devant ce bâtiment, plus précisément assis à la terrasse de votre auberge. Je l'attendrai l'arme à la main, et je souhaite bien du courage à qui voudra s'acquitter de cette tâche.

Passé un délai d'une heure, je me mettrai en marche pour la bibliothèque et j'y entrerai. Si les renseignements que j'y trouve me conviennent, je vous dirai ce qui vous intéresse et je poursuivrai ma route. Dans le cas contraire, je ramasserai mon sac et m'en irai de même.

Orville sortit sur la place, escorté par les huit soldats armés de lances.

Adossé au mur de pierre de l'auberge, Orville avait couvert son visage d'un chapeau et semblait dormir. Léo et Pétrus, assis à ses côtés, observaient, anxieux, les huit soldats qui montaient la garde. Le conseil était sorti à la suite d'Orville et restait, interdit, au beau milieu de la place. Dans la longue histoire de la rébellion, il était arrivé que des condamnés s'effondrent en pleurs, tentent de se sauver, protestent des qualités qu'ils pourraient mettre au service de la communauté... mais jamais qu'ils menacent tranquillement et s'endorment au soleil.

Sous son chapeau, Orville descendait toujours plus au fond de lui-même, cherchant la Clairvoyance qui lui donnerait la rapidité dont il aurait besoin. Une femme avait quitté la salle du conseil. Orville l'avait suivie le long des ruelles jusqu'au moment où elle était entrée dans une maison. Puis elle en était ressortie précipitamment, dévalant la pente à la suite d'un homme. Orville savait quelle était sa destination. Ils seraient bientôt là. Est-ce ainsi que la mort venait à lui ? L'homme était armé d'une épée, et un petit poignard battait à sa ceinture.

Quand il fut à une vingtaine de pas, Orville se leva, comme au sortir d'un long sommeil, et posa le chapeau sur la table de bois. S'étirant comme un chat, il s'adressa au guerrier.

— Bonjour, Théod.

— Tu as été condamné à mort, Orville. Je m'en réjouis et je vais exécuter la sentence.

— Il est trop tard pour cela, Théod. Tu as eu ta chance et tu l'as laissée passer.

— Que m'importe que tu détiennes une information, tu vas payer pour la mort de Viktor.

— Quand on attaque un voyageur en pleine nuit, Théod, il faut s'attendre à ce qu'il ne présente pas son cou à la lame de bon gré. Ce Viktor connaissait les risques du métier de brigand et n'a donc pas à se plaindre. Toi-même, à cet instant, tu viens à moi en ennemi. Je ne puis promettre de t'épargner, alors que tu veux prendre ma vie. Tu le sais et tu acceptes cette règle. Plaindre Viktor est une insulte à sa mémoire, et c'est indigne de toi.

Pétrus et Léo s'étaient prudemment écartés. Ils ne pouvaient plus rien tenter pour sauver leur ami. Il n'y avait pas plus rapide que Théod parmi les rebelles. Ce n'était plus qu'une question de secondes. Orville avait vu la modification de couleur chez Théod quand il avait prononcé le mot brigand. Il poussa son avantage.

— Qui était-il pour toi, Théod ? Ton frère ? Ton père ? Ton maître ?

— Il était mon disciple et mon amant.

Théod bondit sur Orville, faisant siffler sa lame. Le tranchant de l'arme ne rencontra que la pierre, qui sonna dans une gerbe d'étincelles. Orville avait pris appui du pied gauche sur le banc et avait sauté au-dessus de son adversaire qui, emporté par son élan, s'étala sur la table. Orville roula sur son épaule gauche, se releva et dégaina le long sabre de Never qu'il n'eut que le temps d'interposer entre sa tête et l'épée de Théod. Le choc l'ébranla jusqu'au fond de son corps, mais l'épée ne bougea pas d'un pouce. Théod recula, surpris, puis il enchaîna les attaques. Orville douta un instant de pouvoir l'emporter, il concéda une égratignure sur le bras et perdit du terrain. Mais imperceptiblement, alors que Théod donnait tout ce qui lui était possible, Orville sentait le monde ralentir. Les gestes des gens, le vol des oiseaux, l'avancée de Théod qui cherchait à le pousser vers le bassin au milieu de la place, les nuages de poussière qui s'élevaient à chaque foulée. Il prit le temps d'étudier le style de Théod, d'analyser ses intentions. Il possédait une certaine science des armes et Orville eut tôt fait d'apprendre le peu dans son répertoire de passe qu'il ne connaissait pas.

Il n'avait jamais aimé Théod. Le théocrate de la vicomté de Hautterre représentait tout ce qu'il avait fui. Il était froid et distant, vivait à l'écart de tous et sermonnait quiconque ne célébrait pas le culte avec passion. Il l'avait maintenant à sa merci alors qu'il s'était lui-même livré en pâture, tenant la victoire pour acquise. Lui prendre la vie ne serait que justice, mais ce ne serait d'aucune utilité. Orville recula d'un pas pour se remettre en garde, puis il para tranquillement tous les coups que Théod lui portait. Les lames virevoltaient dans l'air surchauffé de la place, tintant avec une telle vitesse que nul ne pouvait les suivre des yeux. Soudainement inspiré, Orville allongea ses coups et fit reculer son adversaire pas à pas jusqu'à ce que son dos touche le mur de l'auberge. Il prit alors toute la chaleur de l'épée de Théod en deux minuscules endroits puis, d'un coup surpuissant de son sabre au métal noir, il brisa la lame en trois morceaux.

Orville recula et baissa sa garde, interrogeant Théod du regard.

— Restons-en là, Théod. Ce n'est pas un jeu.

Théod saisit le couteau qui pendait à sa ceinture et le jeta vers Orville d'un geste fulgurant. L'arme sembla s'arrêter, flottant dans l'air comme un brin d'herbe suspendu au fil d'une araignée, puis reprit sa progression, très doucement. Orville pouvait accélérer ou ralentir l'arme à sa guise, mais pas l'arrêter. Quand elle arriva vers lui, il tendit la main et la saisit par le manche. Le bois poli opposa une résistance inattendue, et Orville dut serrer plus fort pour le bloquer. Quand il eut affermi sa prise, il desserra l'étau qu'il avait posé sur le temps, l'autorisant à suivre son cours normal. Il glissa calmement le couteau dans sa propre ceinture et rengaina son sabre – une très bonne lame, grossière, lourde et puissante, dotée d'un profil étrange qui imposait son style à l'escrimeur. Une lame pour frapper de taille, trancher les membres et briser les os.

— Je te remercie de m'avoir rendu mon couteau, Théod. Si c'est bien celui qui me tuera, alors tu ne seras pas celui qui en tiendra le manche.

Orville lui tourna le dos et partit vers la bibliothèque.

*

Orville et ses amis descendaient le plus tranquillement du monde les ruelles conduisant vers la bibliothèque, suivis par les huit soldats.

— Quelque chose ne va pas, Léo. Ils sont huit, vigoureux et bien armés. Ils auraient au moins pu croiser leurs lances pour que je ne sorte pas de la salle du conseil !

— Orville, les soldats agissent quand ils en ont l'ordre. Celui de te tuer aurait dû venir de Rouault, mais elle ne peut t'exécuter tant que tu n'as pas livré le renseignement que tu détiens. Il faut que tu saches qu'il n'y a pas eu de condamnation à mort depuis des siècles et que personne n'a vraiment songé à la mise en œuvre de la sentence. Alors, depuis tout à l'heure, Rouault et la nouvelle majorité se chamaillent pour savoir que faire. Tu survis dans cet espace flou.

— Pourquoi ne me jettent-ils pas dans un cul-de-basse-fosse ? Ce sont des amateurs, Léo. Des amateurs qui ne savent que faire dans une telle situation ne sauront que faire dans bien d'autres situations encore. C'est une armée de papillons.

— Tu n'as pas tort. Ces soldats sont jeunes. Tu as eu ton baptême du fer, Orville, dans cette aventure. Avant de ne pas avoir le choix dans cette grange où Viktor a perdu la vie, tu n'aurais pas valu mieux qu'eux.

— Tu oublies que, si je n'avais pas eu mon baptême du fer, j'avais eu celui des poings, celui des couteaux dans les ruelles sombres, et plus souvent qu'à mon tour. En tout cas, je prie pour qu'à l'avenir je ne sois condamné à mort que par des bourreaux de ce type. Les Gardiens n'ont pas de souci à se faire.

— Combien crois-tu que nous soyons dans la Cité-Vieille, Orville ?

— Une trentaine tout au plus. En comptant ces gamins enferraillés qui trottinent derrière nous. En fait, presque tout le monde était sur la place.

— Effectivement. Il y a plus de monde en bas, sur le plateau. Quelques centaines. Combien crois-tu que nous soyons en tout ?

— En tout ?

— Oui, Orville, en comptant ceux qui sont dans les royaumes.

— Je n'en ai pas la moindre idée. Comment le saurais-je ?

— Eh bien, nous sommes quelques milliers. Ceux qui sont ici sont effectivement inexpérimentés. Les plus aguerris sont aux affaires à l'extérieur. Nous ne sommes ici que pour conserver la mémoire et pour préparer un refuge en cas d'attaque. Mais il y a autre chose.

Orville laissa passer quelques secondes. Ils débouchaient dans une artère principale qui descendait vers les remparts. La bibliothèque n'était plus très loin, selon ses souvenirs.

— Alors, Léo ?

— En fait, Pétrus…

Le poète l'interrompit.

— J'ai fait courir le bruit que tu étais un mage. J'ai appris que ta situation était perdue, alors j'ai lâché cette carte-là. Dans ces conditions, il faudrait une très bonne raison à ces jeunes soldats pour te demander l'arme que tu ne souhaites pas leur donner. Je te félicite d'ailleurs pour cette démonstration d'escrime sur la place. Ne peut vaincre quelqu'un comme Théod qui le veut, et crois bien que je ne m'y serais pas essayé. Je pense que cette…

Orville sentit la colère monter en lui.

— Crétin de chansonnier ! J'ai le sang rouge, et, si Théod n'avait pas été si mauvais sur son flanc gauche, il m'aurait embroché au début du duel. Une fois qu'on a identifié le point faible d'un combattant, il n'est pas difficile de le fatiguer. Les gens ne sont pas mauvais par plaisir, ils négligent les choses car elles leur sont naturellement difficiles. Mais comme Théod est rapide, il ne sait pas quels sont ses points faibles. Il apprendra ou crèvera une lame dans le cœur. Pour ce défaut, il lui faut un bouclier pour parer de son mauvais côté. Il n'y a donc pas de maître d'armes chez les rebelles ?

— Oui, Orville, peut-être... encore faut-il voir son épée pour voir son défaut...

— Vous autres, sang de boudin, vous pensez toujours être plus rapides que les sangs rouges. Il est bon que vous appreniez parfois la modestie. La bibliothèque ne doit plus être très loin.

Pétrus n'avait jamais vu Orville dans une telle colère, ce qui le confortait dans son opinion.

— Tout ça n'explique pas l'épée brisée en trois parties.

Orville se retourna instantanément le sabre à la main et le tendit à Pétrus qui grimaça sous les postillons.

— Pèse-moi ça, Pétrus. Ce sabre est une masse. Il briserait net n'importe quelle lame.

Il leva le regard pour constater que six des jeunes soldats avaient reculé de trois pas alors que les deux autres s'étaient enfuis, épouvantés. Pétrus, ployant sous le poids de l'arme, ne recula pas.

— Peux-tu alors me dire comment tu peux combattre avec une telle arme ? Je ne peux même la soulever d'une main.

— Tes mains sont habituées aux luths et aux fesses des serveuses, pas aux outils d'hommes.

Orville, hors de lui, laissa le sabre dans les mains de Pétrus et traversa à grandes enjambées la cour de la bibliothèque. Parvenu devant la lourde porte de chêne peinte en bleu sombre, il l'arracha d'un coup de pied négligent, la réduisant à un tas de planches fumantes sentant le charbon, et prit sur la gauche dans le vestibule, là où Léo lui avait expliqué que se trouvaient les archives.

Dans le couloir, un petit bonhomme bedonnant et court sur pattes l'attendait les bras croisés. Ses cheveux gras, posés sur un visage au menton carré orné d'une fossette, étaient en harmonie avec son habillement, classiques mais tombant comme un sac sur son corps disgracieux. De sa voix précieuse et suave saccadée par l'effort de la course, il engagea la discussion avec Orville, qui stoppa net devant son expression condescendante.

— Je m'appelle Évid. Je suis le responsable de ce lieu de mémoire. Tu ne peux y accéder, mais c'est pour ton bien, comme il va de ton intérêt de te soumettre à la sage décision du conseil. La mort pour un sang rouge vaut mieux, ici. Comprends qu'il te serait difficile de t'intégrer. Les enfants seraient plus forts que toi et ta longévité ne te permettrait pas de te rendre utile à notre communauté. Je te propose de t'aider en...

Cramoisi, Orville n'entendait même plus ce que le nabot prononçait d'un air si satisfait de lui-même. Il ne pouvait plus détacher le regard de ce sourire disgracieux d'où sourdait le plus désagréable des chants. La dague dérisoire qu'Évid tenait à la main ne lui fut d'aucune utilité quand il passa par la fenêtre pour s'écraser mollement sur le dallage de la cour.

Des rouleaux et des volumes s'empilaient jusqu'au plafond dans une bibliothèque au tracé curieux. Les montants et les planches formaient le dessin de la carte du monde. On y distinguait les côtes, les frontières, les principaux fleuves... L'espace de la mer intérieure et les pourtours étaient réservés aux volumes reliés posés sur des planches inclinées. Orville passa la main sur les planches de bois rouge. La simplicité des assemblages et l'extraordinaire précision du travail d'ébénisterie le stupéfiaient. Orville saisit un des rouleaux qui occupaient la case de Gradlyn, le déroula et découvrit le plan d'un réseau de galeries annoté par plusieurs mains différentes. Il le reposa et se dirigea vers la case de Hautterre, espérant y trouver quelque chose qui concernait sa recherche. Il déroula un à un les parchemins et ne trouva que des plans. Des plans des deux forts, des cartes de la montagne environnante avec l'indication de chemins, des croix avec des notes calligraphiées avec soin. Des tracés en pointillé. Le document le plus récent montrait un monstrueux château qui coiffait le vieux fort de sa masse sombre. Orville entendit derrière lui la voix grave de Léo.

— J'ai dessiné la plupart des plans concernant Hautterre. Chacun de ces rouleaux figure une carte, note un renseignement utile pour quelqu'un qui aurait à faire en un lieu précis. Nous sommes infiltrés dans les travaux de construction des ouvrages militaires, et de tous ceux dont la position nous paraît stratégique. Nous influons sur la construction autant que possible et nous notons les points faibles, les passages dérobés… Cette bibliothèque est notre bien le plus précieux. Tu ne trouveras pas ce que tu cherches dans la bibliothèque-monde, mais dans les chroniques qui sont tout autour. Dans l'eau de la mer. Prends le dernier volume, à ta droite. Ce que tu cherches est là.

Orville posa le volume sur une table et feuilleta les derniers écrits. Il dut revenir une trentaine de pages en arrière pour trouver ce qu'il cherchait.

L'extraction des deux enfants de Hautterre a réussi, mais tout ne s'est pas passé comme prévu. Comme nous nous y attendions, le vicomte a lâché ses chiens derrière nous. Nous avions deux jours d'avance. Théod couvrait nos arrières, alors que Richoard et Lisois chassaient une journée avant nous. Ils avaient méticuleusement préparé les réserves de bois de chauffage, et nous avions à chaque halte le réconfort d'un peu de vin et d'un gruau tiédi sur la braise. Une fois leur frayeur passée, les enfants se sont bien faits au rythme de l'extraction. Lise était triste au début d'avoir dû partir, alors que le garçon, Aymery, cachait son chagrin derrière une joie de façade. C'était dur pour eux, mais, une fois qu'ils ont compris que leur vie en dépendait, ils ont fait preuve de détermination. Nous leur avons montré notre sang. Un jour que le garçon s'était écorché en tombant, nous lui avons prouvé que son propre sang était identique au nôtre. Lise s'est alors entaillé le bras avec un silex qu'elle avait ramassé. Elle n'a pas bronché et a examiné avec fascination la nappe bleutée qui coulait sur son bras. Elle est dure et a emporté notre admiration durant toute l'extraction.

Le souci est venu du sergent qu'Hautterre a envoyé à nos trousses. C'est un soldat obtus et grossier qui passe son temps à boire et à rire de tout. Un homme superficiel, pas méchant, tout à fait ordinaire. D'après Théod qui fermait la marche, il est parti avec un tel paquetage qu'il n'aurait pas pu aller bien loin dans la montagne. Nous avons dû tenir un rythme soutenu dans les alpages pour qu'une fois dans les cailloux, il ne puisse pas nous rattraper. Il ne méritait pas la mort, pas plus que les pauvres bougres qu'il avait choisis pour l'accompagner dans son expédition. Pour notre part, nous avions anticipé cette première partie du voyage et nous étions partis reposés. Quand le relief s'est accentué, Orville, c'est le nom du sergent, s'est contre toute attente adapté très rapidement à la situation. Il a allégé son équipement, réduit sa troupe et tenu le rythme. Au fur et à mesure des étapes, l'amusement des débuts a fait place à l'admiration puis à l'inquiétude. Nous avons pensé vaincre par la faim. Nous avions des chasseurs qui nous ouvraient la route, des réserves. Mais il nous talonnait toujours avec la poignée d'hommes qui le suivaient.

Nous avons décidé de l'alerter, de manière à le dérouter. Théod est resté un peu en arrière pour faire un feu, un soir, sur le versant opposé à leur campement. Un homme avisé, se sachant repéré, aurait voulu découvrir qui l'avait allumé dans un espace aussi désert. Nous comptions sur un ralentissement dû à l'inquiétude. Un homme prudent avance moins vite quand il sait qu'on peut l'attendre au détour d'un défilé. Mais notre homme a poursuivi à son allure de damné.

À l'approche de la voie des Cols, nous ne pouvions courir le risque de le laisser nous rattraper. Viktor est donc parti rejoindre une bande armée de notre connaissance et a tendu une embuscade. Théod n'était pas d'accord, d'une part car il tenait à Viktor, et d'autre part il pensait pouvoir raisonner Orville qu'il semblait estimer.

Mais l'embuscade a mal tourné. Orville et ses hommes ont vaincu Viktor. Il est tombé au combat et nous l'avons pleuré longtemps. Nous ne l'avons pas su tout de suite. Théod nous a rejoints trois jours plus tard pour nous l'annoncer, ainsi que le fait qu'Orville était toujours à nos trousses, seul, mais en vie. Toutes nos pensées, quand elles ne se dirigeaient pas vers Viktor, se partageaient entre Orville à nos trousses et le rivage où le navire devait nous attendre.

Orville a de nouveau été attaqué au niveau d'un col. Il était avec un soldat probablement réquisitionné dans une caravane que nous avons croisée. Théod a assisté au combat. Le sergent a décimé les brigands, puis il est reparti à notre poursuite sans perdre une seconde.

Quelques jours plus tard, il nous a rattrapés et dépassés, deux chevaux de guerre avançant plus rapidement qu'une caravane. Quand il est passé, nous étions cachés dans une roulotte de cirque.

Nous l'avons cru bien loin devant nous, alors qu'il nous surveillait depuis les hauteurs des montagnes avoisinantes. Si bien que, quand des brigands, probablement une bande de Vallade, nous ont tendu une embuscade, Orville a décoché un tir en cloche pour donner l'alerte. Nous nous sommes mis en formation, ce qui a découragé les brigands ; nous serions morts sans cette initiative. Nous avons alors vu le sergent détaler vers les hauteurs du piémont, les brigands à ses trousses. Ceux-là connaissaient parfaitement leur travail d'égorgeurs, et nous avons pensé qu'ils allaient à coup sûr nous en débarrasser, mais Théod a retrouvé sa trace derrière nous quelques jours plus tard. Quel dommage qu'un guerrier tel que lui soit au service des capitaines-ambassadeurs ! Le reste du voyage s'est déroulé sans encombre. Nous avons déposé les enfants sur l'île de Strömne. Ils y seront en sécurité le temps que nous fassions leur instruction.

Rouault.

Léo avait attendu qu'Orville termine sa lecture.

— Ainsi, maintenant, tu sais.

Orville se tourna vers lui.

— Rouault était donc parmi les ravisseurs ?

— Oui, elle jouait le rôle de la femme du chirurgien barbier. C'était l'épreuve de Viktor, celle qui aurait fait de lui un maître. Tu sais tout maintenant. Tout ce qu'il est possible de savoir.

Léo tendit le doigt vers une petite case de la bibliothèque.

— Strömne est cette île, là-bas. Il y a un petit village de pêcheurs. Si tu parviens à partir d'ici et que tu rapportes ce que tu sais aux Gardiens, nous serons tous brûlés, tout comme Lise et Aymery. De petites âmes qui monteront vers le ciel noir de la nuit avec les flammèches du bûcher. Réfléchis-y avant de décider quoi que ce soit.

— Ne dis pas d'âneries, Léo. Tu sais que les Gardiens me cherchent pour me faire la peau, pourquoi irais-je les voir pour leur dire quoi que ce soit ?

Orville se renversa sur le dossier de son fauteuil, attrapa une plume et un encrier. Il modifia un passage de ce que Rouault avait écrit, puis referma le volume et le replaça dans les rayonnages. Il repéra ensuite le casier de l'île du Goulet, qui ne comportait qu'un rouleau. Pétrus y avait tracé la carte de l'île, ainsi que celle du fort. Il avait relaté dans un texte court les habitudes des Gardiens et des hommes, le détail du treuil, les emménagements de l'île au Bois et les lapins qu'Orville avait lâchés. Orville regarda les rebelles qui s'étaient massés dans la pièce. Rouault était là, la main appuyée sur l'épaule de Pétrus qui la tenait par la taille. Les membres du conseil attendaient, pétrifiés, Évid au premier plan, le visage écorché et sa dague dérisoire à la main. Orville reprit la plume et entreprit de compléter la carte de Pétrus.

— Bien ! Nous avons un accord, même si je suis le seul à l'avoir signé ! Vois-tu, Pétrus, un détail t'a échappé. On se demande comment tu ne t'en es pas rendu compte, peut-être chantais-tu les louanges de dame Rouault. Sachez, madame, qu'il me rebat les oreilles de votre beauté depuis que nous avons quitté mon royaume. Il n'est pas pour autant parvenu à rendre justice à la délicatesse de vos traits. Donc, l'île est parcourue de galeries en tous sens. On y entre par l'appartement des Gardiens, ici, ou par un passage dérobé dans ce qui fut ma chambre, un réduit strict et sombre dans lequel se trouve une alcôve. Un des panneaux de bois coulisse dans sa moulure, il est possible de le déverrouiller à l'intérieur du coffre à vêtements à l'aide d'un levier habilement dissimulé. Ces couloirs que je dessine de mémoire, pour la partie du réseau que je connais, débouchent en un point sous le niveau de la mer par une galerie noyée. Ici, sous le rempart, à une profondeur de six brasses qui est naturellement variable en fonction de la marée. Voici, Pétrus, qui sera de nature à satisfaire ta curiosité. C'est par ici que je suis monté sur le plateau la nuit où j'ai tué ce Gardien (Orville regarda l'assemblée d'un air navré). L'impudent dormait sur ma royale paillasse.

Il le dévisagea en souriant, puis il reprit ses explications.

— Donc, le grand secret ne réside pas tant dans ces galeries que dans une curieuse substance poisseuse qui s'y développe sur certains murs. Les Gardiens la récoltent et la mélangent à de l'alcool, ou alors ils la mettent à fermenter pour la distiller. Je ne connais pas la recette exacte, mais ce feu qui brûle sans cesse dans leurs appartements fait plus penser à un feu de cuisine qu'à un feu de chauffage. Il brûle même en été. Des tonnelets passent de mains en mains à chaque transbordement, c'est de cette manière que la substance est transportée dans les royaumes, je suppose.

Orville se tut pour annoter la carte avant de poursuivre.

— Cette substance, donc, quand on la goûte, amplifie de manière remarquable les pouvoirs et les performances des Gardiens. Ils ont sur leur baudrier non seulement cette épée au pommeau bleu, de belles épées raffinées, beaucoup trop légères à mon goût, mais également une petite gourde de métal gainée de cuir qui contient cet alcool fort et un peu fade. Je note sur ce plan, par ailleurs fort bien dessiné, les zones où l'on trouve cette substance… Voilà.

Orville saupoudra le parchemin de sable, puis il le roula et se leva pour le déposer dans le casier du Goulet. Il prit alors la direction de la porte devant les rebelles saisis. Au moment de sortir, il se retourna vers Rouault.

— Au fait, chère madame, sachez que le soldat ordinaire, superficiel, obtus et grossier qui vous a donné la chasse comme un vulgaire chien avait pour mission de ne vous rattraper sous aucun prétexte, mais d'en apprendre au contraire le plus possible sur vos habitudes de voyage. Si tels n'avaient pas été mes ordres, je me serais fait un plaisir de vous rattraper pour vous botter les fesses. C'est la mention que j'ai pris la liberté d'ajouter à votre texte.

Sur ce vil mensonge, il reprit son sabre dans les mains de Pétrus et sortit.

Orville remontait sans hâte vers la place du conseil. Une procession le suivait comme la queue d'une comète. On y trouvait ses amis comme ses ennemis, tous partageant la même incertitude quant à cet homme qui, condamné à mort au milieu des résurgents, se moquait d'eux et de leurs règles comme d'une guigne. Était-ce cela un mage ? Se sentait-il tellement au-dessus des autres que rien ne pouvait l'atteindre ? Orville leur avait apporté un renseignement inestimable, mais il en savait tant sur eux qu'ils ne pouvaient le laisser partir. Pourraient-ils seulement l'en empêcher ? De quoi cet homme était-il capable ? Parvenu à l'auberge, Orville déposa son baudrier sur la table massive et allongea les jambes. Il n'avait pas le souvenir d'avoir éprouvé une telle colère et s'en sentait encore ankylosé. Léo entra, bientôt suivi de Pétrus. Le poète passa dans la cuisine et en revint avec un pichet de bière et de quoi se restaurer. Il s'assit, puis il rompit le pain et le silence.

— C'était une scène surprenante. Je pense que j'éviterai à l'avenir de te mettre en colère.

— À toi de voir, Pétrus. C'est une jolie bibliothèque.

Léo répondit, comme si sa pensée était ailleurs.

— Oui, splendide. Tant dans son système de classement que par son contenu. C'est un outil de travail sans égal.

Les trois hommes buvaient leur chope en silence quand Rouault entra dans son auberge et ferma la porte derrière elle.

— Il faut que nous parlions, Orville.

Son air grave sublimait sa beauté simple et humaine. Elle s'assit d'un mouvement souple qui fit bruisser ses jupes et planta son regard dans celui de Léo.

— Qui est-ce, Léo ? Pouvons-nous lui faire confiance ?

— Je le connais. Il est de mon village… Avant, il a eu une courte vie durant laquelle il a pris le temps de détester ce contre quoi nous luttons. Mais c'est une tête de mule.

Rouault se tourna vers Orville qui découpait une tranche dans un quart de jambon.

— Pouvons-nous te faire confiance, Orville ?

Il lui retourna son regard.

— Savez-vous faire confiance ? C'est une habitude qui peut se perdre. La confiance est une chose qui se partage, pas une chose que l'on donne à autrui. Qui es-tu toi-même, Rouault ?

Rouault sursauta, surprise.

— Un mage est mortel, Orville, par le poison comme Kradath ou le fer comme Never. Ne te crois pas au-dessus de nous car nous ne savons que faire de toi !

— On ne répond pas à une question par une menace.

— Soit ! Je suis Rouault. J'ai quatre cent cinquante ans et je me suis levée contre les Gardiens il y a quatre cents ans. Pacifiquement. J'ai semé la paix et récolté le sang et la mort. Tant des nôtres sont tombés dans la crête que seule une poignée a pu s'échapper. Deux poignées à vrai dire. Ceux qui sont mes compagnons à ce jour, et un autre groupe mené par une mage qui a fui par la crête et que nous n'avons jamais revue. Nous sommes quelques milliers de résurgents à ce jour, ceux que nous avons pu sauver des griffes des théocrates et de leurs bûchers. Nous avons infiltré tout ce qu'il nous était possible pour détecter les résurgents les premiers. Quand nous en trouvons, nous les enlevons pour les faire grandir en sécurité, puis ils partent à leur tour à la recherche d'autres résurgents. C'est mon seul but.

» Quant à mon prénom masculin, avant que tu ne me poses la question, c'est celui de mon frère qui est mort à deux ans sur le bûcher. Je ne peux le ramener à la vie, mais mon sang a tourné plus tard que le sien. À compter de ce jour, j'ai pris son identité, mon âme s'étant volatilisée dans les flammes de son propre supplice. J'ai pensé que, peut-être, il revenait à moi sous cette forme. Que veux-tu savoir de plus ?

— Rien. Il n'y a pas grand-chose que je ne savais déjà. Il n'y a plus grand-chose non plus que je ne vous aie dit, aux uns ou aux autres. Vous vous raconterez ma vie pour combler vos propres manques.

Léo intervint.

— Si, Orville, il y a une chose que tu ne nous as pas dite. (Il le regarda dans les yeux.) Es-tu un mage ?

— Non.

Le vieil homme était contrarié.

— Orville, la porte s'est disloquée, mais les montants et les planches étaient carbonisés. Elle était fort solide et n'avait jamais connu le feu. Par ailleurs, si tu n'as pas de pouvoir particulier, alors comment sais-tu l'effet que cela produit de consommer cette substance dont tu nous as parlé avec tant de précision ? Pourquoi mentir ainsi devant l'évidence ?

— Qu'importe les mensonges s'ils rendent la vie plus belle ou plus commode. Oui, Léo, j'ai des pouvoirs de mage, mais je ne sais pas faire ça. Je ne sais pas faire brûler les portes.

— Elle a pourtant été carbonisée dans l'instant. Alors, que sais-tu faire ?

Orville but une gorgée de bière, puis il prit le temps de réfléchir. Il ne souhaitait pas dévoiler ses armes. Mais il était allé trop loin pour reculer.

— Bien. Je sais voir à distance, ce que vous nommez Clairvoyance.

— Et ?

— Et… et je sais prendre de la chaleur. Je peux ainsi nager des heures durant dans l'eau glacée.

— Et pour le combat contre Théod ?

— C'est autre chose. Parfois, je peux ralentir le déroulement du temps.

— Tu ne ralentis rien, Orville, tu accélères, toi.

— C'est pareil. C'est une chose que je découvre peu à peu et que je ne maîtrise pas tout à fait, j'ai du mal à faire venir ce pouvoir-là.

Pétrus qui écoutait avidement intervint.

— Le monstre marin… !

— Tu n'y as jamais cru.

— Non, effectivement, mais je ne savais pas ce que tu avais fait.

— Tu le sais maintenant, j'ai simplement sauté sur la chaloupe, décapité ses occupants, crevé le fond et je suis revenu sur le radeau. Rien de bien sorcier.

— Hormis que tu l'as fait en moins de temps que met une flèche pour traverser cette pièce.

— C'est un fait, Pétrus. Pour Théod, le ralentissement est venu progressivement. Au début du combat, c'était difficile. Je m'étais pourtant beaucoup concentré avant.

— Je dirais plutôt l'accélération. Nous n'avons pas vu vos épées.

— C'est une question de point de vue. Quand tu ne parviens pas à attraper une mouche en vol, est-ce elle qui est trop rapide ou toi qui es trop lent ? Je pense que les sens s'adaptent à ce que le corps peut faire.

— L'épée en trois morceaux ?

— Ah, c'est comme pour les chaînes de Clarisse. Le froid rend le métal cassant comme du verre. Je ne sais pas où tu vois de la magie dans tout ça, Pétrus, c'est normal que je me sois mis en colère…

Les trois autres le regardèrent, dépassés par tant de mauvaise foi. Rouault se ressaisit.

— Orville, depuis combien de temps fais-tu des choses non magiques, comme briser du métal ou ralentir le temps ?

Orville mordit dans un morceau de jambon qu'il fit passer d'une gorgée de bière mousseuse.

— Je ne le sais pas. J'ai l'impression qu'en fonction des situations j'utilise d'instinct des possibilités qui font partie de moi depuis toujours, comme tout le monde. Depuis que j'en ai pris conscience, j'essaie de les réutiliser pour voir ce qui continue de fonctionner.

— Comme de carboniser la porte de la bibliothèque ?

— Peut-être. Je ne sais pas…

Léo se tourna vers son ami.

— Orville, tu sais maintenant où les enfants ont été emmenés, et tu sais la vie qui les attend. Ta quête est terminée. Que vas-tu faire maintenant ?

— Je ne sais pas… Je n'en sais rien. Je vais peut-être partir à la recherche d'Armine… et j'ai un royaume à libérer…

Rouault se leva lentement. Elle marcha dans la pièce comme si le mouvement de ses jambes l'aidait à réfléchir. Elle se retourna les bras croisés et le regard ferme.

— Orville, si c'est la voie que tu choisis, nous pouvons t'aider. Mais avant, il te faut un maître pour te former. Tes pouvoirs, même si ce terme te déplaît, commencent à peine à éclore. Si tu ne les maîtrises pas, ils vont te tuer bien vite. Léo, Pétrus, qui pourrait aider Orville ?

Les deux hommes se concentrèrent. Never était mort, Sébélia avait disparu dans la crête quatre cents ans auparavant… Qui pouvait-il bien rester ? Rouault se tourna vers Léo.

— Léo, sais-tu où se trouve Odalrik ?

Léo sursauta. Orville remarqua la brève grimace du vieil homme, qui hésita avant de répondre.

— Peut-être…

— Alors nous partons au plus vite. Messieurs, l'auberge est fermée.

CHAPITRE XVI

LE GOULET

Aldemond cherchait depuis plusieurs heures la carte dont lui avait parlé Sylvan. Ce bureau n'était pourtant pas si grand ! Il s'assit devant son bureau puis passa en revue les placards, les portes et recoins qu'il aurait pu oublier. Il avait demandé à Armine de lui laisser fouiller l'alcôve et avait ouvert le passage dissimulé pour vérifier que ce diable d'homme n'avait pas caché son plan dans les souterrains. Ses recherches avaient jusque-là été vaines, et la jeune femme avait été le témoin de ses efforts.

Arrivée sur l'île depuis une semaine, Armine gardait la chambre, une sorte de caverne creusée dans l'épaisseur de la forteresse. Chaque jour, son maître et geôlier lui proposait de se promener dans le fort ou sur l'île. Elle avait accepté les premiers temps, un peu d'air ne pouvant lui faire de mal, mais l'îlot désertique ceint de sa muraille de vide se jetant dans les douves emplies de mer l'oppressait, comme le symbole des obstacles qui la séparaient de la liberté. Aldemond était un capitaine-ambassadeur-militaire, de ceux qui l'avaient enlevée et enfermée comme un animal dans une cage. À force de s'attendre au viol, elle avait conçu tous les scénarios possibles, mais cet homme travaillait du matin au soir avec Astier, un prisonnier lettré, et semblait ne s'intéresser à rien d'autre. Elle avait finalement acquis la certitude qu'il lui proposait ces déprimantes promenades dans l'unique but de lui être agréable. Quand il s'arrachait à regret à l'étude des manuscrits, ses yeux meurtris par le jour, qui clignaient longuement avant de s'accommoder à la lumière du large, son expression pensive, ses traits juvéniles et l'érudition dont il faisait preuve lors de leurs discussions la touchaient. Tout à sa solitude, Armine avait fini par se dire que cette situation présentait un avantage. Au moins la laissait-on tranquille.

Elle avait eu une enfance heureuse dans le château d'Aramas, la capitale du quatrième royaume où elle avait reçu une éducation des plus poussée, tant pour se destiner au mariage que dans les domaines de l'astronomie, de la littérature ou de la musique. Puis, à l'âge de seize ans, on lui avait choisi pour époux le marquis de Vallade. Un homme qu'on lui avait décrit comme fabuleusement riche. Elle en avait rêvé si longtemps… Armine souriait amèrement au souvenir du portrait qu'un navire de son futur époux lui avait apporté. C'était l'image d'un bel homme, entouré d'étoffes précieuses qui portaient ses armoiries et celles du premier royaume. Son regard semblait percer le sien alors qu'une opulente bibliothèque en arrière-plan montrait sa richesse et son savoir. Un livre cependant n'était pas à sa place dans l'ordonnancement régulier des reliures. Il était disposé d'une curieuse manière et cela l'avait intriguée. Mais, tout à son bonheur, elle n'y avait plus prêté attention. Peut-être était-ce un signe. Quand on lui avait présenté son futur époux la veille de son mariage, son rêve s'était brisé. C'était un homme sec et nerveux, plus petit qu'elle d'une tête. Il semblait avoir posé devant sa bibliothèque par le plus grand des hasards, tant son inculture des grands textes indiquait qu'il ignorait probablement jusqu'à la manière d'ouvrir un livre. Elle devrait donc subir sa vie durant les assauts d'un tel homme.

Rien ne s'était passé. Le marquis de Vallade ne lui avait montré d'intérêt que pour la battre ou l'humilier. Grands et athlétiques, ses fils étaient physiquement aussi dissemblables d'un père qu'il était possible, et Armine en était venue à la conclusion qu'il lui importait peu qu'un garde lui donne une descendance, pourvu qu'on ne le dérange pas tandis qu'il comptait son or. Leur mariage avait ouvert à Vallade les ports du quatrième royaume, mais n'avait pas ouvert sa propre vie sur un quelconque avenir, si bien qu'elle était encore aussi vierge qu'à sa naissance. Puis on l'avait menée ici, encagée comme une criminelle, pour la donner à cet homme qui ne semblait pas lui porter plus d'intérêt que son époux.

— Dites-moi, Aldemond, que cherchez-vous ainsi ? Si, bien sûr, vous souhaitez en parler. Je ne voudrais pas être indiscrète.

— Pas du tout, chère Armine. On m'a parlé d'un plan qui serait dissimulé dans ces pièces et qui me serait utile dans mon travail. Mais j'en viens à la conclusion que celui qui m'a renseigné s'est moqué de moi.

— Pourquoi alors ne pas lui demander où il l'a dissimulé ? Vous gagneriez du temps.

— Hélas, c'est une chose impossible, je l'ai tué.

— Tué… (Armine parut soudain très lasse.) Les hommes ne pensent-ils donc qu'à l'or et à la violence ?

Aldemond fouilla pour la sixième fois le tiroir central de son bureau.

— Détrompez-vous, Armine. Nous en avions parlé ensemble. Sa mort était le prix à payer pour vous sauver la vie. Nous avons donc joué cette tragique comédie pour sauver vos merveilleuses boucles châtains.

Armine rougit un peu, ce qu'Aldemond ne vit pas, tant il était occupé à sortir un à un des rouleaux de parchemins qui emplissaient un des placards, les examinant une nouvelle fois à la lumière d'une chandelle. Armine ramassa un des parchemins et le parcourut rapidement.

— Je doute que ce plan puisse ressembler à une liste de fournitures et de denrées de ce genre. Vous a-t-il dit quel était son aspect ?

Aldemond se retourna vers elle.

— Armine, je vous présente mes excuses. Je n'ai pas même songé à vous proposer de la lecture. Je vais chercher dans la bibliothèque des Gardiens si quelque chose est de nature à vous convenir.

— Et selon vous, quelles lectures pourraient me convenir ?

Aldemond reposa les deux rouleaux qu'il avait pris sur une planche de bois ciré ; il semblait en proie à un problème auquel la vie ne l'avait pas préparé.

— À vrai dire, chère Armine, je n'en sais rien du tout. J'ai pourtant grandi au milieu de femmes. Elles sont mortes maintenant, je les regrette infiniment. Elles lisaient, je m'en souviens parfaitement, mais je n'ai pas eu à l'époque la curiosité de regarder quelle était la nature des écrits qu'elles parcouraient.

— Et cet homme est vraiment mort pour moi ? Racontez-moi ce qui s'est passé.

Elle semblait bouleversée.

— Asseyez-vous, Armine.

Elle avait pris place dans le fauteuil du commandant et Aldemond sur une simple chaise.

— Cet homme s'appelait Sylvan. Un autre Gardien, celui que vous avez croisé lors du transbordement, a menacé de vous tuer si je n'éliminais pas Sylvan avant son départ. Nous en avons parlé, Sylvan et moi, et il a décidé qu'il devait disparaître pour que vous gardiez la vie. Ne vous y méprenez pas, Lothar vous aurait tuée sans aucun scrupule.

— Mais vous ne me connaissiez pas, Aldemond. Vous auriez pu tuer Sylvan pour une femme de chambre ou une paysanne.

Aldemond la regarda douloureusement.

— Quelle différence cela aurait-il fait, Armine ? L'innocence n'a pas de position sociale. Nous n'avions pas de solution.

Armine était confuse. Elle avait raisonné comme une enfant gâtée. Un homme avait sacrifié sa vie pour une femme inconnue. C'était cela l'important.

— Aurait-il pu vous vaincre, Aldemond ? Avait-il vraiment le choix ?

Aldemond dégaina son épée et trancha la chandelle en rondelles. Le temps d'un souffle, elle s'effondra sur la table comme autant de monnaies de cire. Puis il rengaina son arme.

— Sylvan m'était infiniment supérieur. Je n'avais jamais rencontré un homme de cette trempe. Je suis très rapide mais, en dehors de cette qualité, je m'aperçois que je ne suis tout simplement pas assez fort. Sylvan aurait pu me tuer dix fois lors de notre combat. Je ne sais pas si j'aurais eu son courage.

— C'est très beau, ce qu'il a fait. Et vos aveux le sont tout autant. Vous l'estimiez ?

— C'était un brave, et un homme raffiné.

Un silence recueilli s'installa dans le bureau. Il y prit ses aises et, quand il se lassa, il rendit la parole à Armine.

— Et si vous me parliez de vos travaux, Aldemond ?

Il releva la tête, comme sortant du sommeil.

— Pourquoi pas ? Ce qui est secret partout ailleurs ne l'est pas vraiment ici, dans cette île en impasse. Venez, je vais vous présenter à Astier, mon collaborateur.

Ils traversèrent le bureau de l'aide de camp et entrèrent dans la salle des gardes. Astier traçait à la mine de plomb un réseau de lignes sur un parchemin. Deux chandeliers posés sur la table dissipaient l'obscurité et le cryptographe était totalement absorbé par sa tâche. Aldemond le laissa achever son tracé avant de s'adresser à lui.

— Astier, je te présente Armine de Vallade, fille d'Arcol, souverain du quatrième royaume. Elle est mon invitée.

L'homme leva les yeux, surpris, puis s'inclina profondément.

— Je vous prie de recevoir, madame, mes respectueux hommages.

— Armine s'intéresse à ce que nous faisons. Sachez, chère Armine, que nous cherchons une épée particulière. Il s'agit de l'épée de Kradath, le roi des légendes. Nous avons tout lieu de penser que le corps du roi Kradath a été transporté ici il y a huit cents ans et que son épée s'y trouve, cachée quelque part. Astier a remarqué que sur certains parchemins des mots avaient été inscrits à l'aide d'une encre plus brillante. Son métier de cryptographe lui a permis de découvrir que ces textes sont en fait des cartes. Des cartes de marquisats qui, une fois mises à leur place sur la carte du monde, constituent un dessin. Astier, je suis certain que tu pourrais expliquer à notre invitée là où tu en es.

L'homme s'inclina.

— Bien entendu. Maintenant que j'ai identifié les marquisats correspondant aux codes des encres, j'essaie de comprendre de quoi il retourne. J'ai défini le centre géométrique de la forme obtenue, qui se trouve au beau milieu de la mer intérieure. Ce n'est donc pas la solution. J'ai entrepris d'indiquer l'emplacement des mots brillants pour garder en mémoire leur position, et je vais tenter de trouver un sens à tout ça.

Armine regardait le dessin en fronçant les sourcils. Elle le tourna dans un sens qui lui convenait et marqua un temps d'hésitation avant de parler.

— C'est la constellation du Lion.

Astier et Aldemond se regardèrent, surpris. Astier approuva de la tête.

— Je vous félicite, princesse Armine. C'est une bonne observation. Reste à savoir ce que nous allons faire de ce qui m'apparaît maintenant comme évident.

Aldemond réfléchit un instant.

— J'ai lu quelque part que Kradath était surnommé le lion. Au début de mes recherches dans la bibliothèque, j'ai également vu une série de rouleaux très anciens qui représentaient des cartes du ciel. Je vais chercher tout ça.

Il se dirigea à grands pas vers l'escalier. Profitant de son absence, Astier se tourna vers Armine

— Merci de votre aide, princesse de Palisser. Je ne serais pas parvenu tout de suite à cette conclusion, et je sais que vos intentions sont des plus nobles. Attention, cependant, de ne pas trop hâter cette recherche. N'oubliez pas que vous comme moi, comme nous tous ici, sommes prisonniers des Gardiens. Aldemond est cultivé et curieusement sympathique pour un être tel que lui, mais le sera-t-il toujours quand il n'aura plus besoin de nous ? Vous n'ignorez pas l'ignoble trafic auquel se livrent les autres capitaines-ambassadeurs-militaires ! Ils détiennent des femmes dans les logis qui donnent sur la cour et les violent chaque jour dans l'espoir d'obtenir une descendance au sang bleu. Nous aidons donc nos bourreaux. Il faut avancer avec circonspection.

Armine l'avait écouté attentivement.

— Je comprends, Astier. Aldemond est pourtant un gentilhomme très courtois.

— Aldemond est un intellectuel. Les autres sont dans le meilleur des cas des brutes indifférentes, et dans le pire des pervers cruels qui jouent de leur force surhumaine pour tourmenter les gens. Armine, les Gardiens ne sont pas comme nous. Leur sang est bleu et ils sont diaboliquement forts et rapides, ce qui nous place du mauvais côté de l'épée. Ne l'oubliez jamais.

— Je connais le sang bleu, comme tout le monde. Ne brûle-t-on pas les possédés ?

Aldemond coupa leur conversation avant qu'Astier ne puisse répondre. Il était arrivé en silence dans la pièce et aucun des deux interlocuteurs ne l'avait entendu entrer.

— On les brûle, effectivement, Armine, mais pas tous. Ceux qui naissent dans la noblesse deviennent des Gardiens comme moi. Les autres meurent. Astier ne vous a pas dit que nous vivons en moyenne sept cents ans et que certains d'entre nous, fort rares, sont des Clairvoyants. Armine, je ne porte pas le sang bleu du peuple sur les mains. Je suis à peine plus âgé que vous et j'ai ici des rouleaux qui pourraient nous intéresser.

Quant à cette épée, vous en viendrez rapidement à vous demander ce que les Gardiens en feront s'ils l'obtiennent. Eh bien, ma réponse est que, si elle se trouve ici, elle aura passé huit cents ans sans une couche de graisse dans un environnement salin. Je doute que si Kradath l'utilisait à des fins magiques, elle soit en état de rendre encore de grands services. De plus, nous n'avons pas vent de l'arrivée au monde d'un mage qui pourrait s'en servir. En ce qui me concerne, seule la chasse m'intéresse. Quand ce sera terminé, je poursuivrai mon travail de traduction de la langue des anciens.

— Il y avait de tels textes dans la bibliothèque de mon père, mais je ne sais pas les lire.

— Je suis content, Armine, que ces révélations ne vous dissuadent pas de m'aider dans cette recherche.

— Je serai peut-être plus utile ici qu'à vous regarder chercher cette carte.

Astier releva la remarque.

— Vous cherchez une carte, Aldemond ? Où pensez-vous qu'elle se trouve ?

— Dans mon bureau, mais j'ai fouillé partout en vain.

Astier réfléchit un moment, puis il fit claquer sa langue avant de poursuivre.

— Aldemond, vous devriez faire appel à Brewal. C'est un ami, celui dont les cheveux sont presque blancs en dépit de son jeune âge. Il a suivi la formation d'assassin royal. Je crois qu'aucune cachette ne peut lui échapper. Le rôle d'un assassin royal consiste plus à déjouer les tentatives de meurtre qu'à les fomenter. S'il y a une cache, il la trouvera.

La nuit était passée pour tous. Ils avaient plus ou moins bien dormi. Les prisonniers avaient tenu conseil le nez à la grille de leur cellule, et il avait été décidé que cet Aldemond n'était pas comme les autres Gardiens. Si son sang bleu attisait la rancune de certains, d'autres lui reconnaissaient de l'humanisme, comme un goût certain pour les questions intellectuelles. C'était assez inattendu de la part d'un guerrier pour que le conseil s'intéresse à lui. Après avoir consulté cérémonieusement Asèrtimas en présence d'Aldemond, Brewal avait répondu favorablement à la demande du Gardien. Ce dernier n'était pas dupe de la comédie que les prisonniers lui jouaient. Il ne savait s'il devait s'en amuser ou en éprouver de l'agacement, mais, de fait, Astier l'avait prodigieusement aidé, ainsi qu'Armine. Si Brewal trouvait la carte… peut-être serait-il bon de dresser l'inventaire des compétences des hommes que les rois avaient exilés sur cette île.

Brewal s'activait maintenant depuis un peu plus d'une heure. D'un abord un peu froid, il n'avait pas tardé à devenir disert mais, absorbé par sa tâche, il parlait comme un professeur à un auditoire imaginaire, un ton qu'on n'aurait pas soupçonné chez un homme si jeune.

— Voyez-vous, si Sylvan, dont nous déplorons la disparition, a dit que le plan était dissimulé dans ce bureau, c'est qu'il s'y trouve. Venant d'un homme moins précis, j'aurai étendu mes recherches aux pièces voisines. Le terme « bureau du capitaine du fort » que vous avez employé peut s'appliquer à ses appartements comme au meuble même qui remplit cette fonction. Reste à savoir si vous avez fidèlement rapporté ce que vous avez entendu. Je ne vous connais pas assez pour l'affirmer ni pour le mettre en doute.

» Nous avons donc trois échelles de recherche, le meuble, la pièce, et par extension les appartements. Quant aux termes “caché” ou “dissimulé”, ils impliquent que le plan n'est pas laissé au regard de tous. Je perdrais mon temps à examiner les parchemins qui sont dans les placards. Quand on trouve une bizarrerie dans une pièce, ce n'est pas là qu'il faut chercher. Cette cheminée dans un placard, par exemple, ne me semble pas un bon parti. Souvent, les cheminées dissimulent derrière le foyer un passage ou une cavité. C'est ridicule, tout le monde fait ça. De plus, si l'on passait par là, on laisserait des traces de cendre sur le sol et…

Aldemond écoutait patiemment. Manifestement, le monologue de Brewal ne visait pas à lui montrer l'étendue de ses savoirs. Cet homme était dans une sorte de transe et effectuait plus un rituel qu'une recherche véritable. Pour autant, Aldemond découvrait un monde que les chemins de sa jeune vie ne l'avaient pas encore conduit à emprunter. Brewal était maintenant à quatre pattes, il humait les dalles de pierres comme l'aurait fait un chien, mais avec infiniment plus de concentration. De temps à autre, il posait le doigt sur sa langue puis sur le sol, puis sur sa langue, à différents endroits.

— Voyez-vous, chaque chose a une odeur, et chaque odeur un goût. Mais la langue ne reçoit pas les goûts de la même manière en tous points. Ici, par exemple…

Brewal avait examiné patiemment chaque détail du mobilier jusqu'à démonter les planches des placards, il avait tapoté chaque dalle du sol et chaque pierre du mur en chantant la note qu'elle produisait, et mesuré les distances entre des points dont Aldemond n'avait pas compris l'importance. Tout à coup, Brewal cessa de parler. Il arpentait maintenant la pièce les yeux mi-clos en faisant de grands gestes lents. Aldemond observa un instant son étrange danse silencieuse.

— Avez-vous trouvé quelque chose, maître Brewal ?

— En fait, oui, depuis fort longtemps. Depuis le début même. Cette pièce est ronde, couverte d'une coupole surbaissée et comporte sur son sol trois pierres circulaires : c'est un temple. La question est de savoir où serait l'autel s'il y en avait un. D'après l'orientation des trois dalles circulaires, il aurait pu être soit à l'emplacement de la porte de l'alcôve, soit à celui de la porte du balcon, soit du placard que voici. Ayant éliminé d'emblée les deux portes qui ne s'y prêtaient pas, j'ai trouvé rapidement le mécanisme d'ouverture de la crypte dans le placard.

— De la crypte ?

Brewal sembla surpris qu'Aldemond ne l'ait pas trouvé tout seul.

— Eh bien oui, naturellement. Ce bureau se présente comme un temple, circulaire avec ses trois dalles au sol. Tous les temples ont une crypte, alors pourquoi pas celui-là ?

— Tous les temples ont une crypte ?

— Oui, parfois on ne peut y mettre que quelques ossements et on en atteint le fond avec le bras, mais parfois c'est nettement plus grand.

— Pourquoi alors n'avoir pas actionné le mécanisme ?

Brewal reprit son ton doctoral en s'approchant lentement du centre de la pièce.

— Mais, Gardien, car tout mécanisme peut receler un piège. J'ai rencontré des mécanismes qui lâchaient des carreaux d'arbalète, d'autres qui faisaient s'effondrer le sol, d'autres encore qui déclenchaient autour du levier de minuscules pointes acérées enduites d'un poison foudroyant. Vous ne connaissez rien aux poisons, je suppose. Donc, avant d'actionner quoi que ce soit, il faut d'autres indices pour comprendre le fonctionnement du mécanisme. Ici par exemple, un homme doit pouvoir l'actionner seul. Sylvan est sorti de la crypte, puis il s'est rendu dans le placard pour réarmer le mécanisme. Je vais vous montrer.

Brewal se dirigea vers le placard, saisit fermement la pièce de bois sur laquelle la planche la plus basse reposait, puis il la tira vigoureusement en arrière. On entendit un bruit sourd dans les profondeurs du sol. Puis il se dirigea vers le bureau et le déplaça de telle sorte que les trois pieds reposent sur le centre des trois dalles de couleur. Il posa son buste dessus et leva les jambes pour peser de tout son poids sur le plateau.

— Gardien Aldemond, pouvez-vous additionner votre poids au mien, je ne suis pas assez lourd et ce mécanisme est rudimentaire. J'en ai connu d'autres qu'on actionnait d'un doigt.

Aldemond s'approcha et posa comme Brewal le thorax sur le plateau du bureau. Il sentit un léger déclic.

— Voyez-vous, Gardien, pourquoi pensez-vous qu'on ait fabriqué un bureau à trois pieds ? Ça semble ridicule. Et pourquoi pensez-vous que les pieds aient un écart leur permettant de reposer précisément sur le centre des trois dalles ? Tout simplement parce qu'il faut exercer la même pression au même moment sur les trois dalles pour déverrouiller le mécanisme. Sinon, ça n'aurait aucun sens. Maintenant, retirons le bureau.

Aldemond se remit debout et l'aida à déplacer le meuble. La dalle qui pointait vers le placard se leva doucement sur une colonne de métal, jusqu'à libérer un passage suffisant pour qu'un homme se faufile.

— Comment avez-vous su, Brewal ?

— Toutes les dalles du sol n'avaient pas le même goût. Sur le trajet, elles ont un goût de pierre, presque un peu calcaire. Alors que partout ailleurs dans la pièce elles ont un goût de terre et de poussière. Pouvez-vous me donner un chandelier ?

— Je préférerais descendre moi-même.

— Non, Gardien, ce n'est pas sécurisé. Vous n'y descendrez que quand j'aurai vérifié qu'il n'y a pas d'autre piège que celui-ci. Voyez ces aiguilles minuscules recourbées vers le bas. Elles ne piquent pas en descendant, mais en remontant. Voyons de quel poison elles ont été enduites.

Brewal arracha un morceau d'étoffe au bas de sa chemise, puis il humecta de sa salive un angle qu'il frotta sur la pointe d'une des aiguilles. Il se redressa, huma le chiffon. Quand il le passa sur la flamme du chandelier qu'Aldemond avait déposé près de lui, il s'en dégagea une légère fumée orangée.

— C'est un mélange de poisons assez sophistiqué, je ne les reconnais pas tous. Peut-être même de poisons et de contrepoisons. Celui qui se piquerait ne mourrait pas rapidement. Disons qu'il aurait le temps de refermer et de vivre quelques jours. Un poison foudroyant tuerait l'intrus avant qu'il ne puisse refermer l'accès et le secret n'en serait plus un. Je dirais… un poison de deux jours, à peu près.

Aldemond était abasourdi.

— Pourquoi Sylvan m'aurait-il indiqué l'emplacement d'un plan si c'était pour m'envoyer à la mort ?

— Vous concluez trop rapidement. Ce poison corrompt le sang. Rien n'indique que le sang bleu y soit sensible. Par ailleurs, nous savons que quelqu'un est passé par ici, mais pas s'il s'agit de la cachette de la carte à laquelle Sylvan a fait allusion. Il faudra descendre pour le savoir.

Brewal se glissa précautionneusement dans le conduit jusqu'à ce que ses pieds reposent sur une marche. Il s'engagea dans un escalier en colimaçon, testant chacune des marches avec les mains pour en éprouver la franchise. Aldemond avait barré la porte du bureau et pris son épée, par précaution. Au bas de l'escalier, Brewal lui indiqua une marche sur laquelle il ne fallait pas poser le pied.

— Celle-ci n'est pas ce que l'on croit. Elle commande deux arbalètes bandées dans la niche du mur d'en face. Les concepteurs n'ont pas même pris la peine de les cacher, comptant sans doute sur la distance qui les noie dans l'ombre. Ce n'est pas du bon travail. Trop classique. D'un autre côté, c'est ancien. Il faut faire attention tout de même aux défenses apparentes propres à distraire notre vigilance de dispositifs plus sophistiqués, ou seulement moins visibles.

Brewal fit le tour de la crypte, s'attardant sur des détails qu'Aldemond n'aurait pas remarqués, humant chaque recoin.

— Je ne vois rien de plus. Pas de poison sur la table de pierre, ou pas que je connaisse. Le reste semble franc.

— Je suis tout de même surpris que Sylvan m'ait dirigé vers ces aiguilles empoisonnées et des traits d'arbalètes.

— Il n'y avait aucun danger. Vous n'auriez pas trouvé la crypte seul. Et Sylvan devait savoir que je ne me laisserais pas prendre à des pièges aussi grossiers.

— Comment a-t-il trouvé cette crypte, en ce cas ?

— Selon moi, on lui en a montré l'accès, il y a des siècles, probablement. Elle a servi si peu souvent qu'on voit quelques traces de pas dans l'épaisseur de poussière.

— Est-ce la carte qui est posée sur la table ?

— Il vous appartient de le découvrir. Je ne dois rien savoir de la nature de votre travail. C'est bien plus dangereux que le poison.

Aldemond posa le chandelier sur la pierre et déroula le parchemin. Des flèches indiquaient l'accès à la mer et celui de l'appartement des Gardiens. Puis un tracé se dirigeait vers l'ouest, avec des notes manuscrites indiquant des changements de niveau, une rivière et un lac que Sylvan avait nommé « Lac de Kradath ». Sur sa rive, on voyait distinctement une croix tracée à l'encre. C'était donc là que se trouvait la dépouille du mage. Un autre tracé partait de la crypte. Il représentait un réseau qui longeait les murs des différentes pièces du fort et faisait mention d'un puits. Aldemond leva le regard vers une porte qui devait y donner accès. Ainsi donc, le commandant du fort pouvait espionner à sa guise. C'est ainsi que Sylvan avait eu connaissance de la trahison de Lothar.

Brewal faisait jouer le mécanisme pour vérifier son bon fonctionnement, puis il déplaça un massif contrepoids de pierre fixé par une poulie sur une barre de cuivre.

— Pour refermer le passage, il faut réarmer le contrepoids en le replaçant ici. La tige de bois que j'ai tirée actionne le levier qui dépasse du plafond. Alors, l'inclinaison de cette barre change, le contrepoids descend et l'extrémité de cette autre barre soulève la dalle par un effet de levier qui démultiplie la force exercée par la pierre. Il y a encore un dispositif qui empêche l'ouverture, et qu'on déverrouille en appuyant sur les trois dalles simultanément. Si la pression n'est pas égale sur les trois dalles, l'axe que voici n'est plus vertical et l'accès ne se déverrouille pas. C'est enfantin. Vous pouvez fermer de l'intérieur en déplaçant le contrepoids à ce niveau, et rouvrir en le repositionnant et en déverrouillant l'axe à l'aide du levier situé dans sa partie inférieure. Il faudra que je revienne, il y a un peu de travail d'entretien à prévoir. Je vous attends dans le bureau.

Brewal s'engagea dans l'escalier, vérifiant une nouvelle fois qu'il n'avait pas ignoré un piège tendu par les concepteurs de la crypte. Parvenu en haut des marches, il ajouta un commentaire à l'adresse d'Aldemond.

— Le défaut de ce passage, c'est qu'il n'est pas possible de savoir en ouvrant si quelqu'un vous attend dans la pièce. Je vais donc faire le guet. Attention aux aiguilles en sortant, il n'y en a que d'un côté, il faut donc se plaquer sur le mur du côté droit et ne pas laisser traîner ses genoux.

Aldemond lui fit signe qu'il avait compris puis, quand Brewal fut remonté dans le bureau, replongea dans la carte. Qu'allait-il en faire ? Probablement la laisser dans cette crypte. Ce passage lui serait sans doute utile à un moment donné. Mais que faire de Brewal ?

En remontant, Aldemond évita soigneusement la marche piégée et les aiguilles recourbées vers le bas. Une fois dans le bureau, Brewal actionna la pièce de bois et la dalle reprit sa place.

— Gardien, sache qu'un assassin trop bavard n'a pas de travail. Quand on occupe une position de commandement, il faut savoir faire confiance, sinon, on n'a personne pour entretenir ses trappes et portes à secret, personne pour préparer une potion, pour fabriquer des caches, pour déjouer les pièges qui vous sont tendus. Mes camarades sauront que le plan a été trouvé, mais rien d'autre. Ils n'auraient même pas idée de me demander où il était. Pour acheter le silence d'un assassin, on lui donne quelque chose à quoi il tient et qu'on peut lui retirer à tout instant.

Aldemond saisit l'allusion. C'était juste.

— Quel est ton prix ?

Brewal le regarda simplement.

— Gardien Aldemond, nous en avons parlé en conseil des premiers sujets, et nous avons décidé après avoir fait la preuve de notre efficacité et de notre loyauté que plusieurs choses doivent changer. Nous voulons tout d'abord bâtir un village à proximité de la chèvrerie et vivre sans chaînes. Nous sommes tous à l'étroit ici. Je ne vois pas qui ça pourrait gêner.

— J'en parlerai aux autres Gardiens. Quoi d'autre ?

— Nous voulons récupérer notre bibliothèque et que soit reconnu notre droit d'écriture, qu'on nous donne encre et vélin.

— Et ?

— Les femmes, Gardien Aldemond. Les femmes qui sont enfermées dans les logis doivent pouvoir accéder à l'air libre et se rencontrer, travailler aux jardins ou à la laiterie. La pêche est une activité qui pourrait les distraire. Leurs conditions de vie ne sont pas conformes aux lois de ce royaume.

— Ah, je ne pense pas que les autres Gardiens accéderont à cette demande.

— C'est notre condition pour trouver l'épée de Kradath. Nous en avons parlé ensemble et nous avons des pistes. Nous pensons aussi détenir une des clés qui permettra de déchiffrer la langue des anciens. Astier et maîtresse Armine sont de notre avis.

Aldemond réfléchit. Il ne voyait dans tout ça que des choses très humaines et ordinaires, mais les motivations de ses frères ne lui semblaient pas aller dans ce sens.

— Je promets d'essayer. Mais je ne peux assurer que je réussirai à vous donner satisfaction sur tous les points.

— Merci, Gardien Aldemond. Je vais transmettre votre réponse au grand régent Asèrtimas.

Aldemond et Astier étaient penchés sur les parchemins. Armine, qui avait passé une partie de la journée sur la terrasse du fort, était rentrée il y a peu, un bouquet de fleurs sauvages à la main. Elles semblaient bien frêles, longues tiges desséchées par les vents, pétales blancs et pistil jaune, mais c'était des fleurs en bouquet, c'était un peu de vie. Quand Armine traversa la salle, l'odeur entêtante des fleurs fit lever les yeux d'Aldemond. Astier sourit. Avant de replonger dans son travail, le jeune Gardien se tourna vers le cryptographe.

— Au fait, Astier, j'ai négocié ferme depuis deux semaines, et les fondations du village peuvent être creusées. Vous êtes libres.

Astier déplia un autre parchemin, à la recherche d'un nouvel indice, puis il laissa filtrer son sentiment.

— C'est déjà une condition de remplie.

— Pour les autres, c'est plus compliqué, mais je ne désespère pas.

— Gardien Aldemond, on ne garde pas des gens comme des poules au pondoir. Nous, au moins, nous pouvons sortir. Nous travaillons aux champs et aux élevages, nous vivons.

— Tu vois comme je traite Armine. Ne me fais pas le procès de ne pas la respecter.

— Un peu trop peut-être.

— Que dis-tu là ?

Astier le regarda du coin de l'œil.

— Armine n'a pas le sang bleu, elle n'a pas les siècles devant elle. Elle est jeune et plutôt jolie.

— C'est étrange, on m'a élevé dans l'idée que le sang bleu était un secret à cacher, et nous en parlons comme si c'était la chose la plus naturelle du monde.

— Nous sommes prisonniers du Goulet, Gardien, et ici vous ne courez pas le risque de voir votre secret dévoilé. À qui pourrions-nous en parler qui ne le connaisse déjà ? De plus, il nous a semblé que les choses ont changé. Les soldats présents sont des hommes normaux, pour des soldats en tout cas. Or vous ne vous cachez pas d'eux. C'est donc que le tabou est levé. Quant à nos deux communautés… Depuis toujours, nous faisions notre travail et vous le vôtre. Nous vivions en paix et vous êtes venus en ennemis alors que rien ne l'imposait, tactiquement parlant. C'était stupide. Puis nous avons travaillé sur le mystère de cette épée. C'est la première fois, de mémoire d'homme du moins, que nous faisons quelque chose ensemble. C'est peut-être un signe. Mais vous avez changé de sujet, ne croyez pas que ça m'ait échappé. Armine et vous êtes jeunes et beaux, vous vous plaisez. Armine ne cueille pas de fleurs pour parfumer sa chambre, mais pour parfumer votre cœur.

Aldemond chassa ces mots comme on disperse la fumée qui refoule d'une cheminée trop basse.

— N'en parlons plus, voulez-vous. Je puis vous dire que dès demain les femmes sortiront. Sous bonne garde, les unes après les autres.

Astier hocha la tête et replongea dans ses notes.

— C'est un début, mais je ne vois pas bien ce que vous craignez. Au fait, le premier mot de votre liste vient d'un vieux patois des hauts plateaux du cinquième royaume. Il signifie « diviser », avec plusieurs sens possibles comme diviser, découper, détailler, opposer, mais également négocier… C'est en fonction du contexte.

Aldemond bondit vers son écritoire.

— Que ne me l'avez-vous dit !

Astier releva la tête.

— Gardien Aldemond, le savoir est notre seule monnaie d'échange.

Aldemond se tenait debout dans la salle commune des Gardiens. En dépit de son jeune âge, il avait pris l'ascendant sur les autres. Il était le plus puissant de tous et le combat contre Sylvan avait largement contribué à asseoir son autorité. Le logement qu'il occupait le plaçait également dans une situation particulière, et la mission que Lothar lui avait confiée l'exemptait de la récolte et de la préparation de l'essence d'arghot.

— Ainsi donc, mes frères, l'arghot se meurt.

Le grand Gardien maigre qui répondait au nom de Hybold acquiesça.

— En effet. Pour répondre à la demande de Lothar, nous avons tout d'abord élargi notre recherche, puis nous avons multiplié les traces sur les murs. Mais d'une part ça n'a pas suffi, et d'autre part les murs s'assèchent. L'arghot ne cesse de refluer. Des couloirs entiers sont nus là où la récolte était excellente il y a quelques semaines.

— Alors il faut arrêter les prélèvements.

— Nous ne pouvons pas, Aldemond. Lothar est informé de la situation. Il nous ordonne d'aller plus profond et de récolter toujours plus.

Aldemond marchait autour de la pièce, les bras croisés dans le dos.

— Les choses changent trop vite. Je ne comprends pas ce qu'il cherche. Pourquoi ces besoins subits ? Nous ne sommes pas plus nombreux et n'avons besoin d'arghot que très rarement.

— C'est ainsi. Tu as lu les courriers qu'il a envoyés. Il semble qu'il y ait des troubles dans les royaumes. Des nobles ont été remplacés prématurément par des Gardiens trop pressés. Peut-être veut-il faire des réserves en cas de conflit généralisé.

— Lothar peut également cesser de piller les royaumes pour alimenter ses chimères.

— Tout le monde ici ne partage pas ton opinion, Aldemond.

— Je le sais, Hybold. Alors nous allons faire ce que Lothar nous ordonne. Augmentons la production. Récoltez tout et faites ronfler le poêle à charbon. J'irai moi-même dans les souterrains demain pour me rendre compte.

Aldemond marqua un temps d'arrêt, comme s'il hésitait à poursuivre.

— J'ai pris un certain nombre de décisions. Elles ne sont pas négociables car je n'ai pas le choix. Tant que ces hommes détiennent les clés des documents qui me mèneront à l'épée de Kradath, je me plierai à leurs volontés. Ces hommes connaissent, chacun pour une part, tout ce que je pensais connaître et qui m'est nécessaire. Quand nous nous présenterons devant Lothar, il n'y aura plus d'arghot, mais nous aurons au moins l'épée qu'il désire tant.

Les Gardiens acquiescèrent. Seul Hybold, méfiant, se redressa sur son fauteuil.

— Et quelles sont ces décisions, Aldemond ?

— Premièrement, les hommes ne veulent plus dormir dans les cellules. Étant donné qu'il n'y a nulle part où les loger ailleurs, ils dormiront dehors, dans les murs inachevés de leur village.

Personne ne s'y opposa.

— Deuxièmement, leur bibliothèque leur sera rendue. Nous sommes d'accord pour dire qu'elle ne présente aucun danger. En outre, il faudra leur fournir du vélin et de l'encre et, chaque semaine, ils me donneront comme nous l'avons toujours pratiqué la liste de ce dont ils ont besoin.

— C'est raisonnable.

— La dernière mesure sera plus impopulaire parmi vous, mais je ne transigerai pas. L'épée de Kradath est à portée de main et j'ai besoin de ces hommes pour la trouver. Et, indirectement, vous aussi. C'est une chose dont nous avons déjà parlé.

Hybold le fixait au travers de ses sourcils épais. Ses yeux semblaient deux pièces de monnaie sombres sur lesquelles se seraient reflétées les lumières vacillantes des chandelles. La nature rend parfois justice aux hommes. Ainsi, son épaisse barbe noire dissimulait à la perfection la maigreur de son cou et de ses joues, comme la quasi-inexistence de son menton. Aldemond savait que son avis serait déterminant sur les autres. Hybold était le plus grand, et il arrive que la taille impose insidieusement une sorte de hiérarchie entre les membres d'un groupe. Tarman s'étant mis en retrait, Hybold semblait avoir pris la place du chef.

— Les hommes veulent bâtir un village pour les femmes et les loger dans la chèvrerie le temps de la construction.

Hybold éclata de rire. Quand il retrouva son calme, il saisit l'épaule d'Aldemond.

— Écoute, Aldemond, tu es bien jeune. Je t'accorde en ce qui me concerne ce que tu demandes. Que m'importe après tout la foutue lubie de Lothar, cet imbécile. Nous pouvons nous reproduire, certes, mais inversement à la durée de nos vies. C'est-à-dire très peu. Qu'un résurgent fornique autant qu'il veut, il aura un enfant tous les deux ou trois siècles. Qu'on lui donne dix femmes, s'il a la santé pour les baiser toutes, le résurgent aura bien quelques enfants de plus, peut-être... pas sûr. Il peut tout aussi bien ne jamais en avoir. Les hommes au sang rouge ont plus de chances d'engendrer un résurgent que nous. Ces pauvrettes sont enfermées conformément aux consignes de Lothar, mais je te les offre bien volontiers. Si l'une ou l'autre veut faire un bout de chemin avec moi, j'en serai flatté, mais qu'elle n'en attende pas grand-chose du côté du berceau. Voilà ma réponse.

Les autres Gardiens n'en croyaient pas leurs oreilles. Tarman, le regard amusé, observait la diversité des réactions. Fort de l'appui inattendu d'Hybold, Aldemond toisait ses confrères à l'affût des résistances qui ne s'exprimèrent finalement que sous forme de regards acides.

Aldemond traversa les appartements des Gardiens, passa le sas qui donnait accès au souterrain et alluma une torche à la chandelle qui veillait l'entrée du réseau. En s'enfonçant dans l'épaisseur de l'île, il se sentait devenu termite, mais tout insecte qu'il fût, il en aurait le cœur net. Il descendit l'escalier en colimaçon puis s'engagea dans la galerie qui débouchait sous le niveau de la mer. Sylvan l'avait signalée sur son plan par une flèche. Une centaine de pas plus loin, il examina les traces au sol et identifia des résidus de foin brûlé, minuscules, mais décelables à qui cherchait avec attention. Aldemond toucha la paroi. L'arghot était fin et sec, malade. Il en gratta une minuscule surface et la porta à sa bouche. L'effet fut immédiat, mais peu puissant. Aldemond remonta dans la salle qui distribuait les galeries principales, la carte de Sylvan en main. Il tourna sur sa droite et tenta de suivre les indications du plan. D'hésitations en chemins rebroussés, il lui fallut deux bonnes heures pour arriver au bord du lac.

Aldemond avança sur le sable fin. Seul le bruissement du ruisseau troublait le silence pesant de l'espace sombre. C'était un grand lac, plus grand que ce à quoi il s'attendait. D'après ce qu'il pouvait en apercevoir, il devait mesurer un peu moins d'un quart de la largeur l'île. Il trempa la main dans l'eau froide et la porta à sa bouche. C'était de l'eau de mer. Non loin de là, il trouva les traces d'un campement, des marques de pas et l'emplacement d'un feu. Il suivit une piste marquée dans le sable et découvrit la nécropole. Parmi les tombes très anciennes, une sépulture plus récente avait été ouverte. Sur la dalle déplacée de longue date, un tube d'os scellé à la cire bleue attendait qu'on l'ouvre. Aldemond s'en saisit, ficha sa torche dans le sable et le décacheta. Il en extrait un parchemin dont il entama la lecture.

Cher ami.

Comme tu le vois, les apparences ne sont que ce qu'elles sont. Je ne t'en veux pas de m'avoir tué, j'espère que tu auras retenu quelques passes intéressantes de nos fers croisés, il te faut plus varier les approches pendant le combat. La tombe de Kradath est celle sur laquelle j'ai laissé le tube, scellé pour le protéger de l'humidité.

Bientôt, il n'y aura plus d'arghot. C'est une substance très fragile. Je ne sais pas pourquoi Lothar agit de la sorte, je ne sais pas pourquoi nos frères lui obéissent, mais je sais que c'est à dessein qu'il épuise la ressource. Bientôt, il n'y en aura plus et il te faudra faire un choix. En partant, que feras-tu des hommes qui sont ici ? Que valent leurs vies, que savent-ils qu'ils ne devraient pas savoir ? Y aura-t-il encore quelque chose à cacher ?

Les vents soufflent dans une direction qui m'est contraire, et le temps du combat viendra après le temps de la fuite. Quand nous nous reverrons, j'espère que nous partagerons la même épée, la même foi, la même peine.

Sylvan.

Aldemond relut la lettre pour en graver les mots dans son esprit, puis il la brûla. Il s'approcha de la tombe de Kradath. Des os et de la poussière… le contenu de la tombe avait été pillé il y a des siècles. Aldemond suivit la grève et trouva l'endroit où Sylvan s'était mis à l'eau. Il devina dans le fond une tâche bleuâtre. Le jeune Gardien sourit et rebroussa chemin.

Aldemond avait réuni les premiers sujets du royaume dans la grande salle. Armine était là, jolie comme jamais. Elle portait une robe simple et on devinait la naissance de ses seins dans l'échancrure de son chemisier. Aldemond détourna vivement le regard et s'adressa à l'assemblée.

— Je sais où est la sépulture de Kradath. Je l'ai vue. Elle a été pillée il y a des siècles. Il n'y a dedans que des os et les morceaux de la dalle qui fut brisée lors de l'ouverture de la tombe. Notre espoir repose donc sur les écrits postérieurs que nous ne pouvons traduire. Nous connaissons un mot associé à une succession de lettres. C'est trop peu. J'ai tenté en vain de mettre en relation ce mot d'argot et les lettres de l'ancienne langue qui étaient à côté, mais je n'aboutis à rien de concret. Je vous propose de travailler avec moi et de retrouver la langue des anciens.

Le silence s'installa comme s'il était chez lui. Ce fut la voix douce et décidée d'Armine qui le chassa comme on fouette une mouche de son bras.

— Et les femmes ?

La voix d'Hybold vibra dans son dos.

— Elles sont libres, elles sont là pour vous le dire elles-mêmes.

Accompagnées par Tarman et Hybold, elles firent une entrée timide dans la salle des gardes. Elles étaient toutes jeunes et semblaient marquées par ce qu'elles avaient vécu. Asèrtimas jeta un regard alentour. Ne sentant pas de doute chez ses amis, il glissa derrière la table et prit des feuilles de parchemin sur lequel il traça des lettres, puis il les fixa sur les antiques boiseries à l'aide de la cire qui coulait des bougies.

— Mesdames, messieurs, nos revendications ont été entendues. Ces dames sont libres et dormiront ce soir à la chèvrerie en attendant que nous leur trouvions un logement décent... Il faut maintenant tenir notre part du marché.

» À ce jour nous avons identifié dix-sept mots, approchez donc, nous allons vous expliquer comment nous nous y sommes pris et tenter d'utiliser notre connaissance des vieux patois pour enrichir notre vocabulaire. Puis nous essaierons de comprendre la logique de cette langue. Nous avons d'ailleurs commencé ce travail sur les murs de notre cellule et sommes parvenus à associer des sons à des tracés. Approchez donc. Gardien Aldemond, il nous faudra à l'avenir des bancs pour les temps de concertation et d'apprentissage en commun.

CHAPITRE XVII

POUR LE PIRE

Trois hommes étaient assis sur des coussins autour d'une table basse ; ils buvaient du thé en silence, les arômes de plantes qui se diffusaient dans la pièce leur tenant lieu de conversation. Depuis huit siècles qu'ils étaient naufragés sur cette planète excentrée, ils avaient eu tant de fois la même conversation que les mots n'étaient plus nécessaires pour en venir aux mains. Chacun jouait intérieurement le dialogue qui les menait à la conclusion, et un observateur avisé aurait pu suivre aux infimes variations de leur expression ou de leurs gestes lents leurs colères, leurs contritions, leurs moments de sérénité ou de jubilation. Les tasses de thé finies, ils se resserviraient et feraient le point sur l'avancée de leurs affaires. La tension était contenue, mais il s'en fallait d'un cheveu qu'elle n'éclate, implicitement.

— Il semblerait qu'il y ait du nouveau.

Le silence retomba sur le thé.

— Lothar a suffisamment peur pour remuer les montagnes. Ce qu'il fait fort bien.

— Il faudra le récompenser.

— …

— Pourquoi pas ? A-t-on trouvé du minerai dans la crête ?

— Pas encore, je pense qu'il faudrait menacer un peu pour que les efforts se portent dans cette direction.

— Il ne reste plus que ces montagnes, nous avons fait chercher partout ailleurs.

— …

— Oui.

On resservit du thé.

— Lothar est plutôt investi dans la construction.

— Il va épuiser les ressources de la planète et affaiblir les hommes.

— …

— Les hommes ne serviront à rien. Mais Lothar s'y prend mal. Il veut faire se reproduire les esclaves entre eux. Si nous avions voulu que ce soit possible, nous les aurions rendus fertiles. Les hommes du désert étaient déjà porteurs du gène d'infertilité.

— Il a muté. Les esclaves sont parvenus à se reproduire avec les hommes ordinaires, et le gène est partout dans toute la population.

— …

— Il mute peut-être encore.

— …

— L'épée ?

— D'après Lothar, les esclaves sont sur une piste sérieuse. Ils fouillent l'île du Goulet et cherchent dans les manuscrits anciens.

— Peut-être devrions-nous leur apprendre la langue ?

— Je ne suis pas pour, je n'ai pas envie qu'ils en apprennent trop sur notre compte. Nous ne savons pas ce que les pilotes sauvages ont écrit jadis.

— Ne relançons pas ce débat. Tous les soldats et les pilotes du propulseur venaient sur cette planète pour se soulager en forniquant avec les esclaves femelles. Ils produisaient ainsi les esclaves de la génération suivante. Il était inévitable qu'un jour ou l'autre un pilote meure par accident et que sa licence renaisse parmi les esclaves en gestation. Il était inévitable que le pilote sauvage découvre un jour ce dont il était capable. Il était inévitable qu'il se retourne contre nous.

— …

— Nous n'avons pas imaginé qu'elle serait d'une telle puissance, et qu'elle tuerait cinq pilotes avant que nous ne prenions la fuite.

— Le mode de transmission de la licence est dangereux. Six nous ont échappé.

— Dommage qu'il n'y en ait pas eu mille de perdues. Un vaisseau moissonneur serait venu avec des femmes enceintes pour détruire la population et les récolter.

— …

— L'épée est à portée de main. Laissons faire les esclaves. Ils ne chercheront pas dans les écrits des scribes plus que ce dont ils ont besoin. Les hommes ne sont pas persévérants et leur vie est trop courte. Les pilotes sauvages, en revanche, possèdent cette opiniâtreté génétique qui caractérise l'espèce. La brèche dans la coque du module n'était pas très grande ; si le métal en est assez pur, l'épée devrait suffire à la réparer. Nous pourrons alors rejoindre la lune et récupérer du matériel dans l'usine à antimatière, peut-être reconstituer nos réserves, l'hélium-3 y est abondant.

— Ce système est excentré… et il y a des lunes partout, des planètes sans atmosphère aussi, ils ne reviendront pas.

— …

— Si l'épée ne suffit pas, il faudra compter sur les mines de la planète. La découverte d'un filon dans la crête nous permettrait de commencer la production.

— Nous avons essayé, mais nous ne sommes pas compétents en métallurgie. Le module ne s'est pas régénéré, le titane n'était pas assez pur.

— …

— Les pilotes et les commandos ne sont pas des ingénieurs.

— Nous n'avons pas eu de chance. Quand nous avons fait sauter le Goulet, cette roche qui nous a percutés nous a cloués ici. On nous a crus morts et nous sommes là.

— …

— Tu te répètes. Mon avis est qu'on n'a pas jugé rentable de venir nous chercher. Il y avait trop de modules sur la planète pour les transbordeurs intacts.

— …

— Et si nous ne parvenons pas à réparer ?

— Alors il faudra constituer des stocks de minerai, et le faire savoir d'une manière ou d'une autre. Nous redeviendrons rentables et on viendra à nous.

— Les sept mines que le propulseur avait répertoriées sont épuisées.

— … Sauf une.

— Elle est sous la mer.

*

Lothar posa le pied sur le port de Gradlyn. Depuis tous ces mois qu'il était parti pour rallier les frères à son projet, il n'avait eu de nouvelles que celles qu'il avait lui-même à apporter. De retour au fort de la Garde, il pourrait enfin se faire une idée plus précise de la situation.

Il traversa le quartier mal famé du port. Les rues se vidaient à mesure qu'il avançait et que se propageait la rumeur du passage d'un homme vêtu de noir, arborant le pommeau bleu à son épée et le héron blanc sur sa cape. En moins de cinq minutes, ne restaient que les condamnés coincés dans leur pilori et les mendiants culs-de-jatte. Dans une ville habituellement grouillante de vie, un capitaine-ambassadeur marche dans le silence. Lothar gravit ensuite les rues larges qui montaient vers le château royal. Les échoppes aux devantures garnies de marchandises indiquaient que les tenanciers étaient là, observant du plus profond de leurs boutiques. Parvenu devant le château, les gardes ouvrirent précipitamment le portail et mirent un genou en terre, le regard baissé et le cœur battant.

Lothar entra dans la salle de réception déserte, passa devant le trône vide, ouvrit une porte et s'engagea dans le large couloir qui donnait dans la salle du Conseil – le château semblait comme inhabité. Il ouvrit à l'aide d'une clé la grande armoire dans laquelle se trouvaient les plans du royaume. Il plongea la main dans un recoin sombre du meuble, actionna un levier et le fit pivoter, puis il s'engagea dans un tunnel en forte pente. Au premier croisement, il prit sur sa gauche et, au bout de quelques minutes, monta un escalier qui débouchait dans sa chambre du fort de la Garde.

Il aimait parcourir la ville comme il venait de le faire, sentir la peur des gens. Il était bon que les simples hommes se souviennent qu'ils avaient des maîtres, et il lui semblait bon d'être ce maître-là. Il dégrafa sa cape et la suspendit à une patère. Soulagé d'avoir quitté le navire, sa cabine exiguë et son pont instable, il se mit en quête de Rufus, qu'il trouva dans la bibliothèque.

— Bonjour, Rufus.

Le vieux Gardien leva le regard et sourit à son ami.

— Lothar ! Te voilà rentré. Nous avons beaucoup à nous dire.

Lothar s'assit devant Rufus.

— Sommes-nous seuls ?

— Tu sais, ces couloirs sont bien tristes depuis que nous avons dû nous déployer dans le royaume. Nous sommes trois, maintenant quatre avec toi, à occuper ces lieux. Les autres ne sont pas au fort.

— Bien, quelles sont les nouvelles ?

— Je commence par la plus importante. Elle n'a pas pu te parvenir compte tenu de sa nature. Llarson a découvert une survivante parmi les esclaves qu'il a abandonnés dans la crête. Une fillette du nom de Braseline. Lothar, c'est une mage !

— Diable ! Que sait-elle donc faire ?

Lothar était aussi stupéfait qu'impatient d'en savoir plus.

— Au-delà de la Clairvoyance, elle est capable de carboniser un ours à une lieue de distance.

Lothar réfléchit un instant à ce qu'il venait d'entendre, en mesurant les implications. Ce serait peut-être suffisant... Rufus reprit d'un ton inquiet :

— Ce n'est qu'une enfant. Qui sait ce dont elle sera capable d'ici quelques années ? Est-ce bien prudent de garder en vie des gens aussi dangereux ? Ils peuvent s'avérer incontrôlables.

Lothar sortit de ses pensées.

— Oui, Rufus, je veux des mages. Je leur réserve un gibier qui n'est pas à ma mesure. Il faut en revanche garder un secret absolu sur le sujet. Personne ne doit savoir en dehors de Llarson, toi et moi ! Personne, entends-tu ?

Peut-être pourrait-elle tuer ceux qui le maintenaient depuis tant d'années dans leur paume, et dont il craignait à chaque instant qu'ils l'écrasent en serrant le poing.

— Le secret est gardé. Une caserne sera construite au printemps pour entraîner les commandos du sang. Elle restera là-bas et les commandera avec Llarson.

— Bien, c'est ce dont nous étions convenus si une telle chose advenait. Je ne m'attendais pas à ce que ça se produise si rapidement. Je ne m'en plains pas.

— Elle est vraiment redoutable. Elle a tué Sulion, car il refusait de lui laisser la tente que Llarson lui avait promise. On m'a dit qu'il n'en restait quasiment rien.

Lothar sourit.

— Alors elle me plaît déjà, cette petite. C'est quelqu'un qui sait voir ce dont on peut se passer. Dommage que ce soit une fille. Mais nous verrons par la suite si nous trouvons un mage pour la remplacer. Les travaux avancent-ils dans la crête ?

— Oui. Plutôt rapidement. Les relais seront achevés pour la fin de la saison et le donjon prend forme rapidement. Nous allons doubler le nombre d'esclaves. Des nouvelles de l'épée de Kradath, Lothar ?

— Aldemond progresse, à sa manière. Ce n'est pas un homme d'action et je me félicite de l'avoir reclus sur l'île du Goulet avec les plus modérés d'entre nous, les plus mous. Nous avons besoin de Gardiens féroces pour revenir au pouvoir. À ce propos, Aldemond a tué Sylvan au cours d'un duel. Je l'ai vu de mes yeux.

— On m'a rapporté cet incident. Je n'ai pas cru un instant que tu n'étais pas derrière cette histoire.

— Tes soupçons m'honorent, Rufus.

— Qu'y avait-il entre vous ? Je me le suis toujours demandé.

— Qu'importe à présent ? Il n'y a plus personne pour répondre à cette question. C'est une affaire réglée. Donc Aldemond entreprend de déchiffrer l'ancienne langue. Il compte trouver dans les rouleaux des indications pour localiser l'épée de Kradath.

Rufus se gratta la barbe, pensif.

— L'ancienne langue… Oui, bien sûr. J'ai suivi cette voie aussi, elle semble incontournable… Je m'y suis employé sans succès jadis (il secoua la tête, chagriné). Quelle inconséquence ! Dans ma jeunesse, les anciens Gardiens, ceux qui avaient suivi Kradath dans les combats, parlaient cette langue, ils la lisaient et l'écrivaient. Je m'y suis intéressé trop tard, ils étaient tous morts. C'est ainsi. Comment s'entendent Aldemond et Armine ? J'espère que nous aurons bientôt un enfant pour voir si mes hypothèses sont bonnes.

— Je n'ai fait que la croiser sur la chaloupe. Très jolie fille. Je l'aurais gardée pour mon troupeau si tu n'avais pas eu d'autres projets pour son ventre. Il est trop tôt pour savoir. Elle est arrivée il y a quelques semaines. Et vos propres essais ?

Rufus secoua la tête.

— Hélas, si nous procréons, ce sera, je pense, par le plus grand des hasards. Nous avons sélectionné plus de deux mille jeunes femmes proches du sang et les avons réparties entre nous. Ces derniers mois ne nous ont donné aucune grossesse.

Aucune… En revanche, nous avons trouvé du sang bleu dans la population des hommes. Il en naît un peu tout le temps et les fermes se remplissent. Nous avons aussi des adultes, des enfants de tous âges. Certains résurgents sont déjà arrivés dans la crête, les autres sont en route. Ils jouissent dans les convois de places de choix, ils tiennent les fouets. Ils prendront goût au sang, je te le promets, c'est dans la nature humaine. En arrivant dans les fermes de la crête, les adultes choisiront quatre femmes pour leurs besoins personnels, ils les emmèneront dans la caserne des soldats du sang quand elle sera bâtie. Ceux qui sont trop jeunes en auront dès le début de la puberté. Les fillettes sont élevées dans l'idée qu'elles devront satisfaire les besoins des guerriers, elles se promènent au milieu d'eux en tenue légère et nous leur inculquons le culte de la masculinité et de la perfection du corps.

— Très bien, Rufus. Et les fuyards, dans le désert du Jourd ?

— Les guetteurs que nous avons postés à l'est comme à l'ouest n'ont rien vu venir.

— Alors ils sont morts, Rufus. Le désert ne rend pas les os, nous n'en aurons donc pas la preuve. C'est dommage pour la gamine, mais nous avons Braseline maintenant. Où est Cravan ?

— Il est retourné chez lui, attendant le moment pour prendre le pas sur son frère. Il est jeune et puissant et se remettra de son échec. Il ne suffit pas d'être le plus fort, il faut également un peu de chance. Pour l'instant, il n'a pas eu plus de résultats avec ses jeunes nonnes que les autres avec leurs gueuses. En parlant de nonnes, les théocrates partis pour la crête sont tous morts en chemin. Une saison à leurs tables de travail les a trop affaiblis.

— C'est sans importance, Rufus. Ils n'auraient pas été d'une grande utilité. Le paysan est robuste et docile, et le vivier est immense. Les théocrates n'auraient été que des poids inutiles.

— Certes. Nous progressons dans les missions d'espionnage des réseaux de résistance, mais nous n'avons pas trouvé trace des Compagnons du Verrou. C'est le point noir.

Lothar fit la grimace.

— Je ne les crois pas bien dangereux, mais c'est effectivement un souci. Ils ont dû refluer dans leur forteresse. Nous finirons par découvrir où elle se trouve. Elle ne doit pas être bien grande pour nous avoir échappé depuis des siècles.

— C'est un mystère. Curieuse organisation que celle des Compagnons du Verrou. Dans la semaine qui a suivi la lacération du sergent au couvent du Jourd, ils ont commencé à disparaître les uns après les autres. Le temps que nous en soyons informés, il n'y en avait plus un seul dans les lieux dont ils avaient la garde, ni dans les corps d'élite qui protégeaient les sept rois. Je n'ai pas réussi à comprendre comment la nouvelle a filtré ni comment elle a circulé de lieu en lieu. À chaque endroit, la porte qu'ils gardaient a été lardée de coups d'épée. Le message ne saurait être plus clair.

— Cravan n'aurait pas dû. C'était idiot, mais il a le goût du sang. C'est une bonne chose en un sens, même si sa nature le dépasse parfois. Il apprendra la tempérance.

— Je ne serai plus là pour le voir, Lothar. Je sens chaque matin que la nuit m'a volé des heures précieuses au décompte de ce qui me reste à vivre. Tu connaîtras, toi aussi, cette sensation un jour… Les officiers de naissance font plutôt bien leur travail. La population entière a été saignée et triée. Ils remplacent avantageusement les théocrates, que personne ne semble regretter. Quant aux rebelles, ceux que nous avons capturés lors de la grande saignée nous permettront certainement de remonter leurs réseaux et de trouver leur nid. Beaucoup ont plié le genou et sont entrés dans les soldats du sang, ils en constituent même l'essentiel des effectifs.

— Tu as découvert quelque chose ?

— Je t'ai consigné par écrit l'essentiel dans un document qui est en lieu sûr. Ils ont une base arrière, et j'ai maintenant une idée assez précise de l'endroit où elle se trouve. Nous y avons un contact, un jeune homme que j'avais déjà rencontré. Tu liras mon rapport. Je n'ai en revanche aucun renseignement sur ce qu'ouvrait la clé qu'on a trouvée près du cadavre d'Archos, ni sur ce que contenait le cabinet des secrets. Le bourreau n'a pourtant pas chômé.

— Que de nouvelles, mon vieil ami, des bonnes et des mauvaises.

— Il faut aussi que je te dise. Hartrold IV me parle sans arrêt des doléances de ses vassaux. Les prélèvements dans la population saignent les campagnes, et les nobles s'insurgent contre l'arrivée dans leurs châteaux des capitaines-ambassadeurs.

Lothar fronça les sourcils, il était de règle que les nobles remontent à leur souverain ce qui se passait dans le royaume. Pour l'instant, le roi Hartrold était sous contrôle, il était préférable qu'il ne se réveille pas avant que Lothar soit lui-même prêt à agir.

— C'est bien ainsi, les frères doivent rester en embuscade. Il faut cependant leur demander d'agir avec discernement.

Rufus nota dans son livre d'adresser aux frères ces recommandations. Il était prudent d'éviter que tous s'emballent comme Bartlan, mettant leur hôte aux fers et prenant leur femme comme jument. Il leva le regard vers Lothar.

— Tu ne m'as pas parlé du sixième royaume.

— Le sixième royaume est sans intérêt. Un roi en fourrure y dirige une population faible et éparse, sans richesses ni mages. Que veux-tu que nous en fassions ? Deux frères suffisent à contrôler les choses. Peut-être faudrait-il les rappeler, ils seraient plus utiles ici.

— Un jour ou l'autre, nous aurons besoin de bras pour la crête. Je pense qu'il est préférable de laisser les frères là-bas.

Sinon, notre travail sur les archives a porté ses fruits. Les principales lignées sont maintenant identifiées et on en dirige la reproduction dans les fermes. Nous ne pouvons exterminer les souches du sang bleu au sein du sang rouge, sinon, l'élevage de soldats du sang ne prospérera jamais. De ce fait, nous ne les déporterons pas sur les chantiers. Enfin, tant que nous ne parviendrons pas à nous reproduire. Vallade est toujours au cachot, gardé par deux frères. Lothar, pourquoi ne pas le tuer ?

Lothar secoua la tête.

— Il connaît pirates et brigands, son réseau est trop précieux. Nous ne pouvons nous passer d'une telle fripouille. De plus, nous n'avons aucune trace de son trésor qu'on dit considérable. En attendant, il est emprisonné dans son propre château et personne ne s'étonne de le voir dans cette situation. A-t-on repéré Orville ?

— Non, rien pour l'instant. S'il est encore en vie, il finira par sortir et nous le tuerons.

— Le plus vite sera le mieux.

— Lothar, j'ai reçu des rapports alarmants sur l'état de l'arghot. Tarman m'a écrit que tes demandes, considérables, sont en train de faire disparaître la substance. Peut-être faut-il laisser l'arghot se reconstituer ?

Le regard de Lothar qui semblait à l'aise jusque-là chercha un endroit au sol où se poser puis, le trouble passé, il revint vers son interlocuteur.

— Non, Rufus. Tant pis. Il me faut ces quantités d'essence d'arghot. Coûte que coûte !

Rufus remarqua la sueur qui perlait à son front. Il n'insista pas.

*

Braseline était debout dans la tente de Llarson. L'expression farouche de ses yeux verts perforait son visage enfantin. Elle se tenait bien droite, vêtue d'une robe blanche à broderie d'argent. Llarson lui avait fixé sur la poitrine un bijou en forme de héron.

— Braseline, cet insigne montre à tout le monde que tu es quelqu'un de très important. Les gens doivent s'agenouiller devant toi, comme ils le font devant moi. Quelqu'un qui n'a pas d'insigne blanc doit te montrer du respect. Mon insigne a un œil bleu, car je suis un guerrier. Le tien a un œil blanc, car tu es une mage. La barre rouge indique que tu viens du peuple, et que tu dois obéir à ceux qui ne l'ont pas. Tous les autres doivent t'obéir. As-tu compris ?

La fillette indiqua d'un mouvement de la tête qu'elle avait compris. Elle n'aimait pas ce trait rouge. Alors qu'on le lui avait promis pour le printemps, des esclaves étaient arrivés. Ils travaillaient pour lui construire un château. Un château pour elle. On avait aussi construit un ponton sur le lac. Il allait jusqu'au siphon. Les premiers condamnés avaient été jetés vivants dans l'eau à cet endroit. Maintenant, elle s'y opposait. Braseline préférait les brûler. Des soldats du sang avaient monté leur campement, plus de cent. Llarson lui avait dit que c'était ses soldats. Braseline n'aimait pas les plus vieux. Elle les avait tués. Llarson lui avait expliqué qu'il ne fallait pas, car ils devaient combattre pour elle. Alors elle tuait des animaux et des esclaves. Bientôt, quand les soldats seraient entraînés, elle irait avec eux dans le royaume pour combattre. Elle suivait les enseignements des maîtres d'armes, des capitaines comme Llarson. Ils étaient forts et battaient les soldats. Un petit garçon était mort pendant l'entraînement. Il n'arrivait pas à faire l'exercice et le guerrier l'avait tué. On l'avait jeté dans le siphon. Depuis, les autres travaillaient plus dur. Mais Braseline n'aimait pas la ligne rouge sur le héron. Elle regarda Llarson dans les yeux et la ligne rouge fondit, laissant une trace noire charbonneuse au milieu de la broche.

— Pas rouge. C'est comme ça que je la veux, cette broche.

Llarson piétina les flammes échappées du verre en fusion tombé sur le tapis.

— Oui, tu as raison, Braseline. En noir c'est très bien. Nous allons faire comme ça. Sortons, maintenant que tu as ta robe et ton insigne.

Des esclaves charriaient des pierres depuis la montagne jusqu'au chantier de la caserne, en surplomb du lac. Ce serait une belle bâtisse constituée d'une grande cour ceinte de murs, de quatre grosses tours aux angles et d'un logis pour les soldats. Braseline occuperait la tour la plus proche du chemin d'accès. De l'archère qui éclairerait sa chambre, elle pourrait voir le cimetière où elle avait enseveli les siens sous les pierres. Elle se sentirait moins seule.

Llarson et Braseline avançaient vers le chantier. Ils s'arrêtèrent au milieu des tailleurs de pierre.

— Dis, Llarson, les ouvriers ne sont pas à genoux, je peux les tuer ?

Llarson plongea dans ses yeux émeraude.

— Ce n'est pas une bonne idée, Braseline. Pendant qu'ils sont à genoux, les esclaves ne travaillent pas. Les soldats, eux, ne fouettent plus les esclaves et le travail est plus lent. Par contre, si un esclave ou un soldat ne se met pas à genoux quand tu lui parles, ou quand il t'adresse la parole, tu peux le tuer. Un de temps en temps suffit généralement à rappeler aux autres qui est le chef.

— J'aimerais bien essayer.

Llarson lui sourit, la prit par la main et l'emmena vers les enfants qui charriaient le mortier.

CHAPITRE XVIII

LES RADICELLES DE L'ESPOIR

Iban le soldat et Yvan, fils aîné du vicomte de Hatterre, sortaient du château d'un vicomte du deuxième royaume, équipés de frais et riches d'une bourse afin de poursuivre leur mission. Les chevaux et les uniformes de coursiers leur permettaient de se fondre dans le paysage du royaume, et leurs sacoches contenaient quelques plis au texte banal dissimulant leur vrai message, celui qu'ils révéleraient oralement au comte ou au vicomte du prochain château qu'ils croiseraient. Voilà trois mois qu'ils avaient fui la vicomté en passant par la montagne et qu'ils voyageaient de demeure en demeure pour avertir les nobles. Tous ceux qu'ils avaient rencontrés avaient eu à souffrir du passage d'un capitaine vidant greniers et villages, et les doléances qui remontaient jusqu'au roi ne redescendaient jamais. Iban leur portait l'élément manquant pour comprendre la situation. L'accueil était toujours hostile, personne n'aimant entendre des nouvelles qui compromettaient son avenir et celui des siens, mais Yvan était là. Le jeune vicomte en exil était la preuve vivante qu'Iban ne mentait pas, ainsi que la préfiguration de ce qui les attendait tous. Durant le voyage, Yvan s'était endurci et les deux hommes utilisaient les pauses pour travailler le combat. Les muscles de l'adolescent se formaient et ses mouvements gagnaient en puissance. Il serait fort, s'il vivait…

Trois mois et si peu de chemin parcouru depuis le château de Hautterre, qu'ils avaient quitté avec Arman, le jeune frère d'Yvan, et un compagnon d'armes d'Iban… Une fois passé le Col Pierreux, ils avaient voyagé plus d'une semaine au travers de la rocaille, rebroussant chemin à chaque heure. Enfin, ils avaient trouvé une faille qui leur avait permis de descendre assez bas dans la montagne pour utiliser leur corde. Ils avaient traversé une région de forêt dense et désespéré d'en sortir un jour, puis le hasard les avait conduits jusqu'à une gentilhommière isolée, celle d'un vieux chevalier qui s'y était installé il y a des dizaines d'années après une carrière dans l'armée du roi, lequel l'avait anobli. La demeure était un simple bâtiment carré flanqué d'une tour si minuscule qu'elle ne semblait être là que pour attester de la noblesse de son propriétaire. De fait, l'intérieur de la modeste fortification n'accueillait pas d'escalier et, de par ses dimensions, n'aurait pas permis à un archer de bander son arme. Il s'agissait plus d'un modeste placard contenant des outils et divers objets qu'on entrepose ordinairement dans un débarras. La bâtisse était recouverte de lierre et présentait la particularité d'être à cheval sur un ruisseau. La cuisine disposait d'un puits qui surplombait le ru, et les latrines en aval évacuaient les déchets vers la vallée en contrebas. Le chevalier les avait accueillis chaleureusement. Les distractions n'étaient pas nombreuses dans ce lieu éloigné de tout et, s'il n'y avait pas grand-chose à partager, la table leur était restée ouverte le temps de la réflexion et du repos.

— Chevalier, merci de nous avoir recueillis. Mais nous vous faisons courir un grand danger en restant chez vous.

— Ah, mes amis, foi de Blanchemaison, à mon âge on ne court plus grand danger ! Qu'on me roue sur place, on ne m'ôtera pas ce que j'ai vécu, seulement le peu qu'il me reste, dont je gage que ce ne sera pas le meilleur de mon existence. Non, mes amis, rien ne vaut le plaisir de votre compagnie.

C'était un homme de haute taille, dont la voûte du dos ne pouvait cacher qu'il avait dû être d'une grande force. La dentition désormais incomplète qu'il arborait dans un chaleureux sourire lui permettait de filtrer la soupe et d'isoler les gros morceaux, qu'il coupait ensuite soigneusement sur une planche de bois. Il vivait d'une rente et d'un domaine en contrebas, où quelques paysans disputaient chaque année un maigre jardin aux racines des frênes qui infiltraient la terre sans relâche.

— Dites-moi donc, maître Iban, la nature de ce danger qui viendrait me chercher jusqu'ici.

— Chevalier, les capitaines-ambassadeurs-militaires veulent prendre le pouvoir et remplacer les marquis, comtes et vicomtes dans les fiefs. Ils réduisent en esclavage des villages entiers pour construire je ne sais quoi dans la crête. Ils tuent les théocrates, tuent les gens, tuent les nobles.

— Sacreblême, et que fait le roi ?

— Qui suis-je, simple tiers fils, pour le savoir ? Qui sait s'ils ne nourrissent pas le projet de le remplacer lui aussi ?

Blanchemaison frappa le plateau de la table de la main.

— Remplacer le roi ? Nous ne laisserons pas faire cela ! Qu'ils étripent les théocrates, sacreblême, ça ne sera pas une mauvaise chose ! Mais le roi, jamais. Mon épée est aussi rouillée que mon bras, mais l'une comme l'autre reprendront du service s'ils approchent du trône !

— Je suis bien d'accord, chevalier, mais de cette manière nous n'aurons pas la moindre chance. Ces gens sont d'une force qu'aucun homme ne peut égaler. J'ai vu à l'œuvre l'ignoble Bartlan. Il est fort comme un ours des montagnes, rapide comme un faucon… et cruel comme un chat. Chevalier, nous n'avons aucune chance dans une confrontation directe.

Blanchemaison retira lentement sa main parcheminée de la table pour la poser sur son genou. Il reprit d'une voix lassée :

— Je le sais, mon ami. J'ai vu combattre un de ces hommes sur le front nord. Il dansait plus qu'il ne combattait. Les plus fins bretteurs paraissaient bien patauds en comparaison. Il valait à lui seul cent soldats, et il en a tué bien plus…

Un long silence suivit l'extinction de sa phrase.

— Que pouvons-nous faire, tiers fils Iban ?

— Il faut que tous les nobles sachent ce que les capitaines viennent faire dans les fiefs. Il faut qu'ils se préparent.

— Je peux vous introduire auprès du vicomte. C'est un homme dur et sournois, mais il est plutôt intelligent.

— C'est très aimable à vous, chevalier. Nous avons une autre requête à vous adresser.

— Je vous écoute.

— Nous sommes recherchés, partout dans le royaume. Or deux guerriers et deux enfants sont aisément repérables. Chevalier, le vicomte de Hautterre est tombé, il croupit dans un cul-de-basse-fosse. Ces deux enfants sont ses héritiers que nous avons sauvés. Pouvez-vous recueillir et cacher le second, Arman ? Furch restera avec lui pour l'instruire. Si Yvan devait disparaître avec moi au cours de notre voyage, il faudrait un Hautterre pour se poser sur la vicomté et perpétrer la lignée.

Le vieil homme se leva et parcourut la pièce de son pas hésitant.

— J'accepte à une condition. Arman est un second fils et il ne peut plus devenir théocrate. Alors il sera mon fils. Je n'ai pas de descendance et ma charge de chevalier est transmissible, je me fais vieux. Quand nous aurons vaincu, Arman aura ce modeste fief dont il fera ce qu'il voudra. La maison est petite, mais les terres sont immenses, les forêts giboyeuses. Il ne manque que l'énergie d'un jeune homme et la perspective d'une descendance pour en faire quelque chose.

Iban se tourna vers Furch.

— Je ne suis pas contre, reste à savoir ce qu'en dira Arman.

Les regards se braquèrent vers l'enfant.

— Oui, je veux bien. Mais tu restes, Furch !

Le vieux chevalier claudiqua jusqu'à la souillarde et en rapporta une bouteille de vin.

— Alors scellons notre accord. Arman, ton nouveau prénom est Tuzwal. Tuzwal de Blanchemaison. C'est le prénom de mon père, un valeureux soldat mort en faisant son métier, ce sont des choses qui arrivent. Quant à toi, Furch, tu seras mon maître d'armes et ton prénom sera Amadas. J'en ai connu un fameux dans le passé.

Il disposa des chopes et leur servit du vin rouge. Iban prépara son palais à accueillir la piquette, mais la douceur et la force du breuvage le prirent de court. Il leva le regard et croisa celui du chevalier.

— Qu'en pensez-vous, Iban le tiers fils ? C'est le vin que nous produisons ici. De très petites parcelles de vigne au milieu des bois. Le terrain est caillouteux et il y pousse des plantes drues et odorantes. J'y ai planté des vignes protégées des sangliers par des palissades de gros chêne. Puis je vinifie dans un chai creusé à flanc de colline dans lequel coule une source d'eau pure, celle qui ruisselle sous la maison. La cave est froide à mourir et le vin travaille très doucement. Si Tuzwal fait sa vie ici, il n'aura pas à se plaindre du vin. Je vous écris une lettre pour le vicomte. Il n'est ni sympathique ni chaleureux, mais il saura que faire.

*

Guillot marchait d'un bon pas dans le faubourg des cordeliers. Gradlyn avait changé. Les ouvriers, marins et commerçants vaquaient à leurs occupations comme jadis, mais le soupçon s'était déposé sur la ville. Chaque nouveau supplicié hurlait la même question. Qui ? Qui l'avait dénoncé dans ce quartier où tout le monde avait grandi ensemble ? Guillot marchait d'un pas pressé anonyme, prompt à se faire oublier, ni hâtif ni hautain. Qui pouvait savoir ce qui attirerait l'attention d'un mouchard ? Il s'engouffra dans un passage étroit. La nuit commençait à tomber comme tombaient les têtes de ceux qui critiquaient l'Ordre Nouveau. C'est le nom qu'on avait donné au régime après la chute des théocrates et l'éviction des militaires de haut rang. Les capitaines-ambassadeurs avaient diligenté des patrouilles qui raflaient tout ce qui contestait, ce qui faisait la vie et l'animation dans la ville. Les pauvres bougres qui riaient et jouaient la veille étaient enchaînés dans des convois qui partaient vers le nord, d'où ils ne revenaient jamais. À force de raboter la vie, il ne restait à Gradlyn que le silence et la fuite.

Parvenu devant un entrepôt, Guillot s'approcha d'un groupe de huit hommes. Il conversa quelques secondes avec eux, puis il entra. L'espace qui sentait le chanvre était encombré de tourets à corder. Il dissimula son visage dans l'ombre d'une profonde capuche et gravit un escalier. Au grenier, huit autres hommes l'attendaient, le visage cagoulé. Guillot s'assit sur une balle de chanvre et prit la parole.

— Mes frères, que la lumière du Suprême éclaire votre route sur le chemin difficile qui s'ouvre devant nous ! Je vous apporte une copie du Livre de la vérité, celui qu'Archos nous a légué. Il parle du sang bleu, celui du diable que nous combattons depuis toujours.

Le jeune homme sortit un paquet de sa cape et le transmit à son voisin.

— J'ai copié à la suite les éléments essentiels du contenu du cabinet des secrets. Depuis huit cents ans, les premiers prélats auxquels je succède ont enrichi la connaissance. L'hydre malfaisante a tué nos frères, et ceux qui comme nous ont pu s'échapper se sont fondus dans les grandes villes quand les capitaines-ambassadeurs du diable ont commandé la dénonciation des nouveaux arrivants dans les bourgs et villages. La foule nous a offert la protection de l'anonymat. Nous ne devons pas tenir de registres qui pourraient tomber en de mauvaises mains. Je sais que vous avez commencé ce travail de mémoire, mais c'est trop dangereux, il faut le détruire.

— Mais, Votre Sainteté, comment savoir combien nous sommes ?

— Aucune importance. Connaissez-vous entre vous, en cercles restreints, mais pas de cercle en cercle. La cagoule est pour nous la meilleure des protections car, si l'un tombe, il ne dénoncera pas sous la torture ceux qu'il ne connaît pas. Les autres pourront poursuivre la lutte. Des copies du livre que je vous apporte sont en route vers toutes les comtés de tous les royaumes. La mémoire doit rester. La mémoire d'Archos et des anciens.

— Nous avons entendu que nous ne sommes pas seuls dans notre combat.

— Nous ne sommes pas nombreux, mais nous ne sommes pas seuls. Nous avons été aidés par un réseau de rebelles qui résistent aux capitaines. Nous ne nous y attendions pas, mais nous leur devons la vie.

— Pourquoi nous ont-ils aidés, Votre Sainteté ? Nous qui les avons tant combattus.

— Je n'ai pas de réponse à vous offrir. Il faudra en revanche nous souvenir que nos ennemis nous ont sauvés de la trahison de nos amis. Ce sera une grande source de réflexion pour des siècles. Aujourd'hui, j'ai besoin de vous, mes frères. L'occasion nous est fournie de rembourser une infime partie de notre dette envers eux. Ces gens ont entrepris un travail important, mais ils ne sont pas nombreux. C'est de vos bras que nous avons besoin.

Les hommes se dévisagèrent, bien qu'ils ne puissent discerner sous leurs capuches que d'impénétrables trous d'ombre percés dans une cagoule.

— Ils creusent un tunnel stratégique, ici même à Gradlyn. Ce tunnel permettra de rejoindre les deux rives sans être vu.

— Votre Sainteté, je saisis bien l'importance d'une telle entreprise, mais elle n'aboutira qu'à la noyade. Le plafond pourrait s'effondrer, c'est très dangereux.

— Mes frères, les rebelles creusent ce tunnel dans l'épaisseur même du pont. Chaque nuit, ils rampent dans le conduit, creusent, étayent la galerie et évacuent le remblai. Tant que le pont est inachevé, personne ne peut entendre les coups de pioche, car personne n'y passe durant la nuit. Mais l'Ordre Nouveau a doublé le nombre d'ouvriers. Le pont pourrait être achevé alors que le tunnel n'en serait qu'à la moitié. Les gardes entendraient alors les chocs et le secret serait éventé. Nous avons besoin de ce tunnel.

— Comment prendre contact avec eux ?

— Il y a non loin du pont un établissement de bains. Vous le connaissez sans doute. Les bourgeois y retrouvent des prostituées à l'étage, mais le rez-de-chaussée est propre et bien tenu. Je suis certain que c'est là que vous faites vos ablutions. Présentez-vous sous le nom d'Archos, on vous conduira dans la cave. Vous aurez alors à creuser, à porter du bois pour étayer, mais surtout à emporter de la terre pour la jeter où vous pourrez. Très discrètement. Une corde autour du cou avec un sac de chaque côté sera dissimulée sous votre cape. Mes frères, je ne peux m'attarder. Sachez que nombre de nobles nous confient leur second fils et que la transmission des écritures, si elle ne s'organise pas comme jadis, se poursuit dans les espaces oubliés du royaume. Que le Suprême illumine vos jours !

Guillot se leva, sortit de la pièce et se dilua dans le faubourg.

*

— Je prends la mer, Clarisse.

La capitaine se tourna vers Jof.

— Ah, ça devait se produire un jour. Tu m'en avais parlé. Ta décision a-t-elle un rapport avec ce que tu as vu ? Ou avec mes décisions ?

— En partie, oui. Tes émotions nous auraient empalés sur les récifs. Tu es un excellent capitaine, Clarisse. Mais sur ce coup… Tu avais Pétrus à ta botte et tu l'as sous-estimé, c'est un rebelle, il est plus puissant que toi. Il fallait le tuer tout de suite ou le laisser partir et lui ficher la paix.

— C'était au-dessus de mes forces. Quel bateau vas-tu prendre ? Le construiras-tu toi-même ?

— Non. J'aurais aimé, mais je n'ai pas le temps. Si Never est mort, il n'a plus besoin du sien. Je connais bien l'Ansit-Chelim II pour l'avoir construit de mes mains. Personne n'osera me le disputer.

— Et pour l'équipage ?

— Je vais voir, Clarisse. Il se passe quelque chose dans le monde. Quelque chose qui me concerne, il me semble. Je vais voir… Les brigands qui accompagnaient Never sont probablement morts. Ils étaient des résurgents eux aussi, mais cette histoire n'était pas la leur… il y a quelques amis qui me suivront. Je trouverai les autres.

— Bien. Je te donne ta part du butin.

— Merci, Clarisse, j'en aurai bien besoin pour armer le navire.

Clarisse donna les ordres pour qu'on s'engage dans le chenal menant à l'île Verte. Deux matelots accoururent pour sonder l'eau à l'abord des brisants. Seuls les navires à faibles tirants d'eau pouvaient s'y engager, et même manœuvré à la rame et par un connaisseur des courants et des fonds, plus d'un par an se brisait dans les parages.

— Tu n'as pas de livre de mer, Jof. Les hommes te suivront-ils dans les cailloux de l'archipel ?

L'homme se tourna vers elle en souriant.

— Je l'écrirai, Clarisse. Je connais ces eaux. Je les connais depuis des siècles et je ne compte pas rester autour du Goulet. J'ai à faire dans le monde.

— La navigation hauturière ? Je ne suis pas compétente pour ça. Je suis d'ici. Quand un grain monte, je trouve refuge dans le labyrinthe de l'archipel.

— Ton bateau n'est pas fait pour ça non plus. Celui de Never, si. Il a des soutes plus profondes, il est plus large. Never est allé partout, pas avec celui-ci qui a une cinquantaine d'années, mais ses précédents navires étaient identiques. Je l'ai fabriqué en démontant l'ancien pièce par pièce. Un bien curieux navire…

— Puisse-t-il t'apporter la richesse.

— Quand on vit aussi longtemps que moi, la richesse importe peu. Au début, bien sûr, puis on se lasse.

— Alors pourquoi ?

— La dernière fois que j'ai vu un mage, c'était dans ma première vie, il y a quatre cents ans. Sébélia avait un caractère parfois difficile, mais elle était droite. Quand les soldats sont arrivés, j'étais dans la montagne avec elle, à chercher des plantes. Il lui fallait toujours un homme pour porter sa cueillette. Quand la fumée s'est élevée, noire et droite dans le ciel, nous sommes redescendus en hâte, mais il n'y avait plus rien à faire. Des vingt familles qui étaient là, personne n'avait survécu. Une simple patrouille avec deux capitaines avait tué tout ce qui vivait, jusqu'aux nourrissons. Quand ils nous ont aperçus, ils se sont dirigés en riant vers nous. Je vois encore leurs silhouettes rendues floues par la fumée des maisons qui brûlaient et par les larmes qui brouillaient mon regard. Sébélia a avancé d'un pas mesuré vers eux. Puis j'ai senti un souffle, comme une bourrasque, et Sébélia était de nouveau à côté de moi, le visage grave. L'escouade entière avait été décimée d'affreuse manière. Les capitaines-ambassadeurs, pliés en deux vers l'arrière, agonisaient dans des hurlements abominables. Les autres, Sébélia les avait achevés. Je suis parti dans les montagnes, et elle est redescendue vers la vallée à la recherche de survivants. Je ne suis jamais revenu sur mes pas. Il est temps maintenant que j'aille voir, je ne sais quoi, en fait, mais il y avait un mage sur le radeau, Clarisse, je le sais. Il se pourrait que ce soit le signe que j'attendais.

Clarisse s'adossa au bastingage.

— En arrivant au port de l'île Verte, nous nous mettrons à couple du navire de Never. Si d'autres ont pris place à bord, nous le prendrons d'assaut pour toi, et je resterai tant que tu n'auras pas d'équipage pour le défendre.

— Merci, Clarisse.

Jof descendit dans sa cabine. Il tira son coffre de sous sa couchette. Du butin de plusieurs décennies de rapines, il sortit une longue épée, une épée d'apparat qui aurait convenu à un capitaine. Il y a longtemps, en descendant de la montagne, il en avait fait démonter le pommeau de saphir pour le remplacer par un autre plus ordinaire figurant un monstre marin.

*

Deux hommes descendaient une rue passante de Gradlyn. Ils parlaient une langue qui aurait pu passer pour celle d'un pays lointain. Une langue qui en fait appartenait plus au temps qu'à l'espace.

— Les Compagnons du Verrou ont reculé d'un pas et ont disparu du monde. Nous étions tous prévenus de cette éventualité, de par les règles de notre ordre, mais je serais curieux de savoir lequel d'entre nous aurait imaginé reculer ainsi après tant de siècles. Les capitaines en sont à chercher notre forteresse. Ils ne la trouveront pas du fait qu'elle n'existe pas, c'est plutôt amusant. Elle n'existe que dans notre langue, dans cette mémoire qui fait notre force. Ce capitaine qui s'en est pris à Ferrand mourra, comme tous les autres, probablement. Nous l'avons localisé à la frontière nord. Il est accompagné de huit cents soldats fort maltraités, tous plus galeux les uns que les autres. Il attend un signal pour assassiner son propre frère et prendre sa place. Il a dans sa couche une trentaine de jeunes nonnes qui étaient sous la garde des Compagnons du Verrou. Nous les libérerons un jour ou l'autre et il paiera pour cette trahison, mais il est très fort, très méfiant et très bien gardé. Nos amis qui le surveillent ne trouvent pas la faille pour l'instant, mais il faudra bien qu'il se découvre.

— Le scélérat ! Au fait, je suis entré hier dans la résidence du prélat des théocrates. Ce n'est pas joli, un véritable charnier. Une trentaine de théocrates ont été enchaînés à leur table dans le scriptorium, abandonnés là sans eau ni nourriture. Les autres ont été emmenés.

— Les plus faibles peut-être ?

— Ou les plus forts, comment savoir ? Certains d'entre eux ont gratté leur table pour, je suppose, compter le nombre de jours. Aucun n'a dépassé quatre traits. Aujourd'hui, ils se momifient appuyés sur leur table comme s'ils dormaient, leur peau s'est transformée en cuir au fil des mois. Un cadavre desséché a été cloué sur le manteau de la cheminée.

— Quoi d'autre ?

Les deux Compagnons du Verrou se faufilaient dans la rue comme deux loups dans un sous-bois.

— Un des murs des appartements a servi à tracer une carte. Des points et des traits indiquent des filiations dans le peuple, des déplacements. La carte est fixée au mur, mais tout le reste est parti. Jusqu'au vin des caves !

— Dommage !

— Ça y est. Les Compagnons du Verrou des gardes royales ont déserté. Il n'en reste plus nulle part à portée des ambassadeurs, sauf les infiltrés. Nous réorganisons notre existence dans l'ombre. Nous sommes un peu rouillés. C'est un exercice qui nous fera le plus grand bien.

— Un peu de brigandage, sept siècles après être entrés dans le rang… Ce sera dangereux mais palpitant. Les rois eux-mêmes ne savent pas combien nous sommes, et le recrutement bat son plein. Tiers fils et malfrats enfin réunis sous une même bannière.

— Demain, je pars comme cocher vers les troisième et quatrième royaumes. Il semblerait que la nouvelle de la conspiration des capitaines y soit éventée. Si on souffle un peu sur les braises, un feu pourrait s'y déclarer.

*

La chaloupe aborda le quai dissimulé derrière la chute d'eau. Orville, Pétrus, Léo et Rouault montèrent à bord et chargèrent leurs coffres. Alors que les amarres allaient être larguées, Théod déboucha du tunnel, un simple sac à l'épaule, et bondit dans l'esquif, le faisant osciller dangereusement dans le remous neigeux. Rouault le regarda, surprise, puis renonça à lui demander les raisons de son embarquement. Il serait bien temps d'en parler sur le lourd navire marchand qui attendait à l'ancre, loin du grondement de la cascade. Les rameurs s'arc-boutèrent sur les avirons et éloignèrent rapidement la chaloupe du quai. Parvenus à couple du bateau, les passagers montèrent sur le pont tandis que la chaloupe était hissée à bord. On mit une cabine exiguë à la disposition de Rouault, alors que les hommes devraient se contenter de l'entrepont. Ils rangèrent leurs coffres et se regroupèrent tous à la proue tandis que le capitaine commandait la manœuvre.

— Pourquoi t'es-tu joint à nous, Théod ? Ce n'est peut-être pas la meilleure place. Orville a tué ton apprenti.

— Je ne serai pas bien longtemps des vôtres, Rouault. Et Orville a fait ce qu'il devait. Le courrier a apporté des nouvelles du continent. Hautterre a été enfermé dans les cellules du donjon, semble-t-il. Je vais voir ce qu'il est possible de faire pour l'aider.

— Pourquoi le sortir de là ?

— C'est un homme courageux que j'ai appris à apprécier durant ces quelques années passées en Hautterre. Je ne laisserai pas un brave mourir si je trouve une solution pour l'aider.

— Ce ne sera pas une extraction aisée. Et tu seras seul.

— Je trouverai des compagnons en route. Je compte débarquer vers le marquisat de Vallade et infiltrer la crête pour vérifier les renseignements que nous avons et ce que nous en avons déduit. Nous savons que des convois s'y dirigent et n'en redescendent pas. Nous ne savons pas ce qui s'y passe. Ensuite, j'écrirai un rapport et je verrai pour Hautterre.

— Bien. Concernant Orville, nous lui réservons une autre extraction pour son initiation. Ce sera Vallade, mais pas tout de suite. Il faut d'abord qu'il contrôle ses pouvoirs balbutiants. Ou il en mourra.

Théod se tourna vers Orville.

— Je souhaite ta mort plus que tout, Orville, mais, si tu es vraiment un mage, tu seras peut-être plus utile à notre cause que ne le serait ma vengeance.

Orville, qui taillait une plume avec son couteau, le regarda d'un œil distrait, puis il se tourna vers Rouault.

— Pourquoi sauver Vallade ?

Léo lui répondit.

— Vallade… C'est à présent la moitié d'un homme, mais toi, Orville, tu ne vois toujours que la moitié des choses. Nous connaissons bien le marquis. Il sait qui nous sommes et nous commerçons avec lui. Nous ne pouvons nous passer de son appui. Il est le trait d'union entre les royaumes, les pirates et nous. C'est un système complexe où nous laissons aux pirates de quoi vivre contre le passage, Vallade empochant une partie des gains. La deuxième chaloupe que tu vois sur le pont sert à larguer au début du chenal le droit de passage, et nous sommes tranquilles ensuite pour toute la traversée. C'est un peu étrange, mais pas plus cher que les taxes dans les ports du trajet. En échange, Vallade met à notre disposition un peu partout des entrepôts qui ne s'ouvrent pas pour d'autres marchands. Nous engrangeons ainsi de confortables bénéfices et Vallade dissimule une bonne partie de ses revenus qui ne sont pas restitués au roi sous forme d'impôts. Nous sommes des rebelles, Orville, mais la rébellion ne se nourrit pas d'eau fraîche. Il faut des fonds.

— Les rebelles sont donc des marins et des marchands ?

— Pas seulement. Nous ne pouvons rester longtemps au même endroit et y fonder une descendance. Nous choisissons donc tous les métiers nomades : navigateur, chirurgien, colporteur, baladin, soldat, ouvrier… Dès que nous courons le risque d'être démasqués, nous reprenons la route.

— Bien, il me faut donc sauver Vallade. Mais vous ne m'avez pas dit précisément ce que vous prévoyez avant, avec ce mage, Odalrik me semble-t-il ?

Rouault reprit l'initiative.

— Odalrik est un mage puissant. Nous ne savons pas bien d'où il vient. C'est un homme dangereux et imprévisible, mais nous n'en connaissons pas d'autres qui puissent t'aider. Le problème avec les mages, c'est que, s'ils ne contrôlent pas leur pouvoir, ils finissent par tuer malgré eux et par mourir eux-mêmes de leur art. Il faut que tu apprennes avec un maître avant d'aller plus loin. Ensuite… Ensuite, nous aurons besoin de toi pour libérer Vallade. Il est trop bien gardé pour que nous puissions l'approcher. Il est dans une cage au milieu de sa salle de réception, sous la garde de capitaines-ambassadeurs. Quand un premier capitaine est arrivé, Vallade l'a fait assassiner pour garder son or. Ceux qui ont suivi sont venus avec une véritable armée équipée pour le siège. Un assaut a suffi, particulièrement sanglant. Ils ont pris le château et mis Vallade en cage. Ils contrôlent maintenant ses navires et ses entrepôts. Si nous n'approchons pas les pirates d'une façon ou d'une autre, nous laissons aux Gardiens le monopole de la flotte militaire. Il nous faut Vallade pour monter pirates et Gardiens les uns contre les autres.

— J'ai compris. Sais-tu où est Armine ?

Rouault hésita.

— Oui. Elle est partie prisonnière pour l'île du Goulet.

Orville ne comprenait pas.

— Il n'y a pas de femmes sur l'île du Goulet !

Pétrus le regarda douloureusement.

— Si, il y a désormais celles qu'on utilise pour procréer.

Orville secoua la tête, écœuré, puis il regarda l'horizon d'un air décidé.

— Alors je dois aller au Goulet pour la libérer !

— Et qu'y ferais-tu, Orville ? Qu'y ferais-tu sinon mourir sous les traits ? Comment parviendrais-tu à t'évader avec elle ?

Orville avait bien quelques idées, mais ce serait difficile. De quoi était-il capable sous le coup de la peur ou de la colère ? Qui brûlerait-il comme il avait brûlé la porte de la bibliothèque ? Il regarda la pointe de sa plume, se leva pour rejoindre son écritoire à la poupe du navire, posa son couteau de lancer et entreprit de noircir une feuille de parchemin.

Me voilà de nouveau sur les flots. Nous allons passer sous la falaise du Goulet où Armine est prisonnière. Mais je ne tenterai rien tant que je n'aurai pas rencontré ce mage qui peut-être me montrera l'étendue de mes pouvoirs et les limites qu'il convient de ne pas dépasser.

Depuis que j'ai quitté Hautterre, je prends les décisions, non seulement pour moi-même, mais également pour les autres. Je me sens amer de devoir suivre maintenant les décisions des autres, mais je dois avouer que ça me repose. Je sais en revanche qu'une fois que j'aurai rencontré ce mage et reçu son enseignement, je libérerai Vallade. Puis je prendrai la direction que mon cœur m'indiquera. Je ne suis pas fait pour emprunter la voie des autres.

Le livre de Lulius Never me passionne. Il relate ses aventures avec talent et je sens qu'au travers des anecdotes, de toute évidence inventées de toutes pièces, quelque chose me parle, quelque chose que je ne parviens pas à comprendre, pas encore. Le temps du voyage, peut-être, me livrera la clé de son message.

D'ici quelque temps, une voie se dégagera, issue de ce que j'ai vécu depuis mon départ d'Hautterre, j'en ai la conviction, j'en ai le droit. Mais pour l'instant je laisse à ce navire le soin de conduire mon destin.

Orville, apprenti mage, roi de rien, jouet des dieux.

Orville se leva et s'accouda au bastingage du navire. Il lâcha la feuille, qui s'envola gracieusement pour se poser un peu plus loin sur la surface agitée de la mer intérieure. Tandis que l'encre se diluait en arabesques dans la masse sombre des eaux, Orville saisit le couteau de lancer qui selon Théod devait mettre fin à ses jours. Il le contempla, ultime vestige du combat de la grange, il y a si longtemps maintenant. Il repensa à ses compagnons tombés ce jour-là, aux tas de pierres qui leur servaient de sépulture, puis il jeta le couteau dans les remous. Si cette lame devait le tuer un jour, autant qu'elle soit dans la main d'un poisson plutôt que dans celle d'un homme.

INDEX DES NOMS DE PERSONNAGES ET DE LIEUX

ALDEMOND. — Jeune Gardien très rapide, mais attiré par les préoccupations intellectuelles.

ALÉÏDE DE HAUTTERRE. — Femme du vicomte de Hautterre.

ARCÉDIA. — Refuge des rebelles. Arcédia est une contrée à flanc de montagne sur la mer intérieure.

ARMAND DE HAUTTERRE. — Cadet des Hautterre.

ARMINE. — Fille du souverain du quatrième royaume, épouse du marquis de Vallade.

ASÈRTIMAS. — Exilé sur l'île du Goulet, intendant royal de métier.

ASCELIN. — Rebelle qui tient le conseil de la Cité-Vieille.

ASTIER. — Exilé sur l'île du Goulet, cryptographe.

BARTLAN. — Gardien qui administre la vicomté de Hautterre après l'enlèvement des enfants.

BRASELINE. — Jeune mage à la solde des Gardiens.

BREWAL. — Exilé sur l'île du Goulet, assassin royal de métier.

CITÉ-VIEILLE. — Ville en ruines perchée dans les hauteurs d'Arcédia.

CLARISSE. — Capitaine pirate.

CRAVAN. — Seul Gardien clairvoyant vivant, son sang a tourné alors qu'il était destiné à devenir théocrate.

CRÊTE (LA). — Infranchissable chaîne de montagnes qui interdit l'accès à la mer intérieure depuis les premier, deuxième, troisième et quatrième royaumes. Une voie permet cependant de la traverser : la voie des Cols qui relie le premier royaume au marquisat de Vallade.

DELWYNN. — Fils de Jean et d'Éliette. Il développera très jeune des pouvoirs de mages.

ÉVID. — Rebelle de moins d'un siècle, fils illégitime de Rouault et d'Ascelin.

FERNEST. — Jeune apprenti de Ferrand.

FERRAND. — Compagnon du Verrou qui avait la garde du couvent du Jourd.

GRADLYN. — Capitale du premier royaume ; siège de la Garde.

GUILLOT. — Chef des théocrates insurgés.

HANDT. — Éleveur de pigeons exilé sur l'île du Goulet.

HARTROLD IV. — Souverain du premier royaume.

HAUTTERRE. — Vicomté de montagne. C'est là que deux enfants sont enlevés, et qu'Orville partira à leur recherche.

HAUTTERRE (vicomte de). — Noble obtus mais honnête qui commande à la destinée de la vicomté du même nom.

IBAN, FURCH, GRETSCH, RICKEN… — Soldats qui partiront avec Orville dans la crête.

JASMINE CARDHUS. — Aubergiste du village de Hautterre.

JEAN. — Mari d'Éliette, cordonnier.

JOF. — Second de Clarisse.

KRADATH. — Mage-roi qui a tellement détruit que les siens l'ont empoisonné et se sont mis en retrait (la Garde).

LAG. — Soldat réquisitionné par Orville dans la voie des Cols.

LAMBRET. — Théocrate qui a brûlé la mère de Rosa.

LÉO. — Ami d'Orville et vieux guerrier à la solde du vicomte de Hautterre.

LISE et AYMERY. — Deux enfants enlevés en Hautterre.

LLARSON. — Gardien dont la mission est de bâtir dans la crête.

LORENZI. — Exilé sur l'île du Goulet.

LOTHAR. — Général de la Garde.
MAJA. — Nonne du couvent du Jourd.
MARGILIE. — Générale de la garnison d'Arcédia, fille de Léo.
NEVER (Lulius). — Capitaine pirate.
ODALRIK. — Mage que Léo a connu par le passé.
ORVILLE. — Ami de Léo, Orville est un sergent athlétique et un peu gras, il partira sur ordre du vicomte à la poursuite des enfants enlevés.
PÉTRUS. — Musicien et poète exilé sur l'île du Goulet.
ROSA. — Fille d'une résurgente purifiée sur le bûcher, Rosa doit fuir devant l'arrivée d'une caravane inquisitoriale.
ROUAULT. — Résurgente qui s'est révoltée pacifiquement contre le massacre de ses semblables quatre cents ans avant le début du roman.
RUFUS. — Gardien et conseiller d'Hartrold IV.
SÉBÉLIA. — Mage qui a vécu avec les rebelles dans la crête, avant la trahison des hommes.
STEVEN. — Fils illégitime de Pétrus et Margilie.
SYLVAN. — Gardien très rapide qui réside sur l'île du Goulet.
TARMAN. — Gardien qui est entré dans son dernier cycle.
TRABAN. — Grand-père de la fillette enlevée.
VALLADE (marquis de). — Marquis qui administre le marquisat du même nom.
YVAN DE HAUTTERRE. — Aîné des Hautterre.

GLOSSAIRE

La Clairvoyance, les Clairvoyants : Pouvoir que possèdent les mages et quelques rares résurgents de visualiser les masses de chaleur dans leur entourage. Ce don leur permet de voir dans le noir ou au travers des murs, de chercher dans les lointains ce que la vision ne peut percevoir. Orville, quand il se découvre spontanément ce don, cherche un mot pour le nommer, et le nommera outre-vision. Cette perception n'est pas liée aux yeux, elle permet au Clairvoyant de sentir l'espace tout autour de lui.

La Compagnie du Verrou, les Compagnons du Verrou : Le terme militaire de compagnie est une trace de l'histoire. À l'origine, les Compagnons du Verrou étaient une congrégation de voleurs de haut vol, une société secrète qui formait ses apprentis et adoubait ses maîtres. Un siècle après la mort du mage-roi Kradath, les sept rois passèrent un contrat avec l'insaisissable congrégation de malfrats. Les Compagnons du Verrou devenaient pour une année, et par tacite reconduction, la Compagnie du Verrou. Sa fonction était de surveiller les lieux sensibles et de former les gardes royales. Depuis, les compagnons repèrent les plus doués des guerriers, en particulier parmi les tiers fils. Les jeunes prodiges étudient alors dans les académies militaires des royaumes avant de parfaire leur formation avec des maîtres de l'ordre. En faisant un pas en avant, les compagnons sont devenus la compagnie ; si la compagnie fait un pas en arrière, elle entre dans la clandestinité et disparaît. Personne ne sait comment cet ordre fonctionne exactement, où se trouve son repaire mythique, comment ses membres communiquent entre eux.

La Garde : Ordre militaire qui veille dans l'ombre du pouvoir. Les guerriers qui la composent sont appelés Gardiens quand ils sont dans l'ombre, capitaines-ambassadeurs-militaires quand ils voyagent à visage découvert. Réputés pour leur force et leur cruauté, ils ont tous les droits sur la population et sur les nobles. Les Gardiens sont les résurgents de la noblesse.

La lignée : Le terme « lignée » désigne le sang bleu qu'on nomme également le sang des rois. En temps ordinaires, les Gardiens cherchent à faire disparaître la lignée en organisant des unions dans la noblesse peu propice au croisement du sang. Réactiver la lignée est l'opération inverse, qui consiste à tenter de provoquer des naissances de résurgents nobles face à la menace du sang bleu roturier, et en particulier des rebelles.

Les mages : Les mages sont des êtres mythiques qui alimentent légendes et histoires. Les sept rois auraient été des mages. On leur prête de terribles pouvoirs. Kradath aurait été capable de détruire une armée entière en un instant. Personne ne sait s'ils existent vraiment ni de quoi ils sont capables.

Le Pacte : Serment que prêtent le roi, le théocrate du Haut-Siège, le maréchal des armées, les nobles, les théocrates et les intendants des fiefs. Il stipule qu'ils doivent mettre tous les moyens qu'ils ont à leur disposition pour prêter main-forte aux capitaines-ambassadeurs-militaires. Le serment est différent selon la fonction de la personne qui le prête.

Les rebelles : Les rebelles sont un ensemble de résurgents roturiers et de sympathisants au sang rouge qui s'opposent aux théocrates et aux bûchers. Ils cherchent à promouvoir une société où résurgents et humains vivent en harmonie. Cette idée est combattue par la noblesse, les théocrates et les Gardiens car elle pourrait remettre en cause le pouvoir féodal. Si les résurgents du peuple venaient à se multiplier, ils constitueraient une force politique et militaire propre à remettre en cause leurs privilèges.

Les Reines : Il ne faut pas confondre les reines, qui sont les femmes des rois, et les Reines, qui sont les résurgentes telles que nommées au sein de la Garde. Elles sont reines au sens où on l'entend chez les abeilles, au regard de leur rôle reproducteur. Pour les Gardiens, les résurgents sont des Soldats, les hommes au sang rouge sont des paysans et les femmes au sang rouge des ventres.

Les résurgents : Les résurgents sont des hommes nés avec le sang bleu. On les nomme ainsi car cette caractéristique est, selon la légende, l'héritage génétique des anciens rois. Ils ont des qualités physiques dont sont privés les hommes. Ils vivent en général plus de sept cents ans, sont forts, rapides, résistent au poison et à la maladie. Certains d'entre eux ont des pouvoirs de mage limités, comme la Clairvoyance ou la résistance à la douleur. Les résurgents de la noblesse deviennent des Gardiens ou des Nonnes bleues, alors que ceux du peuple sont purifiés sur des bûchers sous l'autorité des théocrates et le regard du Suprême.

Soldats : Il ne faut pas confondre soldats et Soldats. Soldat est le terme utilisé par les Gardiens pour désigner les résurgents non nobles, qui selon eux sont seuls dignes de servir dans les armées sous leur commandement.

Le Suprême : Dieu qui fait l'objet d'une vénération dans les sept royaumes. Le culte s'exerce dans des temples circulaires couverts d'une voûte surbaissée. Le sol en est orné de trois dalles circulaires et un autel anthropomorphe est situé face à l'une. Les temples ont une crypte secrète dans laquelle seuls les théocrates peuvent entrer.

Les théocrates : Prêtres du culte du Suprême. Ils sont dirigés par le théocrate du Haut-Siège. Ils accompagnent les grandes étapes de la vie des hommes, et surtout pratiquent la saignée des nourrissons pour vérifier si leur sang est rouge. Les théocrates tiennent depuis des siècles des registres généalogiques et conservent la trace des unions et naissances dans les sept royaumes.

Tiers fils, tierces filles : Enfants qui dans la noblesse naissent après le cadet. Les tiers fils deviennent soldats, et les tierces filles épouses ou nonnes.

Ventres : Terme utilisé par les Gardiens pour désigner les femmes au sang rouge.

Je remercie mes relecteurs, Isabelle, qui défriche le texte pour les autres, puis Véronique, Christophe, Steve et Jérémy pour leur travail attentif et généreux dans des contraintes de temps parfois difficiles à tenir.

Je remercie également Marie-Claire pour les efforts qu'elle déploie sur Montpellier afin de faire connaître *Le Sang des 7 rois*.

Je remercie encore les participants du forum des Jeunes Écrivains qui, depuis plus d'un an, suivent et soutiennent l'émergence de ce projet, ainsi que les lecteurs qui sont venus me rencontrer dans les salons de ce début d'année 2013.

Je remercie enfin tous ceux qui n'ont pas pu y venir mais auront accompagné Orville et Rosa le temps d'une lecture.

R. G.

TABLE

Achevé d'imprimer en août 2013
par l'imprimerie LEGO
à Trento (Italie)
pour le compte de
la Librairie L'Atalante

Dépôt légal : août 2013

IMPRIMÉ EN ITALIE

PEFC™
PEFC/18-31-280

Certifié PEFC

Ce livre est issu
de forêts gérées
durablement et de
source contrôlées

www.pefc-france.org